조연이나 다름없는

악역 영애는

남장하여

공략대상의

자리를 노린다

오카자키 마사무네 지음
하야세 준 일러스트
유다희 옮김

1

AK
novel

CONTENTS

MOB DOUZEN NO AKUYAKU REIJO HA
DANSO SHITE KOURYAKU TAISHO NO
ZA WO NERAU

프롤로그

나—엘리자베스 버튼이 전생의 기억을 떠올린 때는 일곱 살 어느 봄날, 아침 식사로 나온 오믈렛을 입에 넣은 순간이었다.

놀랍게도 잘게 썬 피망이 들어 있던 것이다.

나는 피망을 못 먹는다.

피망을 잘 먹는 사람, 혹은 아무렇지 않게 생각하는 사람은 못 이해하겠지만, 피망을 싫어하는 사람으로서는 이건 그야말로 테러나 다름없다. 입 안에 퍼지는 쓴맛 탓에 한기가 들었고, 나는 의자와 함께 뒤로 쓰러져 버렸다.

요리장은 '뭐~! 피망이 들어 있었네, 몰랐어~!' 하는 반응을 기대했을지도 모르지만, 분명하게 말해두겠는데 그건 픽션 속 세계에서나 가능한 일이다.

아무리 잘게 썬다고 해도, 다른 재료와 섞는다고 해도, 양념을 연구한다고 해도 결국 알아챈다. 왜냐하면 못 먹으니까.

쓰러지면서 머릿속에 떠올랐다. 자신과 이름이 같은 소녀가 등장하는 '여성향 게임'이.

내가 7년 동안 살아온 이 세계에는 '여성향 게임' 같은 건 존재하지 않는다.

전기도 없고, 가스도 없으니까. 옷은 움직이기 불편한 드레스뿐이고, 주요 이동수단은 마차다. TV도 게임도 당연히 없다.

그럼에도 그 '여성향 게임'에 관한 기억, 그리고 이 세계에 존재할 리 없는 전기나 가스 같은 물질이 존재하는 세계에 관한 기억은 놀라우리만치 내 머릿속에 쿠웅하며 들어왔다.

나는 전생에서 플레이해 본 '여성향 게임'의 캐릭터로 환생했다는 신기한 경험을, 크게 놀라거나 충격을 받지도 않은 채 그대로 받아들였다.

왜인지는 모르겠지만, '흔히 있는 전개지.'라고 생각했다.

여기는 여성향 게임 'Royal LOVERS' 속 세계. 참고로 장르는 '품위 있고 빛나는 사랑을 속삭이는 연애 시뮬레이션 게임'이다.

머릿속에서 오프닝 무비가 흐르기 시작했을 때, 의자가 지면에 도달하며 등을 세게 때렸다.

내 전생, 너무 얄팍하잖아······?

정리해보자.

쓰러져서 침대로 옮겨지고 아버님이 부르신 의사에게 진료를 받은 뒤, 나는 천장을 응시하며 이리저리 생각하고 있었다.

참고로 진단은 빈혈 및 수면 부족이었다는 모양이다. 나는 피망 때문이라고 주장했으나, 아버님은 밤샘과 편식은 좋지 않다고 대답할 뿐이셨다.

실제로는 밤샘 따윈 하지 않았고, 피망쇼크(묘하게 어감이 좋은데?)로 전생의 기억이 되돌아온 것이 원인이었지만······ 전생에 관한 일을 이야기할 생각은 들지 않았다.

태어난 지 7년밖에 안 되었지만, 이 세계에는 '전생'이나 '환생' 같은 가치관이 존재하지 않는다는 점을 이해했기 때문이다.

이렇게 전생의 기억을 되찾으면서······ 전생이 어떻다느니, 환생했다느니 하는 개념을 당연시하던 기억을 떠올렸고, 그렇기에 이를 믿는 사람이 있다는 사실도 이해하게 되었으며, 자신도 환생을 체험 중일지도 모른다는 데까지 생각이 미치게 되었다.

하지만 이 세계에서는, 죽은 사람은 흙으로 돌아가고 그 영혼은 빛으로 바뀌어 별이 된다는 생사관이 주류이다. 종교관이라고 말할 수 있을지도 모르겠다.

전생에서 이야기해도 믿지 않았을 텐데, 이 세계에서 영혼이 환생하고 전생의 기억이 어떻고 이러쿵저러쿵하려면 우선은 그 개념과 가치관부터 설명해야만 하니까.

이 세계에 사는 주민의 시선에서는 옛날얘기로도 들어본 적이 없는 개념인데, 하는 느낌이다.

게다가 죽을 힘을 다해 설명한다고 한들, 그에 걸맞는 효과를 얻을 만한지 따져 본다면 효율이 너무 나쁘다.

그리고 내가 지닌 전생의 기억은 매우 모호하고 단편적이다. 예를 들어 이렇게 전생의 생사관을 무심하게 떠올릴 수는 있지만, 그 생사관을 이론으로 설명 가능하냐고 묻는다면 솔직히 자신이 없다.

전기나 게임도 마찬가지라서, 전기나 게임이 존재하는 세상은 어떤 삶이었는지 설명할 수 있을 듯하지만, 그럼 어떤 구조인데? 하고 묻는다면 시원하게 답해주기는 어렵다.

다채로우면서 격류 한복판에 있는 듯한 세계에서 지내기는 했지만, 누군가에게 설명을 해줄 정도까지는 모든 일이 확실하고 구체적으로 떠오르진 않는다는 것이다.

그리고 전생에서 겪은 자신의 일 역시 마찬가지였다.

여자였으리라 생각한다. 전기나 게임이 존재하는 환경에서 자랐다. 특별히 배곯은 적은 없지만, 이번 생만큼 유복하지는 않았던 것같다.

다만 그 인생이 어땠는지, 몇 살에 죽었는지, 이름은 무엇이었는지, 그런 기억은 전혀 떠오르지 않았다.

지금 내가 있는 이 세계와 흡사한 여성향 게임은 확실하게 기억한다. 심지어 다른 여성향 게임까지 기억날 정도이다.

가장 좋아했던 게임은 「닌자 브레드, 사랑의 모양」이라는 일본풍 닌자물 여성향 게임으로, 게임 속 캐릭터의 이름이나 스토리는 세세한 부분까지 생각난다. 핫토리 한조와 키리카쿠레 사이조의 최종 결전 스틸 컷 등은 내가 그림에 재주만 있다면 재현할 수 있을 정도로 또렷하게 기억하고 있다.

참고로 전생이나 지금이나 그림에 재능은 없다.

그 외에는…… 어릴 적 단체체조로 10인 탑을 만들었을 때 꼭대기에서 떨어지는 바람에 머리를 세 바늘이나 꿰매거나, 대학 졸업 축하 모임에서 급성 알코올 중독으로 병원에 실려간 경험 말고는 확실하게 기억나지 않았다.

이런 경험 말고는 뭔가 희미해서 매일매일을 그럭저럭 보냈었구나, 하는 정도의 기억뿐이다.

여기까지 정리하면서 문득 깨달았다.

……어라? 내 전생, 너무 얄팍하잖아……?

보통—무얼 기준으로 보통인지는 모르겠지만—일곱 살짜리 아이의 뇌에 전생의 기억이 흘러 들어온다면 당연히 펑크가 나지 않을까.

한 사람이 보낸 일생의 기억이니까. 허용량을 초과해서 패닉에 빠지거나 하지 않을까.

하지만 지금 나는 무서울 정도로 냉정하고 침착하며, 정상이다.

전생의 기억을 모두 받아들였음에도 오히려, 내일 저녁밥을 생각할 정도로 여유가 넘친다.

특별히 병이나 사고로 젊은 나이에 죽은 기억도 없는 한편, 천수를 누리고 손자에 증손자, 현손에게 장송을 받으며 극락왕생한 기억도 없다. 누군가를 원망한 기억도, 세상을 비관한 기억도 없다. 증오스러웠다고 해봐야 고작 소득세와 주민세 정도.

그렇다면 공작 영애로서 살아온 7년의 삶이 더 농후하다고 느낄 만큼, 밀도가 낮다는 뜻이다.

평범한 사람의 인생을 가츠동에 비유한다면, 내 전생은 미음이라고 할 수 있다. 물론 미음 같은 건 이번 생에서는 먹어본 적도 없지만.

과연 그런 인간이 존재하기는 할까. 일곱 살 아이에게 밀도 승부에서 질 정도로 얄팍한 일생을 보낸 사람 말이다.

만약, 혹시나, 만에 하나 존재한다고 가정한다면—어쨌든 너무나도 슬픈 사실이 아닐까.

그렇게 생각하자니, 점점 등골이 서늘해졌다.

그만두자.

분명 기억이 막 돌아온 참이라, 아직 군데군데 기억이 이빨 빠진 상태라 그렇겠지.

애초에 전생의 기억이라는 것 자체가 이례적이니까, 모호하거나 확실하게 기억나지 않는 편이 당연할지도 모른다.

그렇게 결론지은 나는, 전생의 자신에 관해 그만 생각하기로 하였다.

불쌍한 삶을 살았을지도 모르는 전생의 자신보다 지금 생생하게 살아서 불쌍한 일을 겪을지도 모르는 현재의 자신이 내게는 더 중요하니까.

과거의 자신에 관해 이것저것 떠올리면서 동정할 여유는 없다. 왜냐하면 나는 소중하니까.

내가 환생한 인물이 여성향 게임인 'Royal LOVERS'의 악역 영애……라는 사실도 쑥스럽다. 거의 엑스트라나 마찬가지인 캐릭터였다.

공략대상 중 한 명과 약혼한, 쉽게 말하면 방해 캐릭터로서, 히로인에게 못된 장난을 치거나 공략대상에게 시비를 거는 등 실질적으로 히로인과 공략대상의 연애가 불타오르게끔 하는 촉매제 역할이다.

마지막에는 히로인을 못살게 굴거나 공략대상에게 귀찮게 들러붙는 탓에, 여러 사람 앞에서 학교 댄스파티의 에스코트를 거절당하며 큰 창피를 당하기도 한다.

그 후의 일은 특별히 그려지진 않지만 메인 스토리는 어느 루트든 히로인과 공략대상 간 결혼식을 암시하며 끝나고, 히로인이 내 약혼자와 이루어지는 루트를 타면 결국 파혼당하겠지.

그렇게 된다면 공작 가문의 망신이라며 필연적으로 후세에까지 손가락질 받을 것이고, 이후에는 제대로 된 가문에 시집조차 못 가게 될지도 모른다. 혼기를 놓친 여성으로서 오라버니의 뒤를 이어 평생 가문만 지키다가 끝날 가능성도 있다.

현대 일본이라면 몰라도, 귀족 영애는 십대 때 시집가는 일이 당연하다고 여겨지는 세계관에서 귀족의 정점급이라고 볼 만한 공작 가문의 영애가 그래서야 낯부끄럽기 짝이 없는 이야기다.

히로인이 다른 루트를 진행해준다면 좋겠지만…… 안타깝게도 내 약혼자는 어딘가 가벼운 남자로 유명한 인물이었지. 패키지에서도 눈에 띄는 자리에 그려진 메인 공략 캐릭터였고, 딱히 의식하지 않더라도 호감도가 올라갔으니까.

그래서 붙은 별명이 '헤픈 로베르트'였다.

루트 분기 전 '별 관측회 이벤트'에서 현시점 호감도가 제일 높은 캐릭터가 누군지 알게 되는데, 다른 캐릭터를 공략 중임에도 출현하길래 "너 말고!" 하고 게임기를 집어 던진 적이 몇 번이나 있었다.

히로인이 평범하게 스토리를 진행한다면, 일단 틀림없이 내 약혼자님과 엮이는 루트로 들어가겠지.

지금의 나로 말할 것 같으면, 약혼자님에게 특별한 마음은 품고 있지 않다.

게임 속에서도 조연이나 다름없는 악역 영애인 엘리자베스 버튼은 사람 자체가 좋아서라기보다는, 서민의 딸에게 약혼자를 빼앗긴다는 사실이나 공작 영애인 자신을 업신여기는 약혼자의 언동이 언짢아서 훼방을 놓는 듯한 인상이었으니까.

전생의 기억이 되살아나긴 했지만, 7년간 공작 영애로 자란 내게도 프라이드라는 것은 있다. 뿅하고 튀어나온 서민의 딸내미가 조금 상냥하다고 해서, 덜컥 눈이 돌아가 약혼자를 걷어차버리는 헤픈 남자는 이쪽에서도 사절이다.

만약 결혼한다고 해도, 그런 남자는 질리기 시작할 즈음에 똑같은 짓을 반복한다. 무조건. 그런 남자와 결혼한다고 한들 행복해질 리는 없을 듯하다.

지금 당장 약혼을 깰 수만 있다면 좋겠지만, 그러지 못하는 이유가 있다.

내 약혼자는 바로, 이 나라의 제2왕자. 이니까.

아무리 나라에서 제일가는 귀족이라고 해도, 왕족과의 약혼을 "딸이 싫어해서 말입니다."라며 거부할 수는 없으니까. 상대 쪽 역시 유력 귀족인 우리 가문과 맺을 연줄을 분명 탐내고 있겠지.

안 그래도, 요전 날 내가 일곱 살이 되자마자 맺은 약혼이기도 하니까. 세간에서의 체면을 생각한다면 별다른 이유 없이 파혼하기란 불가능해.

그렇다고 해서 이대로 열일곱 살을 맞이해버리면, 이쪽이 '하자 있음'이라는 딱지가 붙는 동시에 약혼은 파기되고 시집도 못 가는 과부의 길을 달리게 될 거야. 머리 싸맬 일 투성이네.

애초에, 공략대상인 남성진도 틀림없이 처음에는 서민인 히로인에게 싸늘하게 대할 것이다.

호감도를 올려서 루트에 돌입하면 달콤한 말과 행동이이 늘긴 하지만, 롤러코스터와 같은 시나리오 속에서 히로인을 뿌리치거나 심하게 다루는 장면 역시 있으니까. 플레이할 때는 히로인에게 '그딴 놈이랑은 끝내!'라고 생각한 적이 한두 번이 아니었으니까.

단역이자 라이벌 캐릭터인 나 따위보다 더욱 더 단죄해야 할 대상이라고 생각하지만, 꽃미남 공략대상이라는 면죄부 덕에 모든 잘못이 용서된다는 말이지. 아무리 심한 짓을 해도 공략대상은 히로인과 해피 엔딩을 맞이할 수 있으니까. 너무 불합리해.

정작 내가 불이익을 당하는 처지가 되니, 이 여성향 게임이라는 세계의 모습과 확실하게 우대받는 공략대상에게 화가 치밀어 올랐다.

나도 겉보기엔 좋은 사람이고, 가문 또한 최상급이다. 성별이 다르다는 이유 하나만으로 이렇게 나 취급이 달라진다는 점이 불공평하다는 것이다. 나라도 품위 있고 빛나는 연애는 할 수 있을 텐데.

거기서 퍼뜩 떠올랐다.

그래 맞아.

나도 공략대상이 되면 그만이잖아.

히로인에게 공략당하는 캐릭터는 대부분 행복해지는 결말이 확정되어 있어. Royal LOVERS는 해피 엔딩만이 존재하는 '상냥한 세계'니까 그 부분은 안심이야.

겉모습은 좋은 사람에 신분도 높아. 무엇보다 내게는 게임에 관한 지식이 있어. 다른 공략 캐릭터의 이벤트를 미리 망가뜨릴 수도, 새치기할 수도 있지.

요점은 발상의 전환이야.

타인을 바꾸진 못하더라도 자신이 바뀌는 것은 가능하다. 전생에서 괜찮은 사람이 말했던 괜찮은 격언이다.

우리 약혼자님이 히로인에게 빠지지 않도록 막는 것이 아니다. 히로인이 나에게 빠지도록 해서 로베르트 루트로 가지 않게끔 하면 된다. 그렇게만 된다면, 로베르트가 아무리 헤픈 남자라고 한들 문제없다.

그리고 히로인이 내 루트를 진행함으로써 해피 엔딩은 확정되겠지.

어떻게 공작 가문의 명예에 흠집을 내지 않는 동시에 왕가의 심기를 건드리지 않고 파혼할까, 하는 난제에 맞설 필요가 없어지는 것이다.

내게 반한 히로인이 사랑의 힘 같은 무언가를 통해 날 해피 엔딩으로 인도해줄 테니까.

나는 주먹을 꽈악 쥐었다.

히로인과 만나는 시기는 그녀가 성녀의 힘에 눈을 뜨고 학교로 전학오는 열일곱 살의 봄. 그때까지 로베르트를 비롯한 다른 공략대상에게 뒤처지지 않으면서, 품위 있고 빛나는 꽃미남(여성)으로 성장할 필요가 있어. 해야 할 일이 산더미야.

침대에서 일어나, 책상 서랍에서 가위를 꺼냈다. 큰맘 먹고 호기롭게 나아가자.

허리 언저리까지 자란 머리를 한 손에 움켜쥐고 적당하다 싶은 길이에서 싹둑 잘랐다. 엄청난 산발이 됐지만, 나중에 미용사한테 정리해달라고 하면 되겠지.

이렇게라도 하지 않으면 말리면서 안 잘라 줄 가능성이 높으니까. 문명 개화라는 소리가 나올 정도면 딱 좋아.

공중에서 휘날리는 금발 조각들이 창문으로 들어온 햇빛을 반사하며 반짝반짝 빛났다. 깨끗이 닦은 창문에 비친 자신의 표정에 눈길이 갔다.

그야말로 호전적인 그 미소는, 어딜 봐도 일곱 살 아이가 짓는 표정으로는 보이지 않았다. 결의를 새롭게 다지고, 작은 목소리로 중얼거렸다.

"목 씻고 기다려라, 꽃미남 녀석들아."

그 이후, 나는 재빠르게 움직였다.

오라버니가 수련을 받을 때 들이닥쳐서 검술 수련에 참가하였고, 요리장에게 식단을 변경해서 칼슘과 단백질을 듬뿍 넣도록 시켰고, 서고에 여성향 연애 소설을 대량으로 도입하여 닥치는 대로 읽었다.

여성향 게임의 공략대상이 되어야 하니, 우선은 강해져야 했다. 그러려면 검술을 배우는 편이 가장 빠르다. 강해지기 위해서는 몸을

만드는 일도 중요하다.

그리고 공략대상이 되려면 키가 커야 한다. 식사는 어느 모로 보나 중요한 요인이다.

다음으로는 지식이 필요했다. 여자아이에게 무슨 말을 해 줘야 가슴이 콩닥콩닥 뛰게 될까. 게임에 관한 기억은 있지만, 플레이어의 분신이었던 히로인의 취향은 알 수 없으니까.

이 세계에서는 어떤 남성이 인기가 많은지, 여자들은 어떤 남성을 동경하는지를 조사하는 데 연애 소설은 안성맞춤이었다.

옷 역시 남자 옷을 지어서 입었다. 무슨 일이든 우선 겉모습부터 니까.

처음에는 오라버니 옷을 빌려 입으려 했지만, 오라버니는 살짝 통통한, 말하자면 매혹적이고 쫀득한 마시멜로 같은 몸매였기 때문에 사이즈가 맞지 않았다.

남자 옷을 걸친 자신의 모습을 거울을 통해 보았다.

응, 나쁘지 않아.

얼굴은 중성적이고, 살짝 꽃미남이라기보다는 평범한 남성 쪽에 가까웠다. 하지만, 모자란 부분은 채워 나가면 되니까.

아직 이 세계의 화장 관련 지식은 없지만, 어머님이나 그 친구분들을 뵀던 기억으로는 화장 문화가 제법 발전한 듯했다. 메이크업이 가능해지면, 그 다음은 분위기를 이용해서 얼마든지 속일 수 있으니까.

공략대상 가운데 장발이 많은 만큼, 차별화를 위해 머리카락은 확 쳐버렸다. 어느 정도인가 하면, 투블럭에서 양 사이드를 전기이발기를 써서 바짝 쳐올린 만큼. 참고로 부모님께선 펑펑 우셨다.

어리니까 하는 행동이라고 웃으셨던 부모님께서도, 이 정도까지

하니 내가 진심이라는 것을 눈치채신 듯했다.

그런데 내가 태어난 버튼 공작 가문은 다른 귀족들에게 '인망 있는 공작'이라고 불리고 있었다.

고위 귀족인 만큼 막대한 재산과 적당한 정치적 수완, 비옥한 영지와 이를 경영하는 능력 또한 갖추었으나, 우리 가문에 오랜 세월 계승되어 온 것은 '인망'이었다.

애초에 건국 때부터 왕제(王弟)께서 후계자 다툼을 막고자 스스로 신하의 자리로 내려온 것이 우리 가문의 시초로, 왕제께서는 참으로 인망이 두터운 인물이었던 모양이다. 그 핏줄을 이어받아서인지, 버튼 가문 가장의 자리는 다소 편차는 있더라도 항상 인망 있는 자에게 돌아갔다. 아니, 바꿔 말하자면 인망이 있는 자만이 이 가문의 후계를 이을 수 있었는지도 모른다.

올바른 심성을 지닌 자는 버튼 공작 가문의 친구가 되었고, 나쁜 심성을 지닌 자 역시도 희한하게 친구가 되었다. 버튼 가문에게 원한을 품은 자가 있다면, 선악을 불문하고 모든 귀족을 적으로 돌리게 된다나 어쩐다나. 사람 좋은 덕에 속이기 쉽다고는 하나, 잔챙이들은 위 이야기만으로도 접근하지 못하고 거리를 둔다는 모양이다.

뭐, 미심쩍은 이야기긴 하지만. 나 역시 이야기의 반 정도는 믿지 않으니까.

그래도 나는 그 '인망'이라는 존재를 온몸으로 이해하게 되었다.

어느 날, 아버님께서 검술 수련을 하시는 내 모습을 발견하시고는, 나의 기행—으로 밖에는 보이지 않는 행위—에 쓴소리를 하셨다.

그 말투에서, 나는 일단 감복했다. 아버님은 나를 일방적으로 꾸짖지도 않으셨고, 올바른 행동을 하도록 강요하지도 않으셨다. 그저, 내 행동이 초래하게 될 불이익을 언급하며 부드럽게 타이르셨다.

약혼자인 제2왕자께 폐를 끼치게 된다는 점, 엉뚱한 소문이 돌게 되어서 나 자신이 상처를 받을 지도 모른다는 점.

그리고 나에게 어째서 그런 행동을 했는지 이유를 물으셨다.

나는 충분히 이해했다. 이것이 '인망 있는 공작'이라 불리는 이유임을.

가장의 의사가 절대적인 이 세계에서, 딸은 정략을 위한 도구 취급을 당하는 것이 새삼스럽지도 않은 이 귀족 사회에서

갑자기 남장하기 시작한 딸에게 이성적으로 대응할 수 있는 아비가 몇이나 될까?

여기서 내게 아버님을 납득시킬 만한 이유가 있었다면 내가 출세했을 때 무언가 좋은 추억으로 남을 법한 에피소드가 되었을지도 모르겠지만, 안타깝게도 그런 이유는 없었다.

'10년 뒤에 히로인을 공략하기 위해서예요.'라는 엉뚱한 설명을 할 수는 없는 노릇이니까. 이 세계에서는, 아직 히로인은 성녀의 힘을 자각조차 하지 못했을 테니까.

"이렇게 해야만 한다고 생각했기 때문이에요. 저에겐 필요한 행동이에요."

내가 그렇게 말씀드렸을 때, 아버님께선 곤란하다는 듯이 눈썹을 늘어뜨리셨다. 어쩔 수 없었다. 가능한 한 거짓말을 하지 않기 위해 말을 고르고 골랐는데, 이래서는 제멋대로 행동하는 거나 다름없잖아.

"아버님."

내 옆에서 오라버니가 나섰다. 오라버니의 뒤에서는, 검술 지도 사범이 어쩔 줄 몰라하며 당황하고 있었다.

투명하게 비치는 금발에, 하늘처럼 맑은 벽안. 모두 아버님을 쏙 빼닮았다. 인망과 이 색이, 버튼 공작 가문의 당주라는 증거라는 듯했다. 내 머리카락과 눈동자 역시 같은 색이지만, 오라버니와 비교하면 덜 선명했다.

다만 오라버니의 찹쌀떡같이 하얗고 쫀득쫀득한 얼굴은, 아버님과 전혀 닮지 않았지만.

"저도 이렇게 부탁드리겠습니다. 리지 마음대로 하도록 두어 주세요."

오라버니가 내 옆에서 고개를 숙였다.

그 모습에 나는 눈을 휘둥그레 떴다.

오라버니는 분명 자상하다. 나를 엄청나게 아껴주고 애정을 듬뿍 담아주니까. 엘리자베스 버튼으로 살아온 7년간의 기억이 이를 증명한다.

그러나 아무리 내가 귀엽다고 해도 지금 여기서 오라버니가 고개 숙일 필요는 없었다.

아버님과 함께 나를 나무라거나 잠자코 지켜보는 것이 일반적인 반응이겠지.

그런데 옆에서 고개를 숙이는 오라버니의 모습에, 나는 충격을 받았다.

어째서지. 나도 똑바로 설명은 못하겠지만, 속절없이 가슴만 뛰고 있었다.

그리고 이해했다.

이것이, '인망'의 정체라는 점을.

"리지는 부단히 노력하고 있습니다. 검술 수련을 받을 땐 저보다도 진지하고, 예의범절이나 댄스 연습 역시 빠뜨리지 않습니다. 많은 책을 읽으며 공부하고 있습니다."

아아, 분명 이런 것이었겠지.

나는 오라버니가 이렇게 말해줘서 뛸듯이 기뻤다.

오라버니가 내 편을 들어줘서 기뻤다.

분명 이런 식으로, 누군가가 원하는 말을 필요할 때 해주는 사람이겠지.

누군가를 구하기 위한 행동을 망설임 없이 할 수 있는 사람인 거야.

이것이, 이것을 쌓아 나가는 것이 인망이라는 사실을.

만약 오라버니가 곤경에 처하게 된다면 난 반드시 달려가겠어. 다소 무리를 하더라도 구하고 싶을 거야.

내가 그렇게 받았으니까. 그리고 그게 너무나도 기뻤으니까.

원리를 알면 별거 없다. 하지만 흉내 내기는 쉽지 않기에 버튼 가문은 여기까지 번영할 수 있었겠지.

원리를 알아도 흉내 낼 수 없는 데다가—막을 수도 없으니까.

"리지에게는 반드시, 정말 필요한 일인가 봅니다. 그러니 아버님."

"부탁드릴게요."

오라버니와 함께 나도 고개를 숙였다.

우리를 내려보던 인망 있는 공작님은 다시 눈썹을 늘어뜨리시더니, 끝내 미소를 지으셨다.

꽃미남은 만들어진다

이렇게 남장도 검술 수련도 허락받은 나는, 전보다 배는 열심히 자신을 갈고닦는 데 매진하였다.

메이크업에 참고하기 위해 무대 연극을 보러 가고 싶다며 어머님을 졸랐을 때는 "여자애다운 일에 흥미를 가졌다!"라고 흥분하시는 바람에 꽤나 진땀을 뺐다. 몇 번 정도 무대 연극을 보러 다녀온 뒤 내가 남장 메이크업을 시작하자, 모든 것을 깨달으시고는 상당히 낙담하시는 바람에 조금이나마 양심의 가책을 느꼈다.

처음부터 잘할 리 만무했다. 참고한 것이 무대 메이크업인 만큼, 너무 과해서 세상 무서운 극화풍의 얼굴이 되거나 뭔가 재미있는 성과가 나오기도 했다.

한달 정도 지난 무렵에야 요령을 터득했다, 고 생각한다.

꽃미남은 만들어진다.

참고로 오라버니는 어느 때에도 "세상에서 제일 귀여운 여동생"이라고 거리낌없이 말해주었기에, 참고가 되지는 않았다.

칼슘의 효과인지 키도 쑥쑥 컸다. 1년에 12cm는 자랐을 것이다. 동갑인 아이들과 비교해 봐도 머리 하나 정도는 더 컸다.

여전히 피망은 못 먹지만, 그 외 대부분의 식재료와는 양호한 관계를 구축했다.

검술 관련해서는 조금 더 뚜렷한 변화가 생겼다. 전생에 딱히 운동을 잘하던 것도 아니(라고 생각한다)었지만, 아무래도 나……라고 할지 엘리자베스 버튼에게는 검술에 재능이 있는 모양이었다.

아마도 평범한 공작 영애로서 살았다면, 평생 몰랐을 재능이다.

수련을 시작한 지 1년이 지났을 즈음에는, 사범인 가정교사를 상대로 한 모의전에서 승리를 따낼 정도까지 실력이 늘었다. 물론 오라버니보다도 강했다.

그리고 무엇보다, 트레이닝에 푹 빠졌다.

아직 성장기인 만큼 몸에 부담이 가는 근육 단련은 할 수 없었지만, 자동 트레이닝, 빈스윙, 반복 옆 뛰기, 달리기, 낙법 등을 하곤 했다. 어제까지 불가능했던 동작이 가능해지는 과정이 재미있었고, 또놀라울 정도로 몸이 잘 따라 주는 점도 즐거웠다.

좋아할수록 잘하게 된다고들 말하지 않던가. 수련 시간 이외의 자유 시간에는 트레이닝에 전념할 정도였다. 재능도 있었고, 노력도 했다. 실력 향상은 당연한 수순이었다.

트레이닝 삼매경에 빠진 채 하루하루를 보내면서 자신이 공작 영애라는 사실조차 망각했지만, 썩어도 고위 귀족의 영애인지라 무조건 참가해야 하는 사교 파티 예정이 들어와 버렸다.

그날은 내 약혼자님의 여덟 살 생일을 축하하는 파티가 개최될 예정이어서 당연히 나도 참가하게 된 것이다.

참가라고는 했지만, 아직 사교계에 데뷔하기 전이라. 댄스를 출 필요는 없었다. 약혼자님 곁에서 생글생글 웃으며 처음 뵙겠습니다,

잘 부탁드리겠습니다 같은 인사만 하면 되는 자리였다.

그럼, 난 없어도 되는 거 아냐?

정말이지 마음이 내키진 않았지만 평소에 이만큼 자유를 누려 왔으니까. 가끔 있는 사교에 어울려 주지 않으면 천벌을 받겠지.

그렇게 돼서 나는 화장대 앞에 앉아 시녀들에게 메이크업을 받기 시작했다.

"여장은 오랜만이네."

"여장이라는 말씀은 하지 마세요."

무심결에 투덜댔더니, 뒤에서 대기하던 시녀장에게 한소리 들었다. 메이크업 자체는 조금 더 젊은 시녀가 해 주는 중이지만, 아마도 내가 도망치지 않도록 감시하는 거겠지.

화장한 얼굴을 거울로 보았다. 평소에는 직접 남장 메이크업을 한 만큼, 그 모습이 제법 신선했다. 중성적인 느낌이라 화장이 안 받았기에, 그리 나쁘진 않았지만…… 평소 얼굴이 더 매력적이라는 생각이 들었다.

나는 남장에 맞춰 언동에 늘 주의하고 있고, 목표는 품위 있고 빛나는 공략대상이니까. 알맹이랑 행동거지를 맞춰 두는 편이 당연히 좋아 보이잖아?

"문제는 이 머리네."

뒤에서 보고 계시던 어머님이, 또각또각 구두소리를 내며 다가오셨다.

어머님은 화사하고 귀여우신 분이시지만, 저렇게 미간을 찡그린 채로 내려다보시면 상당한 위압감이 느껴진다.

"괜찮지 않아요? 적당히 슬슬 얼버무리면요"

"괜찮지 않아."

"그거야말로 여장이죠."

내 제안은 단칼에 거절당했다. 이상하네. 내 메이크업인데 아까부터 발언권을 인정받지 못하는 기분이 든단 말이지.

거울 너머로 시녀장과 눈이 마주치자 이거야 원이라며 미간을 찡그렸다.

"아무래도 좋아. 주인공은 왕자님이니까 아무도 나를 신경 쓰지 않을 걸."

"그 왕자님의 약혼자니까 당연히 다들 신경 쓰지 않겠니!"

이번에는 어머님께 꾸중을 들었다.

결국 시녀장과 어머님이 끙끙 머리를 싸맨 끝에, 머리를 올백으로 넘기고 후두부에 헤어핀으로 가발을 고정(도중에 두피를 몇 번이나 찔렸다)해서 가발을 뱅뱅 돌려 경단 모양으로 정리한 뒤에, 또다시 헤어핀으로 이래도 괜찮을까 싶을 정도로 모양을 고정시키고, 마지막으로 레이스가 달린 시뇽을 씌워서 마무리했다.

발레리나 같긴 했지만, 뭐 확실히 그대로 나가는 것보다는 나아 보이네.

무겁고 움직이기 불편한 드레스를 입어야 한다는 사실에 우울했는데, 정작 오랜만에 입어보니 그렇게 무겁지도 않았다. 체력과 근력이 붙어서 그런 듯하다. 평소 트레이닝의 성과라고나 할까.

내키지 않았지만, 생각지도 못한 형태로 노력의 성과를 알게 된 덕에 기분이 제법 나아졌다.

싫다, 싫다 칭얼거려봤자 소용없다. 척척 일을 끝마친 다음 트레이닝에 힘을 쏟아야지.

그리고 찾아온 파티 당일.

일단은 약혼자로서 로베르트의 곁에 서서, 인사를 하기 위해 찾아온 사람들에게 인사하는 기계가 되기로 했다.

말하다가 밑천이 드러나면 안 되니까 대화는 아버님께 맡기고, 기본적으로는 입 다물고 생글거리기로 하자.

로베르트와의 대화 역시 "안녕하세요." 정도의 인사만 나눈 뒤, 거의 입을 다물고 있었기에 그야말로 숨이 턱 막혔다. '입을 못 쓰게 되는 거 아냐?'하는 생각이 들 정도였다.

할 일도 없어서 약혼자님의 얼굴을 멍하니 바라보고 있었지만, 같은 차원에 존재하게 되니 분명 2차원 캐릭터인데 3차원이네, 라는 느낌이 들었다. 아니, 당연한 거지만.

곁에 있는 로베르트는 확실히 게임 속 스탠딩 일러스트로 봤던 로베르트의 면모가 보였다. 시시하다는 듯한 모습으로 어딘지 잘난 체하는 태도도, 다갈색 머리칼을 올백으로 넘긴 모습도 내가 아는 로베르트와 똑 닮아 있었다.

그리고 역시나 공략대상이었다. 눈매는 나쁘지만, 조각한 듯이 멋진 얼굴이었다.

하지만 2차원 같다기보다는 외국인 아역을 보는 듯한 인상을 받았다. 분명 3D이다. 차원이 같아지니 묘하게 현실적인 맛이 생겨서 외국인 아역이 '어렸을 적의 로베르트'를 연기한다면 이런 분위기 아닐까, 하는 생각이 들었다. 오호, 2.5차원은 이런 느낌일지도 모르겠는데? 이상한 부분에서 수수께끼의 '답'을 얻게 되었다.

인사 행렬이 일단락될 즈음, 서둘러 빠져나가려고 했다. 꽃을 따러 가는 시늉을 하며 슬쩍 로베르트의 곁에서 벗어나, 치장한 귀족

인파 속으로 섞여 들어가자.

간단한 밥이나 디저트도 먹는 둥 마는 둥 한 채, 창을 통해 발코니로 나왔다.

보는 사람이 없다는 사실을 확인한 뒤, 난간을 타고 올라 몰래 정원으로 뛰어내렸다. 조금이라도 로베르트와의 키 차이를 속이기 위해 오늘은 굽 없는 구두를 신었다. 덕분에 난간을 타는 건 간단했다.

잠시 동안 정원에 숨어 있자. 뭐하냐고 누가 물으면 "정원에 핀 꽃이 너무 예뻐서 보고 있었어요."라는 식으로 둘러대면 되겠지. 여덟 살이니까 혼나진 않을 거야.

정원의 잔디밭에 착지해서 고개를 든 순간, 눈이 마주쳤다.

안경을 쓴 남자아이가 이쪽을 보고 있었다.

다른 남자아이 여럿에게 둘러싸여 주저앉아 있었다. 다들 나랑 동갑이거나 한두 살 정도 많겠지.

주변 남자아이들은 안경 쓴 남자아이를 둘러싼 채로 서 있었기 때문에 아직 이쪽을 눈치채지는 못한 상태였다. 소리를 죽이고 착지했으니까 당연하다고도 볼 수 있겠지만.

다들 옷차림이 괜찮은 걸 보아하니 오늘 파티에 참가한 귀족들의 영식이겠지. 하지만 안경 쓴 남자아이는 얼굴과 옷이 살짝 더럽혀졌다.

이쪽을 보는 안경 쓴 아이는 낯이 익다.

글쎄, 누구였더라?

"너, 착한 척하면서 건방지다고."

"재상 아들이라고 까불기는!"

재상의 아들이라는 말을 듣자마자, 팟하고 떠올랐다. 역시 본 적 있는 인물이다.

나를 바라보는 안경 쓴 귀족 영식의 이름은, 아이작 길포드.

로베르트와 마찬가지로 'Royal LOVERS'의 공략대상이다.

아이작은 여성향 게임에서 빼 놓지 않고 나오는 안경 캐릭터였다.

재상의 아들로, 도가 지나칠 정도로 진지하고 딱딱하며 여성을 기피하는 경향이 있었다. 공략하기 위해서는 공부 능력치를 올려야만 가능한 타입이었다.

세 살 버릇이 여든 간다고 했던가. 여덟 살 시점에서 이미 안경을 쓴 모양이다.

그런 아이작이 귀족 영식 셋에게 둘러싸인 채로 지면에 주저앉아 있었다. 옷은 흙으로 더럽혀졌고 이마는 부었으며, 입가는 찢어진 상태였다. 거기다가! 안경이 찌부러져 있었다.

오오, 아이덴티티를 망가뜨리다니, 용서할 수 없지.

안경 쓴 남자아이가 다른 아이 여럿에게 둘러싸여 욕을 먹고, 뭔가 폭력을 휘두른 정황도 보인다. 틀림없어. 이건 집단 괴롭힘이야.

나랑은 상관없는 일이고, 지금 내가 보고 있다는 사실을 눈치 챈 사람은 아이작뿐이야.

이대로 몰래 지나가는 것도 가능해.

그리고 적당히 아무 어른한테 말해서 상태를 보러 가게 만들 수도 있겠지. 분명 그게 최선일 거야.

하지만 관점을 바꿔서 보자면, 기회일지도 몰라.

지금 나는 오라버니와 검술 사범인 가정교사, 두 사람이랑만 시합을 해 왔어.

오라버니야 어찌됐든, 가정교사는 나에게 잘 보이기 위해 일부러 져 줬을 가능성도 있지. 내 실력이 아무 관계도 없는 제3자에게 얼마나 통할까. 그걸 시험해보기 위한 절호의 기회잖아?

그것도, '괴롭힘을 막기 위해'라는 대의 명분이 있으니까.

뭐, 혹시 안 통해도 도망치면 그만이니까. 큰소리로 도와달라고 소리쳐도 되고.

여차하면 어떻게든 되겠지.

방침은 정했다.

지익, 흙을 밟으며 일어났다. 그 소리에 아이작을 둘러싼 귀족 영식들이 당황하며 뒤돌아보았다.

"안녕, 아이작."

한 손을 올리고 인사하는 나를 보며 아이작은 눈을 동그랗게 떴다. 첫 대면이니까 당연한 반응이다.

이쪽을 돌아본 귀족 영식 셋 역시, 본 기억이 없는 얼굴뿐이었다.

뭐, 인사하러 왔었는데 내가 기억을 못 하고 있는 걸지도 모르지만.

"어, 음. 아가씨, 길 잃었어? 파티 회장은 저쪽인데?"

"우린 이 안경잡이랑 조금 할 이야기가 있어서 말이지. 미안하지만 자리 좀 비켜 줄래?"

이렇게 건네 온 말 덕분에, 내가 기억하지 못하는 것이라는 가능성은 완전히 사라졌다.

공작 가문의 영애라는 사실을 알고 있다면, 그리고 제2왕자의 약혼자라는 사실을 알고 있다면, 이런 말투로 말하지는 않을 테니까.

단 한 사람, 아이작만은 내 정체를 아는 듯했다. 얼굴색이 파랗게 질린 모습을 봐서는.

그러고 보니 아이작은 부모님과 함께 인사를 하러 왔을지도 모른다. 기억은 없지만.

"……아니면, 너도 우리랑 대화하고 싶은 거야?"

귀족 영식 중 한 명이 히죽거리며 입술을 일그러뜨리더니, 나에게 다가왔다.

키는 나보다 살짝 작았다. 딱히 튼튼해 보이지도 않았고, 그렇다고 비쩍 마른 것도 아니었다. 지극히 평범한 소년이라고 할 만한 외견이었다.

그리고, 움직임이 허점투성이였다. 이건 되겠는데?

"그만둬."

천천히 다리를 어깨너비로 벌렸을 때, 아이작이 말했다.

"그녀는 아무 상관없잖아."

"들었냐?"

"그녀, 란다!"

아이작의 말을 들은 귀족 영식들은 낄낄거리며 귀족답지 않은 웃음소리를 냈다.

흠, 나도 어머님께 자주 "품위가 없어."라는 소리를 들었지만, 이렇게 생각하셨던 거라면 섭섭한 걸.

"잘난 것 같이 주둥이 놀리지 말라고!"

"크억?!"

귀족 영식이 아이작의 배를 걷어찼다.

아이작은 신음하며 몸을 웅크린 채 쓰러졌다.

"으~아, 약해 빠졌네!"

"여자 앞이라고 폼 잡지 말라고!"

"촌스럽긴."

입을 모아 아이작에게 욕을 퍼부으며 구둣발로 아이작을 밟았다. 그만두라고 듣긴 했지만, 이건 그냥 둘 수 없어!

"야, 그만 안 해?"

그 말과 동시에 녀석들 사이로 비집고 들어가 아이작을 등뒤로 숨겼다.

"나, 나는 괜찮아."

"아니, 안 괜찮아."

아이작이 내 등뒤에서 말렸지만, 나는 뿌리쳤다. 두 눈 뜨고도 이 찬스를 놓칠 것 같아?

이 위치라면 만약 다른 사람이 보더라도 '지키고 있다'라는 느낌이 들 수밖에 없기 때문에 더욱 괜찮을 거야. 이렇게 가자.

"휘익—, 멋있는데—!"

"좋겠다아, 공부벌레. 여자애가 지켜줘서 말야!"

말이 끝나기 무섭게 날아온 주먹을 나는 슬며시 받아냈다. 그대로 힘을 죽이지 않고, 체중이 실린 팔을 잡아당기며, 나도 힘을 실었다. 업어치기와 비슷한 자세였다.

다른 점은, 지면에 메다 꽂는 것이 아니라—투석기처럼 쐈다는 점이었다.

"으랏차!"

부웅하며, 기세 좋게 귀족 영식의 몸이 하늘을 날았다. 제법 괜찮은 포물선을 그리면서 우거진 나무 사이를 가르며 추락했다.

"엥?"

아이작과 다른 귀족 영식 두 명이 동시에 소리를 냈다.

거의 동시에 친구가 날아간 방향을 바라보는 귀족 영식의 다리를 잡았다.

"자, 다음."

자이언트 스윙과 같은 요령으로 힘을 실어 몸을 세게 돌려서, 첫 번째 녀석과 같은 방향으로 내던져버렸다. 끼야악—하는 비명이 살짝 들린 것 같았지만, 신경 쓰지 않았다.

저기에는 마구간이 있었지. 분명 보기 좋게 목초 위에 떨어졌을 거야. 여기는 친철한 세계니까.

멍하니 있던 마지막 한 녀석의 얼굴이 순식간에 파랗게 질렸다.

도망가지 못하는 틈을 파고 들어서, 퇴로를 끊었다. 자세를 낮춰 상대의 허리에 팔을 감았다.

"마지막!"

구호와 함께, 또다시 같은 방향으로 내던졌다.

오오, 제일 멀리 날아간 것 같은데?

잠시 동안 녀석들이 날아간 방향을 응시했는데, 아무래도 돌아올 것 같지는 않았다.

돌아왔다면 항복할 때까지 두들겨 패 줄 생각이었는데, 그럴 필요는 없을 듯하네.

평소 수련을 하며 내던지는 쫀득쫀득한 오라버니보다 가볍다고는 해도, 연속으로 던졌더니 진이 빠졌다. 솔직히 다행이라는 생각이 들었다.

분명 지금쯤, 폭신폭신한 목초 위에 처박힌 세 사람은 한 방 먹었네~ 와하하, 하고 큰대자로 뻗어서 웃고 있겠지.

괜찮아. 남자애들은 맞고 때리고 같이 강변에 뒹굴면서 우정이 싹트는 생물이니까.

육체적인 언어로 대화를 하고 난 뒤엔, 다들 친구다. 그런 시스템일 거야. 잘은 모르겠지만.

어휴, 평화적으로 해결해서 다행이야.

싸움을 벌였다느니, 두들겨 팼다느니, 공작 영애를 무서워할 만한 소문이 돌지도 모르겠는데?

그건 곤란한데. 나는 인기를 얻고 싶으니까.

같은 세대의 영식들은 상대가 안 된다는 사실도 알았으니 내 평판이 떨어질 일은 없을 거야. 다른 공략대상에게 빚을 지우기도 했고, 만만세네!

상쾌한 기분으로 뒤를 돌아서 땅바닥에 앉아 있던 아이작에게 손을 내밀었다.

"괜찮냐?"

"……나까지 던지는 건 아니지?"

경계하잖아.

조금 전처럼 신분이 높은 사람을 대하는 듯한 경외심 어린 눈빛이 아니라, 그저 정체를 알 수 없는 존재를 보는 듯한 눈빛이었다. 영 좋지 않은 걸.

"그런 소리 하지 마. 일단 너를 구해 줄 생각이었는데."

"……나는 구해 달라고 부탁한 적 없어."

비뚤어진 사람이 할 법한 대사 TOP 5에 들어갈 말을 하며, 아이작은 내 손을 잡으려고 하지 않았다.

"나는 내 나름대로 받아칠 생각이었다고."

"흐응?"

"저 자식들이 나를 괴롭힌 게 오늘이 처음이 아니야. ……결국 형들한테 괴롭힘 당하니까 짜증나서 나한테 보복하러 온 거겠지. 당사자한테 직접 말도 못하는 주제에."

아이작은 혼자 힘으로 일어나더니 엉덩이를 툭툭 털었다.

아이작은 재상의 셋째 아들이라는 설정이었지. 귀족의 집안에서는 장남이 후계를 잇고 차남이 보좌 겸 장남의 예비 역할을, 삼남 밑으로는 연줄을 만들기 위해 다른 집안과 결혼하는 것이 가장 일반적인 흐름이었다.

처지로 따지자면, 외교 카드로 쓰이는 여자도 비슷한 느낌일 것이다.

곱게 자란 장남이 점점 나쁜 버릇이 들어서 제멋대로 굴기 시작한다는 이야기도 흔하다.

아이작은 가족과 사이가 나쁘다는 설정이었다. 분명 아이작도 형들 때문에 피해를 보고 있겠지.

뭐, 공략대상이란 크든 작든 대부분 가정환경에 문제가 있는 법이지만.

"저 녀석들의 이름도, 집안에 대해서도 이미 조사해 뒀어. 뒤가 구리지 않은 귀족 같은 건 없지. 어쨌거나 본무대에 나서지 못하도록 만들어줄 생각이었다고."

"머리가 좋은 녀석을 적으로 돌리니까 무섭네."

나보다 더 무서운 소리를 해 대는 아이작에게, 쓴웃음을 지으며 어깨를 으쓱할 수밖에 없었다.

"결국, 내가 손을 쓸 필요도 없었다는 소리잖아."

나는 빚을 지우는 계획을 깨끗하게 포기했다.

아이작의 말처럼 내가 도와줄 필요는 없었겠지. 그는 여기서 큰 상처를 입지도 않고, 하물며 죽을 리도 없었을 테니까.

실제로 오늘 이 장소에서 누구에게도 도움받지 못했을 게임 세계의 아이작도, 8년 후에는 귀족 학교 중 신분과 학력이 가장 높은 학교에 수석으로 입학하여 천재라는 이름을 마음껏 누렸으니까.

거기다 안경의 미청년으로 성장했으니. 그 무렵에는 나도 그를 괴롭히지 않았다.

"강한 남자네, 넌."

정말 참을성 있는 녀석이라는 생각이 들었다. 되갚아 줄 때까지 몇 년이 걸릴까.

나는 흉내조차 낼 수 없다. 2초 안에 바로 맞받아칠 테니까.

언젠가 히로인을 둘러싸고 다투는 연적이 되었을 때를 대비해서 나도 저렇게 참을성을 길러볼까 생각했지만, 포기했다.

연애는 스피드도 중요하니. 아무리 참을성이 강하다 해도 공략하지 않으면 승리를 따내기란 불가능하다.

애초에 1년이라는 한정된 기간 안에 히로인이 넘어오도록 만들어야 하니까. 역시 2초 안에 바로 맞받아 치는 정도가 딱 좋고, 내 성격이랑도 맞아.

내가 그를 바라보면서 생각에 잠긴 동안 아이작 역시 의아하다는 듯 나를 바라보고 있었다.

"리지? ⋯⋯엘리자베스?"

문득, 멀리서 아버님의 목소리가 들렸다.

큰일났다. 찾고 있나 봐.

"어, 음, 그럼 안녕. 나중에 또 보자."

적당히 인사를 하고는 발길을 돌렸다.

가볍게 무릎을 굽히고 뛰어올라, 아까 내려왔던 발코니의 난간을 붙잡고 기어올랐다.

난간의 안쪽에 착지하여 자세를 고치는 사이, 발코니를 확인하러 오신 아버님이 거의 동시에 창을 열었다.

기사, 좋으려나? 인기 많지 않을까?

나는 고민 중이었다.

키에 대한 고민이 아니다. 되려 쑥쑥 잘 자라고 있다. 최근 2년 사이에 또 23cm 이상 컸으니까. 한밤중에 다리가 아파서 깬 적도 있는데, 처음에는 검술 수련을 너무 많이 한 탓에 근육통이 왔다고 생각했지만 아무래도 성장통이었던 모양이다. 열 살에는 이미 일본 여성 평균 신장을 가볍게 넘어섰다.

다섯 살 위인 오라버니와도 그다지 차이가 나지 않을 정도였으니까. 어릴 때는 여자아이의 키가 빨리 크니까, 적절하다면 적절할 수도 있겠지.

내 고민은 앞으로 나아갈 방향성에 관한 것이었다.

방에서 스쿼트를 하고 있는 나에게 시녀가 차를 가져다주었다. 눈을 맞추고, 미소를 지었다.

"고마워."

화악하고 어린 시녀의 얼굴이 빨갛게 물들었다.

메이크업 실력은 숙달되었고, 키도 커서 훤칠한 몸이 되었다.

예의범절은 일곱 살 시점에서부터 이 엘리자베스 버튼의 신체에 확실하게 배었기에 완벽했다.

검술 역시 요 근래는 이전에 가르치던 가정교사가 아니라 아버님이 어딘가에서 끌고 온 기사단 후보생인 교관에게 배우게 되었다. 물론 아직 이기진 못하지만, 소질이 있다고 칭찬받았다.

더구나, 공작 가문의 시녀는 대부분 신부수업을 받으러 오는 하위 귀족의 아가씨이다. 남성에 대한 면역력은 거의 없다고 봐도 무방했다.

이런저런 요소들이 버무려져서 남자에 익숙하지 않은 시녀 정도는 간단히 함락할 수 있게 되었다.

최근에는 저택의 시녀들을 닥치는 대로 테스트용으로 써먹었더니, 시녀장에게 엄청나게 혼났다.

딱히 혼날 만한 짓을 한 것도 아니었는데. 윙크를 살짝 해주거나, 짐을 들어준 정도였는데……시녀장의 말로는 일을 못 할 정도의 상태에 빠져버린 사람이 속출했다는 모양이었다.

순조롭다. 아주 순조롭게 인기를 끌고 있어.

하지만 이건 어디까지나 남자에게 익숙하지 않은 시녀들에게 효과가 있을 뿐이다.

내 상대는 히로인이니까. 공략대상을 전부 함락할 정도의 잠재력과, 주인공 보정으로 공략대상의 모선을 '상냥함'으로 변화시키는 무던함을 지닌 '히로인'이란 말이다.

그래서 나는 게임 패키지를 수놓을 정도로 미모가 뛰어난 꽃미남 공략대상들과 경쟁해서 이겨야만 한다. 다른 공략대상을 제치고, 내 루트로 들어오게끔 만들어야 한다.

그 두 가지를 감안해본다면 지금 내 실력으로는 아직 부족하다.

조금 잘생기고, 조금 키가 크고, 예의를 조금 몸에 익혔을 뿐인 소년(여자)이니까.

신분과 검술 실력은 합격점이지만, 조연의 테두리에서 벗어나지 못한다. 내 입으로 말하기는 슬프지만 시선을 끌지 못한다는 것이다.

그런 이유로 나는 자신의 방향성이라고 하는, 젊은 연예인이나 할 법한 고민에 빠졌다.

적어도 어필할 만한 포인트가 필요해. 뭔가 무기가 없을까, 무기가!

좋은 아이디어를 떠올리지 못한 채 스쿼트 횟수만 늘어나던 중에, 규칙적인 노크 소리가 울려 퍼졌다.

가볍게 목례를 하며 시녀장이 방으로 들어왔다.

큰일이다. 시녀한테 수작을 부린 걸 또 들켜버린 건가?

"나으리께서 부르십니다."

……꾸짖는 사람의 등급이 상상보다 두 단계는 올라가 버렸다.

"크리스토퍼, 엘리자베스다. 앞으로 네 누나가 될 사람이란다."

혼나리라고 생각했는데, 그게 아니었다.

아버님이 나를 부르시고는 '가족이 늘게 되었다.'라는 취지의 이야기를 들려주셨다.

갑작스럽게 '가족이 는다'는 이야기를 들은 터라, 틀림없이 개라도 키우시려나 보다 하는 생각으로 네네 하며 고개를 끄덕거리고 있었는데, 당연하다는 듯이 남자아이를 소개해서서 기겁했다.

생글생글 웃는 아버님의 표정을 응시했다.

"설마 아버님, 숨겨둔 자식이……."

"엘리자베스."

머릿속에서만 생각했던 말이 입 밖으로 새어 나오는 바람에, 살짝 화가 섞인 말을 듣게 되었다.

"크리스토퍼다. 먼 친척의 아이인데, 사정이 있어서 양자로 들이게 됐어. 너보다 한 살 밑인 동생이다."

겁먹은 듯한 남자아이가 큼지막한 손바닥에 슬쩍 등을 떠밀려 내 앞에 섰다.

스트로베리 블론드 빛깔의 복슬복슬한 머리칼. 눈매는 처졌지만 당장이라도 흘러 넘칠 것 같은 커다란 눈동자는 울먹거린 탓에 촉촉해져서 벌꿀색 호수 같았다. 속눈썹도 길어서 붙인 건가 하는 착각이 들었다.

살결도 투명하게 비칠 듯이 뽀얗다. 손발은 가늘고 키도 나보다 한참 작았다. 나랑 같이 다니면 십중팔구 내가 남자, 이 아이가 여자로 보이겠지.

크리스토퍼라고 불린 남자아이는 나를 흘끗 올려보더니, 그대로 아무 말 없이 고개를 숙였다.

그래. 이 아이는 크리스토퍼라고 했지.

용모를 찬찬히 확인하는 동안, 내가 품은 감상은 '이럴 수도 있구나'였다.

나는 이 아이를 알고 있으니까.

이 아이, 크리스토퍼는 Royal LOVERS의 공략대상이다.

이 아이는 히로인에게 이렇게 자기소개를 했다. "나는 크리스. ⋯⋯그냥 크리스야."라고.

뭔가 복잡한 가정사를 지닌 탓에 실명을 밝히지 못한 것이다. 캐릭터 소개에도 이름만 적혔다.

이 아이 루트를 타면 몇 번인가 본명이 나왔던 것 같기도 한데…… 세세한 부분까지는 기억나지 않았다.

설사 기억했다고 해도, 나는 이렇게 환생까지 한 엘리자베스의 성조차도 몰랐으니까. 눈치챘을 리가 없다.

이 아이의 성(姓)이 나와 같다는 사실을.

이 아이가 내 동생이었다는 사실을, 알 턱이 없었다.

예기치 않게 라이벌 공략대상이 의붓동생이 되어 버렸다.

한동안은 어떻게 하지, 하고 골똘히 생각했는데 오라버니가 크리스토퍼에게 푹 빠져 버린 탓에 고민을 멈췄다.

확실히 사랑스럽다. 보호 본능을 자극하는 외모야.

그 부분은 인정하자. 이건 절대 내 패배를 인정 못 하겠다며 고집부리는 게 아니다.

게임 속 크리스토퍼는 장난꾸러기 계열 후배 캐릭터였다.

히로인에게 이런저런 장난을 쳐서 곤경에 빠뜨린다. 하지만 귀엽고 사람을 잘 따르는 성격이라 미워할 수 없었지.

크리스토퍼 루트를 타면, 이 아이가 장난을 치기 시작한 이유가 밝혀진다. 친부모에게 버림받아 먼 친척에게 거둬들여졌는데 그 집안 사람들과 잘 어울리지 못하고 고독을 느꼈다, 라는 이야기다.

그 먼 친척이 바로 우리 집안이었다는 것이지.

아버님과 어머님은 일부러 이 아이를 건드리지 않는 듯했다.

무리도 아니다. 아직 어린 나이에 친부모에게 버림받았으니까. 갑자기 새로운 부모님에게 살갑게 다가올 수 있을 리가.

하지만 오라버니는 친동생인 나와 마찬가지로…… 실수했을 때는 크리스토퍼를 나를 대하던 것보다도 귀여워해 주었다.

방에만 틀어박힌 크리스토퍼를 데리고 나가서, 정원이나 서고를 안내해 주었다. 검술 수련을 할 때도 데려왔다. 맛있는 과자를 사서 나누어 주었다. 크리스토퍼도 머뭇거리긴 했지만, 진심으로 싫어하는 눈치는 아니었다.

오라버니는 조금 더 친해지고 싶다며 투덜거렸지만, 그건 시간이 해결해주겠지.

게임 속의 크리스토퍼가 말했던 사정과는 모순이어서, 나는 고개를 갸웃거렸다.

지금은 아직 서로 많이 망설이지만, 이대로 지내다 보면 사이 좋은 가족이 되겠지. 누가 뭐래도 아버님은 인망 있는 공작, 오라버니는 차기 인망 있는 공작이니까.

부모님께서 마지못해 거둬들인 자식도 아닌데다가, 우리 부모님이 키운 아이가 비뚤게 자랄 리가 없으니까.

"한판!"

"아."

타악, 하고 죽도가 이마를 때렸다.

"방심하셨군요, 엘리자베스님."

교관에게 한 소리 듣고 나는 쓴웃음을 지었다. 그 말 그대로였다.

"죄송합니다, 잠깐 딴 생각을."

"시합 중에 딴 생각을요? 어처구니가 없군요."

"그러게요. 이래서야 이길 승부도 이길 수 없겠죠."

"아뇨, 그것도 그렇지만 기사도 정신에 반하는 행동이에요."

"기사도."

그런 말을 들어도, 확 와 닿지 않는다. 내 전생에서는 기사가 존재하지 않았고, 이번 생의 엘리자베스는 기사에게 보호받는 쪽이지, 기사를 목표로 하는 귀족 영애는 아니니까.

"승부는 항상 진지하게. 그것이 상대에 대한 예의입니다. 예의를 중요시하는 것도 민중의 모범이 되는 기사의 의무입니다."

뭔가 심금을 울리려는 듯 교관님은 낭랑하게 이야기했다.

그것도 예의를 곁들이다니. 가장 대처하기 힘든 설교 타입이다.

예의범절의 기초는 몸에 익히고 있기에 문제없지만, 새로 배우는 부분은 노력이 필요했다.

공부도 원래 있던 지식만으로는 따라가기 힘들어져서, 최근엔 외우는 경우가 더 많아졌다.

"진지한 승부를 통해 항상 무를 겨루며, 검의 기술을 연마한다. 강해지는 것도, 이기는 것도 기사도에서는 마찬가지입니다. 하지만 얻은 힘을 잘못 사용해선 안 됩니다. 힘을 올바르게 사용하기 위해 기사도는 빼먹어선 안 되는 것입니다. 강자를 꺾고, 약자를 돕는다. 마주한 상대가 누구든 간에 경의를 품고 마주한다. 그것이 기사도라는 겁니다."

"흐응."

"리지."

대놓고 흥미가 없다는 듯한 내 대답에, 오라버니가 주의를 주었다.

황급히 오라버니에게 말을 돌리며, 얼버무렸다.

"오라버니는 기사도를 알고 계셨어요?"

"그야 당연하지. 귀족에게 필요한 소양과 이어져 있으니까."

가진 자의 의무라는 건가.

그건 나도 이해하고 있다. 엘리자베스 버튼의 몸으로 익혔으니까.

인망 있는 공작의 딸이자 오라버니의 여동생인 엘리자베스 버튼이라는 소녀는 굉장히 우수한 공작가 영애라는 것 같으니까. 우수하게 자랐음에도 약혼자에게 버림받아서 체면을 구기긴 했지만.

"거기다, 남자라면 누구나 기사를 동경하거든."

"그래요?"

"그럼. 여자도 동경하지 않니? 왜, 리지 네가 자주 읽는 이야기에도 나오잖아?"

오라버니의 지적에 확실히 고개가 끄덕여졌다.

옛날 이야기에도, 연애 소설에도 왕자님 다음가는 빈도로 '기사님'이 등장하니까.

신분 높은 기사가 평민의 딸과 사랑에 빠지거나 신분 낮은 기사와 공주님이 연인 사이가 되는 등, 어느 쪽이든 마지막에는 이어지지 못한다는 이야기가 많았던 것 같다.

남자가 동경한다는 점도, 야구 선수나 경찰관을 꿈꾸는 것과 비슷한 느낌으로 보면 이해하기 쉽지.

근위기사는 신분이 높은 귀족 중에서도 극히 소수만 뽑히는 엘리트 집단이라 들었고, 평민 출신이라도 무공을 올리면 기사의 작위를 받을 수 있다. 신분을 막론하고 동경하는 직업이라는 것이지.

흐음.

기사, 좋으려나? 인기 많지 않을까?

다행히 검술은 내 특기다. 굳이 따지자면 힘겨루기를 선호하지만, 앞으로는 검술 쪽에도 조금 더 신경을 쓰도록 하지 뭐.

"교관님. 한 번 더 승부를 부탁드리겠습니다."

"예? 하지만, 엘리자베스님."

"기사도라, 상당히 흥미로운 이야기였습니다. 이번엔 기사도 정신에 입각해서 진지하게 도전하겠습니다."

내가 미소를 짓자, 교관의 뺨이 살짝 떨리는 것처럼 보였다.

나쁜 아이는, 엉덩이를 때려줘야 돼

    그날부터 검술뿐 아니라 기사도 정신에 대해서도 공부하기 시작했다.

    이른바 신사적인 몸가짐이자, 정의감이자, 도덕이자, 윤리였다.

    이들의 집합체가 '기사도 정신'인 듯했다. 여전히 기사도 정신 자체는 확하고 와닿지 않지만, 잘게 쪼갠 하나하나의 사항들은 이해가 갔다.

    뭐 정의감이나 도덕, 윤리관은 애초부터 나름대로 지녀왔기에 새삼스럽지는 않았지만, 신사적인 몸가짐이라는 개념은 제법 쓸모가 있었다.

    단순히 말하면 자세가 좋아졌다. 행동과 몸짓에 신경을 쓰게 됐다. 검을 뽑을 때도 올바른 자세를 취하는 편이 더 아름답고 군더더기가 없다. 몸가짐이 아름다우면 여성에게 더 호감을 사기 쉽다는 사실은 틀림없었다.

    예의범절 레슨과 댄스 레슨에서도 자세나 몸가짐이 아름답다며 칭찬을 듣는 횟수가 늘었다.

    썩어도 공작 영애라, 사실 꽤 바빴다. 종일 검술 수련만 할 수는 없다는 소리다.

그 외에도 요리, 꽃꽂이, 다도, 서예 등도 살리는 편이 전체적인 효율 향상과 이어지고, 자유 시간—주로 근육 단련을 하는 시간. 최근에는 오라버니를 업은 채로 스쿼트하는 것이 유행이다—의 증가를 기대할 수 있다. 달가운 효과다.

검술 자체도 동작의 군더더기나 빈틈을 줄이는 효과가 있고, 진지하게 대전하면 교관님에게도 이길 만큼 성장하였다.

훌륭해. 그야말로 기사도 만능이라고 할 수 있다. 욕심 같아서는 한 가지만 더, 무슨 속성이라도 얻으면 좋겠는데…….

"리지!"

멍하니 생각에 잠겨 있었는데, 쾅! 하고 문이 열렸다.

굳이 시선을 돌리지 않아도 목소리로 오라버니라는 걸 알 수 있었다. 노크도 없이 열다니, 별일이네.

팔굽혀펴기를 멈추고 일어섰다.

"오라버니?"

"크리스, 여기 안 왔지?"

그 말을 들으며, 나는 재킷을 집어 들었다.

걷어붙인 소매를 다시 내렸다. 게임에 관한 지식은 없지만, 이 다음에 오라버니가 할 대사를 상상할 수 있었기 때문이다.

그런 내색은 하지 않고, 나는 의아하다는 표정을 지으며 오라버니에게 물었다.

"크리스토퍼에게 무슨 일이 생겼나요?"

"모습이 보이질 않아. 이제 곧 저녁 먹을 시간인데……"

"어디서 놀고 있는 건 아니고요?"

나는 얌전한 표정을 지으며 끄덕였다.

물론 눈치채지 못했다. 난 항상 나대로 바쁘기 때문에, 다른 사람의 뒤치다꺼리까지 할 여유가 없었거든.

"놀러 간 거라면 다행이지만…… 불안해서 말이야. 크리스에게 무슨 일이라도 생기면 어쩌나 싶어서."

오라버니는 당장이라도 울 것 같은 표정을 지으며 고개를 떨궜다.

그 모습에, '좀 봐 줘' 하는 기분이 들었다. 나는 오라버니의 눈물에 약하니까. 어떻게 해야 좋을지 알 수 없게 되거든.

오라버니에게 크리스토퍼는 친동생이나 다름없는 귀여운 동생이겠지.

크리스토퍼 녀석. 애초에 이렇게 살가운 대접을 받아 놓고서는, 어울리지 못했다고?

점점 화가 솟구쳤다. 물론 그 말을 한 것은 게임 속 크리스토퍼였고, 현재의 크리스토퍼는 아니지만.

나쁜 아이는 당장 끌고 와서, 엉덩이를 때려줘야 돼.

"오늘은 아버님도 어머님도 영지에 나가서 오시지 않아. 내가… 내가, 지켜줘야 돼."

"알겠어요, 그럼 가시죠."

"리지? 어… 그러니까, 어디로?"

"크리스토퍼를 찾으러요."

걱정스러운 눈빛으로 이쪽을 바라보던 오라버니를 안심시키기 위해, 나는 가슴을 펴고 미소를 지었다.

"저한테 짐작 가는 곳이 있거든요."

스포일러를 하겠다.

실은 이때, 크리스토퍼는 자신의 친부모를 만나러 갔었다.

크리스토퍼는 어릴 적 자신을 거두어 준 먼 친척네 집에서, 우연히 친모의 소식을 듣게 된다. 죽었다고 들은 모친의 소식을 말이다.

크리스토퍼는 저택을 빠져나가서, 친모가 거주한다는 집을 발견한다. 거기서 보고 만 것이다. 새로운 가족과 행복하게 사는 친모의 모습을.

이때의 스틸 컷은 너무 딱해서 보고 있기 어려웠다.

부모에게 버림받았지만, 크리스토퍼는 오늘 이 시점에는 아직 그 사실을 모르고 있다.

친모는 죽었다고, 그렇게 들은 것이다. 상냥한 거짓말인 셈이다.

인망 있는 공작님이시니까. 분명 시기를 봐서 이야기해 주실 심산이었으리라 생각하지만.

사실 나는 크리스토퍼와 같은 이야기를 들었지만, 오라버니는 진실을 아는 듯했다. 그렇기에 더 열심히 크리스토퍼와 친해지려고 한 거겠지.

인망 있는 공작은 진실을 감출 때의 단점을 이해하고, 장점과 단점을 저울질한 끝에 그 선택을 하셨을 테니까.

이번에는 우연찮게 그 선택이 나쁜 방향으로 흘러갔을 뿐이다. 하향곡선을 그렸을 뿐인 것이다. 누구의 책임도 아니야.

크리스토퍼는 진실을 알게 되었다. 자신의 친모가 아직 살아있다, 라는 진실을.

그것도, 제3자를 통해 밝혀진다는 최악의 형태로 말이지.

이후 크리스토퍼는 '자신이 버림받았다'는 진실을 마주하게 된다.

잔혹한 현실이 드러나는 것이다.

그 아이는 아홉 살에 마음을 둘 장소를 잃어버리고, 아무도 믿지 못하게 된 것이다.

이상이 크리스토퍼가 '먼 친척의 집'에 어울리지 못했던 진짜 이유겠지. 우리 집안에 문제가 있는 게 아니라 그 아이 자신이 아무에게도 마음을 못 열게 돼 버린 거야. 누구와도 어울리지 못하게 되었지.

게임 속 크리스토퍼가 계속 치는 장난은 일종의 시험 행동이라고 볼 수 있다. 상대가 자신에게 보이는 호의가 진심인지 시험하기 위해, 그것이 변하지 않는 마음인지를 시험하기 위해 장난을 치는 것이다.

아무리 그래도, 하는 생각이 든다. 저런 오라버니와 계속 부대끼면서 정이 붙지 않았다는 사실이 이해가 안 간다.

뭔가 큰 외력이 작용하지는 않았을까, 라는 억측을 하게 된단 말이지.

예를 들면, 크리스토퍼에게 처음으로 변하지 않는 사랑을 주는 사람을 히로인으로 만들기 위해서.

혹시 이 여성향 게임 세계의 구조 같은 것이 작용하고 있다거나.

"리지, 저기야!"

중심가에서 제법 떨어진 작은 민가가 늘어서 있는 거리에 막 접어들었을 즈음에, 오라버니가 내 뒤에서 소리쳤다.

처음에는 나란히 달렸지만, 차라리 내가 들쳐업고 달리는 편이 빨라서 이런 형태가 되었다.

열다섯 살이 되어도 매혹적이고 쫀득한 몸매를 유지하는 오라버니지만, 매일같이 수련에 지독하게 어울리면서 나에게 이 정도는 문제되지 않는다는 사실을 아는지, 이의를 제기하지는 않았다.

눈을 부릅뜨니 땅거미 속에서 울먹거리며 달려오는 사내아이의 모습이 작게나마 보였다.

"크리스토퍼!"

오라버니가 그 이름을 불렀다. 사내아이—크리스토퍼는 고개를 들었지만, 아무래도 상태가 이상했다. 무언가에 쫓겨난 듯한, 공포에 질린 표정을 짓고 있었다.

나는 등에 업은 오라버니를 내려 주고, 근처 골목으로 비집고 들어갔다.

그리고 기척을 숨긴 채, 크리스토퍼가 달려오는 방향으로 향했다. 크리스토퍼가 스쳐 지나가는 순간, 그 입을 내 손바닥으로 틀어막고 그대로 덤불 속으로 끌어당겼다.

기척을 숨길 수 있게 된 것은 몸가짐을 바로잡기 시작하며 얻은 부산물이었다.

발소리를 죽일 수 있게 되었고, 동작에 따르는 소리를 없애는 방법을 배웠다. 군더더기 없이 신체를 움직이게 된 덕분에, 불필요한 힘을 빼고 공기에 녹아 든 듯이 행동할 수 있게 되었다.

기사도 정신에서 봤을 때 이것이 옳은지 어떤지, 나는 생각하지 않기로 했다.

덤불 속에서 숨을 죽이고 기다리자 몇 초 후에 거친 발소리가 들려왔다.

"어디 갔지? 젠장!"

"틀림없이 이쪽으로 왔어, 찾아내!"

여러 남자의 목소리였다. 대부분 고함 섞인 말투였다. 옷차림으로 봐서는 불량배인 듯했다.

울상이 되어 나를 올려다보는 크리스토퍼에게 비어 있는 손의 검지를 세워 입술에 대고, 조용히 하라는 동작을 취했다. 크리스토퍼는 겁먹은 것 같았지만, 살며시 고개를 끄덕였다. 나도 고개를 끄덕이며 입을 틀어막던 손을 풀어주었다.

남자들이 달려가는 장면을 보고 나서야, 크리스토퍼와 함께 덤불 속에서 빠져나왔다.

아주 얌전해진 크리스토퍼의 손을 잡아당기며, 골목을 비집고 나온 오라버니와 합류했다.

"리지! 크리스토퍼! 아아, 다행이다!"

조금 전의 남자들을 경계했는지, 작은 목소리로 오라버니가 말했다.

"아직 근처에 있을 거예요. 크리스토퍼, 불량배랑 엮일 만한 짓을 했어?"

"아니, 저건 유괴범일 거야."

"유괴."

나는 오라버니의 말을 되새겼다.

그렇다면 크리스토퍼는 확실히 딱 좋은 먹잇감이었겠지.

그런데, 유괴라니. 아이를 잡아다가 어쩌려는 거지?

이 세계에는 아직, 장기이식이 성행할 정도로 의료 기술이 발달하진 않았을 텐데. 그렇지 않고서야 '성녀'같은 사람이 찬양받을 이유가 없잖아.

유괴한 아이들을 이용해서 금전적 이득을 취하는 방법도 생각해

봤지만, 귀족의 자제라면 인질로 삼아서 몸값을 요구하고, 외모가 뛰어나다면 '그렇고 그런 취미'를 가진 양반들에게 팔아넘기는 정도 밖에 없겠는데.

귀족의 자제는 옷차림을 보면 알 법하지만, 평소에는 이런 곳까지 호위도 없이 혼자 어슬렁거리진 않는다. 그렇다고 해서, 외모가 좋은 아이만 선별하려면 그만큼 품이 들기도 하고.

정말 벌이가 되긴 할까?

"이봐, 저기다!"

쓸데없는 걱정을 하는 사이, 남자들의 굵은 목소리가 들렸다. 뒤 돌아보니 후방 5m 정도 떨어진 곳에 불량한 차림을 한 남자 무리가 보였다.

조금 전, 그 불량배이자 유괴범이었다.

"오라버니!"

"응!"

내가 부르자, 오라버니는 바로 내 등에 업혔다.

"크리스토퍼도 빨리!"

나는 웅크린 채로 크리스토퍼를 향해 두 팔을 벌렸지만, 그 아이 는 움직이지 않았다.

한가하게 있을 때가 아니라고.

"실례."

어쩔 수 없이 한마디로 잘라 말하고 그 아이의 뒷무릎에 팔을 둘 러서 들어 올렸다. 인형을 안은 복화술사 같은 모습이었다.

가볍게 들어올릴 수만 있다면, 별거 아니지.

"깃털처럼 가볍네……."

"흐엑?!"

무심코 중얼거리는 나를 보며, 크리스토퍼는 눈을 동그랗게 떴다. 복슬복슬한 스트로베리 블론드 빛 머리칼이 파르르하고 떨렸다.

"꽉 잡고 있어."

"저, 저기!"

"크리스, 입을 다물지 않으면 혀를 깨물게 될 거야."

익숙하다는 듯이 내 목에 팔을 감고 있는 오라버니가 크리스토퍼에게 충고했다. 이 아이가 입을 한일자로 꾹 다문 것을 확인한 뒤 나는 지면을 박차고 나갔다.

역시 오라버니는 깃털처럼 가볍다고는 못하겠지만, 불량배 무리를 따돌릴 정도로 가볍게 달리기엔 충분한 무게였다.

아버님과 자주 외출을 하기 때문에, 오라버니는 이 동네 지리에 밝았다. 지도 대용으로 데리고 나와서 길 안내를 받기도 할 정도였으니까. 물론 부모님께는 비밀로 했다.

등뒤로 지시를 받으며 좁은 골목길을 골라 내달렸다.

중심가에 가까워졌을 무렵, 오라버니가 내 어깨를 두드려서 그 자리에 멈췄다.

"여기까지 오면 그렇게 서두르지 않아도 될 거야. 나는 내려서 걸을게."

"그래요? 이미 늦기도 했고, 이대로 제가 달리는 편이 빠르지 않을까요?"

"여동생 등에 업힌 모습을 보였다간, 시집오려는 사람이 더 줄어들 걸?"

"이제 와서요?"

진심으로 이제 와서? 하고 생각했다. 그런 일로 시집오기를 꺼려하는 여성이라면 애초부터 거절하는 편이 좋다고 생각하니까.

"저, 저기, 그럼 저도…."

몸을 살짝 움직이는 크리스토퍼의 어깨를 오라버니가 살짝 눌렀다.

"많이 걸어서 힘들잖아? 조금만 더 그대로 있는 게 어때? 안 그래, 리지?"

"저는 괜찮아요."

크리스토퍼는 곤란하다는 듯이 나와 오라버니를 번갈아 올려보았지만, 이내 포기했는지 내 가슴에 체중을 실었다.

"대모험이었네, 크리스."

오라버니가 걸으면서 크리스토퍼의 얼굴을 슬쩍 들여다보고는, 부드럽게 미소를 지었다.

그 목소리에도 시선에도, 혼내려는 기색은 보이지 않았다.

"아직 이렇게 작은데, 그런 곳까지 혼자 갔어. 크리스는 정말 대단해."

"저는, 그."

크리스토퍼는 당장이라도 울음을 터뜨릴 듯한 표정을 지으며 움츠러들었다.

"……죄송해요."

"……음, 그러니까. 왜 '죄송한지' 이유를 물어봐도 될까?"

상냥한 형은, 의붓동생의 눈물 섞인 목소리에 적잖이 동요한 모양이었다.

평소에도 부드러운 음성을, 더욱 배려 넘치는 목소리로 바꾸어 물었다.

"두, 두 분께 폐를 끼쳤으니까요…… 제가, 멋대로, 나가는 바람에."

또르륵 하고, 커다란 벌꿀색 눈동자에서 눈물이 흘러 넘쳤다. 한 번 넘친 눈물은 둑이 터진 듯 계속 쏟아져 내렸다.

나는 다시금, '좀 봐 줘'하고 생각했다. 눈앞에서 울어버리면 어떻게 해야 좋을지 알 수 없다고.

조금 전 손을 잡아당겼을 때 느껴진 크리스토퍼의 손목 가늘기가, 어째서인지 선명하게 떠올라버렸다.

"죄송해요, 죄송해요. 화, 화내지 마세요."

"으~음, 화는 안 났는데 말이지."

오라버니는 곤란하다는 듯이 웃으며, 크리스토퍼의 머리를 살며시 쓰다듬어주었다.

"민폐라고도 생각하지 않아. 하지만 엄청 걱정했어. 나도, 리지도."

살짝 고개를 든 동생의 눈동자에 오라버니의 모습이 비쳤다. 오라버니 역시 울 듯한 표정을 짓고 있었다.

"그러니까, '민폐를 끼쳐서 죄송해요'도, '화나게 해서 죄송해요'도 필요 없는데…… '걱정을 끼쳐서 죄송해요'라면 받아줄까 했지."

눈을 가늘게 뜨고 웃는 오라버니를 향해, 딸꾹질을 하던 동생이 작게 숨을 삼키고 아주 살짝 고개를 끄덕였다.

그것을 본 오라버니는 크리스토퍼의 머리칼을 부드럽게 쓰다듬었다.

"다음부터는 우리랑 상담해. 저택을 빠져나가는 건 특기니까 분명 도움이 될 거야."

"오라버니, 부추기시면 어떡해요."

내가 한 소리 하자, 오라버니는 눈썹을 늘어뜨렸다. 그런 표정 지어도 안 된다고. 위험한 행동을 했을 때는 따끔하게 야단치지 않으면 본인에게도 좋지 않으니까.

"으~음…… 어쩌지. 역시 나는, 누굴 혼내는 건 서툴러서 말이야."

"제가 해요?"

"그래 주면 고맙지. 그래도, 리지는 선을 넘을 것 같아서 불안해."

"저는."

삥긋하고 크리스토퍼가 말을 내뱉었다.

"저는, 그러니까. 엄마가, 살아있다고 들어서. 그래서."

"……그렇구나. 그럼 만나고 싶었겠네."

오라버니의 말에 크리스토퍼는 고개를 끄덕였다. 그 모습을 곁눈질하던 나는 살짝 혀를 찼다.

아마도 게임 속에서 회상으로 나왔던 '과거'가 오늘이었겠지.

저택에 출입하던 상인이 고용인과 하는 이야기를 들었다, 라는 설정이었을 거야. 오늘 저택에 방문했고 소문을 퍼뜨린 상인이라고 하면 대강 특정할 수 있어.

애초에 우리 가문과 거래를 하는 가게는 차고 넘치니까. 귀중한 고객네 자제 관련 소문을 부주의하게 떠들어서 당사자 귀에 들어가게 하는 자식은 출입금지다, 출입금지.

아무렇지도 않다는 듯 행동할 속셈이었는데, 불온한 생각을 하는 중이라고 오라버니에게는 전해졌는지 오라버니가 흘끗하고 비난의 눈초리를 보냈다.

크리스토퍼를 대하는 태도와 너무 다르잖아. 내 평소 행실 탓인지.

댄스 연습 상대로서 쓰러질 때까지 돌려댄 일에 원한을 품었는지도 몰라.

"하지만, 엄마는…… 더 이상, 제 엄마가 아니게 되었어요."

크리스토퍼의 말에 오라버니는 눈을 크게 떴다. 거기까지는 오라버니도 몰랐던 거겠지.

아는 사람은 분명, 아버님과 어머님. 그리고 스틸 컷으로 본 적 있는 나뿐일 거야.

"어, 엄마가…… 아기를, 안고…… 모르는 남자랑, 즐겁게, 웃으면서."

크리스토퍼는 여전히 펑펑 울고 있었다.

그 후의 이야기는, 대부분 오열하는 목소리와 섞여 제대로 들을 수 없었다.

흘러넘치는 눈물을 손으로 닦았지만, 단번에 그칠 기미는 보이지 않았다. 끝내 들을 수 있던 말은,

"내 가족, 아무도, 아무도 없게 됐어요."

그런 작은, 비명에 가까운 중얼거림이었다.

그 말을 듣고, 오라버니 역시 고개를 떨구고 고통스러운 듯이 가슴을 움켜쥐었다.

아까 전부터 정말 좀 봐 달라니까, 하며 나는 하늘을 우러러보았다.

형제로서 보낸 기간은 1년도 채 안 되었지만, 오라버니에게는 의심할 여지없이 소중한 동생이었으니까.

그리고 오라버니만큼은 아니지만, 나는 내 나름대로 이 동생을 귀엽다고 생각해 왔다.

나는 굶어 죽을 정도가 아니라면, 하나밖에 없는 과자를 반으로 쪼개서 나눠줄 만큼의 정은 있는 사람이다. 단지 내 몸을 더 소중하게 여길 뿐이지.

눈앞에서, 아니, 품 속에서 울면 곤란하다고.

도움을 바라며 오라버니에게 시선을 보냈다. 오라버니는 그것을 어떻게 해석한 건지 모르겠지만, 표정을 바로잡고 고개를 끄덕였다.

오라버니가 살며시 크리스토퍼의 손을 잡았다. 이야기 나누기 편하게끔 나는 발을 멈추었다.

"있잖아, 크리스토퍼."

그 목소리는 역시 놀랄 만큼 부드러워서 듣는 내가 다 눈물이 날 정도였다.

"우리가 함께 산지 아직 얼마 안 되기도 하고, 크리스는 아직 그럴 기분이 들지 않았다고 생각해. 기분이 들고 싶다고 들어지는 것도 아니고 말이지."

그래도 말이지, 라며 오라버니는 말을 이어갔다.

"우리는, 언젠가 너와 가족이 될 거라 믿고 있어."

고개를 떨군 채 계속 눈물을 흘리는 크리스토퍼가 몸을 움찔했다.

안고 있는 나만 알 정도로 작은 변화였지만—오라버니의 말은 확실히 크리스토퍼에게 전해진 것이다.

"같이 밥 먹고, 맛있다며 웃고. 걱정하고, 걱정해 주고. 곤란할 때는 상담하거나 서로 도와주고. 아버님이나 어머님께 말 못 할 비밀을, 몰래 만들거나 하면서."

오라버니는 그렇게 말하며, 나에게 윙크를 날렸다. 아니, 무슨 의미인지 모르겠는데요.

"리지는 신경 쓰는 게 많아서 일방적으로 비밀을 늘려 가고 있거든. 나도 동지가 생기면 좋을 거 같아."

농담 비슷한 소리를 하는 오라버니. 그래서야 마치, 내가 오라버니를 휘두르는 거 같잖아요.

유감이다. 가끔 물리적으로 휘두르고 있긴 하지만.

오라버니의 폭신폭신한 손이 크리스토퍼의 작은 손을 감싸 쥐었다. 크리스토퍼는 오라버니의 손을 맞잡지는 않았지만, 뿌리치려 하지도 않았다.

"그러니까. 크리스가 조금이라도 '그러면 좋겠다'는 생각이 들도록 우리는 노력할 거야. 서두르지 않고 천천히. 기다려 주겠니?"

질문에 대답은 없었다.

다만, 오라버니는 그걸로 충분하다고 생각한 모양이었다.

손을 놓고 내 옆에 서서 걷기 시작했다.

크리스토퍼가 우는 내내 가만 있을 수는 없고 도리어 빨리 걸었기에, 얼마 지나지 않아 익숙한 저택이 보이기 시작했다.

그때까지 얌전하던 크리스토퍼가 갑자기 난동을 부리며 소리쳤다.

"저, 저기, 엘리자베스님. 저, 내릴게요, 걸을 수 있어요."

"어머. 크리스토퍼도 승차감에 불만이 있었나 보네?"

"예? 아, 아니 그게."

"농담이야. 이대로 들어간다면 다들 걱정할 테니까 말이지."

웅크린 채 안겨 있었다는 사실을 잊어버릴 정도로 가벼운 동생을 내려주었다. 그리고 일어서니 어쩐지 옆쪽에서 시선이 느껴졌다.

곁눈질을 해서 보니, 크리스토퍼가 나를 올려다보고 있었다. 볼을 붉히고 무슨 말을 하고 싶다는 듯이. 뭔가를 억누르는 듯한, 그런 표정으로.

이러면 내가 또 곤란해진다니까.

이럴 땐 어떻게 하는 것이 정답일까.

오라버니처럼 상냥한 말도, 세련된 대사도 나오지 않았다. 그런 걸 기대하면 곤란해.

순간 떠오른 것은, 여성을 꼬실 때 쓰는 달달한 말뿐이었다. 편향된 학습의 성과라고 해두자.

잠깐 망설인 뒤에, 나는 살짝 무릎을 꿇고 동생을 향해 기사로서 예를 다했다.

결국 나는 다른 사람에 대한 건 잘 모른다. 그러니까 여기서는, 나보다도 타인을 이해하려고 노력하는 오라버니에게 아이디어를 빌리고자 한 것이다.

남자라면 누구나─여자도 그럴지 모르지만─기사를 동경하니까.

"나는 너의 기사야, 크리스토퍼."

기사의 예법을 이제 막 익힌 참이지만, 충분히 연습해왔던 덕분에 동작은 자연스러웠다고 생각한다.

"나는 여자라서, 나라를 지키는 기사는 될 수 없어. 그러니까 나는, 가족을…… 나의 소중한 사람들을 지키는 기사가 될 거야."

크리스토퍼의 손을 잡고, 그 손끝에 입을 맞추었다.

이 아이를 구해줄 예정인 히로인 역할을 나는 빼앗으려는 중이다. 그 생각에는 흔들림이 없고, 나쁘다고도 생각하지 않는다.

하지만 이러니저러니 해도, 히로인에게 사랑받지 못한다고 해도 누나로서 이 아이가 행복했으면 하는 마음이다.

내가 손해보지 않는 범위에서, 나에게 피해가 오지 않는 범위에서, 적당히 행복했으면 좋겠다, 하고 생각했다.

그러니까 히로인이 없어도, 적어도 기사를 동경하는 마음이 조금이나마 이 아이의 안식처가 돼 주었으면 좋겠다고 생각했다.

동생은 입을 뻐끔뻐끔 여닫으며 나를 응시했다. 오라버니를 흉내 내어 최대한 상냥하게 미소를 지었다.

"내가 널 지켜도 될까?"

"네, 네엣!"

얼굴이 벌게져서 힘차게 고개를 끄덕거리는 크리스토퍼. 역시 영웅을 동경할 나이대의 사내아이에게는 기사님이 효과만점이었다.

그대로 일어나서 이 아이의 손을 잡고 걸어갔다. 오라버니는 흐뭇해 하며 잠시 우리를 기쁜 듯이 바라보다가, 곧 크리스토퍼의 반대쪽 손을 잡았다.

세 사람이 한 줄로 서서, 천천히 저택으로 향했다.

"오라버니는 신경 쓰지 않는다고 하셨지만, 멋대로 빠져나간 건 마음에 안 드는 걸."

"아핫, 죄, 죄송해요!"

"리지, 네가 할 말이냐, 그게."

"벌로, 저택 외곽 달리기 30바퀴야!"

"히이이익?!"

"리지! 내 귀여운 동생을 괴롭히지 마!"

당황하는 오라버니를 보며, 나는 히죽거리며 웃었다. 내 표정을 보고 농담이라는 걸 알았는지 조금 뒤 오라버니도 웃음을 터뜨렸다.

크리스토퍼는 우리의 얼굴을 번갈아 올려보다가 곧 잡고 있던 손을 약간이나마 맞잡아 주었다.

미국식 더빙 느낌을 곁들여서

    열두 살이 된 해 어느 날, 평소처럼 검술 수련을 하고 있었는데 교관님이 한 남자를 데려오셨다.

    남자는 자신을 그리드라고 소개했다. 교관님과 같은 기사단 후보생 훈련소의 관계자로, 견학을 하러 왔다고 했다.

    교관님에 비해 복장이 불량하다고 할까, 품위가 없는 사내였는데 몸매가 정말 끝내줬다.

    앞가슴과 팔이 두꺼웠다. 키도 컸고 하반신에도 근육이 확실하게 붙어 있었으며, 상체가 강해 보이는 점이 좋았다. 중심점이 낮은 탓에 발밑에서 자세를 무너뜨리기도 쉽지 않아 보였다.

    그리고 몸놀림에 힘이 들어가 있지 않고 군더더기가 없었다. 지금 내 역량으로는 못 당해내겠지.

    무의식 중에 품평을 하는 듯한 눈으로 봤지만, 그건 상대도 마찬가지인 듯했다. 날카로운 시선으로 나를 주시하고 있었다.

    오라버니와 가볍게 몸을 푼 뒤에 교관님과 모의전을 치르게 되었다.

    말은 이래도 평소 늘 하는 훈련으로 작년 즈음부터 이기기 시작해서 최근엔 무난하게 이길 정도로 실력이 늘었고, 그날도 별다른 문제는 발생하지 않았다.

"엘리자베스님."

모의전이 끝나고 한 차례 인사를 주고받고 난 뒤, 교관님이 내 곁에 다가왔다.

"더 이상 제가 가르쳐드릴 것이 없습니다."

그 말을 들은 순간, 나는 대체 내가 무슨 말을 들었는지 이해하지 못했다.

다시금 뇌내에서 되새긴 후에야, 좋은 예감과 나쁜 예감이 들었다. 나쁜 쪽부터 묻도록 해야지.

"저기 혹시, 파문인가요?"

"아닙니다."

"그럼 면허개전, 이라는 건가요?"

"개전을 드릴 만큼 저는 강한 사람이 아닙니다. 하지만 적어도 '당신은 배우는 쪽이 아니라 가르치는 쪽에 서도 될 정도로 충분한 실력을 몸에 익혔다'라는 의미입니다."

"사범대리로서 인정받았다, 라는 말씀이신가요?"

"그렇습니다."

과연. 나는 이해했다. 오늘의 모의전은 사범대리가 되기 위한 시험이었고, 여기 이 그리드라는 남자가 입회인이었겠지. 어쩐지, 살피는 눈빛으로 이쪽을 바라본다 싶었는데.

하지만 이렇게 갑자기 사범대리라고 말해 줘도 솔직히 실감이 나질 않는다.

당연하지. 내가 정식 시합을 한 적 있는 사람은 오라버니와 교관님뿐이니까. 내가 얼마나 강한지 측정할 만한 기준점이 내게는 없다.

실전이 부족하다. 그런 느낌이 강하게 들었다. 조금 더 수련에 힘 쓰자고, 결의를 새로이 다졌다.

"그래서, 저는 이쯤에서 휴가를 신청하려고 합니다."

"예?"

예상외의 말에, 나는 어리둥절했다.

확실히 나는 교관님보다도 강해졌다. 이제 막 이기기 시작했을 무렵에는 공작 영애인 나에게 맞춰주는 게 아닌가 싶기도 했지만, 훈련에서 봐주는 것 같진 않았고 똑같이 훈련받은 오라버니는 평범 하게 졌으니까.

하지만 공략대상인 자로서 더 강해져야 한다. 어중간하게 강해서 는 의미가 없어.

히로인과 다른 공략대상 사이에 발생하는 이벤트를 가로채려면, 헌팅남부터 암살자까지 전부 격퇴할 만한 힘이 필요하니까. 그러기 위해 실전형식을 갖춘 연습은 빠뜨릴 수 없었다. 지금 연습상대를 잃으면 안 된다고. 모처럼 새롭게 다진 결의를 어쩔 거냔 말이야.

"제게 가르쳐줄 것이 없으셔도, 오라버니는."

오라버니를 끌어들여봤지만 교관님은 고개를 저었다.

"버튼 백伯도 곧 열일곱이 되십니다. 학교의 최고 학년이 되시면 검술 수업은 없으니 수련을 계속하실 필요가 없어집니다."

버튼 백이란 오라버니를 가리키는 말이다. 작년 아버님이 소유하 신 작위 중, 백작을 물려받은 것이다. 학교 졸업 후 수년 동안 백작 으로서 책무를 다하며 실적을 쌓아, 그 뒤에 떳떳하게 공작 가문 당 주의 자리를 계승할 예정이라고 했다.

오라버니에게 시선을 돌리자, 곤란하다는 듯이 웃고 있었다. 오라버니는 이렇게 될 것이라고 알았나 본데.

생각해보면 오라버니는 기사가 되고 싶어하지도 않았고 학교 수업에서 좋은 성적을 거두기만 하면 충분했으니까, 저 나이까지 열심히 검술 수련을 계속할 필요가 없긴 하지.

나와 함께 평범한 귀족 영식보다도 혹독한 훈련을 받은 오라버니에게는 감사할 따름이라, 불만을 토로할 이유가 없어.

진심으로, 잘 어울려 줬다고 생각한다.

"크리스토퍼는요?"

"크리스토퍼님은 기초 단계시니까요. 저보다도, 처음에 여러분을 가르쳐준 분이 적임자겠지요."

말을 더 해 봐도, 담박하게 받아쳤다. 확실히 그 말이 맞았다.

크리스토퍼는 이전에 살던 집에서는 검술을 배운 적이 없다고 했고, 우리 집안에 와서 2년을 지낸 지금도 체력 단련이나 검에 익숙해지는 연습을 하는 단계였다. 훈련장에서 현역 교관이 가르쳐야 될 정도의 실력은 없다.

아니, 이 기회에 단도직입적으로 물어보자. 곤란한 사람은 오라버니도 크리스토퍼도 아니라 나니까.

"하지만, 그럼 제 수련은 어떻게 되는 건가요? 저는 아직, 만족할 만큼 강하지 않아요."

"귀족 영애로서는 충분하고도 남으실 정도로 강하십니다."

"제가 추구하는 건 그 정도 강함이 아니에요."

교관님은 당연하다는 듯 고개를 끄덕였다.

다 알고 있으면서 작별을 고하다니, 대체 무슨 생각이야. 한 마디 해야겠어. 모처럼 새롭게 결의를 다졌는데!

"엘리자베스 님에게 새로운 연습 장소를 소개해 드리려고 오늘 저 친구를 데려온 겁니다."

교관님이 눈짓하자, 아까 자신을 그리드라고 소개했던 사내가 이쪽으로 다가왔다.

시합 중에는 찌를 것 같은 시선으로 나를 봐 놓고선, 내가 교관님과 이야기를 나누는 동안에는 전혀 기척을 느끼지 못했다. 제법 거구임에도 존재감을 지우는 데 능숙했다.

"왕도에는, 귀족 영식을 위한 기사단 후보생 훈련장이 두 군데 있습니다. 왕도에서 봤을 때, 서쪽과 동쪽에요. 이 친구는 서쪽 훈련장 교관입니다."

"안녕하십니까."

그리드 교관이 가볍게 손을 올리며 나를 내려다보았다.

허술한 몸짓으로 보였지만, 빈틈이 없었다.

과연, 교관이라. 저 사람 역시 실력이 뛰어난 기사겠지. 아까부터 느낀 감각이 납득이 되었다.

그는 턱에 무성하게 난 수염을 만지며, 불만스럽다는 듯이 자신을 소개해 준 교관님을 엄지손가락으로 가리켰다.

"이 녀석은 동쪽 훈련장 소속인데, 그쪽에 신분 높은 영식들이 많아서 말이지. 교관들도 동쪽 훈련장만 가려고 해서 서쪽 훈련장은 항상 일손이 부족하다고."

그래서, 라며 그는 말을 끊었다. 히죽거리며 올라간 입꼬리와 맹금류 같은 빛을 뿜어내는 눈동자는 묘하게 균형이 맞지 않아서, 만지면 베일 것 같은 느낌을 주었다.

"사범대리가 되기도 했으니…… 아가씨, 우리 쪽에서 일하지 않을래?"

훈련장에 나오라는 말은, 이보다 더 좋을 수 없을 정도로 내게 딱 맞는 제안이었다.

기사단 후보생으로서 훈련장에 나가는 사람은, 대부분 학교에 입학하기 전인 귀족 영식이라고 들었다.

전속 가정교사를 고용하지 못하는 사람부터, 가정교사의 지도로는 만족하지 못한 사람, 진심으로 기사를 목표로 하는 사람들이 다닌다고 들었다. 비슷한 연령의 아이들과 내 실력을 비교할 수 있는 좋은 기회인 셈이었다.

훈련을 마친 뒤라면, 그리드 교관을 포함한 다른 교관도 내 수련에 시간을 할애할 수 있다고 했다.

그것도 급료를 받으면서 말이지.

그리드 교관의 말을 빌리자면, '공작 가문의 영애에게는 미미한 액수'였지만, 돈은 많을수록 좋으니까. 자유롭게 쓸 돈이 생기면 감사할 따름이지.

나는 두말할 필요 없이 승낙했지만, 문제도 있었다.

훈련장을 다니려면 매일같이 저택을 드나들 필요가 있기 때문이다.

알맹이는 어른이지만, 몸은 열두 살짜리 어린 아이니까. 외출에는 아버님의 허가를 얻어야만 했다.

조용히 다닐까도 생각해봤지만, 아버님이 집무를 보시기 위해 드나드시는 왕성과 훈련장은 엎어지면 코가 닿을 거리이고, 동시에 훈련장에는 귀족 영식들이 잔뜩 있으니까. 거기서 아버님과 친하게 지내는 귀족의 영식이 없으리란 법이 없다.

이런 것들을 감안해 본다면, 분명 어디서든 반드시 들키겠지.

궁리 끝에, 아버님과 직접 담판을 짓기로 했다.

그래도 역시 교관으로서 다닌다는 말을 하는 것은 조금 부담스러웠기에—어머님께서 실신하실지도 모르고—배우는 입장으로 다니겠다는 거짓말을 하긴 했지만.

뭐, 아버님과 우격다짐하면서 이해시키는 일은 벌어지지 않았으니 천만다행이지.

반대해봐야 몰래 다닐 것이라 생각하셨으리라는 설이 유력했지만, 오라버니 일행이 함께 부탁해 준 부분도 도움이 됐다고 생각한다. 크리스토퍼까지 같이 부탁할 줄이야.

딱히 희망 사항을 입에 올리는 일이 거의 없는 크리스토퍼가 청을 올리니, 아버님도 놀라신 듯했다. 그 후 살짝 눈물을 보이시기도 했고.

크리스토퍼와 우리가 사이좋게 지낸다는 사실이 기쁘셨던 모양이었다. 나도 살짝 감동했으니까. 나도 좋은 형제들을 두었다는 생각이 들었다.

뭐, 크리스토퍼는 내가 훈련장에 못 다니게 돼서 집에서 함께 혹독한 수련을 받게 될 위험을 감지했을지도 모르지만.

훈련 첫 날에 마침 후보생의 교체 시기가 겹치는 바람에, 나는 새로 들어온 후보생들을 담당하게 되었다.

훈련장 한쪽 구석의 작은 건물 귀퉁이에서—비품을 두는 창고를 정리해 주었다는 듯하다—기사단 제복을 입었다.

후보생의 제복과는 색깔이 다른 탓에 집에서 입고 올 수는 없었으니까.

어쨌든 훈련 뒤에는 땀흘린 옷을 갈아입어야 했는데, 훈련장에서 옷을 갈아입을 수 있다니 더할 나위 없이 좋았다.

초라한 외관에 비해 건물의 내부 제법 깔끔했고, 제대로 된 샤워실도 있었다.

내가 아는 한, 이 세계에는 '성녀의 기도'인지 하는 것 외에는 마법이랄 게 존재하지 않았지만, 여성향 게임 세계이기 때문에 등장인물이 불결할 리는 없다.

나름 귀족이 출입할 만한 장소는 화장실도 수세식이었다. 그 부근은 어쩐지 시설이 괜찮은 듯했다. 뭐, 아무리 그래도 이 건물에서 뜨거운 물은 나오지 않았지만.

짙은 감색이 도는 제복을 입고 거울 앞에 섰다. 자화자찬이긴 하지만 제법 잘 어울리잖아?

이랄까, 역시 수트빨이라는 것은 무시할 수가 없어. 그냥 입기만 해도 20%는 더 멋져 보이는 것 같단 말이지. 여자한테 인기 많은 이유가 있다니까.

게다가 짙은 색으로 구성된 위아래 한 벌과 부츠가 세로로 길어 보이는 효과를 줘서, 실제 키보다 더 커 보인다.

오늘은 제복과 맞춰 입으려고 일부러 특별 주문 제작한 부츠를 가져왔다. 키 높이 깔창을 넣은 부츠로, 신으면 성인 남성인 교관들과도 눈높이가 거의 비슷해지니까.

실제 키를 말하자면, 열두 살이 돼서 간신히 170cm에 가까워진 정도다.

공략대상이니까 신발을 신어서라도 역시 170은 넘겨야지. 순조롭게 잘 크는 중이라 고마울 따름이야.

"준비는 다 됐나, 아가씨."

노크와 함께 그리드 교관의 목소리가 들렸다. 나는 문을 열고, 나머지 교관과 대기실에서 합류했다.

다른 교관들은 제복을 제멋대로 입었고, 똑바로 입고 있는 사람은 나밖에 없었다.

그리드 교관도 상반신은 어딜 봐도 받쳐 입는 옷으로밖에 보이지 않는 꽉 끼는 검정색 티셔츠를 입고 있었다.

한눈에 봐도 어떤 타입인지 알 수 있을 정도라서, 캐릭터 설정은 성공했다고 볼 만하다. 나도 이곳에 익숙해지면 내 스타일대로 입고 다녀도 괜찮을 것 같네.

그때 머릿속에 의문이 스쳐갔다. "나다운 것"이 대체 뭐지.

'기사'라는 요소를 취하려 했고, 정신차려 보니 여기까지 와 있다.

하지만 여기엔 기사단 후보생과 그 교관뿐. 즉, 이곳 전원이 기사의 요소를 지닌 것이다. 기사라는 캐릭터만으로는 약해. 개성이 없다고.

애초에 한 단계 위의 무언가가 필요하겠다고는 생각했다. 기사로서 이것저것 가르치는 위치가 되기도 했고, 슬슬 그 무언가를 본격적으로 고민해볼 시기가 왔을지도 모른다.

"긴장했어? 괜찮아, 강아지 훈련하는 거랑 비슷하니까."

멍하니 생각에 잠긴 내 등을, 그리드 교관이 타악하고 쳤다.

나는 어깨를 으쓱하고서는 교관들을 뒤에 두고 밖으로 나가는 문을 열었다.

"사람을 가르치는 건 처음이지만, 일단, 해볼게요."

믿음직스럽구만, 하는 말이 등뒤에서 들려왔다.

무릎 세워 앉기로 땅바닥에 앉아 있는 남자아이들 한가운데 빈 공간에 서서, 주위를 내려다보았다.

이 세계에서도 저렇게 앉는구나, 하고 엉뚱한 점이 신경 쓰였다.

내가 묵묵히 입을 다문 사이, 예의범절이 몸에 배지 않은 듯한 아이들은 내 쪽을 보며 속닥거리고 있었다.

귀족 영식이라고 해도 생각보다 더 어린애 같구나. 외모도 그렇고, 내면도 말이지.

팔도 전부 가는 데다가, 무릎도 빤들빤들하고 맨질맨질했다. 딱지도 멍도 흉도 없었다.

그리고 잘생긴 소년이 아주 많았다. 역시나 여성향 게임 세계야. 공략대상들은 이 격전 속에서 치고 올라와 엄선된 인물이구나. 그러니 잘생길 수밖에.

오라버니가 비슷한 나이였을 때와 비교하면 너무 딱하다는 느낌도 들긴 하지만, 한 살 아래인 크리스토퍼와 비교해봐도 어린 듯하다. 내 동생은 겉모습은 어려 보이지만, 속은 이보다 조금 더 똑 부러진 아이니까.

나는 칼슘 덕분에 어지간한 귀족 영식보다는 키가 컸지만, 몸매는 다른 교관 같은 근육덩어리가 아니라 실전 압축 근육을 지닌 마른 체형이었다.

개인적으로는 조금 더 몸을 키우고 싶지만, 내가 중시해야 할 것은 사적인 즐거움이 아니라 여자한테 인기를 얻는 것이다. 어쩔 수 없이 참는 거라고.

그런 겉모습 탓에 얕잡아 보일 가능성은 있었다. 내 이야기를 제대로 안 듣는 아이가 있을 법하다는 점도 충분히 염두하고 있다.

이런 일은 첫인상이 중요하지. 내 또래의 남자아이들을 둘러보며 천천히 숨을 들이마셨다.

"그 칠칠치 못한 입 안 다무나, 이 버러지 같은 놈들아!"

순간 장내가 조용해졌다.

온실 속에서 자란 도련님들은 분명 지금까지 면전에서 버러지라고 불린 적이 없었겠지. 놀라는 꼴 좀 봐.

나도 다른 사람을 버러지라고 부른 건 이번이 처음이니까.

얕보이지 않기 위해선 어떻게 해야 할지 생각한 끝에 도달한 결론이 이것이었다.

이름하여 호랑이 교관 작전 ~미국식 더빙 느낌을 곁들여서~ 라는 것이지.

앉아있던 영식들을 일부러 노골적으로 내리깔아 보며, 코웃음을 쳤다.

"이놈이고 저놈이고 전부 지린내가 진동하는구나. 삐쩍 꼴은 팔에 깨끗한 검이랑 장화. 척 보면 안다! 너네가 써먹을 데라곤 없는, 버러지만도 못한 쓰레기라는 걸! 기사단 후보생? 하, 똥 덩어리가 더 낫지 싶은데? 잠꼬대는 자면서 해라!"

"이 자식! 잘도 그런 소리를!"

내뱉듯이 지껄이자, 얼굴이 시뻘게진 귀족 영식이 벌떡 일어났다.

글쎄. 어디서 본 것 같기도 하고 아닌 것 같기도 하고. 그런데 앞

머리 때문에 확실하게는 모르겠네.

애초에 뭐냐고, 저 거슬리는 앞머리는. 검술 연습을 할 생각은 있는 거야?

프라이드 높으신 귀족님 영식답네. 이런 식으로 깔아뭉개면 한두 녀석 정도는 불만을 터뜨릴 거라고 예상은 했다.

하지만 여기서 물러날 수는 없지. 오히려 힘의 차이를 확실하게 보여줄 기회니까.

나는 군이 도발하듯이 검지손가락을 까딱까딱거렸다.

"불만 있으면 덤벼! 단, 진다면 통상 훈련 코스에 팔굽혀펴기 100회 추가다!"

"좋다!"

도발에 걸려서 뛰쳐나온 상대를 단 2초만에 제압했다.

얕보이지 않으려고 군이 안 봐줬는데, 너무 지나쳤나. 날려버린 귀족 영식이 지면에 떨어지면서 찌부러진 개구리 같은 소리를 냈다.

순간 침묵이 흘렀다. 귀족 영식들이 겁먹은 눈으로 나를 바라보고 있었다. 이걸로 반항할 생각은 버렸겠지.

하지만 약속은 약속이라, 연대책임이라는 명목 하에 전원에게 추가 훈련을 부여했다.

어째서인지 합류한 그리드 교관 일행이 숨이 끊어질 듯 말 듯 하는 귀족 영식을 곁눈질하고, 아주 기뻐하며 같은 훈련을 소화하고 있었다.

어째서 당신들까지 후보생 사이에 있는 건데요. 그리고 왜 그리 묘하게 생기가 넘치는 건데요. 애초에 당신들이 담당하는 귀족 영식은 어쩌고?!

하지만 호랑이 교관으로서 여기서 캐릭터를 무너뜨릴 수는 없지. 첫인상이 중요하니까.

"여유를 부려?! 추가로 전력질주 20회!"

내 목소리에 귀족 영식들은 비명을 질렀고, 교관들은 환호성을 질렀다.

One for all! All for one!

"이 자식이! 그런 아가씨 같은 손으로 검을 쥘 수나 있겠나!"

"서! 노! 서!"

"알겠으면 처녀 딱지 떼기 전까지 목검이나 휘둘러! 이 숫처녀 같은 자식아!"

"서! 예스! 서!"

"스스로 한계를 정하지 마! 근육의 소리를 들어!"

"서! 예스! 서!"

"자세가 무너졌잖아! 그렇게 신체를 혹사하고 싶은 거냐! 너 마조히스트야?!"

"서! 노! 서!"

"야이 버러지 같은 놈아! 이 자식 열이 나잖아! 말해 주지 않으면 휴식도 못 취하냐?! 언제까지 갓난아이처럼 굴 거야?! 지금 당장 엄마 배 속으로 돌아가서 똥싸고 잠이나 처자!"

"서! 예스! 서!"

내가 훈련장에 나간 뒤로, 반년의 세월이 지났다.

고작 반년이지만, 귀족 영식들은 제법 몰라보게 달라졌다.

검 실력을 말하는 게 아니다. 단기간에 성과를 낼 수 있는 것과,

그렇지 않은 것을 오늘까지 거의 매일 단련해 온 나는 아주 잘 알고 있으니까.

기초훈련을 땡땡이 치지 않게 되었다. 연습할 때 표정이 바뀌었다.

달릴 수 있는 거리가 늘었다. 근육 단련의 최대 횟수가 늘었다. 손 가죽이 두꺼워졌다. 발바닥이 단단해졌다.

검을 휘두르는 자세가 좋아졌다. 목도를 다룰 때 진검을 다루는 듯한 긴장감을 지니게 되었다.

이제서야 '기사단 후보생'이라고 불릴 만한 상관을 갖춘 것이다. 아니, '기사단 후보생 알'이라고 부르는 게 맞을까.

처음부터 나는 신입생만 담당하기로 했는데, 내 특훈이 기발했는지 결국 다른 교관들도 내가 가르치는 훈련에 합류해 버려서 바로 합동훈련을 진행하게 되었다.

누가 그랬다던가. '리지의 신병 훈련소'라고. 처음에는 '교관님'이라고 불렀지만, 정신차려보니 '대장님'이라 불리고 있었다.

이게 무슨?

어째서지. 아무튼 멀어지는 것 같아.

여성향 게임의 공략대상이 되겠다는 목표에서 서서히 멀어지는 기분이 들어.

두통이 느껴져 미간을 찡그리고 있자, 누군가 이쪽으로 달려오는 기척이 느껴졌다.

"대장님!"

"뭐냐, 버러지 자식아!"

문하의 귀족 영식……이자, 기사단 후보생의 말에 인사와 함께 뒤를 돌아보았다.

목소리의 주인공은, 첫 대면 때 나한테 처음으로 덤벼들었던 앞머리 긴 소년이었다.

……아니, 분명 머리가 길었을 텐데.

그 자리에 서 있는 사람은 말끔한 단발의 소년이었다.

나보다도 더 짧은, 투블럭이었다. 상상했던 것과 다른 모습으로 상대가 서 있었기에 순간 당황했다.

하지만 조금 전의 그 목소리는 분명 들은 적 있는 후보생의 목소리였다.

순간적으로 말문이 막힌 나를, 소년은 눈동자를 반짝이며 바라보았다.

다갈색 머리칼에 맑고 깨끗한 담녹색 눈동자. 그 눈동자를 본 기억이 있다.

무심결에, 입에서 말이 새어 나왔다.

"헤픈 로베르트……."

"옛! 제 이름을 기억해 주시다니! 영광입니다!!"

긴장했는지 몸이 뻣뻣한 채로 대답하는 소년.

그렇다, 지금 내 앞에 있는 사람은, 헤픈 로베르트. 즉, 로베르트였다.

이 나라의 제2왕자이자, 나의 약혼자님 말이다.

그와 제대로 만난 건 여덟 살의 생일 파티가 마지막이었다. 그 후에는 행사나 의식 등이 있을 때 먼 발치에서 본 정도였다. 약혼자로서 그것이 적당한 거리감인지는 불분명했으나, 나도 나름대로 엄청나게 바빴기 때문에 특별히 만나거나 하진 않았다.

사교상으로 필요한 겉치레용 선물이나 편지를 주고받는 일은, 어머님과 시녀장이 잘 처리해 주셨다. 나는 '뭐든 좋아'를 연발하여 세 번째부터는 아무것도 듣지 못한 탓에 자세한 사정은 잘 모르지만.

　약혼자가 있든 말든, 히로인에게 공략당하기 위해 시간을 쏟아 자신을 갈고 닦은 내게 사교의 우선순위는 높지 않았다.

　그리고 내 기억 속 로베르트는 항상 머리를 올백으로 세팅했으니까.

　게임의 스틸 컷에서도 그랬다. 댄스 파티나 공식 무대에서 그는 항상 올백머리였다.

　'평소와는 다른 제복과 머리를 한 그에게 두근두근♡'이라는 것이다.

　평소의 스탠딩 일러스트 등에서는 장발의 울프컷에 M자뱅이었다. 앞머리가 길어서 얼굴이 잘 보이지 않았던 문하의 소년과 약혼자님이 겹쳐 보이지 않아도 어쩔 수 없다고.

　……가장 큰 이유는, 내가 약혼자님에게 흥미가 없었기 때문이라고 생각하지만.

　"머리를 잘랐나?"

　"옛! 시야를 가려서, 훈련에 적합한 머리로 잘랐습니다! 저도 대장님처럼 강해지고 싶어서요!"

　눈동자에서 빛나는 반짝거림이 마치 실체를 갖고 나를 찌르는 듯한 느낌이 들 정도로 눈을 밝히며 나를 응시하는 그에게서, 뭐랄까 끝없는 '존경'과 '동경'이 전해졌다.

　아무리 생각해도, 이 머리스타일은 그의 취향이 아니야.

　확실히 영향을 받은 거라고. 신경 쓰지 말라고 하는 게 무리일 정도로.

이런 점이 로베르트가 헤픈 로베르트인 이유겠지. 그의 장래가 걱정되어, 나는 아련한 생각에 잠겼다.

"머리스타일을 바꾸는 정도로 강해질 거라고 생각하지 마라, 이 버러지가!"

"죄, 죄송합니다!"

꾸벅하며, 신체를 90도로 숙여서 인사하는 로베르트.

굉장히 훌륭한 자세였다. 정말 그 헤픈 로베르트가 맞아?

게임에서는 거만한 계열이었던 것 같은데, 거만한 계열이 이렇게 아름답고 공손한 인사를 하는 캐릭터였던가?

"……그래서 용건이 뭐지?"

"옛! 그리드 교관님께서 호출하셨습니다!"

"곧 가지."

대답을 하며, 교관실로 발길을 향했다. 분명 등을 돌렸을 텐데, 여전히 로베르트가 쏘는 반짝임이 등뒤를 찌르는 듯한 느낌이 들었다.

교관실에 들어서니 교관들이 탁자를 둘러싸고 무언가를 주시하고 있었다.

가까이 가서 슬쩍 보니, 아무래도 이벤트 전단지 같은 물건이 탁자 위에 놓여 있었다.

일정은 3개월 뒤, 장소는 왕립 경기장. 타이틀은….

"어전御前시합?"

"그래. 뭐, 의식으로는 대열을 갖춘 후보생들이 행진하거나 검술을 선보이는데, 메인 이벤트는 이거거든. 폐하께서 보고 계신 앞에서, 서쪽과 동쪽 훈련장 대항으로 친선 시합을 하는 거야."

"저쪽에는 신분이 높은 도련님들이 많으니까. 애초에 가정교사를 고용할 능력이 되는 가문 출신들이 대부분이라 우리는 최근에 계속 지기만 했어."

"하지만! 올해는 다르지!"

그리드 교관이 탁자를 내리쳤다. 평소에는 힘이 쭉 빠져 있는 쪽에 가까운 사람인데, 오늘은 유난히 의욕이 넘쳤다.

교관실에서 포커를 치는 모습을 본적이 있으니까, 내기를 좋아하는 부류일지도 모르겠네.

"지옥훈련을 견뎌낸 후보생들은 최근 10년 중 가장 뛰어나다고 할 수 있지. 이길 수 있어. 올해는 반드시 이길 수 있다고."

"무슨 와인을 평가하는 것 같네요."

적당한 의자를 끌어다 앉았다. 아무 생각 없이 제복 소매를 보니, 단추가 떨어지려 했다.

이런 사소한 하자는 세탁을 맡기면 잊어버리기 쉽다. 수선해 두지 않으면 다음에도 또 이렇게 입겠지. 아아, 그리고 보니 생각나는 게 많은데. 까먹기 전에 수선해 둬야겠어.

"이봐, 대장님. 제대로 들으라고."

누가 대장님이야.

후보생들도 모자라서, 정신차리고 보니 다른 교관들도 나를 '대장님'이라 부르고 있었다.

그래서 어쩌라고?

체념하듯이 전단지에 시선을 돌리며, 묘하게 의욕이 넘치는 교관들을 보았다. 원만한 사회생활을 하고 싶으니, 가끔은 상사의 잡담에 어울려 줘도 좋겠지.

"이기면 뭐가 나오는데요? 상금?"

"아니, 딱히 그런 건 없어."

"아—."

단추를 어떻게 달더라? 전생에 해 본 적이 있던 것 같기도 한데, 기억이 안 나.

참고로 공작 영애는 단추 같은 걸 직접 수선하지는 않는 모양이다.

숙녀 교육으로 배운 것은 자수 정도였고, 그림의 재능이 요만큼도 없던 나에게는 애초에 적성이 맞질 않았다.

"대장님 손에 달려있다고, 의욕을 좀 보여봐."

"그런 말씀을 하셔도, 제가 의욕이 생길 리가 없잖아요."

의욕이 생긴다고 한들 실제 시합을 치르는 사람은 후보생들이니까.

내 의욕보다 그 녀석들을 우선시하는 편이 효율이 좋지 않을까?

멍하니 단추를 응시하던 중, 좋은 아이디어가 떠올랐다.

"……이기면 소원 하나 들어 주실래요? 그러면 의욕이 생길 거 같은데요."

"소원?"

그리드 교관의 미간에 주름이 잡혔다. 응해주니까 그건 또 그거대로 의심의 눈초리를 받았다. 의외였다.

뭐, 의욕이 생긴다고 했지 이긴다는 소리는 안 했으니까.

이런 부분을 간파당해서 의심하는 것 같지만.

다른 교관들 역시 갑자기 흥미롭다는 듯이 나를 의아한 눈초리로 쳐다보았다.

"적당한 걸로 부탁해. 버튼 가문의 아가씨가 원할 만한 물건을 사 줄 돈이 우리한테 있겠어?"

그 말에 입꼬리가 배시시 올라갔다. 그런 걱정은 안 해도 된다고.

내가 원하는 것은, 나에게는 없지만 이 사람들이라면 가지고 있을지 모르는 것이니까.

"괜찮아요. 비싼 건 아니니까."

의욕을 내겠다고는 말했지만, 내가 할 수 있는 건 딱히 없었다.

교관들에게도 말했지만, 내가 시합에 나가지는 않으니까.

아니, 귀족 영식들 틈바구니에 섞여서 몰래 출전한다는 방법도 있긴 했지만, 어전시합에는 국왕 폐하, 아들을 훈련장에 보낸 귀족, 기사, 훈련장 졸업생 등 수많은 귀족이 모이게 된다.

아버님이 오실지도 모르고, 꼭 본인이 오지 않더라도 교류가 있는 귀족이 관람할 가능성도 충분해.

영식을 찢어발기는 모습을 아버님께 보여드리는 건 좋은 방법이 아니야.

그런 이유로, 내가 할 수 있는 일은 기껏해야 평소 훈련에 10회에서 20회를 추가하여 훈련량을 늘리는 것 정도였다.

나보다도, 다른 교관들이 바쁘게 움직였다.

지금까지 근육 단련이나 기초적인 부분에 중점을 둔 훈련에, 시합식의 연습도 추가하였다.

평소에는 희희낙락하며 후보생들과 함께 훈련을 받았던 교관들이 귀족 영식을 상대로 싸우는 모습은 아주 모양이 나고 교관다워 보였다.

그리드 교관에 따르면, 내가 오기 전까지는 이런 식으로 실전이나 시합 형식을 취하는 연습이 많았다고 한다.

하긴 귀족 영식들이 볼 때, 기초 연습 같은 것보다 폼 나는 실전 형식의 연습 쪽을 더 재미있어 할 테고, 기초가 제대로 잡힌 사람은 강해졌겠지.

교관들도 몸을 움직이는 편을 더 좋아하는 듯하고, 불평도 듣지 않아도 되니까 편했을지도 몰라.

실전 형식의 연습이 나쁘다는 것이 아니라, 그것만 몸에 익히려고 들었다는 점을 지난 반년 동안 그리드 교관 일행과 수련해 온 내 몸이 가장 잘 이해하고 있어.

하지만, 기초도 실전과 마찬가지로 중요하다. 기초가 다져지지 않은 상태로 행하는 실전과, 기초를 단단히 다진 후에 행하는 실전은 역시 성장 차이가 많이 나니까.

점점 실력이 늘어가는 후보생들도, 후보생을 상대하는 교관들도 어딘지 즐거운 듯 생기가 넘쳤다. 아주 좋군.

나는 실전에 관해선 아직 배우는 입장에 가깝다. 그런 훈련을 하는 동안에는, 터덜터덜 걸으며 후보생들의 움직임을 둘러보았다. 후보생끼리 결투할 때는, 자세 정도는 봐줄까 싶어서, 죽도를 들고 지도를 해주었다.

그 모습을 본 그리드 교관이, 뭔가 간단한 실수를 한 후보생을 붙잡고 열을 올리고 있었다.

그러면서 흘끔거리며 이쪽을 보았다. 다른 교관들도 마찬가지였다.

뭐지 저건. 뭘 어필하는 건데?

솔직히 마조인가? 싶었지만, 전에 무심결에 기세가 올라서 후보생에게 '너 마조히스트야?!'라고 말했을 때 '서! 예스! 서!'라는 대답을 들은 이후로, 무서워서 그 말은 하지 않게 되었다.

평생 동안 다시는 듣고 싶지 않아.

그런 이유로, 실제 어전시합을 위한 연습은 거의 다른 교관들에게 맡기는 꼴이 되어버렸지만, 후보생들도 교관들도 뭔만 했다 하면 '버튼 부대에 승리를!'이라거나, '버튼 부대의 이름에 부끄럽지 않은 싸움을!'이라며 멋대로 나를 내걸며 목소리를 드높였다.

멋대로 부대를 만들지 말라고.

어전시합 같은 명쾌한 목표가 있었던 탓인지 훈련장은 후보생, 교관을 따지지 않고 단결했고, 끓어오르는 분위기가 조성되었다.

어쩐지 운동부 느낌이네. 그렇다면 나는 코치나 감독 역할인가.

지금부터라도 호칭을 '코치'로 바꿔볼까, 하고 시행착오를 겪는 동안, 어전시합 날이 점점 다가왔다.

코치로 불리지 못한 채 맞이한 어전시합 당일.

대열을 갖추고 검술을 선보이는 후보생들을 바라보며 나는 혼자서 고개를 끄덕였다.

동쪽 훈련장 후보생들의 움직임 역시 상당히 좋았다. 확실하게 단련한 사람의 움직임이었다.

지금까지 우리가 계속 패배했다는 사실에도 수긍이 갔다.

움직임뿐만이 아니었다. 우리 서쪽 훈련장의 후보생들보다 전체적으로 키가 컸다.

체격 차라고 하는 것은, 그만큼의 유불리를 정하는 요인이 된다. 어린애끼리라면 특하나 현저하겠지. 리치가 길고, 신체가 무겁고.

단순하지만 만만치 않은 것이니까.

그리고 잘생긴 애들도 많은 느낌이었다.

우리 후보생들도 제법 괜찮다고 생각했었지만, 저쪽 후보생들은 뭐랄까, 머리칼 큐티클에 윤기가 넘치는 영식들이 많았다.

그리고 놀랍게도 제복이 흰색이었다.

우리 후보생용으로 쓰이는 회색 제복도 왜 이렇게 얼룩이나 땀 자국이 눈에 띄는 옅은 색으로 정했는지 이해가 안 갔는데, 흰색이라니.

빨래는 누가하는지 알기나 하나? 아니, 귀족 분들의 저택에서는 고용인들이 빨래를 하겠지만.

멍하니 있는 동안, 개막식은 모두 끝난 듯했다. 우리 교관이 대기하는 경기장 구석으로 후보생들이 돌아왔다.

경기장 쪽으로 살짝 튀어나왔지만 지붕과 의자도 있었다. 야구장의 벤치와 비슷한 곳이었다. 익숙한 후보생들의 얼굴을 둘러보았다. 다들, 긴장한 듯했으나, 눈은 또랑또랑하게 빛났다.

상대의 움직임도 훌륭했다. 체격 차이 탓에 이쪽이 불리했다.

하지만 절대 못 이길 시합은 아니었다. 일련의 움직임을 본 뒤, 나는 그렇게 생각했다.

교관들 역시, 묵묵히 내 말을 기다리고 있었다. 나는 숨을 들이 마시고 소리쳤다.

"One for all! All for one!"

"One for all! All for one!!"

내 구호에 후보생들과 교관들이 복창했다.

분명 아무도 의미를 모르고 있을 거야, 나를 포함해서 말이지.

"무모한 짓거리는 하지 마라! 버러지들아!"

"서! 예스! 서!"

시합은 양쪽 모두 양보 없이, 무승부인 상태로 대장전까지 이어졌다.

우리 서쪽 훈련장의 후보생은 다들 좋은 시합을 펼쳤다. 테크닉은 상대 측이 더 좋았지만, 스태미너는 우리 쪽이 더 좋아서 장기전으로 끌고 가면 불리한 점을 다소 억누를 만했다.

최종전. 어쨌든 여기서 승부가 결정된다.

우리 쪽 대장은 어느새 훈련장에서 가장 강해진 로베르트였다.

그리고 상대 측 대장은—로베르트의 형인, 에드워드 왕태자 전하였다.

벤치 가장자리에서 시합 준비를 하던 로베르트에게 말을 건네려고 다가갔다.

그는 고개를 숙이고, 칼집을 끌어안은 채로 뭐라고 중얼중얼거리고 있었다.

"내가 이기면, 내가……."

흐음. 아무래도 긴장한 듯한데? 어쩐지, 다른 후보생들이 유난히 먼 발치에서 보고 있더니.

이래서는 말을 걸기 힘들지.

게임 속에서도 항상 형과 자신을 비교하던 아이니까. 흥분하는 것도 당연하겠지.

하지만 이 상태로는 이길 시합도 못 이겨.

교관과의 약속도 있고, 나로서는 이겨주는 쪽이 낫다고.

그리고 단순하게, 승리와 패배 중에서 고르라면 역시 승리하는 쪽이 기분 좋잖아?

부츠의 뒷굽으로 소리를 내며 그의 곁으로 걸어가, 짜악하고 큰소리가 날 정도로 등을 세게 때렸다.

"두들겨 패고 와라, 로브르트! 상대는 온실 속에서 자란 도련님이다, 최대한 놀아줘라!"

"예, 옛!"

자극을 줘서 활기를 불어넣으니, 어딘가 심각한 표정으로 골똘히 생각하던 로베르트의 눈동자에 팟하고 생기가 깃들었다.

나로서는, 로베르트가 평소대로만 한다면 어렵지 않게 이길 수 있을 것이라 판단했기 때문이었다.

그 생각을 전하기 위해, 일부러 여유로운 미소를 지으며 고개를 끄덕여주었다.

그런 내 표정에 로베르트는 뺨을 붉게 물들이며, 언제나처럼 반짝임을 생성하기 시작했다. 옳지 옳지, 의욕이 넘치는군.

"대장님, 지켜봐 주세요! 저, 이길 겁니다!!"

그렇게 말하며 달려나가는 그의 뒷모습을, 팔짱을 낀 채 배웅해주었다. 완전히 스포츠물에 나오는 코치가 된 기분이다.

결과부터 말하자면, 로베르트의 압승이었다.

정타를 몇 대나 맞았지만, 지금껏 단련해 온 육체 덕분에 대미지를 최소한으로 억누를 수 있었다. 반격당한 왕태자 전하도 기교를 부리며 건투했지만, 힘과 스태미너가 앞선 로베르트를 당해내지 못하고 끝내 무릎꿇었다.

그렇다, 근육의 승리였다.

역시 근육은 훌륭해.

인사를 마치고 돌아온 그의 주변에, 후보생들이 와아하고 함성을 지르며 달려나갔다.

함께 훈련을 하면 할수록 왕자 취급을 해주던 아이들도 줄었기에, 빼지 않고 부대끼기 시작했다.

내가 아는 그는 좀 더 자존심이 높고 주변에 사람이 다가오지 못하도록 하는 남자였지만—동료들에게 둘러싸여 웃는 모습을 보니, 전혀 그런 사람으로는 보이지 않았다.

"해냈구나! 드디어 형님한테 한방 먹여 줬어!"

행가래를 칠 듯한 기세로 로베르트를 둘러싼 아이들 중 하나가 툭 내뱉은 이 한마디에, 로베르트는 놀란 듯 눈을 동그랗게 떴다.

조용해진 그의 모습을 보고, 주변 후보생들도 찬물을 끼얹은 듯 조용해졌다.

"야 이 멍청아."

"아, 미, 미안, 로베르트. 난 그런 뜻으로……."

주변 아이들에게 핀잔을 듣자, 무심코 입 밖으로 떠든 후보생은 당황하기 시작했다.

그렇다. 로베르트는 형과 비교당하는 것을 끔찍하게 싫어했다.

훈련을 막 시작했을 무렵에는 형의 이름이 나오는 것만으로도 발광할 정도였다.

항상 됨됨이 좋은 형과 비교당해 왔겠지. 본인은 인정하지 못하겠지만, 옆에서 보고 있으면 그건 트라우마라고 불러도 될 만한 수준이었다.

지금은 그래도 발광까지는 하지 않지만, 다들 신경 써서 화제를 피하고 있었다. 허나, 오늘은 승리의 기쁨에 젖어 마음이 풀어진 모양이었다.

딱딱해진 분위기 때문인지, 로베르트의 작은 읊조림이 되려 더 크게 울려 퍼졌다.

"그래, 나는…… 형님에게 이겼구나."

로베르트는 정말로 이제서야 깨달았다는 듯이 말하며, 얼빠진 표정으로 동료들의 얼굴을 바라보았다.

"상대가 형님이라는 사실을, 잊고 있었어."

이번에는 나와 후보생들의 눈이 동그래졌다.

"모두를…… 부대를 위해 내가 이겨야 한다고, 그것만 생각했더니……."

로베르트가 흘끗하며 시선을 내게로 돌렸다.

그렇구나. 분명 형과의 정면대결 때문에 긴장했다고 생각했는데, 아니었구나.

로베르트는 그저 동료들의 마음을, 교관들의 기대를, 승패를 혼자서 짊어지는 바람에 긴장한 모양이었다.

모두의 시선이 집중되자 로베르트는 머리를 긁으며 부끄럽다는 듯 웃었다.

"하하, 이상하네. 그렇게 이기고 싶었는데…… 지금은 그런 것보다 모두와 승리를 거머쥐었다는 사실이 너무 기뻐."

"로베르트…!"

울먹거리며 눈가가 촉촉해진 소년들이 우렁차게 외치며 다시금 로베르트와 부대끼기 시작했다.

그 모습을, 나는 팔짱을 낀 채 고개를 끄덕이며 지켜보았다.

음음, 아름답구나. 우정, 청춘, 원팀이라는 게 이런 거지. 아니 잘은 모르겠지만.

그 후, 폐하의 축언을 끝으로 의식은 막을 내렸다. 우리 국왕 폐하께서는 인사가 굉장히 간결하셔서 멋졌다. 정치는 전혀 모르지만, 틀림없이 좋은 왕이리라.

기쁨이 식지 않는 가운데, 그리드 교관이 후보생을 데리고 뒷풀이를 가자며 권유해 왔다. 나는 평소처럼 거절하려고 했으나…….

"대장님……."

로베르트를 포함하여 슬픈 눈빛으로 나를 보는 후보생들(그리고 어째서인지 교관들까지)에게 붙잡혀, 오늘만이라는 약속과 함께 따라가게 되었다.

이럴 땐, 잔소리 심한 상사는 빠져 주는 편이 분위기를 위해서도 좋다고 생각하는데…… 이 양반들은 아닌 모양이었다.

문득, 시선이 느껴져 뒤를 돌아보았다.

철수하기 시작한 상대팀 인원 사이에서 혼자 이쪽을 바라보는 사람과 눈이 마주쳤다.

은빛 실 같은 머리칼에 고귀함을 상징하는 자줏빛 눈동자.

갑자기 불어온 바람에 머리칼이 살랑거리는, 왕태자 전하가 이쪽을 지그시 바라보고 있던 것이다.

얼마 동안 서로를 바라보다가, 휙하고 전하가 먼저 눈을 돌리셨다. 그리고 전하는 뒤도 돌아보지 않고 경기장에서 빠져나갔다.

"대장님?"

"……그래. 아니, 아무 것도 아니다. 가자."

후보생들이 부르는 소리에, 나도 정신을 차렸다.

순간, 로베르트에게 패배한 탓에 동생이 미워서 쏘아보는 것이라 생각했는데, 딱히 그런 감정은 보이지 않았다. 신경 쓸 필요는 없겠지.

나는 그대로 발길을 돌려 뒷풀이를 하러 가는 무리 속으로 들어갔다.

"대즈앙니임~."

갑자기 누가 어깨동무를 하나 싶었는데, 로베르트였다.

아무리 격식을 차리지 않는 뒷풀이 자리라고 하지만, 호랑이 교관에게 대하는 태도라고는 보기 어려웠다.

팔을 꺾어서 노려볼까. 묘하게 얼굴이 빨갛고 눈이 풀려서 초점이 맞지 않는 듯했다.

눈을 돌려 교관들을 흘끗 봤더니, 쓴웃음을 짓고 있었다.

"미안합니다, 죽어도 말을 들질 않아서요. 요~만큼만 주긴 했는데 말이죠."

혹시나 싶어 말해두지만, 이 나라에는 미성년자의 음주를 금지한다는 법률이 없다. 기본적으로 옛 유럽과 미국을 참고하여 만든 게임이라 그렇겠지만.

그래도 상식이 있는 어른이 함께라면, 학교도 졸업하기 전인 애한테는 술을 못 마시게 하는 것이 일반적이잖아.

즉, 이 자리에는 상식 있는 어른이 없다는 소리다.

착한 아이와 좋은 어른은 따라 하면 안 된다. 미성년 음주는, 안 된다, 절대로.

"이 녀석의 호위는 뭐하고 있지?"

로베르트는 썩어도 제2왕자다. 훈련장 안에 있을 때도, 항상 세 명 정도씩은 호위를 데리고 다녔을 텐데. 거리의 식당이라고 한다면 더 많이 있겠지.

"저기 뻗어 있습니다."

"두들겨 깨워."

로베르트의 호위병들은 한발 앞서 술에 취해 뻗은 것 같았다. "즈언하", "다행입니다아"하고 신음소릴 내고 있었다.

뭐, 무리도 아니지. 항상 로베르트의 신변을 지켰을 테니까. 그가 형에게 이긴 이 날…… 형과 자신을 비교하는 것보다 중요한 것을 깨달은 이 날의 기쁨은, 우리보다 강했을 거야.

하지만, 이래서야 뭘 위한 호위인지 알 수 없게 되잖아.

아무리 평화로운 나라라고는 해도, 왕족의 곁에 있는 기사가 이래 서야 장래를 걱정할 수밖에 없다고.

몇 번을 밀어내도 들러붙는 로베르트에게, 동료들도 교관들도 난 감한 눈빛을 보내기만 해서 도움을 기대할 수는 없는 상황이었다.

"대즈앙니임! 저, 해내써요! 대즈앙님 덕분이에요오!"

"아, 그래. 너는 아주 잘 했다."

나도 오늘만큼은 그렇게까지 못되게 굴고 싶은 생각은 없었기 때 문에, 그의 머리를 톡톡 두드려주었다.

멍하니 눈을 동그랗게 뜨고 있던 로베르트와 시선이 교차했다.

"너라면 더 강해질 수 있을 거다."

"대즈아아앙니이임!"

왈칵하고 로베르트의 눈동자에서 눈물이 쏟아졌다. 또 뛰어들려고 하길래, 안면을 움켜쥐며 막았다.

그만해. 가게에서 스포츠물 흉내를 내 봤자 주변에 민폐라고.

"대장님, 저, 저, 반드시, 반드시 더 강해지겠습니다!"

"그러냐, 그건 기대되는군."

"좀 더, 좀 더! 대장님 정도로, 아, 아니! 대장님보다도, 더 강해지겠습니다!"

로베르트는 내 손을 얼굴 앞까지 잡아당기더니, 꽈악 하고 세게 쥐었다.

그 손은 물집이 터지고 굳은살이 박혀 있었는데──훌륭한 기사의 손이었다. 그리고 놀라울 만큼, 뜨거웠다.

"그러니까, 그러니까…… 제가 만약, 대장님보다도 강해진다면…… 그, 때에……는……."

갑자기 로베르트의 몸에서 힘이 쭉 빠지는 것 같았다.

테이블에 엎어져 있는 그의 뒤통수를 바라보는데, 이내 숨소리……랄까 코고는 소리가 들리기 시작했다.

이거야 원. 아무래도 완전히 뻗은 것 같은데? 쥐고 있는 손으로 느껴지는 열을 통해서, 그가 얼마나 취했는지 전해져 왔다.

'그때에는', 다음은 뭐였을까?

'한판 붙도록 하죠'였으면 얼마든지 상대해줄 수 있지만, 난 평화롭게 살고 싶으니까 '함께 혁명을 일으킵시다'라면 거절하겠어.

뻗은 녀석들을 전부 내버려두고 돌아가려는데, 로베르트의 호위들이 "제발 부탁이니 전하를 성까지 모셔다 달라"며 애원했다.

귀족 영식들은 줄줄이 누군가 마중나와서 돌아갔기에, 남은 사람은 열 명 정도였다. 마중 나오지 않은 인원은 그리드 교관이 바래다 준다는 것 같았다.

교관들 중에서도 술이 가장 센 모양이라, 로베르트의 호위와 다른 교관들도 전부 다 뻗었는데 그리드는 팔팔했다.

"왜 내가."

"부탁드리겠습니다아."

이유를 물었는데, 정말 아무런 대답이 되질 않잖아.

글렀어, 이 술주정뱅이들은.

"애초에 반대 아니냐고? 누군가, 나를 바래다줄 기개 있는 분은 안 계신가?"

"대장님이 당해내지 못하는 상대라면, 저희들이 있어봐야 걸리적거릴 뿐이니까요."

그것도 그렇긴 해.

결국 호위 중 한 명이 "여기 계산을 전부 하겠다"라고 해서, 그 조건으로 손을 써 주기로 했다.

술주정뱅이투성이인 이 장소에서, 호위 임무를 맡을 만한 사람은 나나 그리드 교관밖에 없었는데, 교관은 다른 귀족 영식들을 바래다 줘야 했으니까.

적어도 소심한 복수로, 가게를 나갈 때 점주에게 "다른 손님들 전원에게 가장 비싼 술을 내줘. 민폐 끼친 배상금이야."라고 말해 두자. 계산할 때 금액을 보고 까무러치라지.

로베르트를 쌀 자루 메듯이 메고, 왕성으로 향했다.

그런데, 왕성에 도착하면 어쩌지? 위병을 불러서 들여보내 달라고 할까. ……호위도 없이 뻗어버린 제2왕자를 어깨에 짊어진 채로?

위병을 부른다고?

너무 수상하잖아. 자칫 잘못하면 그 자리에서 즉시 체포당할 수도 있어.

하는 수 없이 성에서 약간 떨어진 곳에서 어깨를 내준 자세로 바꿨다. 혹시 모르니 신분증을 바로 꺼낼 수 있도록 준비해 두자.

그럼 어떻게 한다, 그런 생각을 하는 사이, 출입문에서 대기하던 위병 하나가 안색이 바뀐 채로 달려왔다.

"엘리자베스 님!"

자세히 보니, 평소에 로베르트의 호위로 붙어 다니던 사내 중 하나였다.

오늘은 비번이었거나 집을 지키는 담당이었는지, 뒷풀이에서는 모습이 보이지 않았지.

"다른 호위병에게 소식을 미리 들었습니다. 엘리자베스 님께서 로베르트 전하를 모시고 성으로 향하신다고. 설마 혼자서 오실 줄은 상상도 못했습니다만."

"그러게. 인정머리 없는 놈들이라니까."

그래도 왕자인데 한 사람만 붙인다니, 우리 아버님께서 들으신다면 졸도하셨을 만한 사건이야.

하지만 최소한의—호위 같은 걸 붙이지 않은 시점에서 최소한이라고 말할 수도 없겠다만—조치를 해준 덕분에 체포되는 일 없이 평화롭게 왕성의 문턱을 넘을 수 있었다.

완전히 곯아떨어진 로베르트를 호위병에게 넘기고, 후딱 돌아가도록 하자.

호위를 하던 사내로부터 공작가로 향하려면 동쪽 부엌문으로 나가면 빠르다는 정보를 얻었기에, 그쪽을 향해 걸어가고 있었는데.

"버튼 님."

익숙한 목소리가 나를 불러서 발길을 멈췄다.

뒤돌아보니 조금 전까진 기척조차 없었던 남자가 서 있었다. 발소리도 나지 않았었다. 자연스럽게 손바닥이 칼자루로 향했다.

남자가 입은 옷은, 내가 입은 기사단의 제복과 흡사했다.

하지만, 색상이 달랐다.

남자가 입은 제복은, 연지색이었다.

국왕과 왕비, 왕태자를 호위하는 특수부대인 근위사단의 제복이었다.

"에드워드 전하께서 부르십니다."

남자가 입에 올린 것은 왕태자 전하의 존함이었다.

로베르트의 형이자, 여성향 게임 'Royal LOVERS'의 공략대상. 은빛 실 같은 머리칼에 자줏빛 눈동자, 당당한 제1순위 왕위 계승권자인 왕자님. 어떤 의미론 나라에서 가장 왕족다운 존재라고 할 수 있었다.

"따라와주시겠습니까?"

의문형으로 끝났지만, 내가 거부권을 행사할 수 있을 리 없었다.

사실, 문 앞에서 호위병에게 체포되는 것과 큰 차이는 없기도 했고.

나는 두 손을 들어 항복했다는 듯한 포즈를 취하며, 남자의 안내를 따르기로 했다.

"잘 왔어. 엘리자베스 버튼 양."

안내를 받아 들어온 집무실에서 나를 맞이해준 사람은, 들은 대로 왕태자 전하였다.

내 약혼자인 로베르트의 이복형으로, 이 나라의 1순위 왕위 계승권자였다.

그는 방에 들어와, 기사의 예를 올리는 내 이름을 불렀다.

그렇다, 정확하게 내 이름을 불러준 것이다. 이쪽은 너에 대해 이미 파악했다, 라는 견제가 담겨 있었다.

뭐, 나는 이런 위치긴 해도 딱히 집안 내력을 감춘 건 아니었으니까. 그의 견제는 무의미하다고 할 수 있지.

"갑자기 불러서, 놀랐으려나?"

후훗, 하며 작게 웃었다.

정말 그렇게 생각하고 있다면, 갑자기 부르지 않는 게 어떨까 싶다만.

고개를 들어도 좋다는 손짓을 했기에 나는 일어섰다. 왕태자 전하도 고개를 들어 나를 올려다보았다.

전하는 앉아 있었으니까 서 있는 내 쪽 시점이 높은 것은 어쩔 수 없었다.

그가 고개를 움직이자, 살랑하고 은빛 실 같은 머리칼이 한쪽으로 늘어졌다. 긴 속눈썹 사이로 자줏빛 눈동자가 흔들리는 것을 보고, 나도 모르게 숨을 삼켰다.

뭐라고 해야 할까, 미소녀로 착각할 것만 같은 미소년이었다.

나보다 한 살 위였지만, 이목구비는 아직 어려 보였고, 게임에서 등장했을 때는 느슨하게 묶고 있었던 롱 헤어도, 지금은 아직 세미 롱 정도의 길이라 머리카락을 축 늘어뜨리고 있었다.

그저 의자에 앉아있는 것만으로도, 어딘지 우아하고 아름다운 아우라가 뿜어져 나왔다. 그런 느낌이 들었다.

익숙하지 않은 미사여구를 늘어 놓고 싶을 정도로, 인간을 넘어선 미모를 지닌 소년이었다.

외모는 확실히 연약한 미소년이었지만, 나를 올려다보는 눈매를 감안하면 내면은 상당히 대담한 듯했다. 나이는 아직 열세 살에서 열네 살 정도일 텐데, 연륜 있는 귀족처럼 사람을 읽는 것 같은 눈매를 하고 있었다.

"바보 같은 동생 녀석이 칭찬을 해 대길래, 신경이 쓰여서 말이지."

"영광입니다."

일부러 공손하게 귀족식 인사를 하고, 미소를 지으며 그를 올려다보았다.

"흥미가 있으시다면, 부디 아우 분과 함께 훈련장에 들러 주시길."

"아니, 사양할게. 땀내 나는 걸 그리 좋아하진 않아서 말이야."

"무슨 말씀이십니까. 전하 정도의 실력이시라면, 금세 아우 분을 따라잡으실 겁니다."

"아니, 나는 왕족으로서 필요 최소한의 것들을 몸에 익혀 두기만 해도 충분해. 동생처럼 검술에 매달려 있을 수는 없으니까……

동생은 아무래도 나와 본인을 비교하는 듯하지만."

왕태자 전하는 보란 듯이 하아, 하고 한숨을 쉬었다. '진 것을 그리 신경 쓰지 않는다'는 포즈였다.

일부러 그렇게 보여주려는 것 같아, 뭔가 살짝 기분이 언짢았다.

"나는 기억력이 꽤 좋은 편이라, 힘 안 들이고 남들 이상의 능력을 발휘할 수 있지만······그건 그거대로 재미없거든. 바보 같은 동생처럼 뭔가에 열중할 수 있다는 점이, 부러울 정도야."

"네에."

근심스럽다는 표정을 짓고 있음에도, 어쩐지 거만하게 들리는 건 내 마음이 비뚤어져서일까?

어울리는 것도 귀찮아졌기에, 나는 빠르게 본론으로 들어가려고 했다.

"그럼, 무슨 일로 부르셨나요. 검술 지도 때문이라고 생각하며 달려왔습니다만."

"아니, 한 번쯤 이야기를 나누고 싶었을 뿐이야. 이제 가도 좋아."

완전히 흥미를 잃었다는 듯이, 적당한 비웃음을 곁들이며 출구를 가리켰다.

이제 가도 좋다고?! 사람을 불러다 놓고?!

왕족이 아니었으면 두들겨 팼을 텐데!

나도 어린애는 아니라—그리고 유감스럽지만 상대는 왕족이라서—겉으로는 미소로 화답하며 방을 나섰다. 문을 닫을 때 그만 실수로 손잡이를 뽑아버렸지만, 뭐 어쩔 수 없지.

왕성의 왕태자 전하의 집무실인데 꽤나 허술한 문짝이네.

문 옆에서 대기하고 있던 근위기사에게, 수리하셔야겠는데요? 하고 손잡이를 건네주었다.

인기 있어. 아주 순조롭게 인기 있어.

등자를 밟고 말의 등에 섰다. 배를 가볍게 차주니 푸른 털의 말은 기분 좋게 걷기 시작했다.

"엘리자베스 님, 다음에는 최소한 며칠 전에는 말씀해주십시오."

"미안."

완전히 눈이 풀려 버린 시녀장의 불평에 쓴웃음을 지을 수밖에 없었다.

얼마 전, 어전시합에서 멋지게 승리를 거둔 덕분에, 그리드 교관이 소원을 들어주기로 했던 것이다.

그 소원은 '기사단의 순찰에 동행하고 싶다'는 내용이었다.

훈련장에서 겪은 경험으로, 나는 더욱 강해졌다고 생각한다.

후보생들을 가르치면서 나 자신도 배운 것이 많았고, 교관들과 한 시합 덕분에 당장 눈앞의 상대를 쓰러뜨려야만 할 때 취할 행동의 선택지를 넓힐 수 있게 되었다.

다대일 전투 경험도 축적할 수 있었고, 물론 단련도 게을리하지 않았다. 최근에는 드디어 몸을 다 만들어서 복근과 복사근도 완성되었다.

다만, 압도적으로 부족한 것이 있었다. 실제로 예측할 수 없는 사태에 대응하는 경험이었다.

헌팅남이나 양아치, 나아가 암살자까지. 히로인을 덮치는 악질은 꽤 다양했기 때문이다.

그런 녀석들이 당연히 사전에 결투장을 보낼 리도 없고, 길 한복판이나 학교 등 다양한 장소에서 갑자기 히로인을 습격했다.

여기에 대응하기 위해서는, 훈련만으론 뭔가 부족했다. 생생한 '실전'이 필요했다.

거기서 내가 떠올린 것은 왕도의 거리를 순찰하는 기사였다.

우리나라는 굉장히 평화로운 나라였지만, 순찰하느라 거리를 돌아다니다 보면 사소한 다툼 정도는 일어날 가능성이 높았다. 적어도 저택과 훈련장만 오가는 나날보다는 예측하지 못한 상황에 맞닥뜨릴 가능성이 올라가리라.

그렇게 생각한 끝에, 기사단과 연줄이 있어 보이는 교관들에게 부탁한 것이었다.

예상대로, 교관들은 기사단과 면식이 있어서, 내가 동행할 수 있도록 잘 끼워 넣어 준 듯했다. 그 순찰에 동행하는 첫날이 바로 오늘이었다.

순찰을 하려면 말이 필요했다. 유감스럽지만 나는 말—이랄까 동물 전부—에게 미움받는 유형이었기에, 훈련장이나 기사단의 말이 아니라 유일하게 나를 태워주는 공작가의 말을 데려오기로 했다.

암말이라서 나는 그녀를 '아가씨'라고 불렀다.

사전에 그리드 교관에게 들은 덕에, 말이 필요하다는 점은 전부터 알고 있었다.

다만, '뭐 당일에 말하면 되겠지'라 생각하면서, 오늘 아침 시녀장에게 "그리고 보니 오늘 말이 필요한데"라고 했다가, 크게 혼쭐났다.

"왜 어제 말씀하시지 않으신 건가요?!"라고. 듣자 하니 이런저런 준비가 필요하다는 듯했다.

마치 아침 식사 자리에서 '엄마 오늘 만들기 시간에 휴지심이 필요해—'라고 말하는 초등학생처럼, 구시렁구시렁 잔소리를 듣는 처지에 놓였던 것이다.

미리 말하지 않은 것은 내 불찰이라 면목이 없다.

비난의 시선에서 도망치듯이, 나는 한 손을 들며 시녀장에게 등을 돌렸다.

"다녀 올게."

"다녀오세요."

배웅 인사에, 말발굽의 템포가 살짝 올랐다. 아가씨가 마치 내 기분을 이해한 것처럼. 첫날 지각만큼은 피하고 싶다. 한심한 이유로 하는 지각은, 특히나 말이지.

고삐를 쥐고, 나와 아가씨는 집합장소인 훈련장을 향해 달려갔다.

"누님, 순찰은 어땠나요?"

"재미있었어. 배울 게 많아서 말이지."

크리스토퍼의 질문에 고개를 끄덕였다. 우리 모습을 오라버니가 생글생글 웃으며 바라보고 있었다.

지난 달에 학교를 졸업한 오라버니는, 영지와 왕도의 저택을 다니고 있었기에 함께 지내는 시간이 줄어든 상태였다. 그것을 채우려는 듯이 오라버니가 저택에 돌아온 날은 저녁을 먹고 셋이 모여서 차를 마시는 일이 필수 코스였다.

호박색의 예쁜 홍차를 마셨다. 찻잎의 차이는 솔직히 잘 모르겠지만, 맛있어.

순찰은 정말 재미있었다.

첫날은 딱히 아무 일 없이 그저 거리를 돌아다니기만 했을 뿐이었지만, 수확은 충분했다.

우선, 집이 여럿 들어선 거리를 게임에서 스틸 컷으로 봤던 적이 있어서 평범하게 감동했다.

크리스토퍼 루트에서 간 카페, 로베르트 루트에서 액세서리를 구입한 잡화점, 왕태자 전하와 몸을 숨긴 뒷골목, 아이작과 머리를 부딪힌 도서관.

성지순례를 하는 기분이었다. 스마트폰을 가지고 있었다면 분명 사진을 찍었겠지.

다음으로, 마을 사람들의 시선이었다. 젊고 멋진—이젠 스스로 암시를 주듯이 말하고 있지만—기사님, 그것만으로도 마을 여자아이들이 꺄악 꺄악 소리를 질렀다. 듣기 좋은 소리는 귀신같이 잘 들어서, 여기저기서 "멋있다" 하고 소근거리는 소리가 들렸다.

'곤란한 일은 없으십니까?'라고 마담에게 물었는데, 사르르 녹는 그녀의 표정을 두 눈으로 목격하기도 했다.

인기 있어. 아주 순조롭게 인기 있어.

최근에는 시녀들에게 접근금지령이 떨어졌고, 훈련장은 남탕이라 확인할 방법이 없었으니까. 오라버니도 크리스토퍼도 "멋지다"라고 해주긴 하지만, 가족이라 편들어 준다는 사실을 부정할 순 없었으니까.

자신감을 가지고 다니려 했지만, 역시 생판 남이 하는 평가가 어떨지 신경이 쓰이긴 했다. 그리고 불안감이 항상 뒤따랐다. 그 불안감이 위와 같은 평가를 받고 있다는 결과를 통해 불식되었다.

그런 점까지 전부 포괄한 감상이 '배울 게 많아서 좋았다'였던 것이다.

"저도 같이 가고 싶었어요."

크리스토퍼가 입을 삐죽거렸다. 용모와 어울리는 어린애다운 몸짓이 귀여웠다.

나이를 먹고 키도 제법 자랐지만, 해마다 작은 동물같이 보이는 연습을 한다는 듯한 느낌은 기분 탓일까?

크리스토퍼의 말에 오라버니는 눈썹을 살짝 늘어뜨리더니, 그 미소가 쓴웃음으로 바뀌었다.

참고로 오라버니는 나이를 먹어도 여전히 쫀득쫀득하고 제멋대로인 몸매를 유지하는 중이다.

"어쩔 수 없어, 크리스. 기사단의 책무니까."

"그럼 저도 기사단 후보생이 될래요! 그럼 데려가 주실 건가요?"

"아무리 그래도 외부인을 데려갔다간 혼날 것 같은데?"

내 대답에 볼을 씰룩거리며 토라지는 크리스토퍼.

슬슬 반항기에 접어들 나이라고 생각했지만, 여전히 나와 오라버니에게는 응석을 부리기만 해서 곤란하다.

집에 막 왔을 때와 비교하면 제법 허물없이 어리광을 부리게 되었다—그런 기분이 든다. 솔직히 너무 예전 일이라 잊어버렸달까, 너무 친해져서 처음부터 쭉 형제였다는 기분이 들 정도다.

아이란 의외로 그런 생물일지도 모르겠다.

"뭐, 기사단 후보생이 되는 것 자체는 좋지 않나? 나도 교관들에게 이야기는 해볼게."

"고마워요, 누님."

파앗하고, 꽃이 피는 것처럼 밝게 웃는 크리스토퍼. 나도 모르는 사이 나까지 뺨이 풀려버릴 것만 같은 미소였다.

"단, 아버님은 직접 설득하도록."

"리지. 너 때는 나랑 크리스한테 같이 설득해달라고 부탁했던 거, 잊어버렸니?"

"……당연히 기억하고 있죠."

아버님은 아니나다를까, 크리스토퍼를 기사단 후보생으로 넣기를 망설이셨다. 망설이시고 또 망설이셨다.

어쩐지 나 때보다 더 망설이셨다. 어머님도 함께 걱정한 탓일지도 모른다.

어디 다치기라도 하는 건 아닌지, 위험한 일을 당하는 건 아닌지 연거푸 말씀하셨지만, 내가 말했을 때는 이런 걱정을 하신 기억은 없는데. 왜지. 이해할 수 없었다.

애초에 나 때는 예상보다도 싱겁게, 순순히 허가를 해주셨는데. 오라버니랑 크리스토퍼가 같이 부탁을 드려서였나?

거기서 짚이는 구석이 있었다.

아버님은 분명 내가 다니는 훈련장에 로베르트가 있다는 사실을 알아차리신 것이다.

왕태자 전하가 다니는 훈련장만 알게 된다면, 형과 사이가 나쁜 로베르트가 다른 훈련장에 다니는 게 아닐지 하고 추측하기 쉬우니까.

인망 있는 공작인 아버님이니까. 물론 내 청을 들어주는 마음이 가장 우선이겠지만, 거기서 번뜩하고 '약혼자와 가까워진다'라는 마음이 섞인 것이라면, 납득이 되긴 해.

실제로, 가까워지긴 했으니까. 적어도 모든 교류를 어머님과 시녀장에게 내던졌던 시절에 비하면 평범하게 가까워졌다고 말할 만하지. 어제처럼 얼굴을 마주하고 이야기도 나누고 있으니까.

뭐, 호랑이 교관과 그 문하생이라는 관계를 아버님께서 원하셨냐고 묻는다면 고개를 저을 수밖에 없지만.

결국에는 가족 전원이 크리스토퍼의 소원 공세에 져서 그 아이가 기사단 후보생으로 들어가도록 용인해주셨다.

거기다 나는 아버님께 "크리스토퍼가 위험한 행동을 하지 않도록" 하고 귀에 딱지가 앉도록 설교를 들어야 했다.

슬슬 신입생들이 들어올 시기였다. 크리스토퍼에겐 잘 된 일이 아닌가 싶다.

나는 그 후로 몇 번 정도 순찰에 동행하게 되었다.

야간 순찰을 했을 때, 취객들 간 벌어진 다툼을 막았─달까, 조르기 기술로 졸도시켜버렸다─을 던 실력을 인정받아 순찰 인력이 부족할 땐 앞으로도 참가해도 좋다, 라는 약속을 받아냈다.

연줄로 받아낸 기회긴 해도, 다음을 기약하기 위해 필요한 건 실력이다. 이런 게 바로 잘 나가는 영업맨이지. 잘은 모르겠지만.

그렇게 나는 훈련장에서의 교관 업무와 순찰로 바쁘지만 충실한 나날을 보냈다.

하지만 이렇게 순조로운 나날 속에서도 쉽게 풀리지 않는 일이 있었다.

캐릭터로서 내 개성에 관한 일이었다. '기사'에 하나만 더. 이 '하나만 더'를 좀처럼 결정하지 못하고 있었다.

어쨌든, 호랑이 교관은 아니라는 걸 알겠어. 히로인의 취향을 알 수 없는 이상, 처음부터 틈새 시장에 너무 집착하는 건 좋은 방법이 아니야.

일단은 대다수의 여자아이가 좋아하는 것부터 공략해 나가야 돼.

지금도 충분히 인기 있다는 사실은 알아. 하지만 다른 공략대상의 설정을 되새겨보면, 다들 나보다 잘생긴 데다 색다른 맛이 있다.

로베르트는 거만하고 비뚤어진 면도 있지만, 본성은 솔직하고 쉬우면서 귀엽다는 점이 인기 포인트였지.

아이작은 고지식하고 진지한 안경 캐릭터이지만, 여자아이를 잘못 대한다는 점이 친근감 들었고.

크리스토퍼는 짓궂은 후배 캐릭터이면서도 무거운 과거를 품고 있어.

왕태자 전하는 언뜻 보면 상냥하고 완벽한 왕자님으로 보이지만, 염세적인 허무주의자라는 갭이 있었지.

다들, 의외의 부분이나 숨겨둔 일면을 지녔어. 그런 걸 나도 가지고 싶어.

생각해야 할 때는 단순작업을 하는 쪽이 아이디어를 떠올리기 쉽지. 훈련장 한 켠에서 으르렁대며 검을 휘두르는 중에 희미하게 인기척이 느껴졌다.

돌아보니 연지색 제복을 입은 남자가 서 있었다. 본래, 훈련장에 있을 리 없는 제복이었다.

남자의 얼굴을 보니 봤던 듯한 기억이 어렴풋이 떠올랐다. 내 민

낮과 비슷한 계통의, 털이 난 엑스트라 같은 중성적인 얼굴이었다.

사람 얼굴을 기억하는 일에는 자신이 없지만, 근위기사단 중 얼굴을 제대로 봤던 사람은 한 명밖에 없었다.

"에드워드 전하께서 부르십니다."

남자는 언젠가 했던 말과 동일한 대사를 반복했다.

전하의 명이라면 잊겠습니다. 잊었습니다.

　호출받아 집무실로 갔더니, 전보다는 약간 더 지친 듯한 왕태자 전하가 의자에 걸터앉아 있었다.

　퍼져 있어도 그건 그거대로 아름답다고 해야 할지, 요염한 분위기마저 느껴지는 것은 왜일까?

　잘 만들어진 얼굴은 정말 부럽기 짝이 없었다.

　"며칠 전, 바보 동생이랑 이야기를 했는데. 어전시합 후에 그대와 둘이서 대화한 걸 떠들더군. ……그 녀석은 그대에게 꽤 빠진 것 같던데."

　"예에."

　빠져 있달까, 필요 이상의 존경…… 아니 숭배를 받고 있다는 건 자각하고 있거든요.

　"그러면서, '멋진 사람이야! 대장님은 우리들의 자랑이라고!'라며 득의양양하게 말하면서."

　그럴 거 같았어.

　"그대의 무용담을 실컷 들려주고는, 마무리로 '형님도 훈련에 함께 참가하시지 않으실래요?!'라며 귀찮게 굴어서 말이지."

　눈에 선하다 선해.

형에게 열등감을 지닌 로베르트는, 이렇게까지 적극적으로 왕태자 전하와 이야기를 나눈 적이 없었겠지.

그건 왕태자 전하도 마찬가지일 텐데, 기분이 내켜서 교류를 해 보고서야 비로소 진정한 의미로 눈치채 버린 것이다.

동생의, 상상을 아득히 초월하는 가벼움을.

"그래서 나는 이 녀석이 한 가지 착각을 하는 게 아닌가 하는 생각이 들었어. 아니, 설마 싶긴 하지만."

머리가 지끈거린다는 듯, 전하는 관자놀이를 눌렀다.

"내 바보 동생은, 그대가 엘리자베스 버튼이라는 사실을 모르고 있는 게 아닌가?"

"……예에, 뭐. 아마도요."

내 대답에 왕태자 전하는 힘이 쭉 빠졌다는 듯 의자에 등을 기댔다.

"그대는 그래도 괜찮나? 자신의 약혼자가, 자신을 인식하지 못하는 상황이 아닌가?"

"저도 처음에는 몰라봤으니까요. 지금은 인식하고 있긴 하지만요."

딱히 신경 쓰지는 않는다고 대답하니, 전하의 미간에 주름이 깊어졌다.

"그대까지 그러고 있으니, 불화설이 도는 것도 당연하지 않나……."

"불화설."

그 말에는 솔직히 짚이는 구석이 너무나도 많았다.

사교계라는 범주 안에서 일어나는 교류가 전혀 없으니, 사이가 좋다고 판단하는 건 무리겠지.

지금도 사이가 좋으냐고 묻는다면, 미묘해. 본래의 신분관계를 엎어버린 수수께끼의 상하관계가 구축돼서, 뭐라고 말해야 좋을지 모르겠어.

"그렇지 않았다면, 그대는 진작에 왕비교육을 받고 있었을 것을."

"……무슨 말씀이신가요? 저는 왕비가 될 생각은 없는데요."

"아니, ……아무것도 아니야, 잊어주게."

전하의 말을 듣고 아차 싶었다.

이건 '가르쳐 주세요'를 기다리는 것이다. 진심으로 말하고 싶어서 근질근질한 무언가를, 내 쪽에서 물어봐 주길 바라는 것이다.

'아, 아니야, 괜찮아. 아무것도 아냐'에서의 '아무것도 아냐'인 것이다.

'뭔데?', '괜찮아?', '사실 괜찮지 않은 거 아냐?' 하고 물어봐 주길 내심 기다리는 것과 같은, 상대의 질문을 끌어내는 말인 셈이다.

성가시기 짝이 없네. 애초에 난 지금 크리스토퍼한테 훈련장에서 기다리라고 한 상태라고.

1초라도 빨리 돌아가야 돼.

"네, 전하의 명이라면 잊겠습니다. 잊었습니다. 더 이상 바쁘신 전하께서 시간을 할애하시면 제 마음이 괴로우니, 저는 이쯤에서 물러가겠습니다."

귀찮다는 표정을 지으며 되물어 달라는 아우라를 내뿜는 전하에게, 나는 필요 이상으로 방긋 웃으며 은근히 무례한 인사와 함께 집무실을 나섰다.

나는 성격이 급한 편이다.

멍하니 두서없이 생각하기를 즐기지만, 머뭇거리며 고민하는 건 질색이다. 참는 걸 좋아하지도 않는 데다, 신체를 움직이는 쪽이 내 성미에 맞는다.

남의 이야기를 오랫동안 들어주지도 못하고. 긴장이 풀리면 두 번째 즈음부터는 건성으로 대답하곤 한다.

그럼에도 나는 또, 왕태자 전하에게 호출받았다. 오늘은 순찰을 마치고 귀환할 때 붙잡혔다.

전에도 말했지만, 나는 바쁘다. 최근엔 더욱 바빠졌다.

훈련장 업무에 순찰, 학교 입학을 위한 공부까지 아침부터 밤까지 할 일이 태산이란 말이다.

그리고 가장 중요한 공략대상으로서 지녀야 할 특징 찾기. 왕족의 심심풀이에 어울려줄 시간이 없다고.

애초에 몇 번이고 당연하다는 듯이 불러대는데, 볼일이 있는 건 그쪽이니 가끔은 직접 찾아오지 그래?

찾아올 정도는 아니다 싶을 만한 용건이라면, 사람을 호출하는 건 그만 좀 했으면 싶다.

이번에는 근위기사에게 '스케줄이 좀'이라며 거절했는데, "그러고 보니, 지난번에 문이 망가진 건에 관해 뭔가 아시는 게 없으십니까?" 라고 협박당하는 바람에 어슬렁어슬렁 따라오게 됐다.

슬프네, 신분이 높은 상대에게 강하게 나갈 수 없다는 점이 귀족으로서 곤란한 부분이다.

오늘 왕태자 전하는 처음부터 귀찮음 모드다. 테이블에 팔꿈치를 세우고 턱을 괸 채로, 장미꽃봉오리 같은 입술에서 한숨만 푹푹 내쉬고 있었다.

보내줘.

"그대는 로베르트를 어떻게 생각하지?"

"어떻게, 라니요?"

원하는 대답을 알 수가 없어서, 되물었다.

슬슬 좌식 발도술인가 뭔가 하는 기술로 상대를 손대지 않고 기절시킬 수 있지 않을까. 그러면 간단하고 원만하게 이 스무고개 시간을 끝낼 텐데 말이야.

"왕에 어울린다고 생각하나?"

"……제 입으로는 아무 말도 할 수 없어요. 불경해지니까요."

"……그 대답 자체가 불경하다는 생각은?"

내 의도가 전해졌는지, 전하도 아무 말이 없었다.

친하지 않은 상대와 보내는 침묵의 시간만큼 무의미한 것도 없다. 적당히 끝맺을 요량으로, 나는 왕태자 전하의 비위를 맞추려 했다. 이래 봬도 귀족 나부랭이라, 어느 정도 비위를 맞추는 소양도 겸비하고 있으니까.

"로베르트 전하는 왕위를 계승할 생각이 없으십니다. 왕이 되실 분은 당신이십니다, 전하."

"……나는, 왕이 될 수 없어."

실패했다. 안 어울리는 짓은 하는 게 아니다.

그리고 듣고 싶지 않은 말을 들어버렸다. 또 '잊어줘'라고 하지 않을까. 앞으로의 전개가 빤히 보여서, 이야기가 길어질 것 같다는 생각에 나는 마음속으로 혀를 찼다.

전하는 내 예상대로 말을 꺼냈다.

"나는 병 때문에 오래 살지 못해. 의사에게 앞으로 2, 3년 정도라는 말을 들었어."

거기서부터는 승자가 이미 결정된 시합이었다.

여생이 얼마 남지 않은 왕태자 전하. 주변 사람들은 그걸 이미 알고 있는 상태였고, 뒤에서는 자신을 불쌍하게 여기거나, 비웃거나, 혹은 동생 로베르트에게 빌붙으려 했다느니.

동생 역시 그 사실을 알고, 세력을 척척 늘려갔다느니.

뛰어나다고 해도, 뭔가 해 볼 능력이 있어도 어차피 곧 죽을 테니 소용없다는 생각에 모든 게 시시해서 아무래도 좋게 돼 버렸고, 어처구니가 없었다느니. 그런 세계니까 죽는 건 그다지 무섭지 않다느니.

나는 제복 소매에 달린 단추를 바라보며 시간을 때웠다.

그래 맞아. 이 제복, 단추가 떨어지려 했었지.

벌써 이래저래 반년은 이대로 놔둔 것 같은데, 어느 샌가 까먹어서 그대로 방치해 버렸다. 남아있는 실도 이제 몇 가닥 안 돼서, 슬슬 진짜로 떨어질 듯했다.

지금 입고 있는 짙은 감색 제복은 기사단 근무와 훈련장 근무를 맡은 교관들이 기사단의 빨래와 함께 맡기는 듯했는데, 매번 말해둔다는 걸 또 까먹었다.

후보생 제복도 눈속임 용으로 들고 다니기는 하지만, 항상 거의 깨끗한 상태로 귀가했기에 솔직히 아버님은 이미 눈치채셨겠다는 생각이 최근에 들었다.

설령 그렇더라도, 상대가 일부러 모른 척하고 있는 걸 수도 있으니 나도 들키지 않은 척 감추는 게 예의겠지.

앗차, 실례. '시시해서 아무래도 좋다'는 마음이 너무 들어서 딴 생각을 해버렸네.

전하는 그저 불안해서 그런 것이다. 자의식과잉으로 정서가 불안정할 뿐이라고.

사춘기, 전하 정도 나이대 아이들에게서 자주 보이는 증상이지.

누구나 그런 때가 있잖아? 역에서 자빠질 때, 비웃음 당하는 듯한 기분이 든다든가 하는. 친구가 뒤에서 자기 욕을 하는 게 아닌가 하는 불안에 휩싸인다거나.

말하자면, 피해망상 같은 거지.

그가 오래 살지 못한다는 사실은 양친이신 국왕 폐하와 왕비전하, 그리고 왕성의 주치의만 알고 있을 거야.

함부로 소문냈다간 목이 날아갈 테니까. 애초에 수많은 귀족들이 알았다면, 차기 국왕인 왕태자 전하에게 달라붙는 자들이 끊이지 않아서 보좌역을 맡은 오라버니가 머리를 싸매고 있는 게 설명이 안 돼.

그의 생각처럼 모두가 다 안다고 생각하긴 어려워.

하물며, 헤픈 로베르트가? 그 녀석이 숨긴다, 라는 섬세한 행위를 소화할 리가 없거든.

분명 병 때문에 신경이 쇠약해져서 민감해진 탓일 거야. 그렇게 신경 쓰지 않아도 당신은 죽지 않아요, 하고 가르쳐주고 싶을 정도야.

그래. 스포일러를 하자면, 그는 죽지 않아.

왕태자 루트뿐 아니라 다른 캐릭터 루트를 타도, 수년 후의 에필로그에 등장하니까. 즉, 안 죽는다는 뜻이지.

왕태자 루트에서는 성녀의 힘을 자각한 히로인의 뭔가 엄청난 사랑의 파워 같은 걸로 병이 낫게 돼. 건강한 왕태자가 된다고. 히로인은 왕태자비가 되고.

로베르트 루트에서는 왕태자의 자리를 로베르트에게 양보하고, 외국으로 성공률 50%라는 어려운 수술을 받으러 가지.

50%라는 소리를 들으면 불안할 수 있지만, 걱정 마시라. 그는 공략대상인 꽃미남 왕자, 거기다 이곳은 '상냥한 세계'지. 이 상황에서 50%는 100%와 같은 의미야. 건강해져서 돌아온 뒤에, 히로인과 로베르트의 결혼식에 참석한다고.

숨겨진 루트인 이웃나라 왕자 루트의 에필로그에서도 왕국의 대리인으로서 등장해. 어쨌든 신기할 정도로 죽지 않는다니까.

그는 아무것도 안 해도 죽지 않지만, 나는 아무것도 안 하면 파혼당하고 심하면 길바닥을 헤매는 신세가 되지.

급한 걸로 치면 내가 압도적으로 더 급한데, 죽는다 죽는다 하며 사기를 치고 앉아 있으니 어울려 줄 수가 없지.

확실히 그가 병에 걸린 건 맞지만, 죽진 않아.

열여덟 살까지는 그것 때문에 고민하겠지. 하지만, 그 장애물은 확실하게 돌파할 수 있어.

그리고 그 후를 생각해줬으면 해. 만인이 부러워하는 완벽한 왕자가 완성된다고. 분명 현 국왕 폐하와 동등할 정도로 훌륭한 국왕이 될 거야. 열여덟 살 이후부터는 빛나는 미래가 보장돼 있다고.

우수한 형에게 콤플렉스를 느껴서 고민하는 로베르트도, 친모에게 버림받아 사랑에 굶주린 크리스토퍼도, 가족이 주는 중압감과 천재가 아닌 자기 모습에 괴로워하는 아이작도 마찬가지야.

다들, 괴롭겠지. 여성향 게임의 공략대상이니까 어두운 과거 정도는 있어야 할 테니.

하지만, 인생은 열일곱, 열여덟에 끝나는 게 아니야. 되려, 그 다음이 훨씬 길지.

히로인 없이도 이 세계의 로베르트는 형에 대한 콤플렉스를 극복했어. 게임 속 왕태자 전하 역시 히로인이 그를 선택하지 않아도 건강하게 생존한다고.

이건 결국, 공략대상들이 아무리 발버둥쳐도 끝내 행복해진다는, '상냥한 세계'의 바람직한 모습을 의미하지.

이 세계의 평균수명 같은 건 잘 모르겠지만, 칠십까지 산다고 가정하면 공략대상들이 괴로워하는 기간은 그 4분의 1 정도라고.

하지만 나는? 학교에 입학하기 전까지는 행복하게 지내겠지.

하지만 본의 아니게 파혼을 겪고, 그 후에 행복할지 어떨지는 누구도 증명해줄 수 없어. 게임에서도 그려지지 않으니까 나도 모른다고.

차라리 내가 전생하자마자 걱정한 것처럼 불행한 생활을 보낼 가능성이 더 높아. 그렇게 된다면 나는 열일곱 이후의 인생, 즉 삶의 4분의 3의 기간—공략대상의 3배에 달하는 기간—동안 괴로워하게 될 거야.

아시겠냐고요.

지금 저 사람이 괴로워하는 모습이, 얼마나 나에게 사소한지를.

이 떨어질락 말락 하는 단추가 훨씬 더 중요한 문제라는 사실을.

눈앞에서 비극의 주인공이 펼치는 연기에 어울려주는 일도 점점 한심하게 느껴져.

너는 확실히 주역일지도 몰라.

하지만 수많은 사람 중 하나에 불과해. 이 이야기의 주인공은 어디까지나 '히로인'이니까.

히로인에게 선택받는 것이, 이야기에서 센터 자리를 꿰차는 조건이라고.

그런데 자기가 주인공이라고 생각하다니. 착각도 유분수지.

아니면 뭐야? 아주 그냥 선택받은 것처럼 굴면서, 벌써부터 센터를 꿰찰 셈이야? 라이벌 공략대상이 되려는 내 앞에서? 배짱 한번 좋네.

애초에, 모든 사람이 다 왕족만 신경 쓸 리 없잖아.

예를 들면 나는 팬더를 귀엽다고 느끼고, 동물원에 가면 보고 싶어하지. 팬더가 새끼를 낳았다는 뉴스를 보면 흐뭇해서 생글거리고.

하지만, 매일같이 팬더만 생각하냐고 묻는다면, 그럴 리 있냐고 일축하겠지.

그런 사람은 팬더를 아주아주 좋아하거나, 팬더 사육사이거나 하는 정도일 걸.

팬더보다도 내일 음식 메뉴나, 자기와 가족의 행복이 신경 쓰인다고. 다들 당연히 팬더보다 자신이 더 소중하잖아. 당연히 친한 사람이 더 소중하고.

즉, 팬더 같은 건 아무래도 좋다는 사람이 대다수라고.

언젠간 옥좌에 앉을 인간이 그 정도도 몰라서 어쩔까. 그렇게 도달한 곳에 있는 것은 자기중심에 영웅주의로 얼룩진 독재자 아닌가.

뭐, 내버려둬도 아버님이나 오라버니 선에서, 생각을 똑바로 잡아 줄 것 같긴 하지만.

"지난번 시합의 결과는 패배였지만, 움직임은 좋았습니다. 도저히 병에 걸렸다고 믿기 힘들 정도로……."

"……그대가 믿건 안 믿건, 내가 병에 걸렸다는 사실은 변하지 않아."

"흠, 그건 그렇네요."

나는 성질이 급하다고.

그리고 성격도 나빠.

생각해 봐. 다른 공략대상의 이벤트를 가로채려는 인간이 성격 좋을 리 없잖아.

자신의 행복을 위해 순진무구한 히로인을 이용해 먹으려는 인간의 성격이 좋을 리 없다.

애초에, 엘리자베스 버튼은 조연이나 다름없어도 악역 영애라고.

여기선 악역답게 주인공 행세하는 다른 공략대상의 콧대를 꺾고 걷어차 버리는 쪽도 나쁘지 않아.

"전하, 몰래 성 밖에 나가신 적은요?"

"……없네."

내 질문에, 전하는 곤란하다는 듯 답했다.

보통 귀족 자제는 몰래 거리로 나가지 않는다. 하물며, 병마에 시달리는 왕태자 전하가 그 근처를 쉽게 어슬렁거릴 리 없지.

"그럼 가시죠."

"뭐?!"

"옷은 제 걸 입으시면 되겠네요. 다행히 후보생 제복을 갖고 있으니, 이걸 입으세요."

"그대는, 대체 뭘."

"내일 아침 이곳으로 모시러 올 테니, 사람들을 물려 주세요."

짐 속에서 후보생 제복을 한 벌 꺼내, 눈을 희번덕거리는 전하에게 떠밀었다.

왕태자 전하의 집무실에 들어오는데도 짐을 맡아 두지 않다니, 정말 평화로운 나라구나.

"그럼 이만."

불경스럽게 웃으며 나는 제복의 옷자락을 휘날리면서 집무실을 나섰다. 군화 소리만이 뚜벅뚜벅 울려 퍼졌다.

"잠깐! 무슨 생각이지?! 내, 내 근위기사에게 이 일을 전하면 어떻게 되는지……."

"붙잡힐 정도로 어수룩하지는 않습니다. 동생 분께 저에 대해서 들으셨다면서요?"

전하가 만류하는 소리가 등뒤에서 들려왔지만, 나는 돌아보지 않았다.

문이 닫히는 소리에 뭔가 지금의 나는 환생하고 나서 가장 악역답구나, 하고 느꼈다. 진짜 엘리자베스 버튼도 저승에서 기뻐하고 있겠지.

딱히 죽은 건 아니지만.

기사라면 누구나 벽 정도는 탈 줄 알아요

창문을 두들겼다. 의아해하며 커튼을 걷은 왕태자 전하의 눈동자가 순식간에 휘둥그레졌다.

몇 초 동안 멍하니 있더니, 내가 다시 창문을 두들기니 자물쇠를 열고 안으로 들여보내 주었다.

"그대는, 어떻게."

"어떻게고 뭐고 없어요."

어디로 들어왔는지 지금 막 봐 놓고선, 이상한 질문을 하시네.

"벽을 타고 올라왔죠."

"벽을?!"

"요즘에는 기사라면 누구나 벽 정도는 탈 줄 알아요."

당연하다는 듯 대답하는 나를 보며, 왕태자 전하는 "그래?"하고 중얼거렸다.

벽을 타지 못하는 기사들도 있겠지만, 노력하면 탈 수 있는 기사도 있으리라 생각했으니까, 거짓말은 아니다.

문제는 그걸 실행에 옮기는 기사는 별로 없다는 것뿐이다.

"내가 지금 문 밖의 경비병을 부른다면 네 목은 간단히 날릴 수 있어."

"하지만 정직하게 옷을 갈아입으신 걸 보니 그럴 생각은 없으신 것 같네요."

전하는 입을 꾹 다물었다. 아무래도 정곡을 찔린 모양이었다.

전하는 어제 내가 건네준 회색 후보생 제복을 걸치고 있었다. 소매가 길었는지 팔 위로 걷어붙인 상태였다.

"그럼 가실까요."

"어떻게 가려는 거야? 커튼이랑 시트를 묶어서 창문으로 내려가려고?"

전하 나름대로 이곳을 빠져나갈 방법을 생각해 본 모양이다. 뭐야, 역시 나갈 마음이 있었잖아.

"농담도 참. 여기 3층이에요."

나는 어깨를 으쓱했다. 그 모습을 본 전하는 어딘지 안심되는 듯한 표정을 지었다.

뭐, 다음에 이어진 내 말에 바로 굳어버렸지만.

"고작 3층이니까 충분히 뛰어내릴 만해요."

"바보 같은 소릴. 3층이라고?"

"실례하겠습니다."

입씨름할 시간이 없어.

나는 말을 자르고 전하를 가볍게 안아 들었다.

크리스토퍼보다는 무겁지만 오라버니보다는 가벼웠다. 평소에 훈련장에서 집어 던졌던 로베르트나 다른 훈련생들과 비교해도 가벼운 축에 속했다. 보이는 대로 꽤 날씬하긴 한 모양이네.

"무, 무슨 짓이지, 너, 너는!!"

"혀를 깨물 수도 있어요."

불경하다고 해도 상관없어……. 아니, 불경하기 짝이 없는 내 행동에 분개하는 것인지, 전하의 흰 피부가 벌겋게 달아올랐다. 어른스러운 분위기를 풍기는 전하였지만, 이런 표정을 짓는 걸 보니 나이에 맞는 순진함이 살짝 엿보이기도 했다. 그럼에도 은빛 실 같은 머리칼이 붉은 피부에 늘어진 모습은 요염하기까지 했다.

과연, 이런 게 갭모에군.

그 기술을 체득할 수 있도록, 나는 뻐끔뻐끔 입을 열었다 오므렸다 하는 전하를 내려다보면서 창틀로 뛰어내렸다. 도약은 한 순간에 이뤄졌다.

소리를 죽이며 착지한 뒤, 낙하의 충격을 그대로 신체로 튕겨내면서 달려나갔다. 품에 안긴 전하에게는 충격이 거의 가지 않았겠지.

"? ……??????"

전하가 눈을 꿈뻑거리고 있었다.

속눈썹이 정말 긴 나머지, 눈을 깜빡일 때 생기는 잔바람이 내게 닿았다.

내게 안겨 있었기에, 전하의 두근거리는 심장 고동이 전해져 왔다. 꽤나 놀란 모양인데?

그야 그렇겠지. 대단한 높이는 아니지만, 만에 하나 머리부터 떨어졌으면 목숨을 잃었을 가능성도 있으니까. 심장 고동이 빨라질 수밖에.

믿을 수 없다는 표정을 짓는 전하에게 나는 도전적인 웃음을 보였다.

"이만 돌아갈까요, 전하?"

그 순간, 내 어깨로 고동이 전해졌다.

"바, 보 같은 소릴."

간신히 쥐어짜낸 쉰 소리를 듣고, 내 웃음이 짙어졌다.

"아무리 그래도 이건 좀 이상하지 않은가?"

"이거라니, 뭐가요?"

"내가 네 앞에 앉아있는 것 말이야!"

등뒤에 앉아있는 나를 올려다보며, 전하가 항의했다.

나와 전하는, 내 애마 아가씨를 타고 있었다. 전하를 앞에 앉히고, 나는 딱 달라붙었다고 할 만큼 가까이 앉아서 손을 앞으로 내민 채 고삐를 쥔 자세였다.

물론 말을 모는 사람은 나였기에, 전하는 그저 앉아 있기만 할 뿐 이었다. 나름대로 극진한 대접을 해드리는 중이라 생각하는데, 정말 불평이 많은 왕자님이네.

"말을 모는 일은 제가 익숙하니까, 이게 합리적이에요."

"그럼 내가 뒤에 타도 되잖아?"

"무슨 농담이십니까. 눈에 안 보이는 등뒤에서 무슨 일이라도 생 겼다간 제 목이 날아갈 걸요?"

내 키가 더 컸기 때문에, 전하를 앞에 앉혀도 시야를 가리진 않아. 게다가 서 있을 때 키 차이 이상으로 전하의 머리가 밑에 있는 기분 이 든단 말이지.

……설마하니, 허리와 다리 간 길이 비율에서 내 허리가…….

아니, 생각하지 말자.

상대는 공략대상이야. 치트급 스펙을 갖추고 있는 건 어제오늘 일이 아니라고.

이런 거 하나하나에 다 충격을 받으면 앞으로 나아갈 수 없어. 가볍게 고개를 저으며, 정신을 다잡았다.

"섬세하지 못할지 모르지만, 에스코트는 제게 맡겨 주세요."

내가 일부러 윙크를 날렸더니, 전하는 살짝 시선을 돌리며 흥하고 작게 콧방귀를 뀌었다.

'상당히 거슬리게 구네.'

게임 속 왕태자 전하를 떠올리며 나는 쓴웃음을 지었다.

왕자님 캐릭터라서, 히로인에게 아니꼬운 대사를 물 흐르듯 남발하곤 했지.

달달한 목소리가 어우러져서 '뇌가 사르르 녹는다'고 한 적도 있었는데.

몇 년 후에는 전하도 그런 남자가 되는 걸까.

간신히 앞을 보게 된 전하의 뒤에서, 나는 애마 아가씨에게 앞으로 가라고 지시했다. 전하는 얌전히 말 위에 올라탄 채 흔들거리면서 주위를 두리번두리번 둘러보았다.

기분 전환도 할 겸, 툭하고 전하의 머리에 내 제복 모자를 올렸다.

마을이 가까워지면서 사람이 늘어났다. 순찰 때 자주 마주쳤던 얼굴도 드문드문 보였다.

"기사님~! 오늘도 멋져요~!"

"아기고양이들, 오늘도 예쁘구나."

"꺄악~! 여기 좀 봐줘요~!"

"후후, 고마워."

"……."

길가에서 들려오는 목소리에 손을 흔들며 화답하고 있는데, 바로 앞에서 시선이 느껴졌다.

전하가 눈썹과 눈 사이를 좁혀서 나를 쏘아보고 있었다.

"…넌, 기사가 아닌가?"

한동안 아무 말 없던 전하는 묘하게 작은 목소리로 물어보았다. 뇌를 녹이는 달달한 목소리는 어디 간 건데?

나는 실제로 기사가 아니긴 하니까, 일단 모호하게 대답해 두자.

"뭐, 기사단 후보생의 교관 나부랭이긴 하죠."

"그런 것치고는, 꽤 경박한 행동을 하는군."

경박하다. 헌팅을 말하는 것이었다.

그 말을 듣고, 뇌에 벼락을 맞은 듯한 충격을 받았다.

경박한 기사라, 그거 좋지 않아?

경박하고 경솔하며 한없이 가볍지만, 여자에게는 상냥한.

그런 캐릭터를 겪어본 적 있는 여성분은 손을 들어 줬으면 해.

나는 있어, 아주 많이.

대개 평소에는 가볍게 입을 놀리지만 할 때는 하는 타입으로, 실은 엄청나게 강한 데다가 어두운 과거가 있고. 진심으로 사랑하는 여자에게는 껄떡거리지 않고.

갑작스럽게 보여주는 쓸쓸한 표정이나 좋아하는 사람이 위기에 빠졌을 때 나타나는 필사적인 모습에서 갭모에를 느끼곤 하지.

여성향 게임이나 순정 만화에 한 명씩 있을 법한 타입이야.

그리고 다행히 이 'Royal LOVERS'에는 없는 타입이지.

너무 쉽게 넘어와서 나쁜 첫인상을 남길 위험도 적지 않아. 하지만 적어도 호랑이 교관보다는 나은 틈새시장이겠지. 여자에게 인기 있다는 건 지금 몸소 체감하는 중이니까.

사람에게는 호불호가 있다.

아이작 같은 반장 스타일이나 크리스토퍼 같은 귀여운 스타일은 나랑 안 맞지. 진짜 왕자님이 둘이나 있는 상황에서 왕자님 캐릭터를 밀고 나갈 용기도 내겐 없다.

하지만, 경박한 캐릭터라면 가능성이 있다는 느낌이 들어.

벌써 마을 여자들을 '아기고양이'라 부르고 있는 만큼 소질은 충분하다고 생각한다.

참고로 이런 대사를 입에 담는 처지가 되면서 깨달았는데, 그 대사는 딱히 상대가 귀엽다거나 정말 아기고양이와 닮아서 하는 소리는 아니었다.

그럼 어째서 그렇게 부르는가 하면, 불특정다수의 여자 이름을 일일이 기억할 수는 없으니까.

알고 싶지 않았던 진실이지.

혹시 다음 인생에서 '아기고양이'라고 불리는 입장이 된다고 해도, '아아, 이름을 까먹었구나'라는 생각이 들어서 순진하게는 못 받아들이리라 생각한다.

나에게는 전하의 말이 마치 신의 계시처럼 느껴졌다. 길이 열린 듯한 기분이 들었다.

이게 왕의 그릇인가. 이야, 전하 덕분에 우리나라는 앞으로도 평안하겠는 걸.

지금 생각해보면 힌트는 잔뜩 있었다.

자연스럽게 시녀들에게 윙크를 해주고 짐을 들어주거나, 마을 여자들에게 손을 흔들어주거나, 나이가 있는 여성을 '아가씨'라고 불러주는. 내가 그런 행동을 취했을 때 여성들이 기뻐하는 모습을 확인했으니까.

하지만 전생의 현실에서 그런 남자가 있었는가? 하고 묻는다면 답은 No다.

나는 무의식 중에 내가 알고 있던 2차원 캐릭터를 꺼내서, 자신에게 적합한 설정을 선택하여 이용하는 것이니까. 답은 그 연장선에 있었다.

'기사임에도 경박한'이라는 것도 좋고, '경박하지만 사실은 기사'여도 괜찮다. 가능성은 무한대야.

"뭘 하고 있지?"

수상하다는 듯한 표정을 짓는 전하에게 나는 무심코 자신의 뺨에 손을 가져갔다.

그래. 실실 웃고 있었구나. 하지만 그것도 당연한 일이지.

엘리자베스 버튼, 열세 살. 이 날은 내 방향성이 확고해진 기념비적인 날이다.

기분 좋게 상점가를 활보하니 살랑거리는 바람을 타고 좋은 냄새가 났다.

오전이긴 하지만, 이미 아침 장은 마칠 시간이었다. 시장에서 사들인 재료로 빵 가게나 식당이 준비를 하는 중이겠지. 여전히 초조한 듯 주변을 바라보는 전하를 내려다보면서 미소를 지었다.

내가 구태여 왕태자 전하를 모시고 나온 데는 두 가지 목적이 있었다.

하나는, 전하에게 마을의 상황을 보여주고 싶었다.

위정자로서 마을에서 살아가는 사람들을 봐 둘 필요가 있으니까…… 하는 장황한 이유는 아니다.

전하의 이벤트 가운데, '마을에 숨어서 데이트'라는 것이 있었기 때문이다.

마을에 온 적은 있겠지만, 신분을 숨기고 마을 사람들 속에 섞여 가게를 둘러보거나 밥을 사 먹는 등 행위는 전하에겐 처음이었을 테니까.

평소엔 어른스럽게 여유롭던 그가 마을의 사소한 것들에 눈을 반짝이거나 저건 무엇이냐며 들뜬 목소리를 내는 모습을 보면서, 플레이어는 갭모에로 가슴이 두근거렸겠지.

하지만 이는 마을에 오는 일이 '처음'이기에 나타나는 반응이었다.

그렇다면, 그 이벤트를 망치는 일은 간단했다. 처음을 미리 겪게 하면 되니까.

자신의 이벤트가 망가졌다는 사실을 모른 채, 말 위에서 내려다보이는 가게들이 흥미진진하다고 떠드는 전하. 그 시선을 따라가니, 곧잘 이야기를 나눴던 빵집 주인과 눈이 마주쳤다. 상대 역시 나를 알아보고 손을 흔들었다.

"기사님! 누구야, 그 도련님은. 어디서 잡아왔대?"

농담이 섞인 말이었지만, 아주 틀린 것도 아닌 그 말에, 나는 무심코 쓴웃음을 지었다. 전하의 어깨도 움찔거리는 듯했다.

"기사단 후보생이에요. 순찰을 따라오고 싶다길래, 데리고 나왔어요."

"호오, 그럼 미래의 기사님이란 소리네."

붙임성 있게 웃는 가게 주인에게, 전하는 가시방석에 앉은 사람마냥 엉덩이를 들썩거리며 인사를 했다.

그 모습에, 가게 주인은 흐뭇하게 미소를 지으며 뺨을 붉혔다.

가게 주인도 설마하니, 뒤에서 말을 몰고 있는 내가 그 도련님보다 연하라고는 생각 못했겠지.

"자, 이거 가져가."

"예? 아니."

"훌륭한 기사가 되려면, 뭐가 됐든 기운이 있어야지."

전하의 손에 종이봉투를 억지로 쥐어주고는, 가게 주인은 활짝 웃으며 자신의 팔을 두드렸다.

훌륭한 상완삼두근이다. 매일 빵을 반죽하는 사람다워.

"기사님도 여기."

"고마워요, 잘 먹을게요."

몸을 내밀어, 종이봉투를 받았다. 전하를 반쯤 누르는 모양새가 되었지만, 용서해주시길.

열어보니 따끈따끈한 스콘이 담겨 있었다.

구수한 버터 향이 갑자기 공복을 자극했다. 따끈따끈할 때 먹는 게 좋겠지.

한입 베어 물으니, 안에 들어있던 잼이 모습을 드러냈다. 새콤달콤한 그 맛에, 점점 더 식욕이 돋았다.

블루베리인가?

"오늘은 잼이 들어 있네요. 어머님 눈동자처럼 깊은 보랏빛이라 예쁜데요?"

"하하, 아부는 아내한테 직접 해줘."

"다음에 뵈면 할게요."

가볍게 손을 흔들며 말의 배를 찼다. 천천히 앞으로 가면서 스콘을 입안에 가득 넣었다.

생지도 아삭아삭한 게 맛있었다. 수분을 빨아들이는 만큼 걸으면서 먹을 만한가 하면 살짝 미묘했지만.

시선이 느껴져서 내려다보니, 전하가 내 얼굴을 빤히 바라보고 있었다.

"죄송합니다. 예의에 어긋나는 행동을 했네요."

"이제 와서?"

"그것도 그렇네요. 아아, 안 드실 거면 제가 먹을까요?"

"……안 먹겠다고는 안 했는데."

그렇게 말하면서도, 그는 봉투에서 꺼낸 스콘을 바라보기만 할 뿐, 입에 가져가지 않았다.

거기서 문득 생각났다. 그래, 왕족은 독이 들었는지 확인한 음식밖에 안 먹었지.

훈련 때 받는 음식이나, 실습훈련 때 하는 식사 등. 로베르트는 크게 신경 쓰지 않고 먹었지만, 곁을 지키던 호위들은 그럴 때마다 파랗게 질리곤 했다. 역시 내 약혼자님은 왕족이랑은 안 맞는 것 같아.

몸을 앞으로 쭉 내밀어, 전하가 들고 있던 스콘을 한 입 베어 물었다.

아연실색하며 나를 바라보는 전하에게, 입가에 묻은 잼을 핥으면서 아무렇지도 않다는 듯 말했다.

"잘 먹었습니다."

"너, 너! 내가 안 준다고 했을 텐데!"

"죄송해요. 전하랑 다르게 소화가 잘 되는 편이라."

"나도 오늘 아직 아무것도 못 먹었다고!"

얼굴이 시뻘게져서 씩씩거리는 전하. 이렇게 보면 아직 어린애긴 하구나 싶다.

평소의 귀찮은 듯한 태도는 원래 성격인지도 모르지만, 역시 연기의 비중이 더 크겠지. 연기인지 본성인지 스스로도 알 수 없게 될 정도로 말이야.

전하는 한동안 나를 째려보다가 자기 손에 들고 있던 스콘으로 시선을 돌리고는, 결의를 다졌다는 듯이 스콘을 입으로 가져갔다.

"으억?!"

고급 식사만 해 왔던 도련님이 한꺼번에 입안이 가득 차고도 넘칠 만큼 빵을 쑤셔 넣은 모양이었다. 어쩐지 한입에 그걸 베어 문다 싶었는데, 나 원 참.

"잠깐! 괜찮아?!"

길가의 과일 가게 여주인이, 파랗게 질린 전하의 얼굴을 보고 다급히 달려왔다.

"그게, 아무래도 목에 걸렸나 봐요."

"기사님! 제대로 돌봐 줬어야죠!"

혼났다.

여주인은 가게에 들어갔다 나오더니, 차가 담긴 컵을 이쪽으로 건네 주었다.

"자, 이거 마셔."

전하 대신 내가 컵을 받아 한 모금 마셨다. 설탕이 들어간 홍차였다. 달짝지근한 것이 맛있었다.

"기사님 말고요!"

또 혼났다. 평소엔 비위를 잘 맞춰주더니, 이런 상황에서는 당해낼 수가 없다니까.

전하에게 컵을 건네자, 컵 안의 내용물을 단숨에 훅 들이켰다.

"푸하앗!"

하아하아 숨을 내쉬는 전하의 상태를 보고 여주인도 휴우하고 한숨을 내쉬었다.

"마담, 이 홍차 맛있네요. 저도 한잔 주세요."

"기사님."

분위기 파악을 못한다는 시선을 받았지만, 딱히 걱정하지는 않았으니까 별 수 없다. 공략대상이 이런 곳에서, 스콘이 목에 걸리는 바람에 죽을 리 없으니까.

고개를 갸웃하며 미소를 지어 보였더니, 여주인은 어쩔 수 없다는 듯이 이거야 원, 하고 웃으며 가게 안에서 항아리와 컵을 가지고 나왔다.

"도련님도, 자."

"예?"

"조금 전에는 맛도 모르고 마셨잖아? 한잔 더 줄게."

여주인은 항아리에 담긴 홍차를 전하가 들고 있던 컵에 따라주었다.

또 독이 들었나 확인해 줄 필요가 있냐는 듯 전하를 슬쩍 보았는데, 그 시선을 눈치챈 전하는 눈꺼풀을 살짝 늘어뜨렸다.

"감사합니다."

전하는 그렇게 말하며 여주인에게 미소를 짓고는, 그대로 컵을 입에 가져갔다.

여주인의 권유를 받아, 나와 전하는 가게 앞 벤치에서 휴식을 취하기로 했다.

애마 아가씨는 근처 나무에 묶어 두고 대기시켰다.

멍하니 구름을 바라보는데, 지나가던 마차에서 마부아저씨가 이쪽을 향해 손을 흔들었다.

"기사님, 저번엔 고마웠어!"

"저번에? 뭘 해드렸더라?"

"바퀴가 빠졌는데 도와줬잖아!"

"아아, 그랬었죠. 기억력 좋으시네요."

"혼자서 화물용 마차를 들 수 있는 사람은 당신밖에 없으니까."

아저씨의 마차가 지나간 뒤에도, 면식 있는 사람들이 지나갈 때마다 '그런 데서 뭐하고 있어?'

라거나, '요즘엔 어때?', '돈은 좀 모았어?' 하고 나에게 말을 붙였다.

평상시에는 말에 탄 채 어슬렁거리는 내가, 희한하게 벤치에서 홍차 같은 걸 마시고 있으니 신경 쓰인 거겠지. 마지막에 말을 건 녀석은 나를 뭐라고 생각하는 거야?

거리를 지나는 사람들과 내 대화를 잠자코 바라보던 전하는, 홍차를 한 모금 마시더니 불쑥 한마디 내뱉었다.

"그렇군. 그대는 내게 이걸 보여주고 싶었구나."

납득했다는 듯 말하고, 전하는 고개를 끄덕였다.

전하가 말하는 '이것'이 뭔지 알 수는 없었지만, 나도 '이제서야 깨달았군'이라는 표정을 지으며

고개를 끄덕여주었다.

"그대는 마을 사람들에게 사랑받고 있어. 그러니까 마을 사람들은 그대를 상냥하게 대해 주지. 몸 걱정도 해주고."

"네, 맞아요."

"그리고 그대와 동행한 나에게도, 같은 대우를 해주었지."

그렇게 말하며, 그는 먹고 있던 스콘과 컵으로 시선을 떨구었다.

참고로 나는 다 먹고 빈 손으로 다음 말을 기다리고 있었다.

"분명, 성 안의 사람들도 그렇겠지. 아버님을…… 국왕 폐하를 흠모하기에 나에게도 친절하게 대해주는 것이겠지."

국왕 폐하를 흠모하는 사람이 많다, 라는 생각에는 나도 동의한다.

아버님도 오라버니도, 국왕 폐하 덕분에 지금 이 나라가 평화롭다고 말했으니까. 정치에 대해선 잘 몰라도 말이 간결하신 점이 좋았고, 훌륭한 다스림으로 평화가 유지되는 점도 좋았다.

"물론 타산적인 이유로 흠모하는 자도 있겠지. 그렇기에 모든 일을 솔직하게 받아들일 수는 없어. 허나, 그걸 의식해서…… 모든 일을 머릿속으로 의심하고 친절을 받아들이지 못하는 것 역시, 어리석은 행위야."

전하는 자조하듯이 웃었다. 어제까지 보이던 '관심 종자' 아우라가 완전히 빠져 있었다.

"아무래도 내가 조금 민감했던 걸지도 모르겠군."

그 말에, 나는 고개를 크게 끄덕였다.

내 생각보다도 상당히 긍정적인 방향으로 나아간 것으로 보아, 전하를 모시고 나온 두 번째 목적도 무사히 달성한 듯했다.

늘 성에 틀어 박힌 채, 주변에는 자신을 신경 써주는 사람뿐.

안색을 살피거나 들이대는 일이 반복되는 일상.

그런 사람 틈에 둘러싸여 있다 보면, 필역적으로 자의식과잉이 뒤따를지도 모른다. 피해망상에 빠질 수도 있다.

그렇기에, 전하를 모르는 사람이 가득한 장소로 온다면 깨달으리라 생각했다.

아무도 전하를 신경 쓰지 않는다는 사실을.

전하의 주변에 전하를 신경 쓰는 사람이 간간히 모인다고 해도, 세상 대다수는 본인에게 흥미가 없다는 사실을.

그것을 깨닫는다면, 지나친 피해망상은 없어지리라 판단한 것이다. 역으로, 지금까지 늘 자신이 당연히 주목받으며 화젯거리가 된다고 생각했던 점을 부끄러워한다면 좋으리라 판단한 것이다.

실제로 오늘 전하가 완벽한 변장을 하지 않더라도 마을 사람들은 아무도 전하의 정체를 눈치채지 못했다.

오히려 빵 가게 주인은 전하에게 스콘을 주었고, 과일가게 여주인은 전하를 걱정해주었다.

이 경험은, 분명 전하에게 긍정적인 요인이 되겠지.

나로서는 예상치 못한 길목에 들어선 셈이었지만, 결과값은 나쁘지 않았다. 묘한 피해망상에 사로잡혀 있던 전하에게 불려다니며 내키지 않는 한숨을 들을 일은 이제 없을 테니까.

"앞으로 조금 더, 사람을 믿을 수 있게……강해지면 좋겠는데."

"아뇨, 전하는 충분히 강하세요."

내 메마른 웃음에, 전하는 이쪽을 힐끗하고 째려보았다. 거봐, 충분히 강하잖아.

"기사니임—!"

발치에서 어린 여자아이가 안겼다.

시선을 위로 향하니, 조금 떨어진 곳에 모친으로 보이는 여성이 이쪽으로 가볍게 인사를 했다.

여자아이의 머리 끈을 보고 기억났다. 분명 미아가 됐을 때 보호해 줬던 아이였지.

"아이고, 꼬마 아가씨. 오늘은 미아가 아니구나."

"레이, 미아 아니야. 그때도 엄마가 미아였다고."

여자아이—레이라는 이름인 것 같았다—가 볼을 부풀렸다. 이런 변명을 하는 아이가 실제로 있다고?

여자아이는 한동안 부루퉁하더니, 옆에 앉아있던 전하의 존재를 눈치채고는 고개를 갸우뚱하며 나를 올려다보았다.

"이 사람은, 누구야?"

순간 말문이 막혔다. 이름을 그대로 대면, 아무래도 들킬 확률이 높았다.

바로 적당히 둘러댈 만한 표현을 찾지 못한 나는, 몸을 살짝 굽혀 여자아이에게 귓속말을 했다.

"……나보다 훌륭한 사람."

"훌륭한 사람?"

"그래. 다른 사람한테는 비밀이다?"

입술에 검지손가락을 갖다 대며, 윙크를 했다. 뒤에서 지켜보던 어머니에게서 하트가 날아오는 것이 느껴졌다.

여자아이는 놀란 눈으로 나를 보더니, 전하를 보았다. 그리고 다시 한번 나를 보며 말했다.

"기사니임, 바람 피면 안 돼."

"응?"

"레이는 이 담에 커서 기사님이랑 결혼할 거니까!"

되바라진 소리로 내 멋진 혼신의 표정을 넘겨 버리다니. 무심결에 피식, 하고 말았다.

하지만, 드디어 이 대사를 듣게 됐구나. 순조롭게 인기를 끌고 있다는 사실을 체감하며, 몰래 감동을 음미했다. '크면 결혼한다'라는 것은, 아빠와 오빠를 제외하고 멋진 남자라는 사실을 인정받았다는 뜻이니까. 훈장과도 같다.

흘러나오는 기쁨으로 입가가 솟아오르는 것을 느끼며, 나는 여자아이의 머리를 부드럽게 쓰다듬어 주었다.

"그래. 그거 기대되는 걸?"

"얘, 레이야. 죄송해요, 기사님."

아무래도 모친이 계속 보고 있던 것 같다. 여자아이의 어깨를 잡아 내 발치에서 떨어뜨려 놓았다.

고개를 숙이려는 모친을, 나는 손으로 제지했다. 뭘, 아이가 말한 건데. 마음이 넓은 것 또한 인기를 끌기 위해 중요하다. 그리고 무엇보다, 나는 지금 기분이 좋거든.

"있지, 기사님. 같이 뭐 사러, 가자?"

"쇼핑가자고? 좋지."

여자아이 손에 이끌려 걷기 시작했다. 뒤돌아서 손짓하니, 전하가 놀라서 이쪽을 바라보고 있었다.

"죄, 죄송해요."

"아니에요."

사과하는 모친에게 웃음으로 답하며, 나는 여자아이의 보폭에 맞춰 걸어갔다.

전하는 한참을 아연실색하며 우리의 등을 바라보았지만, 내가 뒤돌아서 '가요.'라고 하니 체념한 듯 쫓아왔다.

여자아이를 따라가니, 수공예품을 파는 가게에 다다랐다.

도중에 모친에게 들은 이야기로는, 여자아이의 새 옷을 지어주려고 옷감을 찾으러 다닌다는 듯하다.

천을 사서 수제로 옷을 짓다니, 이 세계에서 솜씨가 변변찮은 어머니는 어느 정도 수준인 거지?

가게 안을 거닐며, 뒤따라온 전하를 돌아보았다.

한 선반 앞에 전하가 서 있었다.

뭘 보나, 하고 살짝 들여다봤더니, 선반에 진열된 실 옆에 레이스 뜨기로 섬세하게 만든 컵받침이 견본으로 전시되어 있었다. 전하의 옆모습과 컵받침을 비교해보니 역시나 미소녀라고 착각할 만한 미소년, 레이스가 잘 어울리는 외모라고 감탄했다.

"뜨개질한 레이스네요. 마음에 드세요?"

"아니⋯⋯꽤나 정교하다 싶어서 말이야.

"어려운 말을 쓰는데, 도련님?"

가게 안에서 나온 아주머니가, 전하에게 말을 걸었다. 이 근처에서 볕을 쬐다가 몇 번 정도 마주친 적이 있는 사람이었다. 이 가게 주인이었구나.

"그건 초보자용 뜨개질 도안이니까, 조금만 연습하면 금세 만들 수 있을 거야.

"그런가?"

의외라는 듯이 중얼거리며, 전하는 견본을 물끄러미 바라보았다.

아무래도 마음에 든 모양인데. 눈에서 반짝반짝거리는 게 쏟아지는 것 같아.

이런 알기 쉬운 부분을 보니, 헤픈 로베르트와 형제가 맞긴 하구나 싶었다.

"마담, 이걸 만드는 데 필요한 도구를 골라 줄래요? 한 세트로요."

"웅? 기사님은 이쪽 게 좋을 거 같은데? 바늘로 그저 양모를 찌르기만 하는…….'

"왜 내가 할 거라고 생각하자마자 이런 위험한 걸 추천하는 거죠."

선물할 거라고요, 하고 웃자 아주머니는 갑자기 의욕이 생겼다는 듯 움직이기 시작했다. 커다란 엉덩이를 흔들며, 좁은 가게 안을 여기저기 오갔다.

"금방 질릴지 모르니까, 따로 인기 있는 물건이 있으면 그것도 챙겨주세요. 가격은 이 정도면 될까요?"

바쁘게 돌아다니는 아주머니를 불러보았지만, 아무래도 듣지 못한 모양이다.

결국 안고 가기도 곤란할 정도로 잔뜩 싸들고 나오게 되었다. 게다가 레이스에 흠뻑 빠져 있던 전하도 듣지 못했는지, '가시죠'라고 해도 반응이 없어서 반쯤 끌고 나오듯이 가게를 빠져나왔다.

거기에 더해, 여자아이 옷에 쓸 천 값까지 고스란히 지불하게 되었다. '이 담에 커서 결혼한다'의 답례였다. 값을 넉넉하게 치렀으니, 분명 충분했겠지.

여전히 천을 보며 이런저런 이야기를 하는 모녀와 작별인사를 한 뒤, 전하를 끌고 말이 있는 곳으로 돌아왔다.

전하를 들쳐 메고 벽을 등반해, 창문으로 방안에 들어왔다. 전하를 내려준 뒤, 꾸러미를 전하에게 떠넘겼다.

갈 때는 편했지만, 돌아올 때는 짐이 늘어난 탓에 제법 애먹었다. 보초에게 들키지 않고 돌아온 사실이 기적에 가깝게 느껴질 만큼.

혹시 누군가 이상한 낌새를 느꼈을지도 모르니까, 얼른 퇴장하자.

"그럼, 저는 이만."

"자, 잠깐, 엘리자베스 양."

창틀에 발을 걸친 나를, 전하가 멈춰 세웠다. 전하는 끌어안은 꾸러미를 보며 곤혹스럽다는 듯이 물었다.

"이건 뭐지, 어떻게 하라는 건가?"

"뭐기는요"

전하의 물음에, 나는 고개를 갸웃거렸다.

설마, 자각이 없는 거야? 그 자리에서 말뚝 박고 그렇게 흥미진진하게 본 주제에?

"하고 싶으신 것 같아서요."

"나, 나는."

"전하는 뭐든 남들보다 잘 하시니까 금방 시시해 하는 것 같은데요. 그건 아마도, 정말 재미있는 일을 찾지 못해서가 아닐까 싶었거든요."

말이 길어지기 전에 내 생각을 먼저 전하도록 하자.

"저도 어느 쪽이냐고 하면 힘 안들이고 해결하려는 쪽이라서요."

말할 필요도 없이 이건 연막이다. 일곱 살의 엘리자베스 버튼은 숙녀교육도, 공부도 뭐든 남달리 노력했다.

남들이 보지 못하는 곳에서 노력한 만큼, 물밑 작업을 잘 한 데 불과했다. 지금은 낑낑거리며 수험공부에 전념하는 중이다.

하지만 경박한 캐릭터는 노력을 겉으로 드러내선 안 돼. 가벼운 상태를 유지하면서, 대부분 일을 남들 이상으로 해내야 한다. 캐릭터 자체가 그렇다. 이유는 모르겠지만.

"하지만 근육 단련은 다르거든요. 하나를 할 수 있게 되면 다음, 그 다음에는 조금 더, 점점 더

파고들게 되죠. 정신차려 보니 사범대리까지 되어 있었지만, 아직까지 전혀 질리지 않더라고요. 오히려 처음보다도 지금이 훨씬 재미있어요."

근육 단련과의 첫만남을 되새기다 그만, 아련한 눈빛을 지었다.

몸이 만들어지니, 자동 트레이닝 말고도 할 수 있는 훈련이 늘어났다. 전생의 헬스장 같은 설비는 바라지도 않지만, 신경이 쓰이는 물건을 여럿 둘러보다가 훈련장에 있는 교관실에 들여 놓곤 했다.

할 수 있는 트레이닝의 범주가 넓어지는 일도, 횟수를 늘려 가는 일도 즐거웠다. 눈에 보이는 효과를 낼 때는 감동했다.

근육 단련을 하지 않았다면, 여기까지 앞만 보며 달려올 수 없었을 것이다.

"전하도 뭔가, 맞는 일을 찾는다면 생각이 바뀌실지도 모르니까요."

"그래서, 수공예인가?"

"해보신 적, 없으시죠?"

"그야, 없긴 한데……."

꾸러미에서 가는 흰색 실뭉치를 꺼내, 찬찬히 바라보는 전하. 그

눈동자는 역시 흥미가 있다는 사실을 보여주었다.

"그대와 다르게 나는 바빠서 말이지. 취미 같은 데 빠져 있을 틈이······."

"전하, 그건 아니죠."

핑계를 대는 전하의 말을, 단호하게 부정했다.

그의 말에서, 등뒤를 밀어주기만을 기다리는 것처럼 느껴졌기 때문이다.

다 알면서 일부러 어울려주기란 영 내키지 않았지만, 근육 단련을 바보 취급하다니, 나도 물러날 수 없지.

"진짜 취미라는 건, 식사와 취침 시간을 줄여 가면서까지 하고 싶은 법이에요. 저도 숙녀교육을 빨리 마치고 근육 단련에 매달리고 싶다는 생각만 했으니까요."

"숙녀교육? 그대가?"

"왜요?"

"······아니."

살짝 눈을 돌렸다. 뭐, 숙녀답냐고 묻는다면 나 스스로도 '네'라고 말 못하니까. 최근에는 강의시간에 투명의자 운동을 하며 듣고 있으니.

전생에서 "여장은 남자만 할 수 있는 행위이기 때문에 '남자다운' 행위다"라는 설명을 들은 적이 있다.

그렇다면, 남장은 여자만 할 수 있는 행위이니 '여자다운' 행위가 아닐까?

······아니겠지.

"최근에는 복근이 생겨서 운동 성과가 보이기 시작했어요. 보실래요? 아니지, 제 건 아직 시원치 않아서 보여드리기 부끄럽긴 한데, 그래도 보실래요?"

"……사양하도록 하지."

안타깝게도 거절당했다.

아니, 진짜 내 복근 같은 건 그리 대단하지 않지만, 그래도 못 보여 줄 정도는 아니야. 트레이너로서 복잡한 심경이다.

이번에야 말로 전하에게 작별 인사를 고하며, 창문에서 뛰어내렸다.

근육 단련 이야기를 했더니, 몸이 근질거리기 시작했다. 착지와 동시에 나는 훈련장을 향해 질주했다.

인간에게는 팔이 두 개뿐이라고?

계절은 지나 겨울로 접어들었다. 순찰 도는 동안에도 손이 차가워져서 장갑을 끼고 다녔다. 기사 제복에 검은 장갑. 느껴진다. 여자들에게 인기를 끌 만한 파동이 느껴져.

순찰이 끝나고 훈련장으로 환복을 하러 돌아왔더니, 누군가의 기척이 느껴졌다.

잽싸게 대상의 뒤를 잡아, 목덜미에 나이프를 들이대며 인사했다.

"어어, 안녕."

희미하게 숨을 삼키는 소리가 들렸다.

기척을 낸 대상은, 연지색 제복. 얼굴은 제대로 보이지 않았지만, 키와 몸집으로 봐선 몇 번인가 나를 부르러 왔던 근위기사가 틀림없겠지.

"하하, 드디어 잡았네. 순찰의 성과가 있군."

쭉 뒤를 따라오고 있었다. 처음에는 기척을 느끼지 못했지만, 간신히 기척을 찾아도 그땐 이미 말을 걸려서 뒤를 잡기 불가능했다.

그 말인즉슨, 이 정도 수준의 인간이 적으로 나타났을 때 나로서는 어찌해 볼 도리가 없다는 뜻이었다. 암살자를 상대해야만 하는

데, 이래서야 여차할 때 히로인을 지키지 못할 게 뻔하다.

순찰하면서 주변의 분위기를, 기척을 느끼기 위해 온 신경을 집중했다.

뭔가 이상한 낌새가 느껴지면, 그걸 최대한 빨리 파악해야 결과적으로 가장 가성비가 좋다는 점을

깨달았기 때문이다. 초동 대처도 빠르게 할 수 있고, 이쪽이 싸우기 유리한 상황을 만들 수도 있다. 그렇게 하면, 실력이 엇비슷한 상대에게는 지지 않을 테니까.

이를 유지하는 동안, 기척을 느낄 수 있는 범위가 넓어졌다.

자신의 어깨를 건드리면 누구라도 눈치챈다. 이를 내 신체 밖에서도 느낄 수 있도록 범위를 넓혀 갔다. 공기에 녹아 들어서, '자신'의 범위를 넓히는 듯한 감각이었다.

그러자 사람의 시선을 느낄 수 있게 되었다.

시선을 보낸 인간의 몸짓을 통해 적의가 있는지를 추측할 수 있게 되었다.

평소와 다른 모습을 통해 이질적인 낌새를 감지할 수 있게 되었다.

근위기사의 방문을 감지하게 된 것도, 그리고 먼저 뒤를 잡을 수 있는 수준이 된 것도 그런 성과 덕분이었다. 성과가 있다는 사실은 기뻐할 만했다.

기분 좋게 나이프를 집어넣는 나를 보고 근위기사는 표정조차 바꾸지 않았다. 하지만 그 신체로부터 희미하게 긴장이 풀렸다는 점을 알아챘다.

하지만 그 점은 내색조차 하지 않고, 평소와 같은 대사를 뱉었다.

"에드워드 전하께서 부르십니다."

"잘 왔어, 엘리자베스."

방에 들어선 나에게, 전하가 기뻐하며 의자에 앉기를 권했다. 길게 머물 생각은 없었기에, 거절하고 다음 말을 기다렸다.

근위기사의 뒤를 잡았다는 사실에 기뻐한 기억은 이미 사라진 듯, 전하의 앞에 서니 호출에 대한

의구심과 불만이 치밀어 올랐다.

왜냐고. 이제 더는 부를 일이 없을 줄 알았는데.

"자꾸 불러서 미안하군."

"미안하다고 생각은 하세요?"

"아니? 그렇게까진."

시험 삼아 물었더니, 재미있다는 듯 웃으며 저렇게 받아 친다. 진짜 능글맞네. 대체 무슨 생각이래?

……뭐, 왕태자님이시긴 하니까.

"오늘은 그대에게 이걸 줄까 싶어서."

"이건?"

전하가 건네준 물건을 손으로 받았다.

원래대로라면 왕족에게 하사 받을 때는 조금 더 정중하게 받아야 하지만, 공식적인 자리도 아니고 혼낼 사람도 없으니 상관없겠지.

전하에게서 흰 레이스를 레이스뜨기하여 만든 컵받침과 식탁보를 받았다.

컵받침이 어딘지 눈에 익었다. 맞아, 수공예품점에 전시돼 있던 견본품과 아주 비슷한데?

······아니, 솔직히 레이스 모양 차이를 구분할 수 없어서 색상과 크기가 비슷하다는 대략적인 인상만 있는 거지만.

"내가 만들었어."

"전하가요?"

"그래."

"굉장한데요?!"

전하가, 자랑스럽다는 듯 고개를 끄덕였다. 검술 실력을 칭찬받았을 때보다도, 왕이 될 수 있으리라는 말을 들었을 때보다도, 기뻐하는 듯했다.

"이 컵받침은 밸런스가 약간 나쁘지만, 처음으로 눈을 떼지 않고 짰어. 도일리는 살짝 크긴 하지만, 사슬뜨기와 짧은뜨기, 1길긴뜨기만으로 짜서 의외로 간단했지. 허나, 하나하나는 간단하더라도, 그걸 합쳐서 이렇게 복잡한 무늬로 만들 수 있지. 이렇게 몇백 번이고 몇천 번이고 한 거야."

식탁보라고 생각했던 물건은 '도일리'라는 것 같았다. 뭐지 그건? 식탁보랑은 다른가?

전하가 열변을 토했지만, 알 수 없는 단어가 너무 많아서 한 귀로 흘렸다. 아마 나에게는 이들의 가치가 얼마나 대단한 것인지 와 닿지 않았을 테지. 어쩌면 재료비를 낸 내게도 나눠주려 했는지도 모르겠지만, 가치를 아는 사람이 써주는 편이 물건도 기뻐하지 않을까?

"직접 쓰시지 그래요?"

"어디서 났냐고 물을 게 아닌가? 내가 직접 짰다는 소리를 할 순 없지."

확실히 그렇긴 해.

입수한 장소도, 직접 짰다는 점도, 진실을 말하려면 나랑 몰래 빠져나간 이야기를 해야 하니까.

그렇다면, 공범인 내가 맡아 둬야겠지. 잔소리 말고 받아 두자.

섬세한 레이스가 어딘가에 걸리지 않도록 조심하면서 가방에 넣었다.

내 손놀림을 만족스럽다는 듯 바라보던 전하가, 갑자기 말을 건넸다.

"엘리자베스, 소매 단추가 떨어지려고 하는데?"

"예? 아 맞다, 그러고 보니."

또 까먹고 있었다.

변명을 하자면, 교관 제복은 여벌을 교대로 돌리고 있어서 한번 세탁을 맡기면 다음에 그 제복을 입을 때까지 시간이 제법 걸렸기에, 완전히 까먹은 것이다.

"빠른 시일 내로 수선할게요."

"……이리 줘."

"예?"

전하가 나를 향해 손을 뻗었다.

의도를 파악하지 못한 채 전하의 얼굴을 쳐다봤더니, 전하는 평소대로 여유 넘치는 왕태자 미소를 얼굴에 장착하고는 다시금 손을 뻗었다.

"다음에 그대가 오기 전까지 수선해 두겠다는 말이야. 이리 줘."

"……아무래도, 왕태자 전하에게 단추를 달아 달라고는 못 하죠."

"왕태자의 명이다."

거기까지 말한다면 신분 차가 절대적인 귀족의 몸이기에, 거역할 수 없다.

마지못해 제복 재킷을 벗어 전하에게 건넸다.

"대신이라고 하기엔 뭐하지만."

재킷을 건네는 순간 전하는 내 손바닥에 종이를 꽉, 하고 쥐어 주었다.

"그때까지 그 메모에 적힌 것을 갖다 줘."

아 이런, 완전히 당했잖아.

눈치챘을 땐 이미 늦은 상태였다. 단추를 운운한 것은 자신에게 유리한 변명이었던 것이다. 실제로 내 제복을 인질 삼아 심부름을 시켜 먹을 생각임이 틀림없어 보였다. 종이를 힐끔 보니, 몇 호 실이니, 대바늘이니 하는 수공예에 쓰는 듯한 용품들이 차분한 글씨로 잔뜩 적혀 있었다.

"시험해 보고 싶은 뜨개질법이 있는데, 그러려면 코바늘이 아니라 대바늘이 다섯 개나 필요하거든. 전에 그대가 준 걸로는 부족해서 말이야. 그리고 실은 두께가 다르면 마감했을 때 인상이 바뀌어 버리니까. 다양하게 실험해 볼 가치가 있어."

전하가 또 뭐라 뭐라 설명을 했지만, 오른쪽을 지나 왼쪽으로 나갔다.

뭐야, 대바늘 다섯 개라니. 제정신이야? 인간에게는 팔이 두 개뿐이라고?

"부탁하지. 살날이 얼마 남지 않은 나의, 몇 안 되는 즐거움이야."

"예에."

그렇지 않아도 흥미가 없었는데, 한순간에 얼굴에 피로가 서렸다.

그렇구나. 피해망상이 진정되어도, '병약해서 깊은 방에 틀어박힌 귀족 영애(남자) 무브'는 아직 남아있는 거구나.

누가 좀 나 말고 다른 전생자가 갑자기 나타나든지 해서, 너는 죽지 않아, 라고 알려주면 안 될까.

"부탁하겠네?"

그렇게 말하면서 웃으면, 신분이 낮은 나로서는 달리 거절할 방도가 없다.

아무래도 또 불려 올 것 같은데, 하고 나는 고개를 숙이며 대답했다.

왕립 제1학교, 입학!

제복을 걸치고, 전신 거울 앞에 섰다.

평소에 입던 기사단 제복이 아니다. 내가 오늘부터 다니게 된 왕립 제1학교의 제복이다.

제복을 지을 때, 어머님은 내가 나쁜 짓을 못하도록—뭐, 남자용 제복을 만들 것이라 생각하셨나 본데. 그 예상은 틀리지 않으셨지—감시역을 붙였지만, 간발의 차로 재봉사를 속였다. 자세한 설명은 생략하겠다.

결과적으로 완성된 옷이 '어쩌다 보니' 남학생용 제복이었던 것일 뿐이고, 나는 잘못 없어. 물론 어머님도 잘못하신 게 아니고. 풀 죽으신 어머님께 그렇게 말씀드리니, 아무래도 포기하신 듯했다.

스스로도 낯설지만, 검정을 베이스로 한 이 제복도 나쁘진 않네. 아니, 기사단 제복이 더 멋지긴 하지만. 역시 인기 직종의 제복이라는 건 학생의 제복이랑은 차원이 다르다니깐.

그렇긴 해도, 학생 제복에 다른 의복에는 없는 장점이 있긴 하다.

옷깃만 빨갛다거나 가장자리가 금색이라는 디테일이 들어가 있어. 여성향 게임의 제복다워서 만점이야. 세탁이나 다림질 쪽은 도외시되었지만.

넥타이는 묶는 편이 좋지만, 풀어 헤친 쪽이 노는 학생처럼 보여서 좋지 않을지 고민을 살짝 했다. 그 결과 넥타이를 꽉 묶은 쪽을 좋아하는 여성의 수요를 감안해서, 단추를 하나 풀고 살짝 느슨하게 묶는다는 안을 채용했다.

조금이라도 다리가 길어 보이도록, 셔츠는 안에 넣었고. 발에는 물론 키 높이 깔창을 깐 구두를 신었다.

원래 키는 170cm를 넘은 뒤로 제자리걸음이지만, 신발을 신으면 180cm도 여유로웠다.

180을 넘기니까 역시 주위 시선도 달라진 점이 느껴져서 굉장히 좋았다. 뭐가 좋으냐고? 기분이 좋다. 내 기분이.

움직이기 불편해서 오늘 조끼는 안 입었지만, 글쎄. 그건 이후의 과제로 남겨두자.

"리지."

아침 식사를 하러 방을 나서자, 오라버니가 기다리고 있었다.

"입학 축하해."

"오라버니, 들어오시지 그랬어요."

"후후, 아니야. 내가 제일 처음 말해주고 싶었을 뿐이니까."

오라버니가 살짝 부끄럽다는 듯 웃었다. 그 눈동자는 살짝 촉촉하게 젖어 있는 듯했다.

오라버니는, 슬플 때도, 화날 때도, 기쁠 때도 눈물짓는 타입이라는 점을 나는 알고 있으니까.

"무사히 입학해서 다행이야. 열심히 시험공부 한 보람이 있네."

"오라버니랑 크리스토퍼 덕분이죠."

나는 쓴웃음을 지었다. 본래, 학교 입학시험은 그리 어렵지 않다.

신분이 높은 사람은 그에 상응하는 학교에 다닐 수 있게끔, 어지간해선 합격시켜 줬다.

그야말로 수준미달인 사람을 걸러내는 정도라서, 고생할 만한 시험은 아니란 소리다.

가정교사와 나름 공부를 열심히 하면서…… 나도 모르게 남성의 예의범절을 선보이거나,

남성이 추는 댄스를 추거나 하지만 않았더라면.

아버님 말씀으로는 버튼 공작 가문의 긴 역사 속에서 제1학교 시험에 떨어진 사람은 없었다고 하시지만, 여차하면 제1호로서 역사에 이름을 새길 뻔했다.

이 정도로 자유를 누렸는데, 그래서는 역시 아무래도 면목이 없지.

이때 맹훈련에 어울려준 사람이, 오라버니와 크리스토퍼였다. 게다가 공부에서도 상당한 도움을 받았다.

덕분에 여성의 예의범절은 확실하게 익혔다. 오라버니에게도, 의붓동생에게도, 정말 고개를 들 수가 없었다.

"제복이 잘 어울리는구나."

"고마워요."

오라버니는, 포동포동한 얼굴로 행복한 미소를 지었다.

오라버니의 말에, 나는 자신감을 가졌다. 등을 곧게 펴고, 앞을 바라보았다.

큰 보폭으로 큰 한 걸음 내딛었다. 입가에 여유가 담긴 미소가 떠올랐다.

자, 가자.

게임의 무대인, 왕립 제1학교—꽃미남 공략대상 놈들의 소굴로, 난입하는 거야.

　"대장님!!!"

　"안녕하십니까!!!!"

　입학 당일.

　마차에서 내린 순간, 나는 고개를 숙이는 남학생들에게 둘러싸였다.

　"가방을 들어 드리겠습니다!!"

　"교실은 이쪽입니다!!"

　"대장님!!"

　"대장님!!!"

　메아리처럼 울려 퍼지는 대장님을 부르는 소리와 먼 발치에서 이쪽을 바라보는 구경꾼들.

　자세히 보니…… 아니, 안 봐도 나를 둘러싼 사람은 기사단 후보생 녀석들이었다.

　그야 그럴 만하다는 생각도 들지만, 우리 부대 녀석 대부분은 같은 학교에 다니는 게 된 듯했다. 옷깃 색이 다른 사람도 있는 걸로 봐선, 선배들도 있는 모양이었다.

　게임을 플레이했을 땐 신경 못 썼지만, 옷깃 색으로 학년을 구분하는 것은 실제로 어떨까? 형제간에 대물림을 할 수 없잖아.

　뭐, 이 학교에 다닐 만한 신분을 지닌 귀족님은, 대물림 같은 건 안 하겠지만.

　내가 가볍게 오른손을 들자, 처억하는 소리와 함께 일제히 차렷 자세를 취했다.

쥐 죽은 듯 조용해진 녀석들에게, 되도록 낮고 작게 울리는 목소리로 말했다.

"⋯⋯⋯⋯⋯전원, 교사 뒤로."

자칭 대원들을 데리고 최대한 빨리 교사 뒤로 이동한 나는, 주변에 다른 사람이 없는지 확인한 뒤 눈을 부릅뜨고 대원들을 노려보았다.

"⋯⋯이 자식들아. 여기가 어딘지는 알아?"

"옛! 학교입니다!"

가장 힘찬 목소리로 대답을 한 사람은 로베르트였다.

최근 몇 년 사이에 놀라울 정도로 키가 큰 그는, 이제는 구두를 신은 나와 키가 비슷했다.

확실히 게임에서는 185cm를 넘었으니까 아직 더 커지겠지. 부러워 죽겠네.

다갈색 머리칼에 담녹색 눈동자, 남자다운 날렵한 이목구비. 본인이니까 당연한 소리지만, 공략대상으로 등장하던 로베르트와 판박이다. M자뱅도 울프컷도 아닌 머리와 생기 넘치는 표정을 제외하면 말이지.

덩치만 더 커지긴 했는데, 여전히 반짝반짝한 시선으로 존경의 광선을 날리며 내 가방을 정중하게 들고 있었다.

아니, 왕족이란 녀석이 기쁜 듯이 가방 셔틀 하지 말라고, 내 놔.

"대장님이 오늘 학교에 입학하신다고 그리드 교관님께서 가르쳐주셨습니다!"

"학교에서도 대장님과 함께 할 수 있다니……영광스럽기 그지없습니다!"

쓸데없는 소리. 언젠가는 들켰겠지만, 그리드 교관을 향한 원망을 억누를 수가 없었다.

주름진 미간을 누르며, 한숨 섞인 목소리로 말했다.

"……잘 들어, 이 자식들아. 학교에서는 나를 대장님이라고 부르지마."

"예에?!"

"어째섭니까, 대장님!!!!"

"어째서고 자시고!"

입학하자마자, 귀족 자제치고는 덩치가 큰 상급생과 동급생을 거느리면서 왕족에게 가방 셔틀을 시키는 인물. 과연 귀족 영애들이 다가오려고 하긴 할까?

No. 대답은 No다. 겁먹고 거리를 두려는 모습이 눈에 선하다.

나는 히로인이 전학오는 2학년까지 여자들에게 인기 있는, 경박하고 예쁘장한 남자가 되어야만 한다고. 겁에 질리게 만들 틈은 없어.

"애초에, 나는 단 한 번도 대장님이라고 부르라 했던 기억이 없어!"

"그, 그래도 대장님은 대장님이시니까……."

"저희들은 버튼 부대로……."

당황해서 어쩔 줄 모르는 후보생들. '어째서'라고 묻고 싶은 건 이쪽이라고.

"도대체, 그 버튼 부대라는 것도 너희들이 멋대로 말하고 다닌 거고 정식 부대도 아니잖냐."

"엥?"

"어라?"

"그랬었나?!"

"하지만, 교관님들도 부르셨던 것 같은······."

자칭 부대원들은 눈을 동그랗게 뜨고 서로를 바라보았다. 나도 처음에는 그때그때 부정했지만, 최근에는 귀찮아서 그대로 뒀다. 그리고 다른 교관들도 그 호칭으로 부르니까, 다들 당연히 존재하는 부대라고 인식한 모양이다.

그 결과가 이런 집단 착각이다.

나에게도 약간의 책임은······ 아니, 없어. 다시 말하지만, 나는 그런 부대를 이끌 생각이 없으니까.

"기사를 목표로 하는 자라면, 시간과 장소 정도는 분별해라. 대장님이란 호칭은 금지다! 그리고 학교에서는 서로 대등한 학생이야. 과거처럼 나에게 깍듯하게 대하던 태도는 그만!"

"그, 그런!!!"

"너무하십니다!!!"

"저희들은 대장님을 이렇게나 존경하고 있는데!"

"대장님!"

"대장님!!!"

"에이, 시끄럽다 이 버러지 같은 놈들아! 들러붙지마!"

매달리는 후보생들을 단숨에 날려 버렸다.

"대장님이라고 부르지 마! 평범하게 대하라고! 이건 명령이다. 몇 번씩이나 같은 말 하게 하지 마!"

"대장님 말고 뭐라고 부르라는 겁니까!!"

"그거야 다른 지인을 부르듯이 부르면 되잖아!"

"송구스러워서 할 수 없습니다!!"

"저, 적어도 버튼 님까지는!!"

"너희를 숙녀로 기른 기억은 없어!"

후보생끼리 하는 대화만 봐도, 기본적으로 서로를 성이나 이름으로 편하게 부른다는 사실은 알고 있다. 나한테만 님 자를 붙인다면 이상한 시선을 받을 게 뻔해.

거기다 신분으로만 봐도, 로베르트에게 버튼 님이라고 불릴 이유가 없다고.

어쨌거나 대장님이라고 부르지 않겠다는 약속을 하면 될 것을, 심의 끝에 '버튼 공'이라는, 어딜 봐도 호들갑스러운 호칭으로 결론지었다.

부탁이니까 조금 더 평범하게 불러달라고.

앞길이 험난하네.

나는 여태까지 동갑내기 귀족 여자애들과 마주칠 기회가 거의 없었다.

시녀에 대한 접근금지령이 떨어지기도 했었고 집에서 내 뒤치다꺼리는 시녀장과 견습 집사가 해준 데다, 훈련장은 남학교나 다름없었으니까. 마을에서 만난 여성들은 다들 나를 추켜세우며 '기사님'으로서 선을 긋고 대접해 줬다는 느낌이고.

뭐, 어쩌겠어.

입학식이 끝난 뒤 교실에 들어가자마자 나는 귀족 영애들에게 둘러싸였다.

참고로, 입학식의 교장 선생님의 훈화 말씀은 꽤나 길고 따분했다. 그다지 유능한 교장이 아닐 거야.

귀족 영애들의 기세에 당황했지만, 여기서 동요해서는 경박한 기사님을 연기할 수 없어. 하얀 이를 드러내 보이며, 영업용 미소를 얼굴에 깔았다.

"와아, 반가워, 레이디들."

꺄아악, 하며 여자애들이 비명을 질렀다. 아주 상쾌해. 반응이 빠르군.

"저, 저어, 이름이 뭔가요?"

"취미는요?"

"약혼자는 있으신가요?"

"단 것은 좋아하세요?"

쏟아지는 질문에, 내 기분도 달아올랐다.

이거야. 이게 인기 있다는 것이지.

귀족 영애들에게 진정하라는 의미로 손짓하면서도, 질문에 순서대로 답하려고 입을 열었다. 바로 그때.

"시끄럽군."

뒤에서 민폐라는 듯 내뱉으며, 내 말을 끊었다.

굉장히 딱딱하고, 안경 쓴 사람이 말하는 듯한 그 목소리를 들은 기억이 있었다.

뒤돌아보니 내 예상대로 아이작이 서 있었다.

여덟 살 때 만난 아이작과 동일인물이라는 생각이 들지 않을 정도로 어른스러워진 분위기에, 날렵한 콧대와 시원한 눈매가 눈부신 미남이었다.

……아니, 솔직히 대략 8년 전에 딱 한 번 만난 남자애에 대한 건 그리 자세하게 기억나지 않고, 정말 분위기가 그렇다는 것뿐이지만. 스틸 컷도 없었고.

게임 개시가 1년 앞으로 다가온 만큼, 로베르트와 마찬가지로 아이작 역시 게임의 스탠딩 일러스트와 흡사했다.

적갈색 눈동자에, 트레이드 마크인 검은 반뿔테 안경. 남색이라고 하는 편이 더 와닿을 정도로 푸른 빛이 감도는 흑발은 5:5 가르마로 똑 갈라져 가지런했고, 뒷머리를 끈으로 묶고 있었다.

그런데.

게임 속 그는, 똑단발이긴 했도 어깨까지 닿을 정도의 길이는 됐을 텐데?

게임과 다른 모습에, 나는 고개를 갸웃거렸다.

뭐, 사람이니까 머리가 자라긴 하겠지. 앞으로 머리를 다듬을지도 모르고.

"여긴 공부를 하러 오는 곳 아닌가? 남에게 폐를 끼치는 행동은 자제해."

"당신은, 길포드 백작 가문의…….''

"그게 어쨌다는 것이지? 교내에서는 신분에 따라 행동을 제한하는 일은 없어야 한다고

조금 전에 설명을 막 들었을 텐데?"

아이작이 차갑게 쏘아붙였다. 귀족 영애들은 불만이 가득해 보였다.

이거야 원, 여자애들을 불쾌한 상태로 둔다면 경박 계열 캐릭터라는 이름이 운다고.

"그쯤하고. 저기, 선생님도 오신 것 같으니까, 나중에 다시 이야기하자, 응?"

그렇게 말하며 아이작과 귀족 영애들 사이를 가르고 들어가, 귀족 영애들에게 윙크를 날렸다. 또 다시 작게 울리는 비명 소리를 들으며, 나는 마음속으로 주먹을 불끈 쥐었다.

선생님이 교실에 들어와서, 처음 한 일은 자리배치였다.

교실에는 가로로 긴 책상이 배치되어 있었고, 두 사람이 한 책상을 사용하는 형태였다.

책상도 의자도 전생에서 일반적으로 사용한 것보다 호화로운 형태라, 역시 국내 유일의 명문학교라고 불릴 만하구나 싶었다.

제비 뽑기로 지정된 번호가 적힌 자리로 갔더니, 같은 책상 우측 자리에는 이미 아이작이 앉아 있었다.

"잘 부탁해."

"……."

일단 인사를 건넸지만, 마음에 안 든다는 듯이 미간을 찡그리기만 할 뿐 답례는 없었다.

아마, '조금 전처럼 시끄럽게 굴면 가만히 두지 않겠다'라고 생각한 거겠지.

아이작에게 정을 줄 이유는 없었기에 더 이상 말을 걸지 않았고, 나도 바로 자리에 앉았다.

"그럼, 다들 자리에 앉은 것 같으니, 순서대로 자기소개를 하도록 할게요. 1년 동안 함께 공부할 사이니까, 서로서로 빨리 얼굴과 이름을 기억할 수 있도록 하세요."

담임 선생님의 말이 끝나자, 끝자리에 앉은 학생부터 순서대로 자기소개를 했다.

세 번째 학생까진 긴장한 듯했지만, 역시 이야기를 듣는 건 서투른 편이라, 점점 한쪽 귀를 통해 흘러 나갔다.

둘러보니 몇 명 정도 기억나는 기사단 후보생은 있었지만 로베르트는 없는 듯했다. 들러붙을 가능성이 줄어서 일단 안심했다.

왜 학교까지 와서 후보생의 뒤를 봐줘야 하냐고.

호랑이 교관이었다는 사실을 들키지 않기 위해서라도 일과 사생활은 확실히 분리해 두고 싶다. ……어느 쪽도 사생활이라는 느낌은 들지 않지만.

그리 생각하는 동안 내 차례가 되었다. 일어서니 교실 전체의 시선이 집중되는 듯했다.

누군가는 흥미, 누군가는 질투, 누군가는 동경. 각각 다른 마음을 담은 눈빛으로 나를 바라보고 있었다.

숨을 들이 마시며 폐에 공기를 보냈다. 그 기세로 가슴을 펴고, 나는 되도록 밝고 또렷하게 자기소개를 시작했다.

"버튼 공작가의 장녀, 엘리자베스 버튼이라고 해. 최근 붙은 별명은 '버튼 공'이지만 버튼이든 엘리자베스든 편한 대로 불러도 괜찮아. 1년 동안 잘 부탁해."

마지막으로, 씨익 웃으며 끝마쳤다.

교실 안이 웅성웅성하며 술렁거리는 소리에 휩싸였다.

"장녀?"

"어? 그래도, 제복은 남자 거잖아……."

"버튼 공작가라니, 설마 그?"

'그나저나, 그건 별명인 걸까……?'

웅성거림 속에서 아무렇지 않은 사람은 당사자인 나와, 내 본성을 이미 알고 있는 기사단 후보생들, 그리고 옆자리의 아이작뿐이었다.

"……버튼?"

아이작은 내 얼굴을 올려다보며 작게 물었다. 경악한 듯 크게 뜬 눈은, 마치 우주인이라도 본 것 같은 눈빛이었다.

"엘리자베스 버튼이라고? ……네가?"

"자, 다들 조용히!"

술렁거리는 소리가 멎지 않자, 보다 못한 선생님이 짝짝하며 손뼉을 쳤다.

선생님에게는 출석부가 있었기 때문에, 내가 엘리자베스 버튼이라는 사실을 알았을 터이다.

그럼에도 목소리에 약간의 당혹스러움이 묻어나고 있었다.

"신경이 쓰이는 건 알겠지만, 우선 자기소개를 계속하도록 합시다."

동감이야. 겉모습과 맞춰 보기엔 다소 정보량이 많은 자기소개였다는 자각은 있지만, 이후에 나보다 더 대단한 녀석이 나오지 말란 법도 없어. 빨리 다음으로 넘어가는 게 맞지.

"버튼 씨는 나중에 교장실로 가세요. 교장 선생님께서 부르셨습니다."

……첫날부터 불려가다니. 그것도 학교에서 가장 높으신 분에게. 뭐, 왕태자한테 불려가는 것보단 낫지.

나는 어깨를 으쓱하고 적당히 대답했다.

"엘리자베스 버튼 양. 어째서 불려왔는지 알고 있나?"

166

교장실에서 기다리고 있던 교장 선생님은 교장실에 들어온 나에게 의자에 앉길 권하며, 희끗하게 기른 수염을 쓰다듬으면서 지긋이 말문을 열었다.

나는 일부러 더 붙임성 있게 웃으며 고개를 옆으로 돌렸다.

"아뇨, 전혀요."

내 대답에, 교장 선생님은 한숨을 내쉬며, 어깨를 떨어뜨렸다.

"자네가 여학생임에도, 남학생용 제복을 입어서야."

"무슨 문제가 되나요?"

"호신술 수업 때는 갈아입을 필요가 있겠지. 그 복장으로 여자 탈의실에 들어갔다간 혼란을 일으킬지도 모르고, 그렇다고 남자 탈의실을 쓰게 할 수도 없는 노릇이니까. 왜 문제가 안 될 것이라 생각한 건가?"

교장 선생님이 미간을 찡그리며 물었을 때 나는 깨달았다. 역시 이 교장이라는 인간은 그렇게까지 머리가 잘 돌아가지 않는 사람인 것 같단 말이지.

"이 학교의 교칙을 모두 읽어봤어요. '학생은 학교 안은 물론, 학교의 행사로 밖에 나갈 때는 제복을 착용할 것'이라고 쓰여 있긴 했지만, '남자는 남자 제복을, 여자는 여자 제복을 착용해야만 한다'라는 교칙은 어디에도 없는데요."

준비해온 대답을 그대로 말하자, 교장의 표정이 더욱 험악해졌다.

"그리고, 교칙에서는 '입학할 때의 교칙이 졸업할 때까지 3년 동안 적용된다'고 하던데요. 즉, 만약 지금부터 교칙을 바꾼다고 하셔도, 그 영향을 받게 되는 학생은 내년도 입학생부터이기 때문에 저는 대상이 아니죠."

"교칙의 문제가 아니라, 상식적으로 생각했을 때 적절한 제복을 선택해야 하는 게 아니냐는 이야기야."

"하지만 '교칙이 아닌 이상, 강제할 수 없다', 그렇죠?"

상식적으로 생각해서. 이 세계에서 산 지도 햇수로 9년이 됐지만, 상식에 관한 설교를 들은 적은 그다지 없었던 것 같다.

상식이란 사람의 성향에 따라 다른 것이다. 거기다 상식에 사로잡혀서는, 공략대상 노릇을 할 수 없어. 이쪽은 품위 있고 빛나는 사람이 되어야만 하니까.

나에게는 그야말로 공감 못 할 소리를 하는 거라고. 교장 선생님은 또다시 한숨을 내쉬었다.

"사람을 죽이면 안 된다, 라는 법률이 없었다면 사람을 죽여도 괜찮다는 소리를 하는 건가?"

"네, 맞아요. 상식이 있다면, 법률이 없어도 아무도 사람을 죽이지 않을 것이라고, 진심으로 그렇게 생각하세요?"

그의 말을 나는 거의 동시에 긍정했다.

이 사람 정도의 나이라면, 50년 전에 일어났다는 가장 최근의 전쟁을 체험했을 법하다. 그렇지 않더라도, 법률이 있든 없든 사람이 사람을 죽인다는 행위 정도는 알고 있겠지.

얼마 동안 눈싸움이 이어졌다. 이대로는 쭉 평행선을 그릴 것만 같아서 나는 다음 수를 두기로 했다.

다시 처음에 지었던 붙임성 있는 웃음을 떠우면서 일어섰다. 뚜벅뚜벅하고 구두소리를 내며, 교장의 곁으로 걸어갔다.

"아 참, 한 가지 잊고 있었네요."

품에서 꺼낸 서류를 교장에게 건넸다. 남자용 제복은 품 안에 주머니가 있어서 편리하다니까.

교장은 근처에 둔 노안경을 들어, 받은 서류를 읽기 시작했다.

"검술 면허예요. 저는 사범 면허를 소지하고 있거든요. 이걸 가지고 있으면, 호신술 수업을 면제받을 수 있다고 하죠. 이걸로 탈의실 건은 문제없죠?"

교장은 나와 서류를 번갈아 보았다. 신분이 높은 자들이 할 만한, 값을 매기는 듯한 시선이었다.

잠시 동안 그는 머릿속으로 뭔가를 저울질하는 것처럼 보였는데, 끝내 눈을 내리깔고 고개를 옆으로 저었다.

"탈의실 건은 어디까지나 문제 중 하나에 불과해. 어쨌든, 자네의 복장에 대해서는……."

쾅.

나는 일부러 큰 소리를 내며, 교장 앞에 있는 책상에 손을 짚었다.

내가 원하는 답이 나오지 않았기 때문에, 또다시 다음 단계로 이행하고자 한 것이다.

이성적인 대화로 해결할 수 있으면 좋았을 텐데. 감정론을 꺼내든다면, 이쪽도 그에 준하는 대응을 할 수밖에 없잖아.

상대가 어떻게 나올지는 모르겠지만, 나는 애초에 악역 영애거든.

성격이 더러운 내게, '그에 준하는' 대응이 정공법일 리 없잖아.

이쪽이 정공법인 '부탁'을 했을 때 들어줄 걸 그랬다며 후회하게 만들어 주지.

큰 소리에 놀라서 눈을 휘둥그레 뜬 교장. 내가 책상에서 손을 떼자, 손바닥 아래에 깔려 있던 서류뭉치가 모습을 드러냈다.

나는 서류를 손바닥으로 가리키면서, 히죽거리며 대담하게 입꼬리를 올렸다.

"그리고, 이건 추천장이에요. 제가 다니는 기사단 후보생 훈련장의 교관과, 늘 신세지는 기사단 사단장님이 써 주셨죠. 혹시라도 면허로 부족하다 싶으시면 이것도."

스윽하고 교장이 맨 위에 있는 서류에 손을 뻗었다.

겁먹고 흠칫거리면서 서류를 읽는 동안, 경악한 교장의 눈이 점점 커지기 시작했다.

"얼마나 필요할지 몰라서 근위기사단을 포함해 총 13사단의 단장님께 부탁을 드렸거든요. 이야, 진짜 고생했다니까요. 다들 '나를 쓰러뜨린다면 추천장을 써주마.'라고 하시는 바람에요."

교장은 서류를 계속 넘겼다. 팔랑거리며 발치에 떨어진 서류에는 '겼습니다'라는 문구와, 근위기사단 단장님의 서명이 나란히 적혀 있었다.

서류에는 기사단의 높은 분들의 서명과 함께, '손대지 않는 편이 신상에 이로울 것이다', '고릴라가 차라리 더 귀엽다', '학생들의 안전을 위해 격리할 것을 추천', '저지하고 싶다면 큰곰이라도 데려오든지' 등 글귀가 갈겨 있었다.

봉인된 상태였기에, 나도 내용을 보는 것은 처음이지만…… 이게 추천장이 맞긴 해?

고릴라라느니, 큰곰이라느니 하고 써 갈긴 놈은, 다시 한번 이야기를 나눌 필요가 있겠는데? 육체적인 대화로 말이지.

안색이 창백해진 교장을 내려다보면서, 나는 다시 한 번 쾅하는 소리를 내며 책상을 짚었다. 이번에는 아주 가까이에서 교장의 얼굴을 쳐다보며.

"그런데, 전쟁이 일어나면 사람을 죽이는 행위가 용인되잖아요? 도리어 많이 죽이면 죽일수록 찬사를 받죠. 설사 목숨이 걸리지 않았다고 해도 이권을 위해, 자유를 위해서라는 명분으로요. 결국 전쟁은 일어나고, 사람은 대의명분하에 다른 사람을 죽이죠."

바들바들 떠는 교장. 신경 쓰지 않고 나는 계속 이어갔다.

"대의를 내건 살인은 '혁명'이라고 불리죠. 기사도를 배운 몸으로서 동경하게 된다니까요, 혁명을."

교장이 히익, 하고 작게 숨을 멈추는 소리를 들었다. 나는 승리를 확신하고는, 한층 더 짙은 웃음을 지으며 교장의 눈동자를 응시했다.

"그래서? 교장선생님께선, 제 제복의 자유에 대해 어떻게 생각하신다고요?"

저택으로 돌아오니, 현관 안에서 크리스토퍼가 나를 맞이해주었다.

"누님! 어서 와요!"

"다녀왔어, 크리스토퍼. 꽤나 열렬한 마중이네."

"학교는 괜찮았어요? 무슨 말썽을 일으키신 건 아니죠?"

오자마자 갑자기 이런 질문을 한다고? 나를 어떻게 생각하길래.

"괜찮아. 아무 일도 없었어."

"정말요? 제복 때문에 선생님한테 혼나지 않으셨어요?"

예리한데?

걱정스러운 듯한 표정으로 뒤에서 쫄랑쫄랑 따라오는 크리스토퍼에게 나는 싱긋 웃으며 대답해주었다.

"아니~? 전혀?"

"누님."

어쩐 일인지 가족들한테는 거짓말을 치지 못한다. 특히 오라버니와 크리스토퍼에게는. 새빨간 거짓말을 해도 통하지 않아.

"……사정을 묻긴 하더라. 그래도, 이야기가 잘 됐으니까 괜찮아."

"……그렇군요."

내 방에 들어와서, 옷장 앞까지 와서야 뒤를 돌아봤다.

목소리를 통해 예상하긴 했지만, 의붓동생은 아직 납득하지 못한 모양이다. 나는 쓴웃음을 지으며 재킷을 옷걸이에 걸었다.

어느샌가 옆에 서 있던 시녀장이 재킷을 받아들고는, 나와 크리스토퍼에게 줄 차를 준비했다.

"역시, 저도 같이 다니고 싶어요."

"내년부터는 같이 다닐 수 있잖아."

학교에 들어가기 직전에 크리스토퍼가 제법 떼를 쓰던 일이 생각났다. 자기도 함께 입학하겠다며 말을 듣질 않은 것이다. 평소 크리스토퍼는 생떼를 쓰지 않는데, 조금 의외였다.

실은, 귀족집 자녀가 한두 학년쯤 속이는 일은 흔하다.

예를 들어, 왕족이나 유력한 지방 귀족의 자녀와 같은 시기에 학교를 보내려 할 때라든가, 사정상 '이 시기에 태어났다 하면 계산이 안 맞는' 때라든가.

그래도 역시 아버님과 어머님에게까지 부탁드릴 용기는 없었던 모양인지, 오라버니를 지독하게 물고 늘어졌다. 오라버니도 나도 쓴웃음을 짓기만 했지만.

"제 눈이 닿지 않는 곳에서 누님이 뭘 하고 계실지 걱정돼서……

공부도 집중이 안 돼요."

"그런 걱정 안 해도 돼."

"형님도 걱정하신다고요."

"으."

오라버니 얘기를 꺼내면 마음이 약해진다. 아마, '리지를 잘 지켜봐 주렴' 같은 부탁이라도 한 거겠지.

"입학 전에도 훈련장이 쉬는 날이었을 텐데, 무슨 일인지 넝마가 돼서 돌아오신 적이 있었잖아요. 형님도 저도 진짜 걱정했는데, 뭘 했는지 결국 안 가르쳐주시곤."

"그건 무사로서 한 수행이야, 수행."

크리스토퍼의 말을 듣고, 일전에 '추천장'을 모으러 돌아다닌 사건을 떠올렸다.

역시 기사단의 사단장이긴 해서, 이 사람이고 저 사람이고 죄다 강자였다. 자세한 설명은 생략하겠지만, 왕족 직속 근위기사단장과 국방 최전선을 담당하는 제13사단장은 급이 달랐다. 이긴 건 솔직히 운이 따라 줘서이기도 했다.

만약 돈 문제로 곤란해질 땐, 각 사단장과 행한 결투를 배틀물풍 일대기로 써서 팔까 싶을 정도로.

"친구는 많이 사귀셨어요?"

의붓동생에게 그런 걱정까지 시키다니, 정말 한심하기 짝이 없네.

교장실에서 돌아오니, 입학식 후 귀족 영애들에게 둘러싸인 일이 거짓말같이 느껴질 정도로 아무도 나에게 말을 걸려고 하지 않았다.

하지만, 상황은 그리 나쁘지 않아. 나를 좋게 말하는 소리는 귀신같이 알아채서, 귀족 영애들이 거리를 두면서도 '근사해', '멋져'라고 속삭이는 걸 확실히 들었으니까.

경박한 캐릭터에게는 필요한 요소가 있다. 그건 '추종하는 여자'
다.

이는 악역 영애에게도 필요하고, 악역 영애인 엘리자베스 버튼에
게는 여성 추종자를 손에 넣는 능력이 분명 있을 터이다.

앞으로 1년 동안 가엾은 누나로 취급당하지 않도록, 가슴을 펴고
당당하게 대답했다.

"이제부터, 분명!"

기대를 담아 별 네 개, 랄까.

Win-Win이랄까, 단독승리

학교생활을 시작한지, 일주일.

남장한 공작 영애라는 상황이 받아들여지기까지는 시간이 조금 더 걸리리라 생각했는데, 비교적 내 존재를 호의적으로 받아들여준 듯했다.

수업 첫날에는 쉬는 시간이 될 때마다 남녀 선배, 동기, 교원을 불문하고 많은 사람이 내 모습을 한번 보겠답시고 복도에 몰려올 정도였다. 왕자님인 로베르트보다도 무조건 많이 이목을 끌었다고 자신할 수 있다.

여성향 콘텐츠인 만큼, 복도에 사람이 몰릴 정도로 꽃미남이라면 메인 캐릭터라고 봐도 무방하다.

이겼다. 적어도 현시점의 화제성으로는 확실하게 이기는 중이야.

영애들이 "오늘도 멋져", "검술 사범 자격증을 갖고 있다더라", "어머 세상에, 강하네"하고 소곤거리는 찬사의 말이 정말 기분 좋았다. 좀 더, 좀 더 말해줘.

뭐, 그 웅성거리는 소리도 옆자리 아이작이 째려보는 순간 잦아들었지만.

머리가 좋다고 해서, 수업시간에 내가 불릴 때 답을 가르쳐주는 것도 아니라 정말 곤란하다니까.

그런 고로, 지금 나는 아직 추종자는 없지만 상정 가능한 범위 내에서 진척 중인 상황이라고 할 수 있다.

이대로 순조롭게 작업을 해결해 나가고 싶은데.

추종자가 없어서 활동하기 편한 이때, 나는 교내를 돌아보기로 했다.

점심시간이나 방과후, 호신술 시간을 이용해서, 여성향 게임의 이벤트가 일어나는 장소 및 배경과 풍경이 같아 보이는 장소 등을 찾아다녔다.

참고로 호신술 교사에게도 면허증을 보여주었더니 "당신을 습격할 만한 괴한은 큰곰 정도겠네요."라고 칭찬을 들었기에, 호신술 수업은 별탈 없이 정식으로 면제받게 되었다.

하지만 자습시간 취급인 만큼 집에 가도 좋다는 것은 아니었기에, 교내에서 대기해야 했다.

그런 까닭에 호신술 강사 역을 하겠다고 제안했는데, 유감스럽게도 "이곳은 고릴라 양성 학교가 아닙니다."라고 정중하게 거절당했다. 여자애들에게 멋진 모습을 보이고 꺄악, 꺄악하는 환호성을 들을 기회였는데.

교내를 한 바퀴 돌고 나니까, 익숙한 장소를 몇 군데 발견할 수 있었다.

로베르트와 흠뻑 젖게 될 분수, 아이작과 함께 공부한 도서실, 왕태자 전하와 함께 차를 마신 학생부실, 크리스토퍼와 도시락을 먹은 안뜰.

게임의 스틸 컷이나 배경을 떠올리며 바라보고 있자니, 또다시 성지순례를 온 듯한 기분이 들었다.

안 돼 안 돼. 어디선가 발생하는 이벤트를 어떻게 가로챌지 궁리하려고 돌아다니는 거잖아.

연결 복도에서 슬쩍 뒤뜰을 내려다보자, 익숙한 안경 소년이 혼자서 무슨 춤을 추는 모습이 보였다.

아이작은 천재라며 극찬을 받는다, 라는 설정이었지만 사실은 노력가였다.

어느 쪽이라고 묻는다면 수재형이라고 할 수 있겠지. 천재형 가족 사이에서 노력하면서, 자신은 노력도 하지 않는 형과 아버지를 못 넘어선다는 사실에 열등감을 품고 있으니까.

게임을 플레이할 땐, '어느 정도 베이스가 좋았던 거 아냐?'라고 생각했는데, 어렸을 때 진흙탕에 나뒹구는 아이작의 모습을 실제로 목격한 결과, 그것조차도 엄청난 노력을 통해 얻어냈다는 사실을 알게 되었다.

그런 투박한 부분까지도 아이작의 매력일 테지.

노력을 남에게 보여선 안 된다, 라는 경박한 계열인 나와는 상극인 존재다. 같은 학년에 1년 동안 같은 반에서 지내게 되었으니까, 내가 공략대상이 되면 제발 라이벌 캐릭터가 되어 주었으면 해.

예를 들자면 로베르트에게 왕태자 전하가 있는, 그런 느낌으로.

여자아이는 이른바 '좌우대칭'같은 개념을 좋아하잖아?

그렇게 '떡 줄 사람은 생각도 안 하는데 뭐부터 마신다' 같은 행동을 하면서, 다음 확인해 볼 이벤트 장소로 다시 발걸음을 재촉했다.

"잠깐! 위험하잖아!"

"부딪힌 건 네 쪽이지."

댄스 수업 시간.

2인 1조로 왈츠를 추고 있었는데, 옆 커플이 댄스를 멈추고 서로에게 불평을 늘어놓기 시작했다.

자세한 설명은 생략하겠으나, 댄스 선생님을 무사히 꼬드긴 덕에 나는 남자 쪽 인원으로 참가하였다.

남학생 입장에서도, 내가 이 키에 여성이 추는 춤을 추는 건 곤란할 테니까. 내가 남자 쪽에서 춤을 추면 아무도 곤란해질 일이 없고, 나는 여자들 가슴을 설레게 만들 찬스를 얻을 수 있지. Win Win이라는 거야.

말다툼을 하는 사람은 아이작, 그리고 아이작과 짝이 된 귀족 영애였다.

아이작은 실력 하나만으로 재상 자리까지 올라간 신흥 백작 가문의 삼남으로, 도가 지나칠 정도로 진지하고 딱딱하며 여성을 기피하는 경향이 있었다. 지적인 매력을 풍기는 외모와 안경 이외에는, 귀족 영애에게 인기를 끌 만한 요소가 없는 남자였다.

게다가 아이작은 아무래도 댄스가 서툰 듯했다. 그런데다 여성을 대하는 태도가 나빠서, 신사의 시옷도 없다고 할 만했다.

그러고도 잘도 공략대상을 해먹고 있구나, 너.

수업 특성상 어떻게든 남녀가—우리 커플은 '여여'긴 했지만—짝을 이루어야 했기에, 조금 전까지 아이작과 춤을 추던 귀족 영애는, 더는 아이작과 춤추고 싶지 않다며 화가 잔뜩 나 있었다.

반의 다른 영애들 역시, 그와 춤추는 것은 싫다며 거리를 두고 있었다.

게임 속에서도 아이작은 까다로운 캐릭터였다. 물론 히로인에게는 함락당하는 만큼, 플레이어 사이에서는 외모(와 안경)로 인해 일정한 수요는 있었지만.

그런데 공부 능력치를 올리지 않으면 함락당하지 않는 캐릭터라는 건 실제로 어떨까?

특히 학생이라면, 매력 능력치에 몰빵하는 쪽이 좋지 않나? 왜 이런 시스템일까?

짝이 없었기 때문에, 못마땅하다는 듯 팔짱을 끼고 있는 아이작.

이거야 원, 이래서야 반 분위기가 나빠지잖아.

……잠깐만.

완전히 강 건너 불구경하듯 있었던 나는, 잠시 아이작에게 시선을 멈추었다.

여기서 반 분위기를 망친 녀석인 아이작을 능숙하게 처리한다면, 나에 대한 귀족 영애들의 평가가 올라가겠지? 잘만 하면 내 주가가 상승할 거야. 꺄악, 꺄악하고 두 팔을 흔들어줄 수도 있다고.

히로인이 전학오기 전까지 앞으로 1년도 안 남았어. 할 수 있는 모든 걸 해서, 기반을 다져 놔야 해.

"이거야 원, 성가신 녀석이네."

나는 스윽하고 머리를 쓸어 올리며—애초부터 짧은 머리라 이 동작에 큰 의미는 없었지만—큰 보폭으로

아이작에게 힘차게 걸어갔다.

그리고 물 흐르는 듯한 동작으로 그의 손을 잡고, 클로즈드 포지션으로 홀드했다.

단, 아이작이 여자 역할이다.

멍하니 나를 올려다보는 아이작에게, 나는 일부러 윙크를 날렸다.

"댄스는 상대의 기분을 생각해 줘야 돼. 시험 삼아 '상대측'의 기분을 느껴보는 건 어때?"

"뭐?"

그대로 곡에 맞춰 춤을 추기 시작했다. 뿌리칠까 걱정했는데, 그는 여전히 놀란 듯한 표정으로 내 리드에 맞춰 발을 맞췄다.

과연, 확실히 엄청 어색하네. 말하자면 하수야. 하지만 발은 움직이고 있어.

저번에 몰래 연습한 사실까지 고려할 때, 완전히 연습을 땡땡이친 것도 아니고 아이작 나름대로 노력해서 얻은 결과물이겠지. 올곧은 아이작이 레슨을 소홀히하리라는 생각은 안 드니까.

공부와 다르게, 센스가 필요한 분야는 노력한다고 해서 보상받을 수 있지는 않다. 분명 그게 아이작의 콤플렉스를 자극해서 댄스를 못한다고 의식하게 만들었을 거야.

가까이에 있는 아이작의 얼굴을 내려다보자, 눈이 딱 마주쳤다.

몹시 혼란스러워하고 있었는데, 내 얼굴을 응시하면서 안경 안쪽의 눈을 몇 번이나 깜빡거렸다.

훗, 하며 일부러 도발하듯 웃었다.

순식간에 얼굴이 새빨개진 아이작이 무슨 말을 하려고 입을 떼려는 순간, 부드럽게 취한 홀드를 강하게 잡으면서 피겨로 넘어갔다.

그랬더니 아이작은 입을 꽉 다물고, 스텝에 집중하기 시작했다. 역시 교과서에 있는 동작은 얼추 공부해 둔 모양이었다.

템포를 제대로 맞출 수 있도록, 흐름이 끊기지 않도록, 스텝이 꼬이지 않도록.

아주 조금만 도와줬을 뿐인데도, 충분히 우아한 춤을 췄다. 역시 리드해 주는 보람이 있는 남자라니까.

흥미가 더욱 생겨서 언더 암 턴을 해봤는데, 이쪽이 의도한 대로 빙글 돈 후에 불만이 있다는 듯이 노려보았다.

평소엔 냉정하고 침착한 표정을 짓는 아이작의 그 표정에 무심코 웃음이 터져 나왔다.

아이작도 마찬가지였는지, 내가 웃는 모습을 보고는 끝내 곤란하다는 듯이 표정을 풀고 웃기 시작했다.

"버튼."

다른 학생에게는 들리지 않을 만큼 작은 목소리로, 아이작은 내게 속삭였다.

생각해보니 아이작과 제대로 이야기를 나눈 것은 이번이 처음이었다.

"또 이렇게, 같이 연습해 줄래? 역시, 잘 못한다고 하니까 분해서 말이지."

"물론이지. 분명 금세 능숙해질 걸?"

추켜세우는 게 아니라, 진심으로 그렇게 대답했다.

기초를 쌓기만 하면 되니까, 감각만 익히면 순식간에 자기 것으로 만들 수 있겠지.

내가 어울려주는 건 고작해야 앞으로 2~3회 정도일 테지. 그 정도로 귀족 영애들에게 감사받을 수 있다면, 싸게 먹히는 거니까.

곡이 끝나고 주위를 둘러보니, 교실은 평온한 분위기로 가득했고 반 내 귀족 영애들도…… 그리고 어쩐지 귀족 영식들도 볼을 살짝

붉히고는 우리 두 사람을 황홀하게 쳐다봤다.

뭐, 동성에게 미움받는 남자는 당연히 이성에게도 미움 받는다고 생각하기 때문에, 문제는 없다. 좋아 좋아, 아주 순조로워.

나에게도 좋은 경험이었다. Win-Win이랄까, 단독승리라고 부르는 편이 맞을지도 몰라.

댄스를 추느라 살짝 흐트러진 머리칼을 쓸어 올렸더니, 또 작은 비명소리가 들리는 듯했다.

"넌 이대로 괜찮은 거냐? 버튼."

"응? 무슨 말이래?"

방과후.

아이작의 댄스 연습에 어울려주고 있었는데, 갑자기 그가 심각한 표정을 지으며 운을 뗐다. 순간 내 방향성 이야기인가 싶었는데, 그럴 리는 없었다.

최근, 교내 순회 외에도 아이작의 연습에 어울려 주는 루틴이 생활화되었다.

덤으로 검술 수련도 같이 해주고 있는데, ……이건 솔직히, 댄스보다도 소질이 없었다.

이상하네. 공략대상은 누가 됐든 히로인이 핀치에 빠졌을 때 시원스럽게 구해 줬을 텐데?

그렇게 생각하며 이벤트 관련 기억을 이리저리 되짚어 보았는데, 아이작의 이벤트는 머리를 써서 해결하는 일뿐이었다.

딱히 검술이 서투르다는 묘사는 없었던 걸로 기억하는데…… 역시 여성향 게임이야. 불리한 진실은 훌륭하게 덮어버린다니까. 이것도 상냥한 세계의 '상냥한 거짓말'이란 녀석이겠지.

참고로, 깐깐한 아이작과 어울린다고 여겨지는지 아직 나에게 추종자는 안 생겼다. 이건 좀 계산 밖인데.

하지만 받아들인 일을 도중에 내던지는 인간이라는 취급을 받으면서 주가가 떨어지는 것만큼은 피하고 싶어.

애초에 나쁜 놈이라고 여겨지던 사람이 좋은 행동을 하면 평가가 엄청 오르지만, 좋은 사람이라고 여겼던 사람이 조금이라도 나쁜 행동을 하면 과하게 평가가 떨어지니까.

사람들이 말하는, '비 오는 날 버림받은 고양이를 주워 가는 불량아'의 역설 같은 거지.

이렇게, 뜻하지 않게 매주 아이작과 함께 보내는 시간이 생겨 버렸다.

마치, 친구처럼.

아이작은 한껏 진지한 표정으로 질문을 거듭했다.

"로베르트 전하와 약혼 말이야. 사실 거절하고 싶은 거 아냐?"

"어?"

생각지도 못한 내용이라, 순간적으로 반응하지 못했다.

확실히, 내게 약혼을 유지할 의사는 없다. 히로인에게 공략당하는 데 도리어 방해된다는 생각까지 하고 있으니까. 공략대상끼리 약혼한 상태라면, 히로인도 무척 혼란스럽겠지.

……아니지, 애초에 내 쪽에서 파기할 수 없다면 히로인을 공략할 필요도 없지 않나?

제대로 된 대답을 하지 못하는 나에게, 아이작은 말하기 어려워하면서도 강한 결의가 담긴 눈동자로 계속 이어갔다.

"너는, 그 뭐냐. 연애대상이 여자잖아? 귀족의 결혼은 정략의 도구라고는 하지만, 필시 괴롭겠지. 만약 네가 약혼을 취소하고 싶다고 한다면, 협력하고 싶어. 나는, 너의, 치, 친구니까."

아이작의 말에, 나는 너무 놀란 나머지 질린 표정을 지었다.

"연애대상이, 여성? 내가?"

"그, 그래. 그러니까, 그런 복장과 행동을 하는 거 아냐?"

그가 왜 말하기 어려워했는지 짐작 갔다. 피를 섞는 데 무게를 싣는 귀족 세계에서는, 동성애는 금제였다.

……아이를 만들기 위해 결혼은 했지만, 남창에 둘러싸여 사는 귀족 이야기는 그럭저럭 들려왔기 때문에, 아주 없지도 않는 듯했지만.

남장만 했으면 모르겠는데, 목표가 경박 계열 기사님인 만큼 나는 여자들에게 인기를 끌기 위해 필사적으로 노력해 왔다. 오해받아도 할 말이 없는 상황이었다.

고는 해도, 너무 진지한 표정으로 말하면, 웃음이 터질 수밖에 없잖아.

"아하하! 그래, 확실히 그렇지. 그렇게 오해받아도 안 이상하지."

"뭣, 너, 웃을 것까진……!"

"하핫, 미안, 미안."

놀림 섞인 내 목소리를 느꼈는지, 아이작은 얼굴이 시뻘게진 것이 화난 듯했다.

하지만 과도하게 진지하고 딱딱한 아이작이 귀족사회의 규칙을 충분히 인지하고도 나를 도와주겠다고 하다니. 아무래도 생각보다

정 많은 남자인 것 같아.

그래, 친구라.

여성향 콘텐츠에서는 인기 있는 남자는 당연히 친구도 많다. 거기다, 친구들도 꽃미남인 경우가 많지.

아이작도 공략대상인 만큼, 용모는 상당히 수려했다. 진지하게 책을 읽을 때는 조각 같은 옆모습을 하고 있으니까. 훌륭한 E라인이란 말이지.

추종자로 여자애가 필요하지만, 남자 사람 친구도 방해가 되는 건 아니니까.

무엇보다, 이걸로 의붓동생의 '친구는, 많이 사귀셨어요?'란 질문에 당당하게 대답할 수 있어.

"나는, 여자가 좋아서 이런 모습을 하고 있는 게 아냐. 단지……그래. 머지않아 운명의 사람과 만날 것 같은 기분이 들어서. 그때 이런 모습을 하고 있는 게 더 낫거든."

"……?"

이번에는 아이작이 이상하다는 듯 고개를 갸우뚱거렸다.

이렇게 무심하게 밑밥을 깔아두면, 아이작은 자기 나름대로 좋은 쪽으로 해석하겠지.

내가 필사적으로 변명을 생각하는 것보다도 나을 거야. 아이작은 나보다 머리가 좋으니까.

"운명, 이라고? ……비상식적인데."

"뭐 어때? 내가 멋대로 믿고 있는 것뿐이니까."

"……그 사람은…… 로베르트 전하는 그 상대가 아니라는 거냐?"

애매하게 미소를 지으며 둘러댔다. 그런 걸 솔직하게 말하면 볼

경하잖냐, 라는 마음을 담아서.

"……뭐, 그 사람을 싫어하진 않아. 이래저래 오래 사귀긴 했으니까."

"……그렇구나."

어깨를 으쓱하는 나에게, 아이작은 그 이상 아무 말도 하지 않았다.

◇　◇　◇

아이작이 학교에 나오지 않았다. 아무래도 감기에 걸렸다는 듯하다.

당연하게도 이 세상에도 감기라는 질병은 있다.

히로인이 감기에 걸려서, 공략대상이 병문안을 오는 이벤트도 있으니까.

참고로 내가 엘리자베스 버튼으로 태어난 이후, 감기에 걸린 적은 없었다.

의사가 돌봐 준 일도 기억이 돌아온 당일 정도였다.

공략대상은 신체가 재산인 만큼 건강이 가장 중요하겠지. 잘은 모르겠지만.

누군가 아이작에게 가정통신문을 전달해야 하는데, 반에서 가장 사이가 좋다고 인정받은 내가 지목받았다.

귀찮지만, 담임 선생님도 여성이니까. 여성의 부탁이라면, 경박한 캐릭터에겐 거절한다는 선택지 따윈 없었기에 어쩔 수 없었다.

학교에서 얼마 걷지도 않았는데, 아이작의 저택에 도착했다. 갑자기 마차를 타고 방문하는 건 아니다 싶어서, 고민한 끝에 걸어서 방문하기로 했다.

길포드 가문의 저택은 우리 집과 비교하면 두 바퀴 정도 작았고, 장식이나 정원수 또한 형태가 간소한 인상이었다. 다소 현대적인 느낌이다.

친구다운 친구가 없었기에, 나는 우리집 말고 다른 귀족의 저택을 제대로 보지 못했다. 그래서 이 저택이 큰 편인지 작은 편인지 판단할 수 없었다. 뭐, 현 재상의 집이기도 하니까, 큰 편이겠지.

문에 달린 초인종을 울리자, 안에서 장년의 남성이 나왔다. 복장으로 봐서는 집사 같은데?

"실례합니다. 아이작 친군데요, 선생님한테서 서류를 전해주라는 부탁을 받아서요."

"……신분증을."

굉장히 수상하다는 눈초리였다. 학교 제복을 제대로 입고 있는데, 어째서지?

안주머니에서, 신분증을 꺼냈다. 말하자면 학생증 같은 것이었지만, 가문의 문장이나 가장의 서명 등이 있어서 쉽사리 위조를 할 수 없게끔 만들어졌다.

"버, 버튼 공작가?!"

"네."

내 신분증을 다양한 방향으로 꼼꼼하게 보던 집사의 안색이 순식간에 파랗게 질리더니 창백해졌다.

"시, 실례했습니다, 안으로 드시지요!"

밑바닥 하인이 말할법한 대사 베스트 3에 들어갈 듯한 대사와 함께, 놀라울 정도로 자세를 낮춘 집사가 나를 저택 안으로 들였다. 상대의 신분에 따라 태도가 바뀌다니, 이것도 밑바닥 하인 같은데.

내가 공작 가문에 걸맞는 권한을 가진 사람이었다면, 그 태도 때문에 되려 기분이 상해서 당주에게 불평 한마디를 썼겠지만.

뭐, 아무리 겸손하게 대한다고 한들 나에게는 아무런 권력도 없기에, 유감스럽지만 그 행동은 아무런 의미가 없었다. 우리 가문 사람은 다들 우수하기 때문에, 나에게 권력을 줬다간 좋은 일은 없으리라는 사실을 알고 있거든. 나도 그 편이 좋다고 생각하고.

"버튼. 왜 온 거냐."

"말을 뭐 그렇게 하냐?"

무사히 아이작의 방에 들어온 나를 향해, 그는 침대에서 몸을 일으키며 불만스럽다는 표정을 지었다.

모처럼 와줬더니, 무례한 자식 같으니. 생긋 웃으며 '고마워'라고 말 한마디 해줘도 되잖아.

쓴웃음을 짓는 나를 뚫어져라 노려보고 있던 아이작은, 작게 고개를 저었다.

"병문안을 와 줄 것 같은 성격으론 안 보여서."

"그것 참 고맙네. 선생님이 전해주라는 게 있었거든."

침대 옆 테이블에 전달받은 서류를 두었다.

친구로 인정받았다곤 하지만, 딱히 이야기 꽃을 피울 만한 관계는 아니었다.

겉보기엔 멀쩡해 보였지만 컨디션에 악영향을 끼쳐서는 안 되기도 하고, 아까 그 집사가 차라도 끓여오는 날엔 오랫동안 붙잡혀 있게 될 테니까. 서둘러 빠져나가도록 하자.

"버튼."

그럼 이만, 하며 인사를 하자 아이작이 나를 불러 세웠다.

"다른 길로 새지 말고, 바로 돌아가."

"내가 애냐."

묘하게 진지한 표정을 지으면서 무슨 소릴 하나 했더니만.

의붓동생이랑 비슷한 소리를 하는 아이작에게, 또 다시 쓴웃음을 지었다.

하지만 아이작은 다시 한번 "바로 돌아가"하고 진지한 표정으로 다시 말했다. 너무나도 진지하게 말했기에, 알았다, 알았다고, 라는 대답을 하며 그대로 돌아가려고 했다.

그랬는데.

"어어, 안녕."

"……안녕하세요."

지금 내 눈앞에 앉아 인사하는 사람은 아이작의 두 형이었다.

돌아가려고 하는데 집사에게 붙잡혀, 어째선지 살롱으로 안내받아 차를 마시게 된 것이다.

두 사람 다 학교를 졸업했을 텐데, 이런 시간에 모두 집에 있다니…… 설마, 시간이 남아도는 건가?

그 둘은 오라버니와 비슷한 나이대로 보였지만, 우리 오라버니는 성과 영지를 바쁘게 돌아다니기 때문에 이런 시간에 집에 있는 경우는 거의 없다. 슬프기 짝이 없다.

"너는, 그 녀석이랑 같은 반 친구야? 아, 돌보미인가?"

"친군데요."

"호오, 저 딱딱하고 진지한 녀석과?"

"저 녀석, 재미있게 노는 법 하나 제대로 모르잖아? 같이 있으면 따분하지 않냐?"

낄낄거리며 웃는 아이작의 형 ①과 ②.

흐음. 아이작을 깔보고 비웃는 듯한 시선은 마음에 안 드네. 아이작을 바보취급 하는 건 상관없지만, 쟤의 친구가 되고 싶어서 된 것은 아니었다고. 정신차려보니 친구가 되어 있었을 뿐이야.

"우리랑 친하게 지내는 편이 훨씬 이득일 거야."

"예에."

내가 귀족 영애로서 숙녀교육을 받지 않았다면, 코를 후비적거리며 대답했을지도 모른다. 받길 잘했어, 숙녀교육.

친하게 지내는 게 이득, 같은 소리를 하는 자식과는 친하게 지내지 않는 편이 이득인 경우가 많지.

친구라고 말한 상대 앞에서 동생을 깎아 내리는 놈이, 과연 성격이 제대로 됐겠냐고.

아니, 그럴 리가 없지.

"저 녀석, 나랑 형의 찌꺼기니까."

"그렇게 아득바득 공부하는데도 우리보다 성적이 안 좋다고. 요령이 없는 거야, 요령이."

히죽히죽 웃는 두 청년을 보니, 이거야 원, 이라며 한숨을 내쉬고 싶어졌다.

나와 마찬가지로 조연이나 다름없는 악역인 주제에, 엄청나게 활기찬 모습에 손발이 오그라드네. 뒤에서 아이작이 전부 채 가는 중인데, 잘도 그러고 있구나. 적어도 엑스트라 같은 얼굴을 좀 어떻게 한 다음에 말하는 게 어때?

마음 속으로 공감성 수치에 괴로워하면서 게임 이벤트를 떠올렸다.

아이작 루트에서는 두 형 중 누군가와 히로인이 약혼을 하게 된다. 성녀와 결혼을 하는 사람은 아이작보다 우수한 자신이어야만 한다, 라나 뭐라나.

아이작도 아이작스러운 게, 소중한 것은 전부 형에게 빼앗겨왔기 때문에 자신은 너에게 어울리지 않는다, 같은 소리를 하며 히로인과 거리를 둔다.

그 후 이런저런 일이 생겨서, 아이작은 체스 승부로 형을 이긴 뒤 히로인을 되찾게 된다. 바보 취급하던 아이작에게 진 두 형은 의기소침해지고, 지금까지의 악행에 대한 단죄를 받아 가문을 계승할 권리를 잃어버리게 된다는 알기 쉬운 파멸을 맞이하게 된다.

체스라. 그러고 보니 교관들이 휴식 중에 두는 걸 본 적이 있었지.

여기서 "체스나 두면서 놀까요"라며 체스를 들고 와서 죽사발로 만들 수만 있다면 기분 좋겠지만, 그런 두뇌 유희는 나랑은 안 맞는 느낌이라.

체스판을 많이 깨뜨린 사람이 이긴다는 룰이라면 압승이겠지만.

죽사발로 만들어준다는 생각을 한 시점에서 자각했지만, 나는 부글부글 끓고 있었다.

원해서 친구가 되지는 않았지만, 아이작을 험담하는 게 마음에 안 들기도 한데…….

세계 표현하자면, 똑같이 조연이나 다름없는 악역을 향한 동족혐오라고나 할까.

나는 밝은 미래를 위해 이렇게나 부단히 노력하는데, 눈곱만큼도 노력하지 않고 뻔뻔스럽게 구는 조연 악역 녀석에게 바보 취급을 받으며 경멸당하는 것은 참을 수가 없다.

하지만 나도 이제는 열여섯. 전생까지 합친다면, 더 나이를 먹은 셈이지. 속이 끓는다고 해서 완력으로 해결하는 건 어른스럽지 못해.

그렇게 해도 되는 건 상대가 먼저 손댔을 때뿐이니까.

열받은 나머지 왕궁의 손잡이를 잡아 뽑았던 그날 이후로 나는 어른스러워지지 않았던가. 흥, 하고 무의식 중에 코웃음을 쳐버렸다.

"……왜 그러지?"

"아뇨, 재미있는 이야길 들려 주셔서요."

나는 귀족답게 모든 것을 감춘 듯한 미소를 띄우며, 자리에서 일어났다.

"여어, 좋은 아침이야. 아이작."

"…………좋은 아침, 버튼."

학교를 빠진 다음 날. 완전히 감기가 떨어진 듯한 아이작이 등교하자마자 정말 싫다는 표정을 지으며 나를 바라보았다.

내 인사에도 벌레 씹은 듯 고약한 표정을 지으며 겨우 답례를 하는 정도였다.

무리도 아니지. 친구다운 친구가 아이작밖에 없는 내 주변에, 오늘은 귀족 영애 두 명이 시중을 들고 있었으니까.

"버튼 니임, 저한테서 눈을 떼시면 안 돼요—!"

"하하하, 곤란한걸."

"아—잉, 새치기는 안 돼! 버튼님, 제가 과자를 가져왔어요. 같이 드실래요?"

"이것 참, 과자보다도 레이디의 미소가 더 달콤한데?"

"꺄악! 버튼 님도 참! 제가 먹히고 싶을 정도예요!"

"……………."

아이작의 시선이 차가웠다. 어딜 봐도 친구를 바라보는 눈빛이라 곤 생각할 수 없었다.

귀족 영애들의 초콜릿보다 단, 그 뜨거운 시선과 대비되는 온도차 탓에 이번에는 내가 감기에 걸릴 것 같았다.

"자, 곧 수업이니까, 슬슬 교실로 돌아가는 게 좋을 거야."

"엥—!"

두 귀족 영애가 동시에 목소리를 냈다.

멋지군. 아주 훌륭한 조연 적성이야. 내가 관객이라면 기립 박수 를 쳤겠지.

"점심시간에 또 봐, 아기고양이들."

"네에—에."

"그럼 안녕히."

내 윙크에 귀족 영애들은 방울을 울리는 듯한 소리로 꺄르르 웃으 며 교실에서 나갔다.

사탕같이 스커트와 긴 머리가 대롱거리는 귀족 영애들의 뒷모습 을, 손을 흔들며 배웅했다.

"……버튼."

"왜?"

"방금 그 3학년…… 내 기억이 맞다면, 그녀들은…….."

역시나 똑똑한 아이작. 내가 뭘 꾸미는지 단숨에 간파한 듯했다.

나는 아이작의 말을 이어받아, 간단하게 답했다.

"응. 너네 형들의 약혼자야."

"어째서……."

"너네 형들한테 제법 '환영'을 받았으니까, 답례라도 해줄까 싶어서."

내 말에, 아이작의 미간 주름이 한층 더 깊어졌다.

머리가 좋은 아이작이니까. 그리고 아이작도 귀족이다. 분명 내 말의 의미를 아주 잘 이해했겠지.

나 같은 녀석보다 훨씬 능숙하게, '이용'할 거야.

"이야기를 나눠보니 정말 멋진 아가씨들이길래 사이 좋게 지내보려고. 그래서 공통의 화제인 너네 형들에 대한 이야기를 나눠보고 싶어서 말이야. 어떤 사람들인지 가르쳐 줄래?"

"……예를 들면, 어떤 이야기를 듣고 싶은 거지?"

"시시한 이야기라도 상관없어. 남자들은 왜 그런 거 좋아하잖아? '예전엔 나쁜 녀석이었지' 같은 무용담이나, '말썽을 엄청 부렸지' 같은 옛날이야기 말야. 뭐, 이제는 옛말일 테니까 그녀들이 모르는 사실을 알려주면 분명 재미있어 할 것 같거든."

표정을 살피는 시선으로 안경 너머로 나를 보는 아이작.

그 시선을 받아내며 나는 일부러 뺨에 손을 대고 비스듬히 시선을 위로 하면서 고민하는 듯한 포즈를 취했다.

"아, 그래도 여자애들은 섬세하잖아? 거기다 저 둘은 너한테 이런 말하긴 좀 그렇지만, 너희 집안 보다 신분이 훨씬 높고, 집안이 좋은 귀족 영애잖아. 살짝 충격적인 이야기라도 듣게 된다면, 결혼은 아닌 것 같다고 할지도 모르겠네~."

아이작의 눈동자를 응시하며, 나는 의미가 담긴 윙크를 날렸다.

"그러니까 힘 조절은 아이작, 너한테 맡길게."

"……어째서, 네가 그렇게까지."

아이작이 혼잣말하듯 중얼거렸다. 아무래도 내 의도는 제대로 전해진 모양이네.

단도직입적으로 요약하자면, '너희 형들의 악행을 약혼자들에게 알려서 약혼을 백지로 돌려주고, 결혼해서 팔자를 펴보겠다는 계획이 물거품이 됐을 때 분해하는 표정, 보고 싶잖아?'라는 소리였다.

의심스러운 눈초리를 거두지 않는 아이작에게, 나는 어깨를 으쓱했다.

"아니, 친구잖냐. 우리."

그렇게 대답하니, 아이작은 마치 우주인이라도 본 듯한 표정을 지었다.

뭐야, 친구 운운하기 시작한 건 너잖아. 어째서 그런 의외라는 듯한 표정을 짓는 거냐, 웅?

미묘하게 어색한 기분이 들었지만, 나는 말을 이어갔다.

"나도 여자애들한테 내가 어떻게 보이나 신경이 좀 쓰였거든. 아니 왜, 나한테는 여자인 친구가 없으니까, 쟤네랑 이야기를 나누면서 엄청나게 참고가 됐어."

아이작은 대답이 없었다. 나에게 여자친구도 추종자도 없다는 사실은 그도 분명 알고 있었을 것이라, 긍정적으로 받아들이는 듯했다.

실제로 양손에 꽃다발이라는 걸 맛보니 기분이 정말 좋았다.

목표를 달성했다는 기쁨도 있었지만, 기분 좋은 시간을 보냈다는 사실이 중요했다.

기분이 좋다는 것은 마음에 여유가 있다는 뜻이다. 마음에 여유가 있는 남자는 인기를 끈다.

"여자라는 건 귀엽고 부드럽고 좋은 향기가 나면서, 내가 아무 대답 없이 미소를 지으며 끄덕여 주는 것만으로도 기분 좋다는 듯 행동하네. 흘려듣는 스킬을 몸에 익혀 두기만 한다면 최고구나."

"……너 같은 녀석을 '여자의 적'이라고 하는 거야."

"무례하네. 나는 누구의 적도 아니라고."

섭섭하다는 듯 쓴웃음을 지었다. 그래, 나는 딱히 누구의 적도 아니다. 아군도 아니긴 하지만.

"연애대상은 여자가 아니라고 하지 않았냐?"

"응? 그런 소리를 했던가?"

내 말에, 아이작의 안경이 살짝 미끄러졌다. 안경 캐릭터답군. 좋은 리액션이야.

"아직까지 사랑을 해본 적이 없거든. 나도 잘 모르겠지만…… 어쩌면 여자가 좋은 걸지도 모르지. 내가 만날 운명의 상대도 여자일지 모르니까."

한 가지, 언젠가 히로인이 등장한다는 포석을 깔아두자.

아이작이 이 일을 기억할지 어떨지는 알 수 없지만, 여기저기 다양한 장소에 내가 '운명의 상대'를 찾고 있다는 사실을 암시해서 복선을 깔아둘 필요가 있으니까.

내가 운명의 상대를 찾고 있으며, 그 상대가 히로인이라는 복선을.

횟수를 늘리면 늘릴수록, 말해둔 상대가 늘면 늘어날수록, 복선은 탄탄해질 테니까.

히로인이 전학 오기 전까지 되도록 바지런하게, 많은 사람에게 각인을 시켜 둬야 돼.

"아이작, 너도 여성을 기피한다곤 하지만 친밀하게 대해준다면 인상이 바뀔지도 몰라. 뭐하면 내가 소개시켜 줘?"

"됐어."

내가 생긋 웃자, 아이작은 비뚤어진 안경을 치켜 올리며 불쾌하다는 듯이 잘라 말했다.

"그러지 말고."

"필요 없다고."

"아니, 왜."

"나는 너랑 달라서, 사랑을 아니까."

뭐?

이런 딱딱하고 엄청나게 진지한 아이작이, 사랑을 안다니. 예상 외였다. 게임에서도 히로인이 첫사랑이 아닐까 하는 생각이 들 만한 묘사가 있을 정도였으니까.

이미지로는 연상의 가정교사를 향한 아련한 첫사랑…… 같은 느낌인데, 어쩌려나.

정답을 맞추고 싶어져서, 나는 아이작에게 바짝 다가갔다.

"처음 듣는데?"

"그렇겠지."

"어떤 사람이야? 여자야? 아니면…… 남자?"

"……글쎄다."

"친구잖아, 아이작!"

결국 아무리 캐물어도 아이작은 입을 열지 않았다.

혼인 적령기의 여자의 적응 능력이란 정말 굉장하다.

지금까지 다가가기 힘들어서 멀찍이 바라볼 뿐이었던 귀족 영애들은, 내가 싹싹하게 귀족 영애 둘과 이야기를 나누는 모습을 보고, 서서히, 아니 단숨에 이야기를 걸어오기 시작했다.

처음에는 사람이 너무 몰리는 바람에, 아이작이 아무리 노려봐도 통하지 않을 정도였다.

교실에, 복도에, 교문에, 장소를 불문하고 둘러싸는 귀족 영애들에게 나는 선거차량에 탄 정치인과 비슷한 느낌으로 손을 계속 흔들었다.

저는 버튼, 엘리자버스 버튼입니다. 성원해주셔서 감사합니다.

마침내 내가 피해를 입을지 모른다고 염려한 귀족 영애들이 리더십을 발휘해서, '버튼 님 친위대'라는 것이 결성하였다. 말하자면 팬클럽 같은 것이었다.

팬클럽.

이 얼마나 멋진 울림인가.

순정만화 등에서 팬클럽을 만들었다는 것은 메인 캐릭터라는 증거와도 같다.

이 정도면 내가 공략대상 중 하나로 가입되는 건 거의 확정된 일이나 다름없을까. *다루마에 눈*이라도 그려줘야 하나?

어느 샌가 팬클럽 안에서 '매니저' 같은 영애가 등장해, 나와 인사할 때, 점심시간과 방과후 대화를 할 때의 룰과 순번 등을 정리해주었다. 그 덕분에 반 친구나 아이작에게 민폐를 끼치는 빈도가 급감하게 되었다.

* 한쪽 눈밖에 없는 다루마에게 나머지 한쪽 눈을 그려 넣는 행위는, 자신의 목표나 소원을 항상 의식하며 계속 노력하겠다는 의지를 나타내는 의미가 있음. (역자 주)

예상보다도 약간 체계적인 부분은 마음에 안 들었지만, 나는 그렇게 염원하던 '추종하는 여자'를 손에 넣은 것이다.

참고로 아이작의 형 ①, ②의 약혼자인 귀족 영애들로 말할 것 같으면, 이미 나에게 빠져 헤롱헤롱하는 상태였다.

아이작 형들 관련 악평을 말할 필요도 없이 그녀들 나름대로 약혼자에 대한 불만이 쌓여 있던 모양이라, 나와 자신의 약혼자를 비교하며 푸념을 잔뜩 늘어놓았다. "버튼 님은 귀엽다고 말해 주셨는데", "약혼자가 버튼 님이었다면 좋았을 텐데"하고 말할 정도였다.

내버려둬도 약혼을 파기할 듯했지만, 아이작에게서 들은 형들의 악행—이라고 할지, 무용담도 틈틈이 말해 두었다.

그녀들이 어떻게 나올지는 알 수가 없었으나, 어차피 재상의 지위는 아이작이 잇게 될 것이다. 파멸을 눈앞에 둔 자들과 약혼을 하기보다, 이틈에 빨리 관계를 정리하라고 권유하는 편이 상냥하다고 할수 있겠지.

아이작에게는 "성격이 나쁘군."이란 소리를 들었지만, "네 흉내를 내고 있을 뿐이야."라고 받아쳤다.

아이작은 참 씁쓸하다는 표정을 짓고 있었지만, 어렸을 때부터 나보다 훨씬 더 간계를 부리던 그에게 그런 소릴 들을 이유가 없었다. 아이작을 본받아, 귀족다운 방법으로 앙갚음을 하는 것뿐이니까.

이렇게, 나는 요 근래에 정말 즐거운 학교생활을 만끽하는 중이었다.

그날도 잔뜩 신이 나서 마차 안에서 손가락 팔굽혀펴기를 하며 등교했고, 교실 문을 가뿐하게 열었다.

"……아이작?"

평소처럼 자리로 향했는데, 평소와는 분위기가 다른 짝의 모습을 바라보면서 무의식적으로 인사 없이 말을 걸어 버렸다.

어제까지의 아이작은 5:5 가르마로 똑 자른 앞머리와 긴 뒷머리였는데, 오늘 아이작의 앞머리는 자연스럽게 내려와 있었고, 끝은 알맞게 빗어져서 똑 자른 느낌은 들지 않았다. 기장도 나보다 약간 더 길었지만, 제법 세련된 느낌이라 게임 속 바가지 머리와도 인상이 사뭇 달랐다. 입사 2년차의 영업맨 같은 분위기랄까.

그것보다 누구냐 넌. 아이덴티티가 안경밖에 남지 않았잖아.

"너, 무슨 일이야? 못 본 사이에 제법 남자다워졌는데?"

농담을 섞으며 웃었더니, 그는 순간 말문이 막혔다는 듯 헛기침을 하며 새침한 표정으로 대답했다.

"그, 뭐냐, 염원 같은 거지."

"염원? 그 무슨 비상식적인 소릴."

꽤나 아이작답지 않은 얘길 하네. 설마 진짜 다른 사람 아냐 이거?

그것보다 염원이라면 보통은 반대로 하잖아. 다들 바람이 이뤄질 때까지 기르지 않나 싶은데.

언젠가 아이작가 했던 말을 빌려 장난을 쳤더니, 그 역시 내 말을 흉내내며 받아쳤다.

"내가 멋대로 믿고 있는 것뿐이야. 상관없잖아?"

잘생긴 남자들의 거리가 가까우면 '녹는다'

"아 참, 리지. 이것 좀 가져가지 그래."

이미 익숙해진 전하의 집무실.

이른 아침부터 전하의 쇼핑에 동행한 나는, 하품을 참으며—모처럼의 휴일이 이미 반나절이나 날아가 버렸다—전하가 건넨 종이봉투를 보았다. 안에는 레이스뜨기로 만든 컵받침과 케이프 등, 전하의 작품으로 보이는 물건이 잔뜩 들어 있었다. 뜨개질 인형까지 있었다.

전하는 어쩔 셈이신 걸까. 봉투를 받으니, 상상 이상으로 묵직했다.

"전하? ……이건 대체 뭐죠?"

"너무 많이 만들어서 둘 곳이 없어. 너에게 주고 싶어서 말이야."

"네에."

말은 그렇게 했지만 귀여운 뜨개질 인형도, 레이스뜨기로 섬세하게 만든 케이프도, 내 입장에선 쓸 데가 없다. 받자마자 장롱에 처박아둘 게 뻔해.

"역시 이건 너무 많은 것 같은데요."

"유품이라고 생각해. 어차피 얼마 남지 않은 목숨이니까."

불평을 했더니 울적하게 반응하는 바람에, 나는 미간의 주름이 잡히는 느낌이 들었다. 우울한 건 이쪽이라고.

슬슬, 그 '곧 죽을 거라는 무브'에 맞춰주는 일도 피곤해지기 시작했으니까. 이 정도 즈음해서 한 번, 확실하게 말해두도록 하자.

"믿는 것은 전하의 자유시지만요. 저는 전하께서 목숨이 얼마 남지 않았다고 하시는 말씀을 안 믿기로 해서 말이죠."

전하는 놀란 표정을 지으며, 나를 바라보았다. 그 시선에도 아랑곳하지 않고, 당연하다는 듯 말을 이어갔다.

"전하께서 제 말을 믿지 않으시고 주치의 말을 믿는 것과 똑같은 거예요. 저는 전하의 말을 안 믿고 제 생각을 믿을 뿐이니까요."

"불경스럽네."

"전하께서 장수하시리라 믿는 것이 불경스럽다고 한다면, 부디 벌이라도 내려주시길."

어깨를 으쓱하는 나를 보며, 전하는 입을 꾹 다물고 있었다.

"애초에 저는 그 이야기를 알 리 없는 인간이니까요. 어떤 벌을 주실지 기대되네요."

"너는 정말 짓궂은 사람이군."

"그런 성격이라서요."

내 말에 전하는 살짝 부루퉁해진 듯했지만, 이내 후우하고 작게 쓴웃음을 내뱉었다.

묘하게 재미있다는 표정으로 웃는 그 모습에, 이번엔 내가 부루퉁해졌다. 사람 표정을 보고 웃다니, 그거야말로 불경한 거 아냐?

"미안, 너무 당당하게 말을 하길래. ……유품이니 뭐니 떠들었던 것도 철회하도록 하지. 단, 내 개인적인 비밀을 공유할 만한 사람은 너뿐이야."

내 무덤을 팠다. 더욱 거절하기 힘들어 진 듯한 기분이 들어.

수공예품을 받은 것만으로도 곤란하기 짝이 없긴 하지만.

두뇌를 풀가동시켜서 어떻게든 집에 안 가져갈 수 있는 방법을 짜내어 제안했다.

"어 그러니까, 예를 들어 시녀들에게 하사하시는 건 어때요? 엄청 기뻐할 것 같은데요."

"선물이라고 착각해서 묘한 오해를 받고 싶진 않아서 말이야."

"아, 그건 그렇네요."

건네받은 종이봉투에 잔뜩 담긴 수공예품은, 가게에서 파는 상품과 비교해도 아무런 손색이 없었다.

어떤 것도 전하의 얼굴과 닮아 허무함과 가련함이 섞여 있어서, 만듦새가 훌륭했다.

설마 왕태자의 수제라니 꿈에도 생각지 못한 물건이지만, 왕태자 전하가 직접 건넨 선물이라고 하면 필요 없는 오해를 불러일으키게 되겠지.

특히, 이 절세의 외모를 소유한 왕태자가 준 선물이라면 더더욱.

"그런데, 진짜 기성품이라고 해도 될 정도의 완성도네요. 아예 판매하시는 건 어때요?"

"나더러 성 안에서 노점상을 열라고?"

"아무도 성 안에서 하라는 소리는 안 했는데요."

거기서 문득 떠올랐다. 판매하는 상품을 내가 사는 식으로 해서 적당히 나눠주면 되는 거 아냐? 나라면 소문이 어떻게 나든 큰 문제는 안 될 테니까. 애초에, 지금 상태로 보면 공작 영애가 아니라 여성에게 친절한 남자 기사 취급을 당하고 있으니.

"장식을 하는 데도 한계는 있으니, 제가 이걸 활용할 수 있을 만한 분에게 넘겨도 상관없을까요?"

"……그렇군. 뭐 그래도 괜찮아."

약간 망설였지만, 왕태자 전하는 고개를 끄덕였다.

왕족에게 받은 물건을 타인에게 양도하면 불경스럽다는 소리를 듣는 것이 보통이지만, 역시 전하도 이렇게나 많은 소녀스러운 물건을 나 혼자서 전부 사용할 수는 없으리라 판단하셨겠지.

약혼자인 로베르트에게 선물할까? 아마 적당한 시녀가…… 글쎄. 딱히 떠오르진 않네.

그날 밤.

시녀장을 방으로 불러, 전하에게 받은 종이봉투를 그대로 건넸다.

"엘리자베스 님, 이건?"

"아 그게, 받은 거긴 한데…… 시녀들한테 적당히 나눠 줄 수 있어?"

시녀장이 의심스러운 눈초리로 나를 째려보았다.

순간 어째서 노려보는 것인지 이해를 못 하고 있었는데, 바로 깨달았다. 또 시녀들을 꼬시려 한다고 오해를 받은 모양이다.

나 원 참, 나도 전하도 평판이 안 좋구나.

"아냐, 아니라고. 딱히 손대려고 하는 게 아냐. 내가 준 거라고 하지 않아도 상관없으니까."

"어머, 그러세요?"

대놓고 안심했다는 표정을 짓는 시녀장.

접근금지니 뭐니 하며 필요 이상으로 경계당하는 느낌이 들긴 하지만, 뭐 대체적으로 평소 내 행실 탓이기도 하니까. 달게 받도록 하자.

시녀장이 종이봉투를 열고, 안에서 뜨개질 인형을 꺼냈다. 모양과 색깔로 봐선 곰인가?

잠시 인형을 바라보던 시녀장의 표정이 서서히 험악해졌다.

"……엘리자베스 님?"

"왜?"

"이 공예품, 수제죠?"

딸꾹.

어떻게든 표정에 드러나지는 않았다고 생각하지만, 정곡을 찔리는 바람에 갑자기 땀이 배어 나왔다. 등뒤로 착, 하고 서늘한 것이 전해져 왔다.

"왜 그렇게 생각해?"

여기서 한 가지 토막 지식을 알려주자면.

질문에 긍정도 부정도 하지 않은 채 되묻는 녀석은 뭔가 뒤가 구린 게 있는 뜻이다. 나처럼 말이지.

"바람 피우는 거 아니지?"라는 질문에, "왜?"라고 대답하는 형국이나 마찬가지라는 거다.

"군데군데 비효율적으로 뜬 부분이 보여서요. 예를 들어 양산품이라면 여기서 코를 막고 실을 잇는 편이 효율적인데, 그렇게 뜨지 않았으니까요. 자연스럽게 취미로 뜬 것이라는 생각을 할 수밖에 없죠."

확실한 근거를 대며 말했다. 나로서는 솔직히 1mm도 이해가 안가는 분야였지만, 시녀장이 하는 말이니 그게 맞겠지. 이렇게 된 이상, 항복하는 수밖에.

"대단하네. 내 눈에는 기성품처럼 보였는데."

"어디서 나셨어요?"

"받은 거라고 했잖아?"

"그럼 질문을 바꾸도록 하죠."

어쩐지 분위기가 바뀐 것 같은 기분이 들었다.

"어떤 분에게 이걸 받으셨죠?"

"……."

나는 침묵으로 답했다.

하지만 시녀장을 배려해서 그런 것이다. 왕태자 전하의 수제품이라는 사실을 알게 됐다간, 충격으로 심장발작을 일으킬 가능성도 있으니. 시녀장도 그리 젊은 나이는 아니니까. 몸에 부담을 주지 않는 편이 좋겠지.

대답을 하지 못하는 내 모습을 보며, 시녀장은 말을 이어나갔다.

"어느 것이고 전부, 사용한 실이 최상급이에요. 서민이라면 이만한 양을 못 갖출 정도의 물건이라는 뜻이죠."

몰랐다. 전하가 고를 정도니까 좋은 물건이겠거니 라는 짐작은 했었는데 그 왕자님, 매번 그렇게 비싼 걸 사오라고 시킨 거야?

참고로, 왕태자 전하쯤 되면 현금을 소지하지 않기 때문에 실이나 뜨개바늘 같은 재료는 전부 내가 지불했다. 전하가 출세하면 배로 쳐서 받아낼 예정이다.

"그리고 어느 것이고 전부, 굉장히 정성스럽게, 마음을 담아 만들었다는 게 보이네요."

지익, 하며 시녀장이 거리를 좁혀왔다. 정신적으로도 점점 몰리는 기분이 들었다.

아니, 이미 몰려 버린 기분, 이라고 해야 할까.

"엘리자베스 님."

시녀장의 목소리가 똑똑하게 잘 들렸다. 옛날부터 자주 혼나서인지, 이름이 불린 것만으로도 허리가 자동으로 펴졌다.

"저는 아가씨가 태어나기 전부터 버튼 공작 가문을 섬겨 왔어요. 아가씨가 자라는 모습을 쭉 곁에서 지켜봤고요."

그건 당연히 알지. 내가 아니라 오라버니가 태어나기도 전부터 이 집안에 있었기에, 실질적으로 두 번째 엄마나 다름없는 사람이니까.

"아가씨를 위해서라고 때로는 모진 말을 하기도 했죠. 하지만 사실 여성스러움도, 매너와 예의범절도, 사소한 것들이에요."

그 말에 나는 깜짝 놀라 눈을 크게 떴다.

여성스러움과 예의범절—과 따끔함—을 의인화한 듯한 시녀장이 그렇게 말하다니, 도저히 생각할 수 없었으니까.

"아가씨가 행복하게, 일상을 즐겁게 보내며 웃어 주신다면 저는 그걸로 만족하니까요."

시녀장, 그런 생각을 하고 있었구나. 생각지도 못했는데 살짝 감동했어.

"하지만 이런 식으로 여성의 마음을 우롱하는 행동을 계속하시다간, 언젠간 신세를 망치실 거에요."

"아니, 아니, 아니."

오해다.

엄청난 오해다.

감동이 순식간에 어디론가 날아가 버렸다.

아무래도 시녀장의 머릿속에서 나는, 다른 귀족 영애가 애정을 듬뿍 담아 만든 수제 선물을 다른 여자에게 넘겨버리는 몹쓸 녀석이 돼 있는 듯했다. 뭐야 그 녀석은. 완전 쓰레기잖아.

이 소녀스러운 수공예품을 만든 작자는 미소녀라고 오해할 만한 용모를 하곤 있지만, 어엿한 남성이고 애정을 담지도 않았어. 취미로 즐기다 보니 무심결에 너무 많이 만들어 버려서, 창고에 처박아 둘까 하는 정도의 마인드로 건네준 거라고.

애초에, 나처럼 신세 망치는 데 예민한 사람은 그리 많지 않아.

되려 신세를 안 망치려고 매일 다양한 대책을 강구하면서 여기까지 왔다고. 내 보신주의를 얕보면 곤란하지.

결국 장황한 설명 끝에, 처음부터 다른 여성에게 넘겨줄 것이라고 양해를 받은 뒤에 받아온 물건이라는 사실을 납득시킬 수 있었다. 시녀장이 그럴듯한 이유를 붙여서 시녀들에게 나눠준 듯했다.

그래도 하나 정도는 남겨두는 편이 좋다고 강하게 주장하였기에, 나는 마지못해 곰 뜨개질 인형을 방에 장식하기로 했다.

얼굴이 있는 장식품은 어쩐지 시선이 마주치는 기분이 들어서 썩 마음에 내키진 않았지만, 어쩔 수 없지.

종이봉투를 잔뜩 쌓아두는 것보다는 낫다며, 스스로 납득하기로 했다.

"안녕, 리지."

"……전하셨군요, 잘 지내셨나요."

은빛 머리칼의 미소년이 불러 세워서 순간 머뭇거렸지만, 가볍게 인사를 건넸다. 상대가 왕족이어도 교내에서 모든 학생은 평등하기 때문이었다. 요란하게 격식을 차릴 필요는 없었다.

최근에는 성의 집무실로 불려가기만 했는데, 이렇게 학교 안에서 불러 세우는 경우도 종종 있었다. 더 이상 다가가기 힘든 녀석과 친한 사이라는 오해를 받는 것은 곤란했기에, 단도직입적으로 말하자면 그만해 줬으면 싶다.

전하와 함께 있던 학생도, 별일이라는 표정으로 우리를 번갈아 가며 쳐다봤다.

교실 바로 옆 복도였다. 수업 중이라 다들 대놓고 이쪽을 보진 않았지만, 힐끔거리는 시선이 교실 안에서부터 날아오는 느낌을 받았다.

"무슨 일이지, 이런 곳에서. 수업이 벌써 시작됐을 텐데."

"저는 호신술 시간은 면제받았거든요. 도서관 같은 데서 시간이나 때울 생각이었죠."

"우연이군. 우리도 급한 학생회 일 때문에 수업을 빠지게 됐거든. 그럼……."

"어머?."

스쳐 지나가려던 때, 갑자기 전하의 몸이 휘청거렸다. 순간적으로 전하의 팔을 잡아당기면서 끌어안았다.

나보다도 키가 작고 연약한 전하는 내 품에 쏙 들어왔다.

"아, 미안하네. 살짝 현기증이……."

미간을 누르던 전하는, 손을 내리고 눈을 떴다.

자수정 거울에 내 얼굴이 반사된 모습을 보았다. 내 얼굴이긴 하지만, 여유를 부리며 이죽거리는 웃음이었다. 오늘도 제법 괜찮아 보이는데?

긴 속눈썹을 깜빡이며, 전하가 나를 바라본 채로 굳어 있었다. 눈을 크게 뜨고 올려다보는 모습은, 마치 귀족 영애를 상대하는 것 같아서 기분이 좋았다.

웅성웅성하는 소리가 들려서 사람들의 이목이 집중된 사실을 눈치챘다.

이런. 이대로는 또 친한 사이라고 오해받게 될 거야.

슬며시 주위를 살피니, 어쩐지 뜨거운 시선이 느껴졌다. 여학생들이 뭔가 황홀하다는 표정으로 우리에게 뜨거운 시선을 보내고 있던 것이다.

……그래.

여자아이는 잘생긴 남자끼리 거리가 가까우면 '녹는' 다. 꺄악, 꺄악거리게 된다는 뜻이지.

가부키를 필두로 비주얼계 밴드, 남자 아이돌이 그렇다. 아이작이랑 댄스를 췄을 때 느껴진 뜨거운 시선도 마찬가지였을 거야. 이 세상에서도…… 어떤 세상이든, 아마 여자라는 생물은 그다지 다르지 않은 것 같단 말이지.

그렇다면.

가급적 빠르게 여기서 퇴장하는 동시에 여학생들에게 꺄악거리는 환호성을 듣기 위한 최적의 방법을 떠올리며, 나는 전하를 염려하는 듯한 시선을 보냈다.

"피곤해서 그런 것 같긴 한데…… 혹시 모르니 양호실에 가는 편이 좋겠네요."

"아, 아니, 나는."

"무리하지 마세요."

횡설수설하는 전하를 곁눈질하며, 전하의 가는 허리에 팔을 감아 그대로 번쩍 그의 신체를 들어올렸다.

"아니, 으앗, 무슨 짓이지!"

"양호실까지 모셔다 드릴게요."

"그, 그만! 내려 봐!"

"내려드리면 양호실 안 가실 거잖아요?"

그가 입을 꾹 다물었다. 아무래도 정곡을 찔린 듯했다.

그렇게 환자 행세를 했던 주제에, 이번에는 직접 무리해서 컨디션을 망가뜨리다니 어처구니가 없네.

환자 행세를 하려거든 적어도, 잘 먹고, 잘 자고, 열심히 운동해줬으면 싶은데.

얌전해진 전하를 안고, 나는 서둘러 복도를 지나 계단을 내려갔다. 전하의 주변에 있던 학생회 멤버들은 잽싸게 비키며 길을 열어주었다. 마치 모세의 기적 같았다.

상쾌하게 걷는 나를, 전하가 낮은 목소리로 불렀다.

"그, 그래도, 이건…… 너무, 그. 거리가 가깝잖아."

"이제 와서 무슨 말씀을 하나 했더니."

전하의 말에 나는 흥, 하며 콧방귀를 뀌었다.

"익숙하시잖아요? 이렇게 저한테 휩쓸리는 거."

짓궂음을 듬뿍 담아 윙크하며, 평소 몰래 외출하던 때의 일을 언급하니 전하는 뺨을 붉게 물들였다.

거리에 나갈 때는 자 가자, 어서 가자, 하고 자기가 직접 나에게 안겨 왔으니까.

"그건, 네가……."

"네, 도착했어요."

팔꿈치로 문을 열고 양호실로 들어갔다. 전하는 황급히 입을 다물었으나, 안에는 아무도 없었다.

"어머나. 선생님은 안 계신 모양이네요."

내 말에, 품 안에 있던 전하의 어깨가 움찔거렸다.

"잠깐, 멋대로 들어오면……."

"괜찮아요. 나쁜 짓을 하려는 것도 아니니까."

전하를 침대에 살며시 내려주고, 이불을 덮어주었다.

"자, 얼른 주무세요."

"아니, 하지만. 학생회 일도, 수업도 있어."

"힘 안 들어서도 뭐든 할 수 있는 분이시잖아요? 그럼 조금 쉰다고 큰일 날 것도 없어요."

"과로는 신체에 독이라고요. 근육 단련이랑 마찬가지죠. 뭐든 적정량을 지켜야 돼요."

일어나려는 전하의 어깨를 부드럽게 눌렀다. 부드럽게 누른 것이었지만, 전하의 약한 힘으로는 뿌리칠 수 없었다.

애초에, 학생회 일이라는 게 뭐냔 말이지.

전생에서는 여성향 게임에 한해, 2차원에는 당연하다는 듯 '학생회'라는 것이 존재했다. 그리고 학생회에는 신분이 높은 사람이 소속되는 등, 그 일원이 교사에게 권한을 부여받아 학교를 좌지우지하곤 했다.

하지만 현실의 학생회에 관한 기억은 나에게 거의 남아있지 않았다.

선거는 했던, 듯하다. 학생회에 들어가면 입시 추천을 받을 수 있다는 이야기도 들었던 것 같다.

하지만, 그 이상도 그 이하도 아니었다.

학생회 소속이라며 완장을 찬 듯이 행동하는 학생은 없었으며, "꺄아, 학생회다! 멋있어!" 같은 소리도 들어 본 적 없다. 뭘 하고 다니는 건지도 알 수 없었고, 흥미 자체가 없었다.

내 생각이지만 여기서 말하는 '학생회'는, 어디까지나 '요정'이나 '낸시'와 동일한 공상의 존재가 아닐까? 2차원 안에만 존재하고, 실제로는 없지 않을까?

그렇다면 그 학생회의 일이란, 하지 않아도 사실 크게 지장이 없는 것이 아닐까?

"너는. 혹시나 해서 하는 말이지만."

전하를 완전히 방치해두고 있었더니, 그는 아무래도 수상한 자를 보는 듯한 시선으로, 나를 올려보고 있었다.

"나를 걱정해 주는 건가?"

"네, 당연하죠. 눈앞에서 왕태자가 쓰러지셨는데 걱정하지 않을 신하는 없어요."

"평소에는 나를 강하니 어쩌니 하며 전혀 환자 취급하지 않아 놓고?"

맞다고 하자, 그는 믿을 수 없다는 듯 물고 늘어졌다. 뭐야, 팔팔하네?

"예? 환자 취급당하는 걸 원하셨어요?"

무심코 질렸다는 듯이 내뱉어 버렸다. 또 그런 소릴 하고 있는 거야?

"아니, 당하고 싶다기 보다는, 그."

어색하게 웅얼거리기 시작하는 전하에게, 나는 일부러 어깨를 으쓱하며 말했다.

"환자 취급해 달라고 하는 의도였으면, 거리로 데려가 달라고 하는 건 당치도 않은 말 아닌가~."

"크흑."

분하다는 듯 고개를 떨구는 전하. 어느새 삶의 일부가 돼 버린 취미의 재료를 못 사게 되면 전하는 상당히 괴로우시겠지.

그 모습이 게임 속에서 완벽한 왕자였던 전하와는 너무나 괴리감이 심했기에, 나는 그만 웃고 말았다.

"……뭐가 웃기다는 거야."

"아뇨…… 재미있는 분이시구나, 싶어서요."

"재미있다고? 내가?"

내 말을 들은 전하는 순간 눈을 동그랗게 떴다가, 바로 날카로운 시선으로 나를 째려보았다. 나는 헛기침과 함께 자세를 바로잡았다.

불경스러운 행동과 그렇지 않은 것, 그 선을 타는 건 어렵네. 소녀의 마음보다 어려워.

"평소의 왕태자스러운 전하와는 제법 다른 표정을 하고 계셔서요."

"……너 때문이야."

전하가, 나를 노려보며 중얼거렸다. 그 뺨은 이상하리만치 붉게 달아올랐고, 긴 머리 때문에 일부만 보이는 귀까지 붉게 물들었다. 혹시 진짜 열이 있어서 컨디션이 안 좋았던 거 아냐?

그렇다면 이번을 눈치 챈 내 공이 크잖아. 보상금 같은 거라도 받을 수 있지 않을까?

"네가 이상한 사람이라, 옳은 거라고."

"어머, 유감이네요."

"나도, 네게 재미있다는 소릴 들은 게 유감스러워."

흐음. 그건 일리가 있지. 이 외모로 귀족 영애라고 하는 시점에서 이미 광대 취급을 당하리라 자각은 하고 있으니까.

"그럼, 편히 쉬시고 몸조리 잘 하세요. 평소의 왕태자 전하로 돌아오시면 얼마든지 일할 수 있을 테니까요."

"……그렇, 겠지."

이불을 팡, 하며 찬 뒤에 전하는 눈을 감은 채 이불 끝자락을 잡고 작게 대답했다.

양호실 문 근처에 다가섰을 때 마침 돌아온 양호선생님과 마주쳤고, 전하의 상태를 전했다.

그러자 선생님은 파랗게 질린 얼굴로 나에게 바짝 다가왔다.

"버, 버튼 양. 저기. 상태가 안 좋은 사람 곁을 지켜준 건 고맙지만…… 버튼 양은 여자아이니까, 남자아이와 둘이서만 있는 건…… 조금…….'

"서운하네요. 아무리 전하가 가련해 보여도, 환자를 덮치진 않아요."

"그게 아냐, 버튼 양. 아니라고."

양호 선생님은 내 어깨를 잡고 고개를 푹 숙였다.

216

이래 봬도 로맨티스트라서 말이죠

　여름방학이 되어, 입학한 뒤로 주 1회 정도밖에 얼굴을 비추지 않았던 훈련장이나 순찰에 마음껏 참가하는 등, 나는 충실한 나날을 보내고 있었다.

　귀족 영애의 시중을 받기란 기분 좋은 일이긴 하지만, 몸을 쓰는 것도 역시 기분 좋다.

　급료가 나오고, 히로인이 나타난 뒤에 쓸 군자금을 모으는 역할도 하니까. 품위 있고 빛나야만 하기에, 자금은 자금이 아무리 많아도 부족할 정도였다.

　참고로 공작 영애에게 용돈을 주는 제도는 없다.

　내가 나타나는 빈도가 늘자, 후보생 및 기사단의 순찰대원들도 기뻐했다. 후보생 일부는 너무 기뻐서 눈물을 흘릴 정도였다. 아무래도 학원에서 내 팬클럽과 한바탕 말썽을 일으킨 듯했다. 자세히 물어 봤자 긁어 부스럼만 될 것 같아서, 괜히 추궁하진 않았다.

　여름다운 행사도 특별히 없어서—임간 학교와 오봉을 섞은 것 같은 학교 행사인 '별의 관측회'는 야간 순찰과 겹쳤기에 패스했다—일주일 정도 영지로 돌아가 오라버니, 의붓동생과 느긋하게 보낸 외에는 알바 삼매경이었다.

그날 역시 순찰 알바를 마친 뒤 후번 근무 기사와 교대를 마치고, 나는 거리를 어슬렁거리고 있었다.

단골 빵 가게에서 호두가 들어간 빵을 사서 씹으며 돌아다녔다.

여름도 곧 끝나겠구나. 서서히 날이 풀리고 있었기에 빈둥거리기 딱 좋은 시기였다.

서양 느낌이 나는 이 세계에도 사계절은 있다. 일본과 다른 점은, 기온 변화가 심하지 않다는 정도겠지.

원래 서양 학교는 가을부터 시작하는 곳이 많았지만, 이 세계는 일본과 마찬가지로 4월에 입학해서 4월에 시작하는 구조였다. 일본산 여성향 게임이니까 당연하겠지만, 제법 일본화된 독특한 문화가 구축되어 있었다.

귀족 영애들과 이야기할 기회가 늘어난 지금, 정보 수집은 빠뜨릴 수 없었다. 화제가 된 디저트 가게나 드레스 트렌드, 유행하는 액세서리 등. 귀족 아가씨들은 거리의 이야기를 흥미롭게 들어주는 데다, 그녀들에게서 들은 정보를 확인해 둔다면 히로인과 데이트하거나 할 때 써먹을 수 있을 테니까.

게임에 등장했던 카페라도 들렀다 갈까 싶어서 사거리에서 왼쪽으로 꺾었는데, 어쩐지 거리가 소란스러웠다.

호기심 많은 성격이라 궁금해서 살펴보았는데, 낯익은 소년이 내쪽으로 다가왔다.

"대장님!"

언제나처럼 반짝임을 나에게 쏘며, 로베르트가 달려왔다.

호기심 때문에 가까이 갔다는 사실을 들키지 않도록, 조금 전에 이변을 눈치챘다는 듯한 표정으로 대꾸했다.

"무슨 일이지? 이런 곳에서…… 소란스러운데, 무슨 일이 있었나?"

"예! 친구와 함께 마을에 왔는데, 노인을 괴롭히는 사내 놈들을 발견해서…… 잡아다가 순찰 중인 기사에게 넘겨주고 온 참입니다!"

그 눈동자에는 한 점의 흐림도 없었기에, 마음속에서 우러나와 선행을 한 것으로 밖에는 보이지 않았지만…… 그 뒤에 서 있는 호위 기사의 노고를 생각하니 속이 쓰렸다.

게다가 주변을 둘러보니, 로베르트가 말한 노인은 이미 자리를 뜬 것 같았다.

로베르트의 복장은 스탠딩 일러스트를 통해 본적이 있는 호화로운 사복도, 기사단 후보생의 제복도 아니라

그럭저럭 괜찮은 집안의 도련님 같아 보이는 옷을 걸치고 있었다.

친구—아마도 후보생이겠지—와 몰래 마을에 왔다는 점은 분명해 보였다.

로베르트가 마을에서 돌아다니는 행위를 허가받은 만큼, 왕태자 전하도 혼자서 쇼핑을 나가면 좋겠다 싶었지만…… 맥빠진 제2왕자와는 급이 다르다는 걸까. 뭐, 로베르트가 마을을 돌아다니든 말든 아무래도 상관없어. 문제는 다른 쪽에 있으니까.

나는 숨을 들이마신 뒤, 그를 큰소리로 꾸짖었다.

"자신의 힘을 과신하지 마라! 현실과 훈련은 달라! 곤죽이 돼서 엄마한테 돌아가고 싶은 거냐!"

"하, 하지만, 대장님! 곤란한 사람을 내버려 둬서는……."

"친구랑 같이 있었으면 하나가 망을 보고 남은 하나가 순찰 중인 기사를 부르러 가는 편이 나았을 거다! 네 녀석들 같은 햇병아리로

해치울 상대라면, 기사는 훨씬 더 간단히, 안전하고 조용하게 수습할 수 있으니까! 네 녀석은 그저 힘에 취해 선행을 베풀었다는 기분을 느끼고 싶었을 뿐이야! 그런 행위 때문에 위험에 처하는 사람이 있을지 모른다는 사실을 명심하도록!"

로베르트는 입을 꾹 다물고, 분하다는 듯 입술을 잘근거렸다.

다소 말이 지나쳤을 지도 모르지만, 이 정도로 말해두지 않으면 못 알아먹을 테니까.

그의 뒤에서 대기하고 있던 호위기사는 나를 향해 완전 땡큐! 하는 제스처를 취하고 있었다.

이번에는 운 좋게 부상자가 나오지 않았지만, 로베르트가 주제넘게 나선 일은 순찰 기사에게 좋지 않은 인상을 심어줄 수도 있으니까.

로베르트가 우리 훈련장 후보생이라는 사실이 알려지기라도 한다면, 나까지 순찰 알바를 잘리게 될 가능성도 있고.

이후 로베르트가 같은 행동을 반복한다면, 그만큼 나에게 폐를 끼칠 가능성이 오르는 것이다. 귀중한 실전의 장을 잃어버릴

수는 없어서 말이지. 위험 관리는 중요하니까.

문득 위화감이 머리를 스쳤다.

고개 숙인 로베르트의 뒤에 있는 호위기사보다도 더 뒤쪽에, 본 적 없는 사내가 서 있었다.

평범한 마을 사람 같은 복장을 한 그 사내와 눈을 마주친 순간, 오싹하고 소름이 돋았다.

이건 적의야.

"피해, 로베르트!"

고함, 나는 로베르트의 팔을 잡아당기며 그를 보호하기 위에 앞으로 나섰다.

그 순간, 복부에 충격이 전해졌다.

"윽……!"

급소를 피하고자 자세를 살짝 틀었지만, 이미 늦었다.

신체를 꿰뚫는 듯한 충격에 무의식적으로 몸을 기역자로 구부렸다.

"대, 장님…….“

"전하! 이쪽으로!"

나가 떨어진 호위기사가, 바로 몸을 일으켜 로베르트의 등을 감쌌다.

로베르트의 뒤에 있던 사내가 호위기사를 밀치고 제2왕자인 로베르트를 해치려고 한 것이다.

통증의 근원지인 복부로 시선을 내려다보니, 사내가 비스듬히 들고 있던 짧은 나이프 같은 흉기가 보였다.

"대장님! 이럴 수가, 저 때문에!"

"전하! 위험합니다!!"

"놔, 놔라! 대장님이! 대장님임─!!"

착란에 빠진 로베르트는 호위기사에게 반쯤 안긴 상태로 나와 사내에게서 멀어져 갔다.

남은 호위기사 둘은 사내를 놓치지 않으려고 뒤를 굳건히 지켰으나, 아무래도 그럴 필요는 없어 보였다.

나를 찌른 사내는, 그 자리에서 움직이지 않았으니까.

다시 로베르트를 노리기 위해 이번에는 포기하고 도망치는 게 보통일 텐데.

내 추측이지만, 로베르트가 포박했다는 불량배도 이 놈의 동료거나 이 놈이 밑작업을 쳐 놓은 것이겠지. 소동을 일으켜서 호위기사의 주의를 분산하고 로베르트를 공격하게 쉽게 만들려는 책략이야.

그 정도 머리가 있는데, 다음 수를 생각하지 않았을 리가 없어.

그런데 어째서 움직이지 않는 거지?

움직이지 않는 게 아냐. 움직일 수 없는 거야.

사내가 내 배에 쑤셔 넣은 나이프는, 내가 살짝 몸을 피한 탓에—그리고 단단한 복근에 막혀—제대로 안 찔린 거야. 칼날이 빗나감과 동시에 신체를 기억자로 굽힌 나는, 그대로 복근을 이용하여 나이프의 날을 꽉 붙잡았고.

사내가 나이프를 뽑으려고 힘줘도 탄탄한 복근 사이에 끼인 칼날을 뽑는 건 불가능하겠지.

손에서 나이프를 놓으면 될 것을, 예측 못한 사태에 혼란스러웠는지 그 판단이 늦은 거고.

"확보!"

내가 소리를 지르자, 상황을 살피던 호위기사들이 일제히 사내를 덮쳤다.

뒤늦게 상황을 파악한 사내는 나이프를 놓았으나, 이미 늦었다. 호위기사와, 소란을 들은 순찰 기사에게 제압당해 그대로 연행되었다.

아마, 로베르트의 존재를 달갑지 않게 여긴 어딘가 귀족의 사주를 받은 거겠지.

이거야 원, 맥빠진 제2왕자를 노려서 뭘 어쩌겠다고.

참고로 우리 나라의 귀족은 현실주의자가 많은 것인지, 맥빠진 제 2왕자를 앞으로 내세워 왕태자 파를 숙청한 뒤 자신들이 꼭두각시 정치의 실권을 잡겠다고 주장하는 자는 없는 듯했다.

확실히 그도 그럴 것이, 꼭두각시라고 해도 로베르트 밑에서 일하라면 나는 내키지 않는데, 분명 다른 귀족 역시 같은 생각일 터이다. 어차피 따라야 한다면, 제대로 된 왕이 낫지.

단, 제2왕자인 로베르트의 어머니 쪽이 신분이 높다는 사실을 신경 쓰는 자들은 있다. 늦게 태어나긴 했지만, 원래 같았으면 왕위계승권 다툼은 더 심한 진흙탕 싸움으로 번졌어도 이상할 게 없을 정도니까.

다행스럽게도—로베르트에게는 다행스러운 일인지 알 수 없지만—적성이 뚜렷한 덕분에 그런 사태는 일어나지 않았다. 하지만 제2왕자를 내세우려는, 사리 분별 안 되는 귀족이 갑자기 나타나지는 않을까 하고 염려하는 자 역시 있었다.

배를 노린 것으로 봐선, 목숨을 빼앗을 의도는 없었을지도 모르지만……나이프에 독을 발랐을 가능성도 있다. 거기까지는 알 수는 없지만. 취조를 받고 입을 열지는……심문관의 실력에 달렸겠지.

뭐, 자세한 건 나랑 상관없으니까, 우수한 기사들에게 맡기도록 하자.

"대장님!"

호위기사와 함께 내 곁으로 달려온 로베르트.

"대장님, 저, 저를 지키시다가, 상처를……."

"나는 괜찮아. 복근을 단련한 덕분에 말이지. 뭐, 옷은 좀 찢어지긴 했지만."

옷을 까뒤집어서 상처를 보여주었더니, 로베르트는 와앗! 하고 소리치며 양손으로 얼굴을 가렸다. 나이프의 칼끝이 옷을 찢은 정도라서, 큰 상처는 없었다.

즉사할 정도의 독이라도 발라 두었다면 죽었을 지 모르겠지만……보는 바와 같이 팔팔하니까.

이 세계의 문명 수준은 중세인지 근세인지 애매한 유럽 정도 느낌이라, 미량으로 죽음에 이르게 할 정도의 독은 아직 개발되지 않았는지도 모른다.

아니, 실제 유럽에서는 어땠는지조차 정확히 모르기는 하지만.

애초에 내가 로베르트를 지키기 위해 내 몸을 희생할 리 없잖아. 나는 이 세계에서 내 몸을 가장 소중하게 여기는 사람이니까.

승산이 있어 보이기도 했고, 크게 다치지 않으리라 예상한 뒤에 한 행동이지. 보호하는 편이 마을 사람들에게 나에 대한 좋은 인상을 심어줄 것이라는 계산이 섰을 뿐이니까.

반대로 여기서 무력하게 로베르트가 상처 입게 놔둔다면, 저 암살자에게 선수를 빼앗겼다는 취급을 받았을 테지.

그런 속셈은 꿈에도 모른 채, 당장이라도 눈물을 쏟을 듯한 표정으로 내 복근과 얼굴을 번갈아 보는 로베르트.

뒤에는 로베르트의 호위기사들이 나를 손가락으로 가리키며 뭐라고 수군거리고 있었다.

아니 아니, 아직 내 복근은 타인에게 자랑할 정도로 완벽하진 않다고.

이제 겨우 만들어진 것이나 다름없으니까, 개발 중이라는 이야기지.

부끄럽네. 조금 더 봐도 괜찮긴 하지만.

표정을 가다듬으며 내 뜻을 전했다.

"그런데 내가 아니었으면 누군가는 다쳤을지도 모르겠네. 네 행동이 타인을 위험에 빠뜨린 거야."

"제, 제, 행동이요⋯⋯?"

"조금 전의 그 사내는, 아마도 네가 잡았다고 말한 불량배의 동료였겠지. 애초부터 타겟은 너였을 거다."

내 말에 로베르트의 표정이 굳었다.

"불량배를 잡았을 때, 일행이 더 있지는 않은지 확인했나? 불량배를 두들겨 패서 목적을 불게 만들었어? 노인에게 사정 청취는 했고?"

"그, 그게."

"적이 도망치게 놔두면 리스크가 되지. 다 해결했다고 안심한 순간, 뒤에서 칼침을 맞게 된다는 거야. 오늘처럼 말이지."

완전히 풀이 죽어버린 로베르트의 등을 가볍게 쳐 주었다.

"알았으면 더 신중하게 행동하도록. 약한 자를 지키는 행동은 미덕이지만⋯⋯해야 할 일을 혼동하지 마."

담녹색 눈동자를 글썽거리며, 로베르트는 나를 올려다보았다. 어쩐지 대형견 같은 몸짓이었다.

로베르트여, 이런 일로 당황해선 거만 계열의 캐릭터라고 할 수 없다고.

"넌 아직 어린애야. 올바른 행동을 이끌어 주는 게 우리 교관들의 임무고. 바로잡아 주는 사람이 있을 때 잘못을 저지르면 도움을 받을 수 있지. ⋯⋯오늘 일을 잊지 않는 게 네 녀석이 할 일이다."

"예……."

완전히 풀 죽은 로베르트에게 나는 쓴웃음을 남기고 그 자리를 떠났다.

"대활약을 했다고 들었는데."

우아하게 다리를 꼬면서 왕태자 전하는 내게 미소를 지어 보였다.

짓궂은 장난을 치는 듯 놀리는 기색이 담긴 미소였다.

이게 벌써 몇 번째지. 호출을 당해 와 보면 항상 이 왕자님의 심심풀이에 어울려주게 되었는데, 이젠 그것도 솔직히 익숙해져서 '또 시작이군.'이라는 느낌이었다.

전하의 호출을 전하려고 찾아오는 근위기사와는 매번 기척 감지와 뒤 잡기로 접전을 펼치는 수련 동지가 되었다.

"……동생 분이 무사해서 다행이네요."

"그런데 복근으로 칼날을 받아 내다니…… 바로는 믿기 힘든 이야기군."

"보여드릴까요?"

"아니, 딱히 흥미는 없어서."

딱 잘라 거절했다. 역시 교육을 잘 받아서 그런가, 귀족들은 은근히 거절을 잘 한단 말이지.

아직 사건이 발생한지 얼마 지나지 않았는데, 벌써 상세한 부분까지 전하의 귀에 들어갔을 줄이야. 하긴, 맥빠진 녀석이라곤 해도 왕자가 암살당할 뻔한 사건이었으니까.

참고로, 가족에게는 왜인지 모르게 그날 미세한 부분을 파고드는 바람에 바로 들통나서 된통 혼났다. 부모님과 의붓동생은 진심으로 화를 내셨고, 오라버니는 화가 너무 난 나머지 울음을 터뜨렸다.

그래도 '왕족의 목숨을 구했으니 약간은 칭찬받지 않을까?'라고 생각했는데, 아무도 칭찬해 주지 않았다. 우리 공작가에 있으면 내가 이상한 사람 취급을 받곤 하는데, 사실은 귀족으로서 이상한 사람들은 우리 가족이 아닌가, 하는 생각이 들 때가 있다.

뭐, 부모님께선 화내는 데 신경이 쏠려서 내가 기사단 제복 차림으로 마을을 어슬렁거렸다는 건 유야무야로 끝났으니 문제없는 셈 칠까.

문제없는 셈 치는 외에는 방도가 없다.

"아버님이…… 아바마마께서 이 건으로, 네게 상을 내리고 싶다고 하시던데."

"상이요?"

"그래. 제2왕자의 목숨을 구했으니까, 원래 같으면 훈장 감이지. 이번에 바보 같은 동생이 몰래 외출한 것이었으니, 그렇게까지 공공연하게 상여할 수는 없겠지만……."

힐끔하고, 전하가 곁눈질로 내게 시선을 던졌다.

"네게 뭘 해 줘야 좋을지 깊이 고민 중이거든. 그게, 너는 지위나 명성에는 흥미가 없는 것 같아 보이니까."

"네에."

말은 그래도, 개인적으로는 지위도 명성도 받을 수만 있다면 받아 두고 싶다. 돈도 필요하고. 있어서 곤란할 건 없으니까.

왜냐하면 나는 전하처럼 높으신 분들이랑은 달리 평범한 귀족, 요컨대 속물이거든.

하지만 아무래도 나는 인망 있는 공작 가문의 사람인 만큼, 오해를 받는 모양이다.

여기서 무난하게 금품을 요구한다면, 아무래도 내 평판은 떨어질 듯한 기분이 들었다.

평소 행실이 글러먹은 불량아가 선행을 하면 갑자기 좋은 녀석 취급을 받지만, 평범한 인간은 착한 일을 하지 않았다는 사실만으로도 과하게 나쁜 놈 취급을 받으니까.

예전에 말했던 불량아와 버림받은 고양이 이론이다. 이해할 수가 없어.

살짝 머뭇거리다가, 문득 어떤 생각이 떠올랐다.

"그럼, 실례지만 소원이 하나 있어요."

"소원?"

전하가 움찔하고 눈썹을 치켜 올렸다.

어째서 다들 내가 소원이 있다는 말만 하면 경계하는 걸까?

"저와 동생분의 약혼을 없던 일로 해주세요."

"……흐응?"

왕태자 전하는 그 말을 들은 순간 눈을 동그랗게 떴다.

게임에서는 언제나 상냥한 미소의……꾸며낸 듯한 미소의, 속을 알 수 없는 캐릭터였는데, 최근에는 상냥한 미소라는 걸 전혀 못 본 듯한 기분이 들어.

"너는, 바보 동생을 마음에 들어 한다고 생각했는데."

"신하로서, 기사단 후보생의 교관으로서, 당연히 해야 할 일을 했을 뿐입니다."

새초롬한 표정으로 대답했더니, 전하는 상품의 값을 매기는 듯한 시선으로 나를 바라보았다.

"……달리 결혼하고 싶은 상대라도 생긴 건가?"

"아니, 딱히요. 보시는 바와 같이 저는 왕자비에 어울리지 않는 사람이라서요. 조금 더 어울리는 분을 찾는 게 나라를 위한 일이 아닐까 싶네요."

"그건……그렇긴 하지만."

머릿속으로 생각한 걸 그대로 말한 건데, 전하는 또다시 상품의 값을 매기는 듯한 시선을 거두지 않았다.

별다른 수가 없어서, 약간 두루뭉실하게 본래 목적을 이야기했다.

"……머지않아, 운명의 상대와 사랑에 빠질 것 같은 기분이 들어서요."

"……어울리지도 않는 소리를 하네."

"이래 봬도 로맨티스트라서 말이죠."

진지한 표정을 지으며 왕태자 전하의 눈동자를 응시했다.

작게 숨을 삼킨 전하와 얼마 동안 눈싸움을 벌였지만, 끝내 그는 고개를 홱 돌리며 나를 향한 시선을 거두었다. 먼저 눈을 돌리는 사람이 지는 거니까, 내 승리야.

"……아바마마께 말씀드리도록 하지."

"감사합니다."

아련하게 뺨을 물들이고 고개를 돌린 채 중얼거리는 전하에게 일부러 귀족의 답례를 했다.

레이스뜨기 실력이 굉장하고, 귀여운 뜨개질 인형을 만드는 소녀 같은 취미가 있는 전하니까, 혹시나 로맨틱한 게 취향이라서 협력할 마음이 들지도 몰라.

　그럼 요행에 맡겨보는 거야. 부디 나와 운명의 상대⋯⋯히로인과
의 사랑을 훼방 놓지 말고 지켜봤으면 하니까.

코너에서 거리를 벌리지 마

"엘리자베스 버튼이 누구지?!"

여름방학도 끝나고 이제 2학기. 점심시간이 막 시작된 교실에 울려 퍼지는 목소리에 교실은 찬물 끼얹은 듯 조용해졌다.

식당에 가려고 짐을 정리하던 나는, 교실 안 다른 학생들과 마찬가지로 입구로 시선을 돌렸다.

그곳에는 씩씩거리는 로베르트가 서 있었다. 최근에 훈련장에서 봤을 땐 평소처럼 기분이 좋아 보였기에 스탠딩 일러스트와 똑 닮은, 오만상을 지은 얼굴을 보는 건 오랜만이었다.

로베르트도 벌써 열여섯. 최근 반년 사이에 키가 제법 큰 것 같단 말이지. 잔뜩 인상을 찌푸리고 있으니, 장발이 아니라는 것만 빼면 호감도가 낮을 때 모습 그대로네.

그럭저럭 키가 큰 로베르트가 그런 표정을 짓는 만큼 여학생들은 무서워할 만도 했지만, 다들 어쩐지 뜨거운 시선을 보내고 있었다. 이것이 꽃미남 공략대상 보정이라는 건가. 고귀한 꽃미남이 이상할 정도로 우대받는 이 세계가 아니면 볼 수 없는 광경이겠지만.

그리고 남학생들은⋯⋯아이작부터 시작해서, 뭔데? 하는 표정이었다.

그야 그렇겠지. 로베르트는 교실 안을 두리번거리며 나를 찾고 있으니까.

엄청나게 눈에 띄는 교실 정중앙, 맨 앞에 앉은 나에게 시선을 주지 않은 채로.

로베르트가 내 얼굴조차 제대로 알지 못한다는 사실은 아무도 모르니까.

"야, 빨리 안 나와? ⋯⋯나 참, 왜 내가 에스코트 따위를⋯⋯."

화가 잔뜩 난 로베르트가 다시 외치며 귀족 영애들을 쳐다봤다. 물론 그 무리에 나는 없었지만.

에스코트라는 말에 직감이 들었다. 아마 곧 개최될 가을 댄스파티에서 약혼자를 에스코트하라는 소리를 들었겠지.

학교 댄스파티는 사교계에 데뷔하지 않은 학생들의 연습 장소이자, 학교 안에서 만남과 교류를 찾는 사람들에게 실전 사교 무대와 같은 이벤트나 다름없었다.

약혼자가 있는 사람은 약혼자를 에스코트하고, 그 외에는 마음에 드는 상대나 집안 사정이 얽힌 상대에게 에스코트를 신청해서 2인 1조로 참가하는 것이 관례였다.

물론 혼자서 참가할 수도 있지만, 귀족 영애들은 에스코트 없이 파티에 참가하는 일을 수치로 여겼다. 특히 약혼자가 있으면서도 함께 참가하지 않으면 대놓고 체면이 구겨지며, 필연적으로 여러 의심을 사게 되었다.

그렇기 때문에, 게임 속 로베르트는 약혼자인 악역 영애—뭐, 바로 나지만—의 에스코트를 고의로 거절했다.

아직 게임은 시작도 되지 않았기에, 히로인도 없다.

달리 에스코트할 만한 상대가 없는 로베르트는, 분명 내키지 않으면서도 주변 사람들의 부채질로 약혼자인 나를 찾아 여기까지 왔겠지.

반 친구들의 시선이 점점 로베르트에서 나에게로 옮겨져 왔다.

다들 전부 "응?", "혹시", "에이 설마"하고 얼굴에 쓰여 있었다. 우리 훈련장의 학생들만이

얼굴을 감싸며 고개를 푹 숙였지만.

이봐, 고개 숙이지 말고 너희들이 어떻게든 하라고.

모른척하고 식당에 간다는 선택지도 있었지만, 언젠가는 이런 날이 오리라 생각했으니까. 평생 방치해 둘 수도 없는 노릇이고.

귀찮은 일과 마주할 각오를 다지고, 나는 일어섰다.

"난데."

"대장님!"

시선을 내게로 향한 로베르트의 표정이 파앗, 하고 밝아졌다. 조금 전까지 짓고 있던 불쾌한 표정이 거짓말 같았다.

"아! 대장님도 이 반이셨군요!"

"로베르트."

"아…… 네, 죄송합니다."

낮은 목소리로 이름을 부르자, 학교 안에서는 대장님이라 부르지 말라고 못박아 둔 것이 기억난 듯했다. 풀 죽은 로베르트는 작아 보였다.

교실 안은 찬물을 끼얹은 듯 조용했고, 학생들은 나와 로베르트의 일거수일투족을 주시했다.

"……저기, 저는. 약혼자인 엘리자베스 버튼을 찾고 있는데요. 혹

시 오늘 학교에 안 나왔나요?"

그런 분위기 속에서, 로베르트의 질문이 울려 퍼졌다. 교실의 공기가 딱딱하게 굳은 것이 느껴졌다.

"……나야."

"예? 뭐가요?"

"그러니까, 나라고."

어안이 벙벙해진 로베르트에게 나는 작게 탄식했다. 따가워. 반 친구들의 시선이 따갑다고.

"내가, 엘리자베스 버튼이라고. 네 약혼자인."

"에."

이번에는 로베르트가 굳을 차례였다. 반 친구들의 '실화냐'하는 시선이 로베르트에게 집중됐다.

"저기, 농담, 이시죠?"

"내가 그런 시시한 농담을 할 것 같아?"

"아니, 그래도……."

"네 소속은?"

"…………버튼 부대입니다."

내 질문에 로베르트는 그 자리에 주저앉으며, 모기만한 소리로 대답했다. 물론 그런 부대는 실존하지 않는 부대지만.

뭐랄까, 진짜 눈치 못 채고 있었구나…….

아아, 헤픈 로베르트여, 나는 네 장래가 걱정되는구나. 거기다 이 나라의 장래도 걱정스러워.

한숨을 쉬며, 나는 로베르트에게 슬쩍 손을 내밀었다. 여기서 이러면 통행에 방해되는 데다, 슬슬 돌아가 줬으면 하니까.

아연실색한 채 무의식적으로 내 손을 잡은 로베르트를 잡아당겨 일으켜 세웠다.

그리고 그의 귓가에 반 친구들에게는 들리지 않을 정도로 작게, 웅얼거리듯 충고했다.

"조금 전 네 녀석의 모습은 어딜 봐도 영애에게 에스코트를 신청하려는 태도가 아니었어. 항상 신사답게 굴라는 기사의 가르침은 어디 간 거지?"

"아……."

"미숙한 녀석. 네 녀석이 나를 에스코트하겠다고? 백 년은 일러."

그렇게 말하고, 내가 일으켜 세운 로베르트의 어깨를 두드리며 이번에야말로 식당을 향해 발걸음을 옮겼다.

분명 반 친구들이 보기에는 주저앉은 로베르트에게 내가 상냥하게 손을 내밀고, "신경 쓰지마"라며 어깨를 두드려 주는 것처럼 보였겠지. 제발 그렇게 봐줘.

등뒤에서 우당탕하는, 뭔가가 쓰러지는 소리가 들렸다.

아아, 오후 수업을 들을 생각을 하니 우울하네. 저 교실로 돌아가고 싶지 않아.

다행히 오후 수업은 호신술 수업이었고, 그대로 적당히 빈 교실에서 시간을 때운 뒤 저녁 늦게 귀가했다. 나중에 아이작에게 들었는데, 결국 로베르트는 그대로 우리 교실 앞에서 졸도하는 바람에 조퇴했다고 한다.

그 후에도 열이 내리지 않아 등교하지 못한다는 듯했다.

분명 지혜열이겠지.

그나저나 댄스 파티라니.

미스터 콘테스트다 뭐다 해서 완전히 잊고 있었지만, 확실히 할 때가 되긴 했지.

아이작이랑 "여흥으로 출까?"라며 장난스럽게 낄낄거렸지만, 슬슬 본격적으로 누구를 꼬실지 생각해 둬야겠네.

여학생으로 참가할 생각은 요만치도 없는 데다, 혼자서도 참가할 수 있으니까. 그래도

보는 눈을 생각한다면 누군가 적당한 귀족 영애를 꼬셔두는 편이 좋으려나?

그런 고민을 하며 교과서를 가방에 넣는데, 교실 문이 열리며 수많은 귀족 영애가 내 곁으로 걸어오는 모습이 보였다. 버튼 님 친위대의 간부(?) 여러분이었다.

정가운데 사람이 친위대장이고, 주위를 굳건히 지키는 네 사람이 사천왕이라고나 할까.

다들 그녀를 대장이라 불러주길 바란다.

그녀들은 아름답게 고개 숙이며 나에게 인사를 한 뒤, 갑자기 진지한 표정을 지었다.

"버튼 님, 저희들 '버튼 님 동지회'에서 긴히 상담을 드리고 싶은 일이 있어요."

친위대 정식 명칭은 저랬구나. 여성 가극단 같은 이름이네.

그렇다는 건, 대장이 아니라 회장인가? 아쉽네.

"댄스 파티에 누군가와 함께하실 생각이시라면, 동지회에 소속되지 않은 분으로 해 주셨으면 해요."

"그건 어째서지?"

"쓸데없는 싸움을 피하고 싶어서요."

당찬 표정으로 나를 바라보며, 회장은 대답했다.

"저희는 모두 이렇게 은밀하게 버튼 님을 수호하며 때때로 이야기를 나눌 수만 있다면, 때때로 미소를 영접할 수 있다면, 그걸로 충분하니까요."

"하지만, 이 중에서 누군가 한 명이 선택받게 된다면, 지금의 행복으로는 만족할 수 없다는 사람이 나올 거예요.

선택받은 사람을 질투하는 사람도 나오겠죠. 저희는 그 부분을 염려한답니다."

사천왕 중 한 명이 입을 열었다.

뭐랄까, 다들 정말 반듯하구나. '진짜 나를 좋아하는 거 맞아요?'라고 되묻고 싶어질 정도로 냉정, 침착하고 빈틈이 없어.

평소에 이야기할 때는 못 느꼈는데, 온·오프 전환이 확실한 거겠지. 게다가, 굉장히 귀족다워.

역시 우리 공작 가문 사람은 저런 의미에서는 귀족답지 않아. 오라버니만 해도 언제나 항상 헤실헤실하고 빈틈투성이니까.

이야기 내용도 과연 이해가 가. 여자애들만 모인 집단을 휘어잡으려면 이 정도로 신경을 써야 한다는 뜻이겠지.

나로서도 지금은 그런 무의미한 다툼을 일으키고 싶지 않아. 그런 건 히로인을 위해 남겨두는 편이 좋겠지.

"그럼, 동지회 전원이랑 춤을 추는 건 어때?"

"그렇게 해서도, 퍼스트 댄스는 역시 특별하니까……."

여심을 죽기 살기로 배웠다고 자부하던 나였지만, 이 '퍼스트 댄스는 특별하다' 같은 감각은 전혀 이해할 수 없었다.

애초에 댄스 문화가 없는 나라에서 평생을 산 만큼, 어쩔 수 없겠지. 자라온 환경이 다르니까.

맨 먼저 욕탕을 쓰는 것과 같다고 치자. 처음에 쓰면 어쨌거나 기분이 좋으니까.

"게다가 파티 시간 안에 모든 인원과 춤을 추는 건 무리니까요."

"여기, 동지회 회원 명단이에요."

사천왕 중 한 명이 건넨 종이 뭉치를 받아 든 나는 할 말을 잃었다.

엄청난 분량이잖아. 휙휙 넘기면서 봤는데, 어느 페이지에도 이름이 빼곡하게 적혀 있었다. 확실히 여기 이름이 적힌 인원 전부와 춤을 춘다고 한다면, 역시 마임마임 포크 댄스밖에 못 추겠지.

"어— 그러니까, 왜인지 몇 명 정도 익숙한 남학생의 이름이 있는 것 같은데."

"버튼 님 동지회는 성별 같은 사소한 데 얽매이지 않으니까요."

"다들, 버튼 님 팬이거든요."

그건 일리가 있네. 확실히 성별에 구애되는 귀족 영애는 나를 이해할 수 없겠지.

익숙한 이름은 기사단 후보생의 이름이었다. 수수께끼의 조직을 몇 개나 겸임하고 있군.

"남자의 능력이 필요할 때 솔선해서 도와주고 있어요."

편리하게 써먹고 있는 듯했다. 남자의 능력이 필요한 팬클럽 일이 뭔지는 모르겠지만.

"오만한 부탁이라는 것은 알고 있어요. 그러니 부디, 이 명부에 이름이 올라가지 않은 분을 선택해주세요."

다섯 사람은 동시에 고개를 숙였다. 여성이 고개를 숙이게 만들다니 이게 무슨. 경박계로서 있을 수 없는 일이라고.

고개를 들으라고 설득하며, 명부의 어떤 여성도 에스코트할 의사가 없음을 전달했다.

"나는 누구의 소유물이 아니니까……다들 사이좋게 지냈으면 좋겠어."

그렇게 말하자, 모두 빛나는 표정을 지으며 이제서야 긴장을 푼 듯했다.

"감사해요. 역시 버튼 님은 상냥하세요."

회장은 그렇게 말하며 미소를 지었지만, 아쉽게도 나는 그렇게까지 상냥한 인간은 아니다.

특정 여성을 특별 취급하지 않으려고 아무도 에스코트하지 않던 경박계 남성이, 처음으로 에스코트를 신청하며 특별 취급하는 여성.

히로인을 그 '특별한 여성'으로 삼겠다는 것이, 아무리 생각해도 여성향 게임다운 전개라고 생각하니까.

"어머나?"

댄스 파티 회장에 당도하니, 입구에 왠지 많은 사람이 모여 있었다.

빙 돌아서 어떻게든 피해서 회장으로 들어가려 했는데, 인파 속의 한 사람에게 들켜 버렸다. 그 바로 다음, 파도가 갈라지듯 인파가 갈라졌다.

인파의 중심에 있던 사람은, 탄식이 나올 정도로 아름다운 얼굴을 한 귀족 영애 셋이었다.

단, 세 사람 모두 여성치고는 키가 컸다.

그리고 그 세 사람은 내게 낯익었다.

가운데 영애는 다갈색 머리칼에 담녹색 눈동자. 세 사람 중 키가 가장 크고 스타일이 발군이었다.

오프 숄더의 진한 쪽빛 드레스는 허리를 잘록하게 유지했고, 그 아래쪽 뚝 떨어지는 엠파이어 라인은 어깨에 얹은 검은 레이스의 숄과 어우러져 다부진 체형을 훌륭하게 보완해 주었다.

머리칼은 시원하게 땋아 올렸고, 커다란 머리 장식이 반짝반짝 빛났다.

크게 패인 앞가슴으로 가슴골이 살짝 보였고, 가슴에도 커다란 보석을 단 목걸이가 흔들거렸다. 화려한 용모와 화장이 잘 어우러져, 다이너마이트같이 박력 넘치는 미인의 모습이었다.

왼쪽 영애는 가장 키가 작고 연약해 보였다. 은빛 실 같은 머리칼을 느슨하게 묶어서 오른쪽으로 늘어뜨렸다.

생화와 작은 보석이 박힌 머리장식을 함께 짜서, 본래의 중성적인 외모를 충분히 잘 살려 냈다. 청초하고 사랑스러운 마감이었다.

자줏빛 눈동자를 감싼 속눈썹을 살짝 내리 깔면, 마치 요정의 나라에서 빠져나온 요정처럼 보였다.

왕도의 백색을 바탕으로 한 프린세스 라인의 드레스에는 섬세한 레이스가 충분히 들어가서, 고리타분한 느낌은 들지 않았다.

화장도 액세서리도 최상급으로 섬세한 것만 골라 사용하였으며, 마치 사라질 듯한 무상함이 감도는 깊은 규중의 귀족 영애라고 할 법한 마감이었다.

오른쪽 영애는 날렵하고 팔다리가 긴, 슬렌더 체형이었다. 안경 너머에서는 적갈색 눈동자가 흔들흔들거렸다.

남색이 감도는 반들반들한 머리칼을 흑요석 머리핀으로 하프 업 했다. 요즘 영애들 사이에서 가장 유행하는 머리 스타일이었다.

검은 바탕을 수놓은 옷감을 쓴 머메이드 라인의 드레스는 노출이 적은 대신 신체 라인을 확실하게 살리게끔 제작되어, 마치 부러질 듯 가는 허리를 부각시켰다.

검은 시스루의 롱 글러브는 어딘지 지적인 인상을 주었다.

액세서리는 거의 차지 않았지만, 한 가지 색으로 통일한 덕분에 모델 체형이 더욱 두드러졌다. 또렷하게 그은 아이라인이 현실적인 느낌을 주어, 유행을 가미한 패션 같은 분위기가 은은하게 감돌았다.

요컨대 이 세 사람은, 로베르트와 왕태자 전하와 아이작이었다.

이유는 불명했지만, 수상할 정도로 완성도 높게 여장한 세 사람이 그곳에 있던 것이다. 이러면 사람이 몰릴 만도 하지.

그건 그렇고, 오늘 댄스 파티는 언제부터 할로윈 파티가 된 건데?

가장무도회였다니, 아무도 안 가르쳐 줬다고. 학교 내에서 거의 접점이 없던 다른 두 사람이야 그렇다 쳐도, 아이작은 가르쳐 줄 법 도 했잖아.

분개하며 우리를 멀찍이 둘러싼 인파를 보았지만, 세 사람 말고는 딱히 독특한 복장을 한 사람은 없었다. 다들 평범한 정장차림이었 다.

굳이 말하자면 나는 기사단 제복을 입고 있었기에, 굳이 다지면 세 사람 쪽에 가깝다고 할 수는 있었지만.

댄스 파티라는 사실에 들뜬 나머지 가장무도회 복장을 한 녀석들과 같은 범주에 묶이는 일은 참을 수 없었기에, 나는 헛기침을 한번 한 뒤, 당혹감을 감추지 않고 세 사람에게 말을 걸었다.

"이건, 대체 무슨 취향이지? 오늘은 가장무도회였다는 걸 나만 몰랐던 거야?"

웃기려고 한 말이었지만, 아무도 웃지 않았다.

"저는……."

어쩐지 다급해 보이는 로베르트가 운을 뗐다.

부탁이야. 이상한 소리는 제발 하지 마.

"저는, 대장님이, 엘리자베스 버튼이었다는 사실을 눈치채지 못했습니다……그 사실을 알았다면, 저도……그렇게 생각하다, 깨달았습니다."

슬쩍 시선을 내리까는 로베르트. 속눈썹은 붙인 건가? 평소보다 속눈썹이 긴 것 같은데.

외견은 살짝 체격이 좋은 미녀였는데, 로베르트의 목소리였다. 투박하게 말하자면, 뇌가 버그에 걸릴 것 같으니까 그만해.

"상대가 누구냐에 따라 태도가 바뀌다니. 신사적이지도, 기사답지도 않죠. 저는 기사단 후보생으로서 지내오며 살짝 변했다고 생각했지만……본질은 전혀 변하지 않은 거예요. 저는 결국, 오만했던 제 모습 그대로였어요."

"아니, 스스로를 폄하하지 마. 너는 변했어. 뭐랄까, 엄청나게."

"당신 말씀대로예요. 이런 저는, 당신을 에스코트하기엔 어울리지 않아요."

말을 안 듣는데?

"하지만 그렇다고 해서 당신을 혼자 댄스 파티장으로 보낼 순 없어요."

아니, 여기까지 혼자 왔거든? 혼자라도 아무 상관없어.

안에서 적당한 귀족 영애를 낚아서 춤출 생각이었다고.

"그러다 묘안이 떠올랐어요. 제가 에스코트를 당하는 쪽이 되자고."

"?????????????????"

결국 이야기의 흐름을 못 따라가게 됐다. 갑자기 속도를 올리지 말아줘. 코너에서 거리를 벌리지 말란 말이야. 로베르트의 형에게 도와달라는 시선을 건네자, 전하는 생긋 웃으며 고개를 끄덕였다.

"바보 동생이 재미있는 소리를 해서 말이지. 나도 편승해봤어."

왜 안 말린 거냐.

형이라는 자는 동생이 폭주할 때 제지하는 사람이 아니냐고.

"너를 혼자 두지 않겠다는 목적이라면, 에스코트받는 사람은 나여도 괜찮은 거잖아?"

어째서 에스코트를 받는 게 전제인 거냐고. 왕태자 전하는 적어도 로베르트보다는 정상이라고 생각했는데, 내 생각이 틀렸던 거야?

세상에, 이 나라는 이제 글러먹은 게 아닐까?

"이 드레스, 멋지지? 내 입으로 말하기는 뭐하지만, 오늘 나는 제법 아름다운 것 같아."

드레스의 옷자락을 들고 팔랑거리며 제자리에서 빙글 도는 왕태자 전하. 주변에서 황홀하다는 듯 호옷, 하는 탄식이 새어 나왔다. 부끄럽다는 듯 시치미를 떼며 수줍어하는 모습은, 미소녀 그 자체였다. 아무래도 즐기는 것 같아.

이제 이해했어. 이 사람, 자기가 만든 레이스를 사용한 드레스를 입어 보고 싶었던 거야.

"나를 에스코트할 수 있는 기회는 그리 흔하지 않다고?"

이래서야 믿을 사람은 아이작뿐이야. 얘는 똑똑하고, 무엇보다 내 친구니까. 틀림없이 내가 이해할 수 있게 잘 설명해줄 거야.

아이작에게 눈길을 주자, 아이작은 작게 고개를 끄덕이며 자랑하는 안경을 고쳐 쓰고는 입을 열었다.

"나는 아직, 남성의 댄스를 완벽하게 익히지 못했어. 내가 댄스 파티에 나가기 위해서는 네 협력이 꼭 필요하지. 거기다 너랑은 함께 파티에서 춤추겠다는 약속을 했으니까."

약속, 이라는 말에 왕태자 전하가 놀란 듯한 반응을 보였다.

그리고 어쩐지 나를 책망하는 눈초리가 나를 향하고 있었다.

예? 왜요?

이 참상이, 내 잘못이라고?????

"자, 잠깐, 아이작. 내가 너랑 그런 약속을 했다고?"

"까먹은 거냐? 둘 다 에스코트 상대도 없으니, 평소처럼 둘이서 춤추면 재미있지 않겠냐고 했잖아."

"그건 당연히 농담이지……!"

무심결에 고개를 푹 떨궜다. 설마 그 농담을 진지하게 받아들이고, 진짜 여장까지 했다니.

아무리 진지하다고 해도 그건 좀, 너무 진지하다 못해 바보 아니냐구.

"농담을 진지하게 받아들이다니, 가여운 자로군."

왕태자 전하가 씨익 웃으며, 한 발짝 앞으로 나왔다. 몸짓까지 완벽한 여성이었다.

"무슨 뜻입니까, 왕태자 전하?"

"아니. 그런 실낱 같은 희망에 매달리다니……비참하다는 생각이
들어서 말이야."

"농담으로라도 에스코트받지 못하는 쪽보다는 낫지 싶습니다만?"

"지금부터 에스코트받을 거니까 문제없어."

어쩐지 불꽃이 튀기 시작한 두 사람. 이제는 뭐가 뭔지 모르겠다.

반대로 이걸 이해하는 녀석이 있다면 다 데려와 줬으면 좋겠어.
그리고 내 역할을 대신해 줘.

"두, 두 분다! 대장님은 제 약혼자에……."

"그래서? 그게 어쨌다는 거지?"

"로베르트 전하는 이미 그녀와의 동행을 거절당하신 걸로 기억하
는데요?"

중재에 나선 로베르트는 두 사람에게서 동시에 호된 공격을 받고
찢겨 나갔다.

어쩐다. 당사자인 나는 완전 꿰다 놓은 보릿자루가 된 것 같은데?

이야기를 정리하자면, 우선 나에게 에스코트를 거절당한 로베르
트는 타고난 솔직함과 폭주하는 성격 탓에 에스코트당하는 쪽이 되
려고 결심한 뒤 여장해서 여기 왔다는 거고.

이를 눈치챈 왕태자 전하가 편승해서 여장을 해 봤는데 생각보다
재미있어서 수제 드레스를 보여주려고 덩달아 나타났고.

아이작은 아이작대로, 내 농담을 도가 지나칠 정도로 진지하게,
진심으로 받아들이고 에스코트받으리라는 확신에 차서 할 거면 제
대로 하자는 듯한, 전력투구 같은 여장으로 이 자리에 임했다. 뭐,

그런 이야기 같은데?

그리고 시작된 캣파이트 삼파전.

어떻게 된 거냐고. 집에 가고 싶어.

"대장님! 저에게 기회를 주세요! 기사에 신사까지, 훌륭하게 완수할게요!"

우선 너 자신의 꼴을 봐라. 기사다움과 신사다움이 가출했잖아.

"저기, 리지. 나랑 춤추지 않겠어? 나를 데리고 걷는 것만으로도, 모두가 시샘할 만한 커플이 될 수 있을 거야."

어째서 내가 커플이 되길 원한다는 전제가 깔린 건데요?

"너도 익숙한 상대와 춤추는 게 편하잖아? 나한테는 네가 필요해."

아이작은 빨리 남성의 댄스를 마스터해줘.

삼인삼색으로 바짝 다가왔지만, 나는 누구도 에스코트하고 싶지 않아.

이럴 줄 알았으면 적당한 귀족 영애에게 에스코트를 신청해 둘걸 그랬어.

……아니지, 만약 귀족 영애를 데리고 왔어도, 이 세 사람의 사나운 얼굴을 봤다면 꼬리를 말고 도망쳤겠지만.

보통 에스코트는 남성 측에서 신청하니, 세 사람은 조금 더 숙녀답게 기다리는 자세를 길러 줬으면 해.

……웅? 그런데 세 사람 모두 남성이니까, 좋은 건가? 아니, 이건 아닌가?

"누님!"

갈수록 혼란스러워하는 내 곁으로, 하늘에서 천사가 내려왔다.

의붓동생 크리스토퍼가, 커다란 짐을 끌어안은 채로 달려오는 중이었다. 평소에도 천사처럼 사랑스러운 의붓동생이었지만, 오늘은 진짜 천사로 보였다.

"크리스토퍼, 무슨 일이야?"

"누님이 그런 복장으로 외출하시길래 혹시나 싶어서 쫓아왔어요! 빨리 드레스로 갈아입으세요! 제가 여기 제대로 들고 왔으니까……."

그거다.

나는 손가락을 따악, 하고 울렸다.

"알았어, 갈게. 크리스토퍼."

"누님……!"

크리스토퍼의 어깨를 꼬옥 안으며, 크리스토퍼가 타고 온 우리 집안의 마차로 함께 걸어갔다.

최근 의붓동생은 아무래도 나를 제대로 된 귀족 영애로 교정하려는 구석이 있어서, 머리가 살짝 아팠는데, 오늘만큼은 덕분에 살았어.

"어? 저기, 누님? 어째서 저까지."

"괜찮아, 괜찮아."

그대로 크리스토퍼를 마차 안까지 끌고 들어갔다.

조금 전까지 캣파이트 비슷한 무언가를 벌이던 세 사람도 다른 구경꾼도, 우리 뒷모습을 잠자코 바라봤다.

"누, 누니……어? 아앗, 무슨……싫어용─?!"

마차 안에서 퍼져 나오는 가냘픈 비명에, 바깥 사람들이 떠들썩거리는 기척이 느껴졌다.

그럼에도 아랑곳하지 않고, 나는 마차를 덜컹덜컹 흔들며 작전을 실행했다.

몇 분 후.

훌쩍거리는 크리스토퍼의 어깨를 안고, 기분 좋게 마차에서 내렸다.

얼굴을 가린 크리스토퍼는, 연보랏빛 하늘하늘한 A라인 드레스를 입고 있었다. 환상적일 만큼 귀여운 튈 소재 퍼프 슬리브가 아주 잘 어울렸다.

그것보다 내가 입기에는 너무 귀여운 옷이잖아. 내 의붓동생은 나를 어떻게 생각하는 거지.

그렇다. 마차 안에서 그의 옷을 홀딱 벗겨서, 그가 가져온 드레스로 갈아 입힌 것이다.

애초에 여자애처럼 귀여운 얼굴인 데다가, 작은 몸집에 폭신폭신한 양털 같은 곱슬머리 보브. 드레스를 입힌 다음 리본이라도 달아 준다면, 귀족 영애로밖에 보이지 않을 거야.

모두의 시선을 한 몸에 받으면서, 나는 생글거리며 선언했다.

"미안하게 됐어. 안타깝지만, 나는 의붓동생을 에스코트를해 줘야 하거든. 그럼 먼저 실례!"

"으흑, 훌쩍……."

"자, 고개를 들으렴. 내년에 입학할 거니까 견학하고 싶다고 했잖니?"

울고 있는 의붓동생의 어깨를 쓰다듬어 주었지만, 크리스토퍼는 나를 죽도록 원망한다는 듯 올려볼 뿐, 울음을 그칠 생각은 안 했다.

울면 내가 나쁜 사람처럼 비쳐서 불편하지만, 이 난장판을 수습하려면 어쩔 수 없어.

값비싼 희생이라는 것이지. 다음에 과자라도 사주지 뭐.

"말해두겠는데요…… 저, 저 이래가지곤 장가도 못 갈 거라고요……."

"괜찮아, 오라버니가 좋은 상대를 찾아 주실 테니까."

"형님도 약혼자조차 없잖아요!"

계속 훌쩍거리며 우는 의붓동생을 데리고, 나는 댄스 홀에 발을 디뎠다.

드레스랑 리본이 어울리는 남자아이야

"크리스토퍼? 야~아, 크리스토퍼? 이제 그만 화 좀 풀어."

"…………."

댄스 파티가 끝나고 난 뒤부터, 의붓동생은 계속 토라졌다. 수차례 사과했지만, 고개를 돌린 채 불만이 가득한 상태였다.

억지로 여장을 시키고 여기저기 끌고 다닌 일은 미안하게 생각하지만, 그건 이미 계속 사과했잖아. 뭐가 그렇게 마음에 안 든다는 건지 이해가 안 가네.

결국 파티에서는 크리스토퍼와 춤을 춘 뒤 여장을 한 세 사람과도 춤을 추게 됐고, 남은 시간 동안 귀족 영애들과도 춤을 추었다.

나도 마냥 편하지만은 않았는데, 이렇게 토라져서야 수지가 안 맞잖아.

"오라버니……."

"이번에는 리지, 네가 잘못했어."

오라버니에게 도움을 요청하는 시선을 보냈지만, 단칼에 거절당했다.

오라버니에게 그런 말을 들으니 내가 정말 엄청 잘못했다는 기분이 드는 것이 신기했다.

"진짜 잘못했다니까. 제발, 어떡하면 기분이 풀릴 것 같아?"

고개를 돌린 동생의 얼굴을 억지로 돌려서 들여다보았다. 반 친구인 여자애들에게도 호평받는, 경박스런 부탁의 미소다.

내 쓴웃음을 곁눈질로 흘끔거리며, 동생은 나직하게 중얼거렸다.

"……요."

"응?"

"제 머리를, 누님이 잘라 주세요."

"뭐?"

생각지도 못한 요구에, 쓰고 있던 가면 미소가 무심결에 벗겨졌다.

칼 놀림에는 제법 자신이 있었지만, 다른 사람의 이발을 해준 적은 없으니까. 왕태자 전하처럼 손재주가 좋은 것도 아니고.

크리스토퍼의 가느다란 목을 치는 정도면 할 수 있겠지만, 목을 쳐서 뭘 어쩔 건데.

"누님이 봤을 때, 남자다운 머리 모양으로 잘라 달라고요!"

"자, 잠깐 크리스토퍼. 굳이 머리를 자르지 않아도 너는 늠름한 남자아이란다, 응."

"드레스랑 리본이 어울리는데도요?"

"드레스랑 리본이 어울리는 남자아이야"

"저는 그게 싫다고요!"

평소에는 이렇게 제멋대로 굴지 않는 동생이 보기 드물게 투정을 부렸기에, 도저히 손쓸 도리가 없었다.

크리스토퍼의 머리 스타일은 확실히 복슬복슬하고 귀여운 인상이긴 하지만, 어쨌든 이 아이와 정말 잘 어울리니까.

어디 사는 누구마냥 앞 머리로 시야를 가리지도 않았고, 처녀가 맨발로 도망칠 정도로 요염하지도 않았다. 기사 제복을 입고 칼을 차는 편이 어울리는 여자아이도 있는 만큼, 다양성이라고 생각하는데.

설득해 봤지만 효과가 없어서, 결국 동생의 머리가 날아가는 참사를 염려한 오라버니가 미용사를 구해 주었고, 내가 어떤 머리 스타일로 할지 지시해 주기로 하는 선에서 일단락되었다.

조금이라도 흥미 없는 듯한 태도를 취하면 동생의 기분을 상하게 만들 것이 불 보듯 뻔했기에, 나는 어떻게 해야 미용사와 열심히 상담을 하는 것처럼 보일지 고심했다. 내가 지시한다기보다는 미용사의 제안을 받고 내 쪽에서 괜찮다 싶은 스타일에 OK를 해주는 식이었지만, 동생은 만족스러워 보였다.

대망의 마무리는, 풍성한 앞머리의 쇼트매쉬 컷이었다.

복슬복슬한 곱슬머리가 가벼운 인상을 줘서, 어쩐지 한류 아이돌 같은 느낌이었다. 역시 오라버니가 수배한 미용사라 그런지, 원래 머리 스타일보다도 깔끔하면서 남자애다운 면을 강조하는 동시에, 귀여운 외모와도 잘 어울리는 훌륭한 완성도였다.

"멋있네! 아주 잘 어울려, 크리스토퍼! 정말 멋있구나!"

내가 쌍수를 들고 칭찬을 해줬더니, 그는 부끄럽다는 듯이 수줍어했다.

그래. 크리스토퍼도 이제 사춘기구나. 귀여움보다 멋을 동경할 나이지. 앞으로는 적극적으로 멋지다고 칭찬해 줘야겠는걸?

"맞다, 이렇게 된 김에 나도 옆 머리를 짧게 올려 쳐야……."

"누님."

솜씨 좋은 미용사에게 부탁을 하려고 했더니, 크리스토퍼의 목소리가 날아와 나를 찔렀다.

모처럼 풀린 기분이 다시 상하면 성가시니까. 이거야 원, 이란 말과 함께 어깨를 으쓱하며, 나는 이발을 포기했다.

댄스 파티도 끝났고, 공기가 제법 겨울에 가까워졌다.

저녁 일과인 구보를 하다 보면, 주변이 빨리 어두워진다는 게 느껴졌다.

저택에 돌아와 땀을 닦고 옷을 갈아입는데, 다급하게 노크하는 소리가 방에 울려 퍼졌다.

문을 여니, 오라버니가 다급히 방으로 뛰어 들어왔다.

"리지!"

오라버니는 거친 숨을 내쉬며, 내 어깨를 부여잡았다.

"큰일이야! 크리스토퍼가 없어졌어."

"없어졌다고요?"

얼굴이 새파랗게 질린 오라버니의 눈동자에는, 불안이 서려 있었다. 쫀득쫀득한 몸을 부축해서, 살며시 소파에 앉혀주었다.

오라버니를 뒤따라온 듯한 시녀장에게 눈짓을 주자, 그녀는 살짝 끄덕이더니 차를 내릴 준비를 시작했다.

"같이, 왕성에서 열린 회합에 참가했거든. 나는 아버님의 대리로, 크리스는 내 보좌로 말야. 회합 시작부터 어쩐지 좀 이상한 낌새가 있긴 했는데, 나는 그 후에 왕태자 전하가 계신 곳으로 가게 돼서⋯⋯거기서 헤어졌어."

나도 오라버니를 마주보고 앉아, 이야기를 들었다.

오라버니 앞에 시녀장이 좋은 향이 나는 홍차를 두었다.

"일단, 같이 가지 않겠냐고 묻긴 했는데, '이제 돌아가기만 하면 되니까요'라고 해서…… 그런가? 하고 크리스를 혼자 내버려 뒀어."

오라버니는 머리를 감싸쥐며 고개를 숙였다.

표정으로 보나 행동으로 보나 자신을 책망하면서 후회하는 마음이 전해왔기에, 보는 나도 마음이 아팠다.

"그런데 대기하고 있던 마부는, 크리스가 '볼일이 생각나서, 나중에 형님과 함께 돌아갈 테니까 먼저 가도 돼.'라고 했다는 모양이야."

볼일? 크리스토퍼가 왕성에?

나는 고개를 갸우뚱거렸다. 오라버니─와, 왜인지 간간히 불려가는 나─는 그렇다 쳐도, 크리스토퍼는 왕성에 아는 사람도 없을 텐데. 볼일 같은 게 있을 리 없어.

나조차도 볼일이 없는 쪽이 고마울 정도인데.

"이상하네요."

내가 말하자, 오라버니는 고개를 끄덕였다. 오라버니는 고개를 숙인 채, 무릎 위에 꽉 쥐고 올려둔 자신의 손을 바라보았다. 크림빵 같은 손에 파고든 손톱이, 비통함을 적나라하게 보여주었다.

"그래도 혹시 거리를 살짝 구경하고 돌아가려던 게 아닐까 싶기도 해. 그 왜, 평소에 나나 리즈 너랑 함께 다녔으니까, 조금은 혼자서 밖에 돌아다니고 싶다는 생각을 하는 것도, 이상하진 않겠지. ……하지만."

"돌아왔더니, 크리스토퍼는 집에 없었다."

괴로워하는 오라버니를 대신해, 뒷말을 내가 대신 채웠다. 오라버니는 힘없이 끄덕였다.

아주 작게, 들릴 듯 말 듯하던 오라버니의 목소리는, 점점 오열이 섞이기 시작했다.

"바보야, 나는. 크리스토퍼는 그런 애가 아닌데. 우리를 걱정시킬 만한 행동을 하는 애가 아닌데. 언제나, 나와 리지의 걱정만 하는 아이인데."

오라버니의 사파이어블루빛 눈동자에서 눈물이 뚝뚝 떨어졌다.

나도 제법 어른이 되었다고 생각했는데, 오라버니가 우는 모습을 보면 역시나 곤란했다.

가족이 우는 것은 기분 좋은 일이 아니다. 원인이 나 이외의 것이라면, 더더욱.

오라버니의 눈물이 하나 둘 넘쳐흐를 때마다 확, 하고 마음이 차갑게 식는 것이 느껴졌다. 오라버니가 흐트러지는 만큼 나는 냉정해졌다.

누굴까, 우리 오라버니에게 이런 표정을 짓게 만든 녀석은.

"짚이는 데는 있으세요?"

"……확증은, 아무것도 없지만."

"상관없어요."

내가 즉답하자, 오라버니는 약간 망설이다가 목소리를 낮추고 대답했다.

"그때 크리스토퍼에게서 이상한 낌새가 느껴졌던 건…… 회합에 크리스토퍼네 예전 집안 사람이 와 있었기 때문이 아닐까 싶어. 우리 가문에 오기 전에…… 크리스와 피로 이어진, 월슨 백작 가문."

이름을 들어본 기억은 없는데, 크리스토퍼의 친척은 기억한다.

이번 생 말고, 전생에서.

나는 턱을 괸 채로 앞으로 해야 할 행동을 머릿속으로 그렸다.

"혹시 예전 집안 사람이 연관되었다면, 윌슨 백작 가문 쪽에서는 뭔가 알고 있을지 몰라. 하지만 아무런 확증이 없으니까. 이 상황에서 의심하는 듯한 행위는 할 수 없어."

오라버니는 살짝 고개를 저었다.

인망 있는 공작님다운 대답이었다. 그리고, 귀족에게는 그것이 정답이겠지. 증거도 없는데 함부로 다른 가문과 알력을 생기게 할 필요는 없으니까.

그런 일은, 내가 맡으면 돼.

"리지? 설마, 윌슨 백작 가문에 쳐들어가려는 건 아니지?"

"오호, 과연? 그런 수가 있었네요."

불안한 기색으로 물어보는 오라버니에게 장난스럽게 어깨를 으쓱했다.

내가 백작 가문에 쳐들어가는 모습을 상상이라도 한 건지, 눈물이 쏙 들어간 듯했다.

농담이에요, 하고 쓴웃음을 지었더니, 오라버니의 표정도 약간이나마 풀렸다.

"기사단 대기소에 가서, 순찰 기사들에게 크리스토퍼를 찾아달라고 부탁할게요. 면식이 있는 제가 가는 편이 이야기도 잘 통할 거예요."

생긋하고 미소를 지으며 일어난 뒤, 재킷을 손에 들고 문으로 향했다.

시녀장이 잽싸게 내 뒤로 돌아서서 재킷을 입혀 주었다.

"그럼, 나도…….."

오라버니의 말에 나는 고개를 저었다.

"오라버니는 집에서 기다려 주세요. 혹시나 갑자기 돌아올지도 모르고……윌슨 백작 가문은 저도 신경이 좀 쓰이거든요. 그쪽을 부탁드릴게요."

얌전한 표정으로 그렇게 대답하자 오라버니도 진지한 눈빛으로 끄덕였다.

오라버니는 냉정을 잃은 상태였다.

그렇기에 눈치채지 못한 것이다.

평소 같았으면 반드시 눈치챘을 텐데, 내 거짓말을.

보자, 게임이었다면 여기서부터 크리스토퍼의 신상이 이해되도록 설명에 들어갔겠지만, 아무래도 과거 회상이라는 것은 길어지기 마련이니까. 시간 여유가 있다면 회상에도 어울려 줬겠지만, 지금은 한시라도 빨리 크리스토퍼를 데려가서 오라버니를 안심시키고 싶어.

애초에 타임 리프물이 아닌 이상, 설명을 듣는다고 과거가 변하지는 않으니까. 기껏해야 스틸 컷을 회수해서, 마치 보고 온 것처럼 행동하는 쪽이 가장 좋은 방법이지.

시간이 없어. 서두르자.

저택 바깥으로 나와서 가볍게 스트레칭을 한 뒤, 경쾌하게 달리기 시작했다.

한밤중이었다. 말을 타는 것보다 스스로 달리는 편이 방향을 전환하기 쉬웠다.

앞뒤 다 자르고 요약하자면, 크리스토퍼는 태어난 가문으로 다시 끌려갔다. 게임에서도 그런 이벤트가 있었고, 오라버니의 말과 맞춰 보면 거의 틀림없다.

크리스토퍼의 가정사는 복잡했다. 어머니에게 버림받은 탓에 우리 가문에 오게 되었는데, 아버지는 어떻게 됐냐면, 크리스토퍼가 태어나자마자 마차 사고로 사망했다.

그 아버지 역을 이어받은 곳이 윌슨 백작 가문이었다.

윌슨 백작 가문의 저택은 왕성을 끼고 동쪽 지구에 있었다. 가문의 역사가 긴 만큼, 왕성과 거리가 상당히 가까웠다.

순찰의 성과로, 이 근방 지도는 대부분 머릿속에 들어 있었다.

크리스토퍼의 아버지가 사망한 뒤, 일단 그 동생이 장남 자리를 잇게 되었다. 하지만 크리스토퍼는 정당한 상속자니까, 내쫓을 수도 없었겠지.

그럼 어떻게 했느냐 하니, 크리스토퍼의 어머니가 장남 자리를 이은 동생과 재혼해 버린 것이다.

애초에 정략결혼이었다. 그 상황에서 사랑이니 애정이니 하는 건 아무래도 좋았다. 평화로운 이번 생에서 봤을 땐 드문 일이지만, 전쟁을 겪던 시대에서는 아무렇지도 않게 행해지는 일이라고 들었다.

위병에게 인사를 건네고, 왕성 부지로 들어왔다. 늦은 시간에 별일이라는 듯한 표정이었지만, 야간 근무가 있겠거니 하고 생각했는지 딱히 제지당하지는 않았다.

보자, 아버지가 빨리 사망했다고는 해도 백작 가문의 상속권을 보유한 친아들이었기에 크리스토퍼는 금지옥엽으로 자랐다.

그 아이가 죽은 아버지를 하나도 닮지 않았다는 사실이 알려지기 전까지는.

머리칼 색부터 눈동자 빛깔, 외모까지. 어느 하나 아버지와 닮은 구석이 없던 것이다. 그뿐 아니라, 어머니를 닮은 부분도 머리칼 색 정도였다고 한다.

결혼부터 출산까지 시간이 가까웠다는 사실도 화근이 되어, 크리스토퍼의 어머니는 불륜 의심을 받았다.

격세유전이란 것도 모르나? 싶지만, 중세 유럽에 가까운 세계관이기 때문에 모를 만도 하다.

그때부터 모자母子는 유폐에 가까운 생활을 하게 된다.

다른 가문의 사람들과 어울리는 일을 금지당했고, 깔보는 시선으로 매일같이 괴롭힘당했다.

어머니의 마음이 꺾여 아들을 대하는 애정이 사그라들었고, 고용인과 눈이 맞아 도망치기까지는 그리 긴 시간이 필요하지 않았다.

왕성의, 가장 높은 전망대에 올라섰다. 목적지인 윌슨 백작가를 찾았다. 한밤중이라 꽤 뚫어져라 쳐다봐야 했지만, 제법 낡고 특수 제작된 지붕이었기에 바로 찾을 수 있었다.

흐음. 근처에 있는 저 교회가 좋겠네.

그 후 크리스토퍼는 우리 집안에서 거두어져 아마 행복하게 지냈겠지만, 게임 속 크리스토퍼는 달랐다. 먼 친척 집안에 거두어져 어울리지 못하고, 누구에게도 사랑받지 못하는 고뇌를 품게 되었다.

하지만 그때, 그를 사랑해 주는 여자아이가 나타난다. 바로 성녀인 히로인이다.

크리스토퍼는 히로인과 여성향 게임에서 일어날 법한 이런저런 일을 경험한 뒤에, 처음으로 사랑을 알게 된다. 하지만 이야기는 거기서 끝나지 않는다. 크리스토퍼의 생가인 윌슨 백작 가문이 그 부분을 눈여겨본 것이다.

성녀와 친밀한 크리스토퍼의 모습을 보고, 다시 백작가로 돌아오게 만들기 위해 크리스토퍼에게 말을 걸었다.

물론 성녀를 탐낸 타산적인 권유였지만, 깨끗한 심성을 지닌 성녀 히로인은 이를 눈치채지 못하고, 자신의 일처럼 기뻐해주었다.

그 모습이 크리스토퍼의 시선에서는 그녀가 백작이라는 지위에 눈이 멀었다고 보였겠지. 그렇게 크리스토퍼는 유일하게 마음의 버팀목으로 삼은 히로인조차 믿을 수 없게 된다.

전망대에서 폴짝 뛰어내려 성벽에 착지했다. 거기서부터는 가까운 건물 지붕으로 여기저기 뛰어다니며, 목적지인 교회를 향해 달려갔다.

크리스토퍼 루트에서는 결국 자포자기한 크리스토퍼가 백작 가문에 끌려가게 되지만, 사정을 파악한 히로인이 이를 저지하고 모든 오해가 풀리면서 사건은 해결되며, 두 사람 간 관계도 한층 더 깊어지게 된다.

이번에는 아직 히로인은 등장하지 않았지만, 비슷한 흐름으로 사건이 일어나도 이상하진 않아.

시기가 달라서 신경 쓰이긴 하지만…… 뭐, 최종적으로는 게임 흐름에 맞춰 돌아가게 되겠지. 어쩌면 그렇게 되돌아가기 위해 필요한 사건이 일어나는 걸지도 몰라.

크리스토퍼가 우리를─나는 그렇다 쳐도, 오라버니를─못 믿게 되는 일이 그리 간단하게 일어난다고는 생각할 수 없어. 악역으로서 생각해 봤을 때, 윌슨 백작 가문 사람이 의붓동생을 협박했으리라보는 편이 타당하니까.

교회 지붕에 착지했다. 주변 건물보다 한층 높게 지어진 교회의 지붕에서 윌슨 백작가의 지붕까지는 그리 멀지 않았다. 아래로 떨어지는 거리를 생각해 보면, 어렵지 않게 도달할 거야.

윌슨 백작이 오라버니와 사이좋게 지내는 크리스토퍼를 보면서, 공작 가문과 연줄을 얻으려는 욕심에 끌고 왔을지도 몰라.

아니면, 백작가의 사정으로, 한동안은 "백작 가문의 씨가 아니다"라며 연을 끊은 그 아이마저 끌고 오지 않으면 가문이 단절될 정도의 사태가 벌어진 걸지도.

이유 같은 건 수두룩하지. "돌아와 준다면, 나쁘게 대하진 않겠다"하고, 그딴 소리를 했겠지.

"백작가의 피가 섞이지 않았다는 사실이 알려진다면, 아무리 인망 있는 공작 가문이라고 해도 널 받아줄 것 같아?"라는 둥, "만약 공작 가문이 받아준다고 해도 다른 귀족들은? 공작가 인간들은 너무 착해 빠진 바보라고 비웃음을 사겠지."라는 둥. 아아, 꼬리를 물고 계속 떠오르네. 역시 악역 영애의 몸이야.

교회 지붕을 힘껏 밟으며 뛰었다. 그 다음 순간, 윌슨 백작가의 지붕에 착지했다.

지름길을 탄 덕분에, 꽤 빨리 부지 안으로 도달했다. 레이싱 게임을 한 듯한 기분이었다. ……여기는 여성향 게임 속 세계지만.

빙 둘러보니 사람을 유폐하기에 딱 알맞아 보이는 탑이 있었다.

유폐한다면 여기일 거야, 라고 악역 영애의 감이 말해 주었다.

불조차 켜지지 않은 그 건물을 목표로, 다시금 소리 없이 도약했다.

밤바람을 등으로 맞으며, 어두운 방 안으로 들어왔다. 옅은 달빛이 드리워지며 방을 밝혔다. 참고로 붙박이 창이라서 창틀을 통째로 뜯어서 침입했다.

"안녕, 크리스토퍼."

"누, 니임."

입을 뻐끔거리는 크리스토퍼가 간신히 쥐어짜내는 목소리로 나를 불렀다.

뜯어낸 창틀을 방 한 구석에 휙 던지고, 선 채로 있는 의붓동생 곁으로 걸어갔다.

"어서 가자. 오라버니도 걱정하고 있다고. 잊은 물건은 없어?"

"그래도, 저는."

벌꿀색 눈동자에 눈물이 일렁거렸다. 간신히 속눈썹에 매달려 있던 물방울이 또르르, 크리스토퍼의 뺨을 타고 흘렀다.

"저는, 누님의 동생으로, 어울리지 않아요."

둑이 터진 것마냥 굵은 눈물을 주룩주룩 흘리며, 크리스토퍼는 격앙된 목소리로 말했다.

나 참 이 동생은 구하러 온 누님을 앞에 두고 어쩜 이렇게 서먹한 소릴 하냐고.

"동생이야."

크리스토퍼의 머리가 헝클어질 정도로 쓰다듬어 주었다. 복슬복슬하고 부드러운 머리칼은, 커서도 여전했다.

큰 눈동자로 나를 올려다보는 크리스토퍼는 몹시 불안한 듯했지만, 그럼에도 무언가를 필사적으로 원하는 눈빛을 보였다.

"내가 말했으니까, 너는 내 동생이야."

그 자리에 주저앉아 버린 동생을 안아 들었다.

옛날에 오라버니와 함께, 행방불명된 이 아이를 찾으러 다닌 일이 떠올랐다.

그때는 인형을 끌어안듯이 안으면 충분했는데, 키가 제법 커져서 이번에는 공주님 안기를 하지 않으면 균형이 안 맞을 듯했다.

"많이 컸네."

무심코, 말을 툭 내뱉었다.

놀랐다는 듯, 크리스토퍼는 고개를 들어 나를 올려다보았다.

"그래도 여전히 깃털처럼 가벼워."

"누님……."

동생은 작은 목소리로 나를 불렀다.

웃는 눈으로 크리스토퍼를 내려다보니 울면서도 웃는, 붉게 상기된 얼굴로 나를 바라보았다.

"누님, 기억해요? 형님이랑 같이 저를 데리러 와 주신 일을요."

"글쎄? 동생을 데리러 가는 건 당연하니까. 너무 당연해서 잊어 버렸어."

"저는, 그날 이후로 쭉, 누님처럼 되고 싶었어요."

크리스토퍼의 말에, 나는 눈을 동그랗게 떴다.

"그날 이후로 쭉, 누님은……."

크리스토퍼는 눈물로 범벅이 된 눈동자로 나를 바라보았다.

뭔가 어색하긴 했지만, 그럼에도 크리스토퍼는 큰 눈동자를 가늘게 뜨며 행복하다는 듯 미소 지었다.

"제가 동경하는 기사님이니까요."

"후훗. 동생한테 동경의 대상이 되다니, 네 누나라서 더없이 행복

하구나."

　옛날에 오라버니와 함께, 행방불명된 이 아이를 찾으러 다닌 일을 떠올렸다. 무릎을 꿇고 가족을 지키는 기사가 되겠다고 맹세한 그날의 일을.

　역시 오라버니의 말은 틀리지 않았어. 남자라면 누구나 기사를 동경한다고.

　그 동경심은 아무래도 조금이나마 크리스토퍼의 버팀목이 되어준 모양이었다.

　……뭐, 나처럼 돼 버렸다간 가족이 슬퍼할 테니 적당히 해줬으면 싶지만. 부모님을 울리는 사람은 형제 중 한 명이면 충분하잖아?

　"자, 가자. 크리스토퍼."

　그렇게 말을 걸으니, 크리스토퍼는 내 품속에서 힘차게 고개를 끄덕였다. 동생을 안은 채, 나는 창문을 폴짝 뛰어넘어 밤하늘에 몸을 맡겼다.

　윌슨 백작가 부지에서 나와 일단은 집으로 돌아가려고 생각했는데, 왜인지 정면 현관 근처가 소란스러운 듯했다.

　크리스토퍼를 내려주고 담에 숨어서, 함께 소리가 나는 쪽을 엿보았다.

　"차기 공작님이라곤 하지만 증거도 없이 남을 의심하다니, 어처구니가 없군요. 인망 있는 공작의 이름이 아깝네요."

　"결례인 줄은 알고 있습니다. 하지만 달리 짐작 가는 곳이 없어서요. 짚이는 부분이 있으시다면 가르쳐 주시지 않겠습니까?"

　"그러니까 모른다고 하잖아요."

소란의 중심에 있는 사람은 오라버니와 수염 난 사내였다. 차림 새로 봐서, 수염 난 사내는 윌슨 가문의 현 당주겠지. 크리스토퍼에게는 혈연상 숙부가 되는 사람이다.

두 사람 모두 종자를 데려오지 않은 상태로 마주했고, 주변에는 소란을 들었는지 순찰 기사도 몇 사람 정도 모여 있었다. 제법 규모가 크네.

소란 한가운데에 있는 오라버니는 아까 전보다도 초췌해진 것이 눈에 보일 정도로 피곤해 보였고, 맥이 빠져 있었다. 그 눈동자는 몹시 불안해 보였고—매우, 슬퍼 보였다.

가슴 앞에서 찹쌀떡 같은 손을 꽉 쥐고, 오라버니는 괴로운 듯 말을 꺼냈다.

"윌슨 백작. 귀공은 최근, 돈 문제로 곤란하다고 들었습니다. 귀족 몇 명에게서 증언을 들었죠. 귀공이 융자를 부탁하는 제안을 했다고요."

"그게 어쨌다는 거요? 새로운 사업을 시작하기 위해 융자를 의뢰한 것뿐입니다. 돈 달라며 조르고 다녔다는 듯이 말씀하지 마십시오."

"동쪽 나라와의 직물 무역량이 격감했다고 들었습니다. 귀공 영지의 주 사업은 무역업이었죠. 그것도 동쪽 나라와 오래 거래하며 이익을 보고 있었을 겁니다."

윌슨 백작의 태도는 당당했다. 하지만 눈썹이 약간 꿈틀거렸다.

입을 다문 백작에게 오라버니는 말을 이어갔다. 마치 설득을 시도하는 것처럼.

"은행에서도 고액 대출을 했다고요. 이대로는 영지를 유지하기조차 힘들 만한 액수더군요."

"······만약 그렇다고 해도, 그게 오늘 이 무례한 방문과 무슨 상관이 있다는 겁니까? 우리 백작 가문의 사정과 그쪽이 찾고 있는 동생분이 관계가 있다는 증거라도 있는 겁니까?"

"그렇군요. 제가 알고 있는 것은 정보뿐이니까요. 귀공이 연관되어 있을지도 모른다는 가능성을 비추는 정보 말입니다. 결정적인 증거는 없어요."

윌슨 백작의 반론을, 오라버니는 긍정했다.

확실히, 오라버니가 늘어놓은 것은 평범한 정보다. 크리스토퍼 건과 직접적인 관련성을 보여주지는 않았다.

오라버니뿐만 아니라 제법 많은 귀족들이 알고 있을 법한 정보였다. 끽해 봐야 확증이라 할 정도로 구태여 과시할 만한 증거는 아니었고, 알려진다고 해도 별다른 수가 없는 정도의 정보였다.

하지만 이걸 들은 주변 사람들이 충분히 상상력을 발휘할 만한 정보이기도 했다.

차기 인망 있는 공작이라는 점을 차치하더라도, 형세는 오라버니 쪽으로 기울어 있었다. 순찰 기사들의 표정을 보면 일목요연했다.

나는 이해했다. 과연, 돈이 목적이었구나. 생각할 수 있는 것 중 가장 단순하고 충동적인 동기야.

아무래도 이 수염 백작, 악역이라고 하기에도 부끄러운 그냥 나쁜 놈이군.

"저도 귀공을 의심하고 싶지 않습니다. 아니, 저는 누구도 의심하고 싶지 않아요. 믿고 싶습니다. 그러니 부디, 제가 당신을 신뢰하는 동안 올바른 결단을 내려주세요."

오라버니가 진지한 눈동자로 윌슨 백작을 응시했다.

말하는 사람이 오라버니가 아니었다면, 뭘 저렇게 미적지근한 짓을 해, 하고 비웃고 싶을 정도의 대사였다.

하지만 오라버니가 말한다면 다른 의미를 갖는다. 차기 인망 있는 공작인 오라버니가 마음속 깊이, 진지하게 이 발언을 하는 데 의미가 있는 것이다.

이건 질문이다. 신용을 저버릴 셈이냐, 하고 던지는 질문.

인망 있는 공작이라도 귀족은 귀족이다. 여차할 때는 당연히, 되도록 강한 패를 꺼낸다. 아무리 오라버니라도 밀당 정도는 한다는 것이지.

단지—저렇게나 괴로운 듯한, 슬픈 듯한 모습을 보고 있으면, 역시 맞지 않는구나, 라고밖에는 생각할 도리가 없지만.

"만약 제 소중한 동생에게 무슨 일이 생긴다면……우리 버튼 가문은 윌슨 가문을 '적'으로 인식할 수밖에 없어요."

흠칫하며 이번에는 쉽게 보일 정도로 윌슨 백작의 눈썹이 꿈틀거렸다.

인망 있는 공작인 버튼 공작 가문을 '적'으로 돌리는 일이 무슨 뜻인지, 이 나라에서 모르는 귀족은 없다.

"한 번 더 묻겠습니다. 제 동생에 관해, 아는 것이 있으시다면 가르쳐 주시지 않겠습니까?"

순간 그 자리에 침묵이 흘렀다.

"형님!"

그 침묵을 깨뜨린 사람은, 크리스토퍼였다. 담벼락에서 뛰쳐나와 오라버니를 향해 달려갔다.

"크리스토퍼!"

크리스토퍼를 본 오라버니도 달려가, 두 사람은 서로를 세게 끌어안았다. 오라버니의 행복에 가득 찬, 마시멜로 같은 몸에 크리스토퍼가 파고들었다.

"아아, 다행이다. 무사했구나."

"죄송해요, 형님……."

"괜찮아. 너만 무사하다면."

또다시 울음을 터뜨릴 듯한 목소리로 중얼거리는 크리스토퍼의 머리를, 오라버니는 부드럽게 쓰다듬어 주었다. 그리고 그 오라버니의 눈동자에도 눈물이 반짝거리고 있었다.

한편, 윌슨 백작의 안색은 어두운 곳에서도 보일 정도로 창백해졌다.

그 표정으로 나는 확신했다. 역시 저 놈은 그냥 나쁜 놈이야.

참고로 거물 악역다운 반응의 정석이라고 하면, 천천히 박수를 치며 걸어 나와서 "이것 참, 감동의 재회군요"하고 웃으며 재회를 축복하는 행동 등이다.

유폐된 인질이 도망친 것 정도로 창백해져서는 안 된다고.

"형님, 저, 저 사람에게…… 윌슨 백작에게, 협박당해서 끌려왔어요. 이런 집은, 두 번 다시 오기 싫었어요."

그렇게 말하며 크리스토퍼는 입술을 깨물었다. 분한 표정을 지으며 윌슨 백작을 노려보았다.

"자기 말을 듣지 않으면, 제가 백작가의 피가 섞이지 않았다는 사실을 까발리겠다고……공작가에서 융자를 받을 수 있게 힘써주면, 윌슨 가문의 인간으로 취급해주겠다고 해서…… 저는, 무서워서."

"피가 섞이지 않았다고?"

그 말을 듣고, 나는 내 예상이 대부분 맞았다는 사실을 깨달았다. 자신의 악역 재능이 무서울 정도야.

"진실은…… 저도 몰라요. 이미, 어머니는 여기 안 계시니까."

"아니야, 크리스토퍼."

고개를 푹 숙인 동생에게 오라버니는 고개를 획획 저었다. 그리고 다시, 그를 꼬옥 안아주었다.

"나도, 리지도…… 아버님, 어머님께서도. 그런 걸 신경 쓸 리 없잖니."

"!"

"크리스토퍼 버튼은 내 동생이야. 공작가의 차남이지. 그걸 착각해선 안 돼."

"형니임……."

"버, 버튼 백작!"

그때까지 잠자코 있던 윌슨 백작이 갑자기 소리를 질렀다.

그리고 오라버니와 크리스토퍼의 곁으로 척척 걸어가더니, 두 사람을 갈라놓았다.

"아니, 이건 아니지요! 나는 협박 같은 걸 하지 않았습니다. 오히려 동생 분께 부탁받았다고요! 자신을 윌슨 가문에 데리고 가 달라고! 이대로 공작가에 있어도 차남으로 남을 뿐, 가독家督이 될 방법은 없으니까 그럴 바엔 백작가로 돌아가고 싶다고요!"

멀리서 봐도 한심스러울 정도로 당황한 기색을 보이며, 오라버니에게 매달리고 있었다.

오오, 순간적으로 붙어야 할 상대를 파악하고 손바닥을 뒤집어 버리다니. 그림으로 그린 듯한, 그냥 나쁜 놈다운 행동이야. 차라리 시원시원하네.

이렇게 만나지 않았다면 좋은 친구가 되었을지도 모르겠어. 잘은 모르겠지만.

"거짓말이에요! 저는, 그런 말 하지 않았어요! 억지로 끌고 와서, 가둬놓고……."

"가두지 않았습니다! 제대로 응접실에 머물게 하며 대접했습니다."

오라버니가 곤혹스러운 표정으로 싹싹 비는 백작을 바라보고 있었다.

반강제적으로 납치된 것도 모자라 죄를 뒤집어쓸지 모르는 동생이 안쓰러워져서, 슬슬 이 사건을 마무리 짓기로 했다.

"동생이 어디에 있었는지, 알 수 있을 것 같네요."

"리지!"

다가가며 말하는 나를 보고, 오라버니가 눈을 동그랗게 떴다.

백작가에 단독 침입했다는 사실을 들킬 듯한 기분이 들었지만, 어쩔 수 없지. 어차피 크리스토퍼의 이동경로 때문에 금세 들켰을 테니까.

"동생은 어딘가에서 커프스 단추를 하나 떨어뜨린 모양이에요. 단추가 발견되는 장소에 동생이 있었다……라는 것이 되겠죠."

백작의 항변에, 나는 손으로 턱을 쓰다듬으며 고민하는 듯한 몸짓으로 답했다.

문득 크리스토퍼가 자신의 소매를 바라보았다. 확실히 커프스 단추가 한 개 떨어져 있었다.

뭐 어쩌다 떨어졌냐 하면, 크리스토퍼를 데리고 나올 때 손으로 뜯어서 봐 두고 왔다, 라는 것이지만.

"맞다, 그러고 보니 저기 보이는 탑. 저건 어떤 용도로 쓰는 탑이죠? 마치 누군가를 유폐하기 위해서 만든 것처럼 보이는 건물 아닌가요?"

"그, 그건……."

"죄송해요, 물어볼 필요도 없었네요. 지난 전쟁 이전부터 있던 낡은 저택에는 저런 설비가 존재해도 이상하지는 않죠."

저 탑이 보이는 용도 그대로라는 점을 지적하며 나는 고개를 끄덕였다. 뭐, 실제로 무얼 위해 만든 건물인지는 전혀 모르겠지만, 그런 건 아무래도 상관없잖아.

"뭐냐 네 놈은! 나를 의심하는 거냐?! 나는 그 꼬맹이가 어떻게든 윌슨 가문으로 되돌아가고 싶다고 하길래 데리고 온 것뿐이야!"

내 말의 의미를 이해한 백작이, 과도하게 큰소리를 내며 덤벼들었다. 이래서야 아픈 곳을 찔렸다는 걸 그대로 보여주는 행동이잖아.

점점 주변 공기가 맑아지고 있었다.

그래, 이건 코미디다. 보는 사람은 이미 결과를 전부 눈치채 버린 시시한 구경거리지.

"만약 그렇다고 해도 미성년자를 데리고 가는데 보호자에게 아무런 허가도 받지 않았다는 점은 조금 비상식적이지 않나요? 유괴범이라고 오해받아도 아무 소리 못할 걸요?"

사람으로서 당연한 것을 설명해주었더니 보기만해도 당황하는 것이 역력한 모습에, 점점 거동이 수상해지기 시작했다.

순간적으로 보였던 기세가, 순식간에 사그라들었다.

"아, 아니야, 나는……나는 당한 거라고! 숨겨달라고 해서, 일부러 위병까지 붙여가며 지켜줬는데! 설마 동료한테 안내받으며 빠져나와서, 나한테 죄를 뒤집어 씌우려고 했던 꿍꿍이였다니!"

흐음. 큰소리치지만 지리멸렬하네. 갈수록 무덤을 더 크게 파는 느낌인데. 몇 명 치 무덤을 팔 생각일까.

"귀공의 말대로라면 누군가 이 저택에 침입해서, 백작가에서 정중하게 호위하던 동생을 저 탑……혹은, 그 외 어딘가에서 끌고 나와 여기로 데려왔다는 것이죠?"

"그, 그래, 맞아! 어차피 저 놈이 고용한 용병이겠지, 나를 유괴범으로 만들려고!"

"그렇다고 치면 무섭지 않으신가요? 그 말을 믿는다면, 제 동생의 뒤에는 그걸 실행할 수 있는 자가 있다는 뜻이니까요."

백작이 멍한 표정으로 나를 응시했다. '믿는다'는 말이 의외인 건지, 아니면 아직 내 말이 의미하는 바를 이해하지 못한 건지.

이해를 돕기 위해 나는 정중하게, 그러면서도 중요한 부분은 직접 건드리지 않으면서 이야기했다.

"아무리 백작님이 돈 문제 때문에 곤란하다고는 해도 귀족의 저택이니까요. 그만한 호위병이나 경비를 두는 게 당연하잖아요? 특히 탑에는 도망치면 곤란한 돈줄이 유폐돼 있으니까 확실하게 지켰을 테고요. 아 참, 어디까지나 이건 저희 쪽에서 하는 말이랍니다?"

그냥 나쁜 놈이라곤 하지만, 귀족은 귀족이다. 빙빙 돌려 말하는 건 주특기겠지. 내 말의 의미를 이해하기 시작한 것인지 백작의 안색이 또다시 점점 나빠지기 시작했다.

"그럼에도 동생은 여기에 있죠. 누군가 데리고 나온 것이라고 한다면……그 누군가는 어떻게 백작 저택의 누구도 눈치채지 못하게 침입해서 동생을 데리고 나온 걸까요?"

바들바들 떨며 식은 땀을 흘리기 시작한 백작에게, 나는 일부러 발소리를 내며 다가갔다. 안면이 있는 순찰 기사와 오라버니가 질렸다는 시선으로 나를 보고 있다는 사실을 깨달았다.

"탑에 침입할 수 있는 자가 이 저택에 숨어들지 않았다고 누가 단언했나요?"

윌슨 백작은 더는 나와 눈을 마주치지 못했다.

오라버니는 상냥한 밀당으로 끝냈지만, 안타깝게도 나는 그렇게 상냥한 인간은 아니라서 말이야. 어쨌거나 기본은 악역 영애니까.

살짝 몸을 구부려서, 백작에게 나직하게 속삭였다.

"그게 가능한 상대와 대적하려는, 목숨 아까운 줄 모르는 분이 없었으면 좋겠습니다만."

백작의 귓전에만 들릴 정도로 작은 소리로 협박하자, 그는 깜짝 놀라 어깨를 흠칫했다.

"뭐, 그렇게 됐으니까. 여기서는 물러나시는 게 서로를 위한 일이라고 생각하는데요. 어떠세요?"

선언이나 다름없는 질문을 하는 내게, 윌슨 백작은 흙빛이 된 얼굴에 억지 미소를 띠우며 세차게 고개를 끄덕였다.

"엘리자베스."

집으로 가는 마차 안에서 울리는 오라버니의 목소리에, 무의식적으로 몸을 움츠렸다.

항상 나를 애칭으로 부르는 오라버니가 이름을 제대로 부르는 건

화가 단단히 났을 때뿐이니까.

"나한테 거짓말 친 거지?"

"어, 그러니까. 아니 그게, 오라버니는 지붕을 타고 저택에 침입할 수 없잖아요."

"리지가 업어준다면 가능해."

"기동력이 떨어진다고요."

"나를 업는다고 떨어질 기동력이 아니잖아? 내 안전을 생각해서 신중하게, 그러면서도 재빨리 행동한다……결과적으로, 나를 업지 않은 것보다 수행도가 향상됐을 거야."

망했다, 반론의 여지가 없어.

역시 피를 나눈 형제야. 내가 뭘 생각하고 어떻게 움직일 것인지 아주 잘 이해하고 있어.

"자칫 잘못했다간, 나는 너와 크리스토퍼…… 두 사람 모두를 잃을 뻔했어."

오라버니는 몹시, 잔뜩 화가 난 상태였다. 그 눈동자에서는 조금 전까지 분명 남들 앞이라 어떻게든 참았을 눈물이 뚝뚝 떨어지고 있었다.

나는 오라버니의 우는 모습에 약하다. 오라버니 역시도 그걸 잘 알고 있을 터이다.

나 아닌 다른 원인으로 울면 기분 나쁘지만, 나 때문에 운다고 해도 그건 그거대로 죄책감이 느껴진다. 제발 그만해, 라는 기분이 들게 된다.

오라버니의 기분을 풀어주기 위해, 나는 격하게 말했다.

"오라버니, 괜찮아요. 학교에서도 저를 습격할만한 괴한은 큰곰 정도라는 소릴 들었으니까요."

"크리스토퍼가 유폐된 저택에서 큰곰을 길렀다면 어쩔 셈이었어?!"

"그 가능성은 생각 못 했네요."

아무리 그래도 큰곰은 없을 듯하지만. 아니, 호랑이 정도는 있을 법한데?

"리지. 넌 내 귀여운 여동생이야. 몇 살을 먹어도, 아무리 강해도, 소중한 여동생이라고."

"오라버니도 제 소중한 오빠예요."

"너는 내 소중한 동생이니까. 너 자신도 제대로, 소중히, 여기렴. 알겠지?"

천천히 끊어 말하는, 못박는 듯한 말을 들었다.

이해하고 소중하게 여길 생각인데요. 나만큼 내 몸을 소중히 하는 사람은 없다고 생각하는데.

내가 이해한 듯 못한 듯한 표정으로 어깨를 으쓱하자, 오라버니는 크리스토퍼 쪽으로 자세를 고쳐 앉았다.

"너도 마찬가지야, 크리스토퍼. 너는 내 소중한 동생이야. 상냥하고 똑똑한, 내 귀여운 동생이야."

크리스토퍼는 벌꿀색 눈동자를 크게 떴다. 그리고 눈물 자국이 남은 얼굴을 씰룩거리며, 울면서 웃는 듯한 표정을 지었다.

"그러니 부디, 자신을 희생하지 마. 내 소중한 동생을, 소홀히 여기지 마."

"저, 저도."

숨 넘어가는 목소리로, 지금이라도 당장 울 듯한 목소리로, 크리스토퍼는 쥐어짜면서 대답했다.

"저도, 형님과 누님이 소중해요."

크리스토퍼의 말에 오라버니와 눈을 마주쳤다.

끝내, 오라버니의 뺨이 행복하다는 듯 누그러졌다. 너무 기쁘게 웃는 그 모습에 덩달아 나까지 웃어버렸다.

다행이다. 오라버니는 화내는 표정보다, 우는 표정보다 이런 표정이 좋아.

"그래도, 저는. 받기만 하고, 아무것도 드리질 못해서. 그래서 저는, 두 분과……버튼 가문과 어울리지 않다고 생각해서……그래서."

"크리스토퍼."

꽉 쥔 채 자기 무릎 위에 올려 둔 크리스토퍼의 손을 오라버니가 위에서 꼬옥, 하고 감싸쥐었다.

고개를 들은 크리스토퍼가 오라버니의 표정을 살피듯 올려다보았다.

"고마워. 우리를 소중하다고 말해줘서. 아주, 굉장히 기쁘구나."

상냥한 표정에서 진심으로 '기뻐하는' 감정이 넘쳐흘렀다. 내게도 전해질 정도였으니까. 크리스토퍼에게도 분명 충분히 전해졌겠지.

"서로가 소중하게 여긴다면 그게 '가족'인 거야. 어울린다느니, 그런 게 아냐.

나는 그렇게 생각해."

"형님……."

"그래도 만약 뭔가 해주고 싶다면……앞으로도 쭉, 서로가 서로를 소중하게 여기는 관계로 지낼 수 있게, 함께 고민하고 노력해준

278

다면 고마울 것 같아."

오라버니가 미소를 지어 보이자, 크리스토퍼는 고개를 살짝 끄덕이며 오라버니의 손에 자신의 남은 한쪽 손바닥을 포갰다.

"아, 그리고 하나 더. 리지의 감시역을 도와주면 좋겠어."

"예?"

이쪽을 흘끗 보는 시선을 통해, 나를 향한 분노가 사그라들지 않았다는 사실을 깨달았다. 이번에 내 거짓말이 아무래도 오라버니에게 상당한 중죄였던 모양이다.

크리스토퍼가 나를 보았다. 내게 붙은 '손이 많이 가는 여동생'이라는 상표를 꿰뚫어보는 듯한 기분이 들었다.

"리지는 말괄량이잖아? 나 혼자서는 감당이 안 되거든. 지금처럼⋯⋯아니, 지금 이상으로 크리스도 협력해 주면 좋겠어."

나를 말괄량이 정도로 귀엽게 표현하는 사람은 오라버니밖에 없을 것이다. 한 발짝만 밖으로 나가도 호랑이 교관에 경박기사라고 불리니까.

지금도 댄스 파티에 드레스를 가져올 정도로 누나바라기인 크리스토퍼인데.

그 이상으로 진화한 감시자가 올해부터 학교에 입학하게 되면, 아무리 나라도 행동에 제한이 걸린다. 히로인이 전학 오는 올해부터가 진짜인데.

일단, 오라버니의 기분을 크게 상하게 만들지 않는 범위 내에서 저항을 시도해 봤다.

"오라버니. 크리스토퍼에게 부실채권을 떠넘기지 말라고요."

"내 귀여운 여동생을 부실채권이라고 한 게 누구지?"

힐끗하고 노려보았다. 화났어. 역시 화났다고.

"누님! 저, 열심히 할게요!"

"크리스토퍼?"

오라버니에게 받아칠 말을 고르고 있는데, 옆에서 크리스토퍼에게 선수를 뺏겼다.

그 큰 눈망울은 마차 안 불빛을 가득 머금어, 반짝거리면서 의욕을 비추었다.

어쩌서지. 손이 많이 가는 누이의 뒷바라지를 떠맡게 되는데 어째서 의욕이 넘치는 거냐고. 너무 형·누나바라기인 거 아니냐.

"저, 사실은 주욱 누님을 걱정했거든요. 이대로는 결혼 신청하는 사람도 없어지는 게 아닌가 하고요. 누님은 이렇게 강하고, 멋있고, 상냥하고, 근사한데."

시원찮긴 해도 약혼 중인 누나한테 할 소리냐 그게. 아니, 약혼을 파기할 수만 있다면, 당장이라도 그리할 예정이긴 하지만.

"그러니 누님의 매력을 다들 조금 더 알 수 있도록 노력할게요! 여, 여차하면 그, 저, 제가 책임질게요!"

뭐라고.

나는 충격으로 할 말을 잃었다.

시집 못 간 누나의 뒷바라지를 계속 해 줄 각오가 되었단 말이냐. 형, 누나를 생각하는 크리스토퍼의 마음이 이 정도였다니, 거기까진 생각하지 못했는데.

오라버니가 가문을 이은 집에서, 시집 못 간 누나를 뒷바라지하며 평생 독신으로 사는 동생.

너무 불쌍하잖아.

그것보다 나 스스로 그 상황을 견딜 수 없어. 그거야 말로 완전 부실채권이야.

크리스토퍼를 위해서라도 어떻게든 시집을 가자. 가망은 없지만.

"어, 저기, 크리스토퍼? 마음은 고맙지만……."

"후후후."

평소에는 착한 동생이지만 가끔 이상하게 억지를 부린다고 할까, 너무 맹목적으로 신뢰해서 곤란하단 말이지.

당황한 내 모습에, 오라버니가 더는 못 참겠다는 듯이 낄낄거리기 시작했다. 오라버니의 분노는 아무래도 사그라든 듯했다. 만, 다른 문제가 생겨 버렸다.

"오라버니, 반대해 주세요. 크리스토퍼를 위해서라고요!"

내가 필사적으로 이의를 제기했지만, 오라버니는 생글거리며 기분 좋게 웃기만 할 뿐이었다.

전국의 왕태자 여러분

"엘리자베스 님!"

신년을 맞이하고 1월, 아침 스쿼트를 하는데 시녀장이 내 방으로 뛰어 들어왔다.

언제나 조용하고 정숙한 그녀답지 않은 행동에, 무슨 일인가 하고 달려갔다.

"저, 전하께서 오셨습니다."

"전하."

머릿속에 떠오른 사람은 로베르트, 그 반짝반짝거리는 강아지 같은 눈빛이었다. 요전 날 경사스럽게도(?) 신분이 들통나 버려서, 로베르트가 찾아오는 것도 짐작할 만한 사태였다. 아마 대련 요청을 하겠지. 훈련복으로 갈아입고 나가는 편이 나으려나?

아니 그렇다고 해도, 너무 허둥대는 거 아냐?

아무리 왕족이라고 해도 일단 내 약혼자잖아. 언젠가 파혼할 예정이긴 해도, 약혼자가 찾아온 걸로 일일이 당황을 하면 어떻게 해.

뭐 지금껏 단 한 번도 찾아온 적 없고 나 역시 찾아간 적 없는 만큼, 틀림없이 신기한 일이긴 하지만.

딱히 당황한 기색 없는 내 모습에 초조했는지, 시녀장이 강한 어조로 다시 말했다.

"왕태자 전하께서 오셨습니다!"

"응?"

무심코 생각난 대로 대답해 버렸다.

"왜 왕태자 전하가?"

"모르겠습니다, 엘리자베스 님과 만나고 싶다고 하세요."

"사전 약속 없이?"

"사전 약속 없이요."

질문을 계속 하는 동안, 내 표정도 점점 시녀장과 비슷해졌다. 미간에 주름이 잡힌 험상궂은 표정이다.

왕족의 사전 약속 없는 방문. 접대하는 측에서 보면 확실히 말해 엄청난 민폐다. 왕태자는 사전 약속 없이 와서는 안 된다. 전국의 왕태자 여러분께선 부디 이를 꼭 숙지하시고 돌아가셨으면 한다.

"알았어. 바로 용건을 물어본 다음 돌아가 달라고 하지."

"엘리자베스 님, 그 전에."

시녀장이 이 세상이 끝났다는 듯한 표정을 지으며, 땅을 기는 목소리로 말했다.

"옷을 입지 않으셨잖아요."

"입었는데?"

"농담도."

내 복장을 내려다봤다.

저택에서 항상 입는 셔츠와 바지는 공작가에 찾아오는 재단사에게 의뢰한 만큼 고급스러운 의복이었다. 조끼를 입고 적당한 재킷을 걸치면 충분히 외출할 만한데.

뭐, 그녀가 하려는 말도 이해 못하지는 않았지만……솔직히 말해서, 이제 와서 싶긴 하다.

"그런 꼴로 왕태자 전하 앞에 서실 생각이세요?!"

"매번 훈련에서 돌아오면서 만날 때랑 똑같은데?"

"매번이요?!"

앗차, 말이 새 버렸어.

시녀장은 지금 당장이라도 졸도할 듯이 입술을 떨고 있었다.

"에, 엘리자베스 님, 로베르트 전하와는 만나지 않으시면서, 왕태자 전하와는 '매번' 만나셨던 건가요……?"

"아니, 로메르트랑도 만나고 있긴 한데."

만난다고 할까, 다룬다고 할까.

완전히 혼란에 빠진 표정으로 굳어버린 시녀장 옆을 슬쩍 빠져나와, 우리 집에서 가장 훌륭한 응접실로 향했다.

"안녕, 리지."

우아하게 다리를 꼰 채 차를 마시는 왕태자 전하에게 나는 기사의 인사로 답했다.

"이거, 전하. 사전에 알려주셨으면 이쪽에서 나갔을 텐데요."

"아니, 괜찮아. 내가 오고 싶었던 거니까."

에둘러 말한 '사전 약속 없이 오지마'라는 표현을 상냥한 미소로 받아치다니.

나보다 귀족스러운 말투가 특기인 전하에게는 그 의도가 충분히 전해졌으리라 생각은 한다만.

"그래서, 무슨 용건이시죠? 제법 바쁘실 거라 생각하는데요."

"……저기, 네 방은 어디지?"

"예?"

"안내해줘."

완곡한 '빨리 가'라는 표현을 뿌리치고, 영문을 알 수 없는 소리를 하는 왕태자 전하.

"부탁이야. ……마지막일지도 모르니까."

묘하게 심각한 표정으로 말한 탓에 위화감이 느껴졌다.

예전이면 몰라도, 최근 왕태자 전하는 "어차피 죽을 테니까"와 같은 염세주의 연출이 눈에 띄게 줄었으니까. ……말해 봤자 내가 딱 잘라 버려서 그런 것 같긴 하지만.

이런 말을 하는 전하는 오랜만에 보네.

결국 평소와 다른 분위기에 떠밀려, 전하를 내 방으로 안내했다.

나오면서 방치해 둔 시녀장이 굳은 채로 남아 있어서 "전하에게 차를"이라고 하니, 그제서야 경직이 풀렸는지 훌륭하게 인사하면서 퇴실하였다.

역시 시녀장이야, 뇌가 정지해도 무의식적으로 움직일 수 있나 봐.

소파에 앉길 권하자, 전하는 실내를 두리번거린 뒤 자리에 앉았다.

"……이 도일리는."

전하가 낮은 테이블에 놓인, 레이스뜨기한 식탁보를 응시했다. 그러고 보니 그런 이름이었던가. 두말할 것 없이 전하가 손수 만든 물건이었다. 역시 눈치가 빨라.

"저 뜨개질 인형도. ……놀라운 걸. 정말 장식해 줬을 줄이야."

"네에, 뭐, 받은 거니까요."

"너니까, 전부 다른 사람한테 주지 않았을까 싶었거든."

내 신용이 그렇게 바닥이었구나.

아무리 그래도 직접 '너에게'라고 건네준 물건까지 남에게 줄 정도로 냉혹하진 않다고. 시녀장에게 한마디 듣는 바람에 남겨둔 면도 있지만……이건 정말 시녀장의 선견지명에 감복할 따름이야.

"저 커튼도. 후후, 기쁘군."

"저런 큰 물건은 제발 좀 하지 말아주세요."

들고 오기도 힘들었고, 집안 사람들에게 변명을 하는 일 역시 고역이었다.

레이스뜨기로 만든 커튼은 사소한 선물의 경지를 넘어섰다. 짜는 데만도 상당한 시간이 들었을 터이다. 너무 무겁다고. 취미의 산물이라는 사실을 알지 못했다면 진력이 났을 거야.

"……제발 좀, 이라."

나왔다. 또야.

질려 버렸다. 오랜만에 당해서 그런지 울적함도 한층 더했다.

그러니까 넌 안 죽는다고. 몇 번을 말해줘야 돼.

"……전하. 왜 그러시죠? 배라도 아프신가요?"

"평소 고민 없는 네 모습이 들여다 보여서 말이지."

어쩐지 엄청나게 무례한 말을 들은 기분이 드는데.

최근에는 경박계 이미지를 무너뜨리지 않으려고 겉으로 드러내지 않을 뿐, 그럭저럭 고민 많은 삶을 살고 있는데.

당장 눈 앞의 고민은, 사전 약속도 없이 방문한 왕태자가 좀처럼 돌아갈 생각을 하지 않는다는 사실이다.

"내 병, 말인데."

"예에."

한마디로 '들을 생각이 없어 보이는' 나를 보며, 전하는 쓴웃음을 지으면서 말을 이어갔다.

"치료할 줄 안다는 치유사를 찾았어."

"치유사요?"

"서쪽 나라에서 이 나라의 성녀에 준하는 위치에 있는 관리직이야. 성녀처럼 치유술과 약…… 그리고 이 나라에서는 아직 잘 쓰이지 않는, 의술을 조합해서 치료하겠다고 하더군."

의술이라고 하면 외과 수술도 포함된다는 것일까.

어쩐지 머릿속에 떠오른 이미지는, 개복수술을 진행하여 뱃속에서 머리카락을 끄집어내는 수상한 동양 의술이었다.

아니, 대체 뭐야, 이 이미지는. 전생에서의 외과 수술은 그렇지 않았잖아.

"잘 된 거 아닌가요? 고칠 수 있다면요."

"응. ……단지."

고개를 끄덕이긴 했지만, 썩 달가워 보이지 않는 그늘진 표정이었다.

"그 치료는 위험을 동반한다고 해. 성공해서 병이 낫든가, 목숨을 잃든가 반반 확률이라고."

전하의 말을 듣고 기억났다. 그러고 보니 로베르트 루트에서는 그런 전개였지.

하지만 그건 히로인이 우리 학교로 전학 온 이후부터…… 적어도 앞으로 1년 후의 이야기일 텐데?

시기가 앞당겨진 이유를 생각해 봤다.

애초에, 이런 정보가 갑자기 어디서 뚝 떨어졌다고 생각하긴 어렵다. 분명 왕궁 주치의도, 국왕 폐하와 왕비전하도, 이 건에 대해서는 훨씬 전에 알고 계셨을 터이다. 하지만 왕태자 전하에게 전하지 않았다, 라고 생각하는 편이 타당하다.

흔히 '병은 마음에서부터'라고 한다. 삶에 집착이 없던 전하에게 확률 50%짜리 치료를 감행하겠다는 결단을 내릴 수는 없었으리라.

로베르트 루트에서 전하가 치료를 받게 된 것은…… 로베르트가 히로인과 만나서 정신을 똑바로 차리게 된 덕분이었다. 최악의 상황으로 왕태자 전하가 죽더라도, '대신할 사람이 있다'라는 판단이 섰기 때문이라고 생각하면 납득이 간다.

이렇게 상상의 나래를 펼치고. 실제로 어땠는지는 모른다.

혹시 생기가 돌기 시작한 전하를 보면서 주변 사람들이 전하를 응원하려고 정보를 모은 결과 치료법의 발견이 앞당겨졌다……라는, 매우 아름답고 편리주의적인 사정일지도 모른다.

말마따나 뭘 믿을지는 내 자유라는 것이지. 나는 이 편리주의적인 안을 받아들이겠어.

"확률이 반이나 된다면 충분하죠. 0은 아니라는 소리니까요."

"너라면 그렇게 말할 거라 생각했어."

전하는 나를 보며 쓴웃음을 지었다.

"어떻게든 너를 만난 뒤에 가고 싶었어. 내 죽음을 믿지 않는 너를. 내가 살리라 믿는 너를."

나를 응시하는 자줏빛 눈동자가 살짝 흔들렸다. 자주색은 고귀한 색이라고 들었는데, 그게 이번 생이었던가, 저번 생이었던가.

"저기. 네 소지품을 하나 주지 않겠어?"

"예?"

"치료를 받으려면 서쪽 나라의 오지까지 가야 하거든. 예후가 좋더라도 돌아오기까지 3개월은 걸릴 거야. 떨어져 있는 동안에도 널 바로 떠올릴 수 있도록……추억이 될 만한 물건을 받았으면 해."

사망 플래그 세우지 마라.

'이제 곧 자신은 죽는다' 하는 분위기에 취한 듯한 전하를 노려보자, 전하는 항복했다는 듯이 두 손을 가볍게 들었다.

"……네 그 끝을 모르는 체력을 닮고 싶어서 말이야. 뭐, 부적 같은 거라고나 할까?"

"처음부터 그렇게 말씀해 주세요."

그런 거라면 납득이 간다. 조금 나눠 줘도 괜찮을 정도는 남아있으니까.

적당한 것이 없나 하고 일단 주머니를 뒤적거렸다. 주머니에는 잔돈밖에 들어 있지 않았다. 이대로 넣어두면 시녀장에게 잔소리를 들을 게 뻔하니, 나중에 꺼내 둬야겠네.

재킷 안주머니에 손을 넣으니, 익숙한 손잡이가 느껴졌다.

"아, 이건 어떠세요?"

주머니에서 꺼낸 나이프를 테이블에 올려 놓으니 덜컥, 하고 묵직한 소리가 울렸다.

평소 재킷 안쪽에 감춰 둔 호신용 나이프지만, 날이 잘 서 있어 충분히 잘 들었다. 성능은 더할 나위 없겠지.

"호신용이긴 한데, 멧돼지도 다듬을 수 있어요."

"너는 내 이야기를 제대로 들은 거야? 난 서바이벌을 하러 가는 게 아니야."

전하가 한숨을 쉬었다.

'이제 곧 자신은 죽는다'를 연출하는 것도 열받지만, 그렇다고 해서 이런 식으로 싫은 티를 팍팍 내면서 열심히 바보 취급당하는 것도 그대로 열받는다고.

달리 뭐가 있으려나 싶어 방을 휙 둘러봤는데, 이 방은 새삼 놀랄 정도로 물건이 없네.

전하가 억지로 떠맡긴 물건을 빼고 나면, 살풍경 그 자체기도 해. 애초에 나는 그다지 물욕이 없으니까.

근육 단련용 기구는 훈련장에 두고 독서는 저택 서고에서 하는 만큼, 여기는 거의 옷 갈아입는 방 정도로 쓰고 있으니. 적당한 개인용품 같은 게 전혀 없지.

"아, 그럼 저 곰돌이 뜨개질 인형이라도……."

"…………."

"농담이에요, 전하."

"너는 정말 둔하군."

반농담으로 한 말이었는데 기분을 상하게 했나 보네. 왕태자의 마음은 여심보다도 어려워.

옷장에 포켓스퀘어 정도는 있지 싶은데…… 시녀가 찾아주지 않으면 찾을 수도 없는 그런 물건을 전해줬다간, 기분을 더욱 상하게 할 듯했다. 아무리 둔하기로 유명한 나라도, 그 정도는 안다고.

내가 마음에 들어서 사용하는 물건이 좋겠지. 그리고 되도록 건강 친화적인 물건이 좋을 거야.

"……아."

딱 맞는 것이 생각났다.

전하에게 양해를 구하고, 침실의 침대 옆에서 '그걸' 가져왔다.

"이건 어떠세요?"

"이건?"

"호두 까는 기계요."

"호두라."

같이 가져온, 껍데기에 쌓인 호두를 금속 집게형 도구에 끼웠다.

들고 있던 손을 꽉 쥐자, 빠각하는 소리를 내며 껍데기가 부서졌다.

"이렇게요."

"……어째서, 침실에 이런 게 있는 거지?"

"악력을 단련하려고 한때 틈만 나면 이걸 쥐고 있었거든요. 견과류는 몸에 좋기도 하고요."

"지금은 쓰지 않는 거야?"

"마음에 들었던 물건이지만, 최근에는……."

껍데기에 쌓인 호두를 손으로 집어 들었다. 엄지와 검지, 중지로 쥐고 너클볼을 던질 때 공을 잡는 요령으로 힘을 줬다.

빠각, 하는 소리와 함께 껍질이 깨졌다.

"이렇게 깰 수 있게 돼서 안 쓰고 있어요."

"…………."

"전하도 긴 여행으로 신체가 무더지실 테니까요. 마차 안에서든 침대에서든, 가볍게 악력을 키울 수 있어요."

전하는 잠시 동안 호두까기 기계를 바라보다가, 어처구니없다는 듯이 내게 시선을 돌렸다.

"너는, 제대로 된 선물을 한 적 없는 거야?"

"네, 그런데요."

끄덕이며 대답하자, 일단 나 원 참이라는 자세로 한숨을 쉰 전하가 갑자기 고개를 확 들었다.

"한 적이 없다고? 정말로?"

"거짓말해서 뭐 하게요."

"친구에게 생일 선물을 해 주거나."

"가족에게는 줬지만……안타깝게도 그런 친구는 없어서요."

"바보 동생한테는?"

"아, 그건 어머니께서 매번 적당한 걸 골라 주셨죠."

앗차, 실언을.

"……실례. 잊어주세요."

"신경 쓰지 마. 그 녀석도 네게 보내는 선물은 다른 사람에게 적당히 골라 달라고 했으니까."

"그랬군요."

"진짜, 너와 로베르트는 사이가 좋지 않았군."

"……사제로서는 사이좋게 지내고 있어요."

정체를 들키는 바람에 앞으로 어떻게 될지는 모르겠지만, 댄스 파티 때 태도로 보아 사제로서 관계에는 변함이 없는 것 같았다.

센스 없는 녀석 취급을 당한 것이 살짝 분해서, 뭐 다른 게 또 뭐가 없었나 하고 꿍꿍거리는데 이윽고 전하가 입가에 웃음꽃을 피웠다.

"아니, 됐어. 그거면 돼."

"그런가요?"

"응."

잘은 모르겠지만, 아무래도 만족스러워 보여서 납득하기로 했다.

호두까기를 신기하다는 듯 손으로 빙글빙글 돌리던 전하는, 갑자기 고개를 들고 내게 질문했다.

"너는 친구가 없다고 했는데. 이렇게 방에 찾아온 사람도 내가 처음인가?"

친구가 없다고는 안 했는데. 선물을 할 만한 친구가 없을 뿐이지.

"뭐, 가족 이외엔 그렇게 되겠네요."

마지못해 대답하긴 했지만, 이렇게 말하면 나랑 전하가 마치 친한 친구 사이처럼 들려서 전혀 바라던 바가 아니었다. 왕태자 전하가 가족 다음으로 사이가 좋다니, 마치 로베르트를 비롯한 일가와 사귀는 듯해서 나쁜 소문이 날지도 모르잖아.

……아니야, 세간에서는 좋은 소문일 수도 있지.

"덧붙여 말씀드리지만, 그건 드리는 게 아니라 빌려드리는 거예요. 일이 끝나면 돌려주세요. 잃어버렸다고 하면 주방장한테 혼나거든요."

"허가도 없이 가져온 물건을 남에게 빌려줄 생각이었어……?"

믿을 수 없는 광경을 본 듯한 시선으로 한소리했다.

그런 얘길 들으니 확실히 내가 비상식적인 사람인 것 같았지만, 실제로 그렇게 많이 쓰는 물건이 아닌 듯했기에 혼나지 않으리라 예상했다. 여차하면 내가 호두까기 역할을 해줄 각오는 되었으니까.

"……그렇군. 꼭, 돌아오도록 하지."

전하는 끄덕였다.

"굉장한 것을 받았으니까. 답례로……."

덜컥하며, 내 나이프를 들어올렸다.

아차 싶었을 땐 이미 늦은 상황이었다.

그렇다기 보다는 칼을 든 상대를 향해 반사적으로 자신의 몸을 지키기 위한 회피 행동을 취한 탓에 대응이 늦었다. 어떤 상황이든 나는 내 몸이 가장 소중하니까.

전하는 나이프로 자신의 머리칼을 싹둑 잘랐다.

팔랑거리며 은색 실 조각들이 공중에서 춤췄다.

"무, 무슨 짓이신가요!"

무의식적으로 나이프를 잡아챘다. 연약하고 가는 팔에 어울리지 않는 투박한 나이프를, 전하는 쉽게 내게 넘겨줬다.

"이걸 나라고 생각해."

생긋 미소 지으며, 전하는 은색 실 한 다발을 내게 내밀었다.

머리끈으로 묶었던 부분을 잘라내서인지, 아니면 원래부터 윤기 있고 정돈된 머리칼이라서 그런지, 이발 기구가 아닌 나이프로 잘랐음에도 깔끔하게 한 다발로 묶여 있었다.

생산 과정을 모른다면, 그냥 아름다운 명주실 같았다.

갑작스러운 행동에 나는 공포를 느꼈다.

뭐야, 뭔데뭔데뭔데. 무서워무서워무서워.

갑자기 머리카락을 건네다니, 뭐야? 무서워.

한참을 겁에 질렸는데, 동료 교관에게서 들은 기사 일화가 떠올랐다.

기사는 못 돌아올지 모르는 전투에 나설 때, 미리 유품을 남겨둔다는 의미로—앞으로의 전투에 그 정도의 각오로 임하겠다는 의사 표현으로—자신의 머리카락을 가족에게 맡기는 경우가 있다고.

즉, 이것은 유품이라는 것이다. 유품을 미리 건네주는 것이다.

아니, 무거워. 커튼 때부터 어렴풋이 느끼고는 있었지만 이 사람, 무겁다고.

그리고 사망 플래그 세우지 마.

너에게는 그런 플래그가 서지 않는다고. 왜냐하면 여성향 게임은 아직 시작조차 하지 않았으니까.

"바라는 바가 있어 기르고 있었지만……네게 받은 부적이면 충분할 것 같아서 말이지."

전하는 아주 개운한 표정이었지만, 이번에는 내 쪽이 우울해졌다.

테이블에 놓인 머리카락 다발을 바라봤다.

어떻게든 도로 가져가게 할 수는 없을까. 시녀장에게 어떻게 사정을 설명해야 할지 생각하기만으로도 머리가 아파 왔다.

"또 봐, 리지. 돌아오면 이번에야말로 네게 드레스를 선물할게."

"됐어요."

"후후, 사양할 필요 없어. 침대 위는 분명 지루할 테니까, 드레스 한두 벌쯤은 금세 만들 수 있을 거야."

"수제라면 더더욱 됐어요."

전하는 생긋 미소 지으며, 내 완강한 거절을 묵살한 채 떠났다.

염원하던 파혼

왕태자 전하가 서쪽 나라로 여행을 떠나고 몇 주가 지났다.

표면상 유학이라고 처리되었지만, 시기가 너무나도 애매한 만큼 다양한 억측이 귀족 사이에서 도는 중이었다.

하지만, 나는 그럴 시간이 없었다. 기말고사 공부를 해야 하기 때문이었다.

댄스는 괜찮았다. 여차할 때는 어느 쪽에서든 평균 이상으로 출 수 있으니까. 호신술도 면제받았기 때문에 만점이나 다름없었다. 매너나 예의범절도 실기는 문제없었다.

문제는 소위 말하는 '공부' 계열의 시험이었다. 자칫하다간 낙제, 유급할 수 있으니까.

유급하면 어떻게 되느냐, 히로인과 같은 학년이 될 수 없다. 이제 와서 후배 캐릭터로 방향성을 바꾸는 데는 무리가 있으니까. 동갑 후 배 캐릭터라니 너무 죄 많은 캐릭터다. 어떻게든 진급해야만 한다.

아이작에게 부탁해서 여러 차례 붙어 다니며 공부 모임에 참여했고, 일을 마치고 돌아와 피곤해하는 오라버니에게 매달려서 이전의 시험문제를 배웠다. 입학시험을 앞둔 크리스토퍼도 함께 공부했다.

하지만 인간에게는 맞는 것과 맞지 않는 것이 있다. 한계도 있다.

차라리 안 들키고 컨닝하는 연습을 하는 편이 성과가 좋지 않을까, 하고 너무 많은 지식을 때려 박아 몽롱해진 머리로 생각하기도 했다. 그랬다간 오라버니에게 혼나지 않을까. 아니, 결국은 결과가 전부야, 하지만 만에 하나 걸렸을 때 위험 부담은, 그리고 유급할 위험은?

머리를 굴리고 또 굴린 결과, 나는 생각을 멈췄다.

맞느니 안 맞느니로 말하자면, 고민하는 일은 나와 맞지 않았다.

우선 실제 시험문제를 보기 전까지는 아무 것도 알 수 없으니까. 과거의 문제와 동일한 문제가 잔뜩 나올 수도 있고, 아이작의 세미나에서 공부한 부분만 출제될 수도 있으니까.

아이작이 하는 방식대로 하면 점수를 받을 수도 있고, 최종 문제가 출제되기까지 남아 있는다면 무조건 진급시켜 줄 수도 있어.

진짜 위험한 수준이라고 판단될 때는 컨닝을 검토하도록 하자.

다행히도 옆자리는 아이작인 만큼, 컨닝 페이퍼 때문에 곤란해질 일은 없어.

그렇게 정한 이상, 너무 몰두해 봤자 공부 효율이 나빠질 뿐이지.

오랜만에 몸을 제대로 풀려고 훈련장에 갔는데, 늘 자리에 있던 로베르트의 모습이 보이지 않았다. 학교에 입학한 이후로 훈련장에 오지 않는 녀석도 있었지만, 로베르트는 매일같이 여기에 틀어박혀 있었는데.

그렇다는 건, 녀석도 시험공부에 쫓기고 있다는 소리군.

대충 훈련을 소화하고 난 뒤 교관들과 잡담 겸 해서 물어보니, 다들 똑같이 얼굴을 마주보았다.

"아니. 로베르트 녀석, 최근 영 상태가 안 좋던데."

"상태가 안 좋은 건 늘 그랬던 거 아니에요?"

"너무 그러지 마……."

내 말에, 교관들이 쓴웃음을 지었다.

늘 상태가 좋지 않았다는 점은 아무도 부정하지 않았지만.

"오늘은 일단 오긴 왔는데……하늘을 멍하니 쳐다만 봤어. 불안해 보이는 게 영 봐줄 수 없어서 돌려보냈지."

"역시, 그거 아냐? 형이 없어져서, 의욕이 사라져버렸다, 같은."

"왕태자 전하, 서쪽 나라로 신붓감을 구하러 갔다고 하던데."

여기서도 왕태자 전하의 이야기가 나왔다. 그야말로 화제의 인물이네.

하긴, 지금 전하에게 약혼자는 없어. 국내에도 유력 후보라고 불리는 귀족 영애는 있지만, 타국과 관계 강화를 꾀한다면 어느 나라 왕족에서 신부를 들이는 것이 정석이겠지.

"소문으로는 왕태자 전하가 타국에 사위로 들어가는 바람에, 로베르트가 왕위를 계승하는 게 아니냐는 이야기도 돌더라고."

"그래. 로베르트도 일단 왕자니까."

"일단은 공작 영애와 약혼한 사이니까."

교관들의 시선이 내게로 향했다.

'일단'이 '약혼했다'가 아닌 '공작 영애'에 달린 것이라면, 대화가 조금 필요할지도. 육체적인 언어로.

그리드 교관이 대표로 내게 물었다.

"……너희들, 진짜 결혼하긴 하는 거냐?"

"……할 것 같아요?"

되물으니, 세 사람 모두 입을 다물었다.

잠시 동안 시선을 주고받은 끝에 세 사람은, 알 수 없는 지원을 하기 시작했다.

　"로베르트, 솔직하고 좋은 녀석이잖나. 바보같긴 하지만."

　"강하고, 외모도 나쁘지 않고 말이야. 헤프긴 하지만."

　"바람은 안 피울 거라 생각하는데. 멍청하긴 하지만."

　"……노코멘트할게요."

　그러고 보니, 내가 왕태자 전하를 통해 부탁했던, 로베르트와의 파혼 건은 어떻게 되고 있는 거지? 슬슬 폐하의 귀에도 들어갔을 것 같은데. 전하가 돌아왔을 때 물어보는 수밖에 없다.

　훈련장에서 숨고르기를 마친 나는 빨리 공부하러 가려고 탈의실로 향했다.

　기말고사 결과가 복도에 게시되었다.

　나는 제일 먼저 내 이름을 확인했다.

　시험은 '아이작의 세미나에서 했던 거다!'의 연속이었기 때문에 자신은 있었다. 적어도 틀림없이 낙제는 면했다.

　내 이름을 찾았다. 중상위라는, 절묘한 위치에 있었다. 실기 쪽은 만점에 가까운 만큼 평소에 다른 쪽을 못 봐도 밑바닥에서 위쯤 되는 그룹에 있었는데, 이 정도 순위를 기록하다니. 아주 기가 막힌 타이밍이었다.

　이제부터 귀족 사회를 전혀 모르는 히로인을 이끌어 줘야 하니까, 어느 정도의 지식은 갖춘 편이 좋지. 그렇긴 하지만 공부벌레 캐릭터는 아이작과 겹치고, 나랑 맞지도 않으니까.

　밝고 가벼운 헌팅 캐릭터로 가겠다고 결정했으니까, 목표는 '가볍긴 하지만 바보는 아니다'로 갭모에를 느낄 정도 선에서 맴도는 것이다.

그런 의미에서 보자면, 이 성적은 목표로 잡았던 위치 그 자체였다. 그리고 아버님께 혼나지도 않을 거고.

만족스러워하며 발길을 돌렸을 때, 아이작이 바로 옆에 서 있다는 사실을 깨달았다. 늘 1등을 하는 녀석이라, 일부러 사람들 틈바구니에 끼어서 확인할 필요도 없을 텐데.

"거짓말이야……."

하지만 작게 들린 말과 흘끗 보인 그 표정이 너무나도 예상 밖이었기에, 무심코 말을 건넸다.

"아이작?"

"내가……졌다고?"

그가 중얼거리는 말을 듣고, 확인하지 않은 상위 성적우수자 쪽으로 시선을 휙 돌렸다.

2등에 아이작의 이름이 있었다.

……2등? 아이작이?

그럼, 누가?

시선을 올려서 1등을 확인했다.

"로베르트 디어글란츠……?"

순간 뇌에 의미가 전달되지 않았다.

어, 그러니까? 로베르트…… 로베르트는, 확실히, 고유명사였지?
사람 이름이지?

……에에에에에에엥????!!!!

마음 속으로 절규했지만, 실제로는 소리를 지르지 않은 자신을 칭찬해 주고 싶었다.

　이것이야말로 오랜 기간에 걸친 숙녀 교육의 성과지. 고마워요, 공작 가문. 그리스 조각풍 미소는 살짝 쥐가 났지만,

　여유가 넘쳐흐르는 헌팅 기사님상은 무너뜨리지 않았다…… 라고 생각하고 싶어.

　수차례 봤지만, 결과는 그대로였다.

　학교 생활의 첫 해를 끝맺는 기말고사에서 1등을 하다니.

　그야말로 내 약혼자 헤픈 로베르트다웠다.

　우울한 아이작의 모습은 평소의 쿨게 안경 캐릭터라고는 상상 못할 정도였다.

　안경으로도 알 수 있듯이, 아이작은 수재 캐릭터였으니까.

　시험은 항상 1등이었고, 학교를 수석으로 졸업한 뒤에는 재상이 되어 나라 운영에 종사하게 되는 인물이었다.

　하지만 게임 속에서도, 그런 아이작이 시험에서 1등을 하지 못하는 천재지변과 같은 이벤트가 있었다.

　그때 1등을 한 사람은 히로인이었다.

　공부 능력치를 거의 최대치까지 올리지 않으면 볼 수 없는 이벤트로, 플레이 1회차에서 보기란 사실상 불가능에 가까운, 숨겨진 이벤트적 요소가 강한 장면이었다.

　2회차 이후의 플레이에서도, 값비싼 아이템을 써서 호감도를 높여 둔 뒤에 모든 자유시간을 공부에 때려 박고, 확률로 뜨는 '대성공'을 통한 파라미터 2배 상승이 뜨지 않는다면 달성할 수 없는 수치니까.

이해가 되셨는지. 본래 히로인 이외에는 달성할 수 없는 이벤트를 로베르트가 달성해 버렸다는 이상한 상황을.

저 녀석은 도대체 어떻게 한 거지?

평소에는 나와 비슷하거나 나보다 약간 아래 성적을 기록했는데?

거만한 캐릭터는 어떻게 된 거냐고. 아니, 그건 이제 포기했을지도 모르지만, 그럼 근육 뇌 캐릭터는 어떻게 된 거야.

이제 와서 수재 캐릭터로 방향을 트는 건 아무리 그래도 무모하기 짝이 없잖아.

거기서 문득, 요전 날 훈련장에서 들었던 로베르트의 이야기를 떠올렸다.

상태가 이상하다고 했던가, 멍하니 있었다고 했지.

그리고 진실 여부와 그 방법은 모르겠지만, 전생에서는 '취할수록 강해진다'라는 권법이 있다는 사실을 나는 알았다.

설마⋯⋯설마, 싶지만.

⋯⋯그 자식, 멍하니 있는 쪽이 유능한 거 아냐?

쓸데없이 건강한 근육 뇌 로베르트와 게임 속 거만하기 짝이 없는 로베르트밖에 몰랐기에, 멍때려서 유능한 로베르트의 이미지가 영 떠오르지 않았지만⋯⋯나라를 위해서라고 생각한다면, 이쪽이 더 나을지도 몰라.

그런 녀석이어도 일단은 제2왕자니까. 나라 정치와 엮이지 않고 평생을 보내기란 불가능하겠지.

그렇다면, 밑에서 일하는 귀족 입장에서는 유능한 상사가 당연히 좋을 것이다. 코 앞에서 멍하니 있으면 속이 끓겠지만, 무능한 것보다는 나으니까.

……잠깐만?

왕태자 전하와 로베르트는 한 살 차이밖에 나지 않는데다, 로베르트의 어머니가 신분이 높아.

지금까지는 장단점이 너무 확실해서 도마 위에 오르지 않았지만 ……만약, 로베르트가 차기 왕으로서 유용하다고 판단하는 자가 나온다면?

그를 등에 업고, 로베르트를 왕으로 세우려는 귀족이 나온다면?

그건, 왕위계승권 다툼이 발발하게 된다는 뜻이잖아?

그다지 달갑지 않은 이야기인데.

어쨌거나, 일단은 아이작이다.

교실에 돌아온 뒤부터 지금까지도, 아이작은 목을 매는 게 아닐까 싶은 표정으로 고개를 숙이고 있었다. 본판이 좋아서 그런지, 비통함이 감도는 표정에도 색기가 엿보였다.

기분은 이해해. 어째서 그 헤픈 로베르트에게 지고 말았는가. 나라도 발광할 거야.

하지만, 이대로 계속 낙담해선 곤란하다고.

무의미한 싸움을 피하려면, 로베르트를 원래 모습인 맥빠진 제2왕자로 돌려놔야 돼. 그러려면 다음 시험에서는 아이작이 확실하게 이겨야만 하고.

게다가 아이작이 이대로 상태를 회복하지 못한 상태에서 히로인이 끊임없이 공부하면, 아이작은 다음 시험에서 히로인에게 질 수도 있어.

그러면 강제적으로 아이작의 이벤트가 발생하게 돼. 조건이 빡빡

한 만큼 호감도 상승률이 상당히 높은 이벤트지. 일어난다는 사실을 알고도 이 이벤트만큼은 가로챌 수가 없어.

히로인이 아이작 루트로 빠지게 된다면, 히로인에게 공략당한다는 내 계획은 물거품이 된다고.

나라를 위해서도, 나를 위해서도, 아이작은 빨리 회복해서 마구 공부해 줘야 한다고.

방과후, 집으로 가는 아이작을 붙잡아 둘이서 자주 댄스 연습을 하던 교사 뒤편으로 끌고 갔다. 벽에 기대고 둘이 나란히 땅바닥에 앉았다.

"아이작. 이제, 씁쓸한 표정 좀 풀어."

일부러 가볍게 말을 던져 봤지만, 아이작의 표정은 풀리지 않았다.

그는 처박은 고개를 돌려, 평소보다 한 단계 더 낮은 목소리로 대답했다. 그 목소리에는 약간의 떨림이 있었다.

"……졌다고, 나는. 그것도 하필이면 그 로베르트 전하에게."

오오, 로베르트여. '하필이면'이라는 취급을 당하고 있구나.

학교에서의 평소 행실은 모르겠지만, 적어도 나한테 에스코트를 신청하러 왔다가 쓰러진 모습을 아이작을 포함한 반 애들 모두가 목격했으니까. 주위에서 얼마나 한심스러운 제2왕자 취급을 받는지는 가히 짐작 가는 상황이었다.

"아이작. 너는 지금까지 단 한 번도 져본 적 없어?"

"……아니."

"아니지? 쭉 형들에게 지고, 그래서 분했고, 그럼에도 꿋꿋하게 극복해 왔잖아? 그 결과로 1등 자리를 계속 유지한 거고?"

두뇌를 쥐어짜내어 말을 골랐다.

나도 인망 있는 공작 가문의 한 사람이다. 오라버니였다면 무슨 말을 해 줄까. 그렇게 생각하니 친구가 해 줬으면 하는 말 정도는 생각해 낼 수 있었다. 평소에는 귀찮아서 하지 않는 것뿐이다.

"그러니까 다시 한 번 쟁취하면 되잖아. 지금까지와 똑같이. 쭉 해왔던 거라고, 아이작."

"……버튼."

아이작이 나를 올려다보았다. 안경 너머로, 크게 뜬 적갈색 눈동자가 흔들렸다.

"내가 아는 아이작은 그런 남자야. 얕잡히고 헐뜯기고 걷어차여도, 그래도 몇 번이고 다시 일어나서 자신의 자리에서 싸울 줄 아는 강한 사내지."

"너, 는."

아이작이 내 눈을 빤히 응시했다. 억지로 짜낸 듯한, 작아서 못 듣고 놓칠 법한, 스치는 목소리로. 그리고 역시 그 목소리에도 떨림이 있었다.

"진짜 기억하는 거냐? 우리가, 처음 만났던 날 그 일을?"

그 질문에, 나는 무의식적으로 고개를 끄덕였다.

의외라는 표정으로 이상한 걸 묻는 녀석이네.

"당연히 기억하지. 너, 나를 뭐라고 생각하는 거야?"

"하지만 그때 나는 ……공작가의 인간이 신경을 써 줄 만한 인간이 아니었어. 형들이나 아버지와 달라서 아무런 재능도 없는, 평범한……."

"상관없는데."

"우왓!"

아이작의 머리를 마구마구 헝클었다. 한심한 소리를 내며 아이작은 내 손을 뿌리쳤다.

불만스럽다는 듯 나를 째려보는 아이작을 보니 평소대로 돌아왔구나, 라는 생각에 웃음이 새 나왔다.

"그때 너와 이야기한 덕에, 네가 어떤 녀석인지 알게 됐지."

"……버튼."

"그러니까 이렇게 친구가 되지 않았나 싶은데."

아이작은 뭐라 말하기 어렵다는 표정으로 내 얼굴을 쳐다보았다. 그 코끝에, 나는 검지손가락을 들이밀었다.

"애초에, 너는 스스로 재능이 없다고 말하지만, 충분히 복에 겨운 걸 갖고 있잖아."

"……뭐라고?"

"네겐 노력할 수 있는 재능이 있어."

"노력 같은 건, 누구나 할 수 있잖아."

"누구나 할 수 있는 게 아니야. 다들 너처럼 노력할 수 있었다면, 세상은 천재로 가득했을 걸?"

장난스럽게 웃자 다시 아이작의 미간에 잡힌 주름이 깊어졌다. 어깨를 으쓱하며, 그 시선을 피했다.

"평범한 녀석은 말이지, 아이작. 서투른 일을 꾸준하게, 열심히 하지 않아. 잘하는 일이라도 벽에 부딪힌 시점에서 열심히 안 하게 되는 사람도 많거든."

근본적으로 생각해보면, 노력을 목적 달성을 위한 첫 번째 수단이라고 생각하는 사람도 극히 일부일 테니까.

어떻게든 노력하지 않고 끝내려는 인간이 훨씬 많을 터이다. 고생하지 않고 성과를 얻을 수 있다면, 누구라도 그 편을 선호할 테니까.

열심히 하지 않으면 죽는다든지, 시집도 못간 채 과부 취급을 받으며 평생 체면을 구기며 산다든지 하지 않는다면 더더욱.

"너는 아니잖아? 노력이라는 재능으로 벽을 넘어왔어. 벽에 부딪혔을 때도 포기하지 않고 노력한 끝에, 그 벽을 깨뜨리며 여기까지 왔다고. 댄스와 검술 수련에 실컷 어울려 준 내가 하는 말이니까 틀림없어. 네 천부적인 재능은, 너를 오늘까지 갈고 닦아온 힘은 그런 거야."

아이작이 자신의 손을 응시했다. 주로 쓰는 손에 연필 굳은살이 박혀 있었다. 검술 수련 탓인지, 손바닥 껍데기는 물집이 터져서 딱딱해졌다.

"아이작 길포드는 한두 번 졌다고 무너져버리는 어설픈 사람이 아냐."

"……나는……."

"내 친구는 그렇다고."

아이작과 눈이 맞았다.

뭐지, 이건 정말이지 THE 우정, THE 청춘이라는 느낌이잖아? 뭔가 쑥스러워서 눈을 돌렸다.

"하하, 안 어울리게 진지한 소릴했더니 피곤하네."

남에게 기운을 북돋아 주는 일은 힘들다. 머리를 썼더니 굉장히 피곤해. 오라버니가 진심으로 존경스러웠다. 이 정도면 협박하는 게 훨씬 편하다고.

"좀 괜찮아졌냐?"

일어서며, 아이작에게 손을 내밀었다.

"……그래."

아이작은 고개를 끄덕이며 내 손을 잡았다.

◇ ◇ ◇

학교에서 집으로 돌아가면서 훈련장에 들렀더니, 헤픈 로베르트가 쫓겨나는 모습이 보였다.

그 표정을 보니 교관들이 한 말이 이해됐다.

담녹색 눈동자에는 생기가 없었고, 그 눈은 어디를 보는지도 알 수 없이 초점이 나간 상태였다.

표정도 어둡다기보다는 뭐랄까, 무표정에 가까웠고 약간 수척해 보이기까지 했다.

무엇보다 내가 시야에 들어왔을 텐데, 인사도 없고 반짝이는 존경의 시선도 날리지 않았다. 확실히 이 상태로는 위험하기 짝이 없으니 훈련에는 참가시킬 수 없겠지.

"로베르트."

이름을 부르자, 로베르트는 약간 시선을 깔고 나를 바라보았다. 날 보고도 인사가 없다니, 배짱이 좋구나.

17cm인 키 높이 깔창을 깔아도 이제는 내 키가 더 작았다. 아니, 정말, 몇 cm 정도였지만.

나와 다르게 마른 마초를 유지할 필요가 없는 로베르트는, 최근 1년 사이에 몸집을 상당히 불려서 눈 앞에 섰을 때 그럭저럭 위압감이 들었다.

그래도 여성향 게임의 공략대상 캐릭터라는 것인지, 그냥 타고난 외모가 뛰어나서인지. 불끈불끈한 마초라기보다는 시원한 택배 기사 오빠나 스포츠맨 같은 분위기가 났다.

뭐, 지금의 저 표정에서 시원함은 느껴지지 않지만.

말하긴 뭐하지만, 지금 표정을 짓고 있는 편이 평소의 건강미 넘치는 로베르트보다 인기를 끌지 않을까? 하는 생각이 들었다. 얼굴에 그늘 진 꽃미남은 어느 세상에서도 수요가 있거든.

로베르트에게 훈련용 검을 던졌다.

참고로, 우리 훈련장에서는 훈련용 검이든 목도든 진검을 다루듯 다루라고 가르친다. 칼집에 넣었다고 해도, 이런 식으로 내던졌다가는 눈물이 쏙 빠질 때까지 근육 단련을 추가하게 된다. 그러니 착한 아이는 따라 하면 안 된다.

로베르트가 검을 받은 것을 확인한 뒤, 나도 검으로 손을 가져갔다.

"시합이다."

"……어째서."

"기사가 무를 겨루는 데 이유가 필요해?"

나는 흥, 하고 코웃음치며 대답했다.

"……아니. 필요 없다고, 당신에게 배웠어."

로베르트의 눈동자에 은은하게 빛이 깃드는 듯했다.

던진 코인이 떨어지는 것을 신호로, 나와 로베르트는 마주섰다.

몇 번 정도 공격을 받아낸 뒤 흐음, 하고 혼자 고개를 끄덕였다. 묘하게 맥이 빠진 상태라서 아주 훌륭하게 칼을 다루었다. 평소의 로베르트보다도 움직임이 좋고 군더더기가 없었다. 내 공격에 대한 대처 역시 굉장히 합리적이었다.

대충 이해가 갔다. 시험도 이런 느낌으로 쳤겠지.

하지만.

그 검에는 아무 것도 담기지 않았다.

너무나도 가벼운 검이었다.

앞뒤 재지 않고 힘으로 밀어붙이며 검을 휘두르던 로베르트가 훨씬 강했다고 단언할 수 있다. 이런 검으로는 아무 것도 못 베.

휘두르는 검을 받아 넘기며 단숨에 거리를 좁혔다. 거꾸로 쥔 칼자루를 로베르트의 명치에 꽂아 넣었다.

"크윽!"

움직임이 멈춘 로베르트의 검을 발로 차서 날리고 한 발짝 물러났다.

균형이 무너져 무릎을 꿇은 로베르트의 목에 칼끝을 들이밀었다.

"……한 판 더, 부탁드리겠습니다."

눈 깜빡 할 사이에 로베르트가 일어섰다. 그 담녹색 눈동자에는 투지가 넘쳤다.

나는 입 꼬리를 올리고 불경스럽게 웃으면서 검지손가락으로 하늘을 가리켰다.

"덤벼라, 로베르트. 하반신을 못 쓰게 될 때까지 어울려 주마."

"예!"

"강해졌구나, 로베르트."

지면에 고꾸라진 로베르트에게 손을 뻗어 주었다. 로베르트는 쓴

웃음을 지으며 내 손을 잡고, 휘청거리면서도 다시 일어섰다.

진짜 쓰러지기 직전까지 상대해 줬네. 좋은 운동이었어.

점점 검을 다루는 스타일이 평소 로베르트로 돌아오는 모습을 보면서 치고받는 일은 꽤나 흥미로웠다. 선명한 녹색 눈동자가 찬란하게 빛나기 시작했고, 뺨도 상기되었다. 갈수록 로베르트도 나도 웃는 얼굴을 지었다. 마지막 즈음에는, 완전히 녹초가 되었을 텐데도 일격에 실은 무게에 검을 쥔 내 팔이 저릴 정도였다.

어쩌면 단순한 힘겨루기로는 내가 지는 날이 그리 머지않았을지도 모르겠어.

뭐, 당분간—구체적으로는 히로인에게 공략당하기 전까지는—아직 질 생각은 없지만.

"그래도, 대장님에겐 못 당하겠네요."

"그야 그렇지. 나도 더 강해졌으니까."

"……대장님."

로베르트가 묘하게 진지한 목소리로 나를 불렀다.

"형님이 저한테 병 이야기를 해 줬어요. ……대장님은 알고 계시다는 것도."

그 말에 솔직히 놀랐다. 전하는 곧잘 "바보 같은 동생 녀석이", "바보 같은 동생 녀석이" 노래를 불렀지만, 로베르트한테서 형 이야기를 듣는 경우는 거의 없었다.

게임 속에서는 사이가 나쁘기도 했고 그다지 복잡한 이야기는 나누지 않는 사이라고 생각했는데.

"저는 쭉 형님 곁에 있었는데도 눈치채지 못했어요……만약의 사태가 일어나면 부탁한다고, 형님은……."

로베르트는 자신의 주먹을 꽉 쥐었다.

"형님을 지켜보려 했는데, ……결국 저는 아무것도 보질 못했어요."

"로베르트."

나는 옆에 팽개쳐 둔 가방을 집어 들었다. 안에서 왕태자 전하에게서 맡아 둔 물건을 꺼냈다.

"이거 받아. 네 형한테 받은 유품이야."

"!"

내가 건넨 물건의 정체를 파악한 로베르트는, 눈을 크게 떴다.

"네가 갖고 있는 편이 좋겠지."

"예? 아, 아니, 그렇지만."

"전하는 너한테 '부탁한다.'라고 말한 거잖아? 그렇다면 네가 지니고 있는 게 나아."

"……그런, 가요."

망설이긴 했지만, 로베르트는 결국 물건을 받아들었다.

나는 마음속으로 만세를 외쳤다.

나이스! 진짜 껄끄러운 걸 처리했어! 이건 행운이야.

집안 사람들이 저걸 발견했을 때 뭐라 설명하기도 너무 번거로울 듯해서, 손수건에 싼 채로 가방에 처박아 두었다. 로베르트가 받아 준 덕분에 어깨의 짐을 덜어낸 기분이었다.

아니, 이미 어깨에 뭔가 올라탔는지도 몰라. 전하의 영혼 같은 무언가가.

"……대장님."

로베르트가, 다시 나를 불렀다.

조금 전까지는 내가 불러도 무시했던 주제에, 그건 벌써 잊은 듯했다.

눈 앞의 일에만 매달리는 것이, 로베르트답다고 할 만하지만.

"제가 할 수 있는 건 뭘요. 형님을 위해 제가 할 수 있는 것이……."

"……나한테 묻는다는 건 네가 제일 잘 알고 있다는 뜻 아냐?"

그렇게 되묻자, 로베르트의 눈동자가 흔들렸다.

'그런 걸 내가 어떻게 아냐' 싶은 소리를 들을 때, 이렇게 받아치면 효과가 상당하다. 마치 모든 것을 이해한 듯한, '다 알고 있다'하는 분위기를 연출할 수 있지.

실제로는 아무것도 이해하지 못한 상태여도 말이다.

다만, 너무 남발했다간 신용을 잃을지 모른다는 결점이 있지만…… 상대가 로베르트라면 문제는 없지.

아직 헤매는 듯한 로베르트를 앞에 두고, 나는 크게 숨을 들이쉬었다.

"버러지 같은 놈! 언제까지 궁시렁댈 생각이냐!"

로베르트의 등이 바짝 펴졌다.

"그럴 시간이 있으면 단련해! 쓸데없는 고민은 당장 버리고!"

"서! 예스! 서!"

"네 녀석의 형님이, 궁시렁대면서 고민하라고 했냐?!"

"서! 노! 서!"

"그렇지! 네 녀석에게 부탁한다고 했잖아!"

"서! 예스! 서!"

"형님이 돌아왔을 때 그런 한심한 낯짝으로 맞이할 생각이냐?!"

"서! 노! 서!"

"그럼 당장 움직여! 네 녀석이 할 수 있는 게 전력으로 발버둥치는 것 말고 더 있냐!!"

"서! 예스! 서!"

로베르트가 내는 큰 목소리에 후보생과 교관들이 무슨 일인가 하고 모여들었다.

그리드 교관이 우리를 흘끗 보았다. 작게 끄덕이자, 그는 모인 후보생들에게 "구경 났냐."라고 혼내며 해산시켰다.

뭐, 이렇게 큰 소리로 외쳐대면 당연히 신경 쓰이겠지만.

당사자인 로베르트는 후련해졌다는 표정으로, 평소와 같은 반짝임을 내게 날리는 중이었다.

방금 전까지는 축 처진 느낌이었지만, 지금은 그렇지 않다. 오히려 기운이 넘치는 듯해서 신기했다.

"대장님, 언젠가 제가 대장님에게 이길 수 있게 된다면, 그땐……."

조금 전까지 웃고 있던 로베르트는 어느새 진지한 표정이었다.

진지한 표정이 도무지 어울리지 않는 녀석이라고 생각하지만.

"제 소원을 하나 들어주시겠습니까?"

한없이 진지한 그 표정에 나는 참지 못하고 피식, 웃음을 터뜨려 버렸다.

"좋다. ……쿠데타만 아니라면."

"쿠, 쿠데타요?! 뭡니까 그건!"

"하하."

나는 웃었다. 진짜 그런 날이 오게 된다면, 소원 하나쯤 들어주는 건 일도 아니지.

뭐, 들어준다고 했지 이뤄준다고는 안 했지만.

내 웃음에 로베르트도 따라 웃기 시작했다.

한바탕 둘이서 웃은 뒤에 로베르트는 여전히 웃는 얼굴로 말문을 열었다.

"대장님. ……아니, 엘리자베스 버튼 양."

로베르트는 내 이름을 불렀다.

아마도 댄스 파티 이후 처음이리라.

"나와 당신의 파혼을, 정식으로 받아들이겠습니다."

무슨 소릴 하나 싶었는데, 아무래도 진심인 듯했다.

영문도 모른 채, 적당히 알아들었다는 시늉을 하며 그 자리를 떠났다.

로베르트는 완전히 팔팔한, 평소의 헤픈 로베르트로 돌아온 상태였다.

집으로 돌아가서 부모님께 파혼했다—당했다?—는 사실을 전해드렸더니, 부모님께서 뭐라 말할 수 없다는 표정으로 고개를 끄덕이셨다.

틀림없이 또 우시리라 생각한 만큼, 김이 샜다. 아무래도 알고 계셨던 모양이다.

그것도 그렇겠지. 결국 약혼은 나와 로베르트가 아니라, 왕가와 공작가 간 약속이니까. 부모님이 모르는 사이에 일이 진행되지는 않았을 터이다.

"너는 괴로울지도 모르겠지만, 차라리 잘 됐다는 생각이 드는구나."

아버님께선 내 어깨에 살며시 손을 얹으셨다.

우연의 일치로 나도 잘 됐다고 생각하는 데다 하나도 괴롭지 않았지만, 어떤 표정으로 그 말을 들어야 정답인지 알 수 없었다.

"최근 얼마 동안, 폐하에게 진언을 드렸다. 우리 딸은 왕자비의 역할을 감당하지 못할 거라고."

처음 듣는 이야기였다.

아버님도 나와 마찬가지로 원만하게 파혼이 진행되도록 움직이셨던 모양이었다.

"로베르트 전하의 의사를 존중하겠다는 내용이었지만, 이렇게 된 이상 전하에게 직접…… 하고 생각하던 참이었지. 전하께서 옳은 판단을 내리셔서 솔직히 안도했어."

"어, 그게. 어째서인가요?"

"진정한 충신은 주군이 잘못된 길을 걸으려 할 때, 그 몸을 던져서라도 멈추게 하는 자를 말하지."

"네에."

"전하와 네가 결혼하게 되면 확실히 우리 가문에는 이익이겠지. 허나, 왕태자 전하가 즉위하시게 되면 아이가 태어나기 전까지 로베르트 전하가 1순위 왕위 계승권자가 돼. 그럼, 만에 하나 무슨 일이 생기면 네가 국모 역할을 수행해야 하는데 그건 좀처럼 생각하기 어렵지. 나라를 위해서는 아무리 딸이라고 해도 너를 부디 왕자비로, 하는 말은 할 수 없다."

완벽한 정론이었다.

하지만 면전에서 그런 말을 들으니, 어쩐지 참 미묘한 기분이 들었다. 충의를 측정하는 리트머스 시험지로 사람을 취급하지 말아 주셨으면.

　아버님께선 고심 끝에 결단을 내렸다는 표정이셨지만, 당사자인 나에게는 파혼이 오히려 반가운 사태이기에 너무 신경 쓰지 않으시면 좋겠다는 생각이 들었다.

　"너도, 너를 있는 그대로 받아들여 주는 사람과 함께 사는 편이 행복하겠지."

　너를 그대로, 라는 말과 함께 바라보시길래 무의식적으로 고개를 끄덕였다.

　지금의 나는, 앞으로 다가올 히로인 공략의 때를 위해 만들어졌다. 히로인 공략이 끝난 후에도 그대로일지는 나조차도 알 수 없다.

　……뭐, 갑자기 드레스에 여유 넘치는 모습으로 오홋홋홋, 하고 크게 웃을 거냐고 한다면, 그것도 알 수 없지만.

　아버님께서 말씀하신 '너를 있는 그대로'는 딱히 '지금 그대로의 나'를 뜻하는 건 아니었기에 뭔가 논점에서 벗어난 이야기를 들은 것 같았지만, 나를 생각해서 해 주신 말씀이라는 점은 전해져 왔다.

　내가 생각해도, '버리지 않고 잘도 여기까지 키워 주셨구나.' 싶다. 역시 인망 있는 공작님이셔.

　"네 고삐를 잡아줄 만한 상대가 있으면 좋겠다만."

　걱정인 듯한 어머님의 혼잣말은 못 들은 걸로 하자.

　그리하여 목표 가운데 하나로 염원해 온 파혼은 놀라울 정도로 쉽게 달성되었다.

어째서일까.

나는 머리를 감싸쥐었다.

파혼을 한 것은 좋았다. 계획대로, 아니 계획보다도 평화롭게 해결되어서 놀랄 정도였으니까.

이렇게 원만하게 파혼할 수 있을 줄 알았다면, 무리해서 히로인에게 공략당하지 않아도 되는 거 아니야? 하는 생각이 들 정도였지만……역시 제2왕자의 전 약혼자라는 타이틀이 붙으면 그 자체만으로도 불리해지니까.

이대로 평범한 공작 영애로 돌아간다고 한들, 행복해지리라는 확증이 없어.

오히려 여성향 게임 세계의 강제력이라는 특성 때문에, 원래 엘리자베스 버튼이 도착하게 될 미래로 다시 나아갈 가능성이 훨씬 높겠지.

그렇다면, 역시 여기선 어쩔 수 없어. 히로인이라는 도구를 써먹을 수밖에 없다고.

결심은 빨랐다.

다만 내가 골치 아파하는 문제는, 이제 모두 모인 공략대상이다.

역시 여성향 게임의 공략대상이라 미남으로만 구성되었다. 그 점은 게임과 별반 다르지 않다. 살짝 캐릭터가 바뀐 녀석도 있긴 하지만……가장 크게 바뀐 부분은 공략대상의 머리 스타일이었다.

어째서 공략대상들이 하나같이 머리를 자르는 거지?

다들 어울리긴 해. 본판이 좋아서 세련된 느낌이라 좋다고.

하지만 내게는 심각한 문제로 다가왔다.

단발 캐릭터가 나랑 겹치기 때문이다.

애초에 머리를 자른 것도 공략대상과 차별점을 두려는 속셈이었는데 이래서야 앞뒤가 거꾸로 된 거나 마찬가지잖아. 로베르트는 아예 내 흉내를 낸 듯 그대로 따라했다.

히로인이 전학 오기까지 앞으로 두 달도 채 남지 않았어.

얼마 남지 않았지만, 나는 머리를 기르기로 결심했다.

입학식 전에 졸업식을 거행했다.

'동지회' 회장과 사천왕이 졸업하여, 일단 나도 출석했다.

"졸업생 귀족 영애들에게 마지막 추억을 만들어 주세요"라는 요청에 포옹이나 공주님 안기 같은 팬서비스를 해 주었다.

제복 단추를 갖고 싶다고 하길래 별 생각 없이 건네줬는데, 잘 생각해 보니 내년에도 이 제복을 입어야 한다는 점에서 어리석은 행동이었다. 또 시녀장한테 혼나겠지?

동지회 소속 귀족 영애들과 동지회에 속하지 않은 귀족 영애에게, 엄청나게 많은 편지를 받았다.

특히 회장이 쓴 편지는 정말 두꺼워서, 편지보다는 에세이라고 봐야 할 정도였다. 이것 참, 인기 있는 남자는 힘들다니까.

─아니, 거짓말이다. 전혀 힘들지 않아. 힘든 일이 하나도 없어.

누구야, 인기쟁이한테는 인기쟁이 나름의 고민이 있다느니 어쩌니 한 녀석이. 너무 즐거워서 어쩔 줄 모를 정도인데. 괜찮다면 조금 더 인기 있고 싶다는 생각이 자연스레 들어.

최근 공략대상끼리 투닥거리는 사건에 자주 휘말린 탓에 까맣게

잊은 감각이 되살아났다. 역시 여자애들이 꺄악, 하는 소리를 듣는 건 아주 기분 좋다니까.

이 반응을 유지하면서 본 무대에 오르고 싶어.

참고로 졸업하는 후보생들에서 악수 요청이나 대련 요청도 받았지만, 그 부분은 생략한다.

최대한 미관을 해지지 않는 표현을 사용한다면…… 벚꽃과 흡사한 봄꽃과 함께 사람이 흩날린다고 하면 되려나?

계절은 봄.

히로인의 전학이 벌써 눈앞에 다가왔다.

에필로그

학교 정원.

멍하니 하늘을 바라보는데, 발치에 아기고양이가 달려왔다. 회색 빛에, 손발은 짧았지만 반들반들 윤기가 났다. 뭐시기블루라는 종種 고양이가 모델인 걸까. 역시 나라에서 제일 신분과 학력이 높은 귀족들이 다니는 학교구나. 들고양이한테까지 혈통서가 붙어 있나 봐.

아기고양이를 안아 올렸다. 고양이는 도망치려고도 하지 않고 내 품에 얌전히 있었다.

놀라웠다. 동물들이 제 부모의 원수마냥 미워하는 나한테 안겨서 얌전히 있는 고양이라니, 본 적 없기 때문이다.

왜인지 이해가 갔다. 이건, 꿈이야.

꿈속에서 꿈이라고 알아채는 '자각몽'이라는 것이지.

기척이 느껴져서 문득 고개를 들었다.

아기고양이가 달려온 방향에 서 있던 여자애와 눈이 마주쳤다. 아마 아기고양이를 쫓아서 여기까지 왔겠지.

절묘한 순간에 불어오는 바람과 함께 여자애의 머리칼이, 스커트 가 휘날렸다.

또다시 이해했다. 이것이, 아니 그녀가, 이 Royal LOVERS의 히로인이다. 그렇지 않으면 이렇게 좋은 타이밍에 이렇게 훌륭한 바람이 불 리 없지.

꿈을 꿀 정도다. 아직 자각은 없지만, 자신도 눈치채지 못하는 동안에, 점점 다가오는 결전의 날을 두고 긴장하는 것일지도 모른다.

여자애와 마주섰다. 머리가 나보다도 한참 낮은 곳에 있었다. "밥은 제대로 먹고 다니니?"라는 소리를 들을 듯한, 여성향 게임의 히로인다운 연약한 몸집이었다.

그녀가 바로, 나를 공략하도록 만들어야 하는 상대. 그리고 내가 반하게 만들어야만 하는 상대.

머릿속에서 시합 개시 종이 울리는 느낌이 들었다.

번외편

엘리자베스 버튼
피해자 모임

반드시 함락해 줄게 ─에드워드─

근위 기사들에게 바보 동생 녀석의 상태가 이상하단 소리를 들은 때가 언제였을까. 곁에서 봐도 점점 상태가 변해 간다는 사실을 알 수 있었다.

머리 스타일도 그렇지만 외모 전반이 변했다. 항상 내리깔던 시선이 올라갔고, 키도 제법 커졌다. 당당하게 걷는 모습을 보게 되었다.

소문으로는, 기사단 후보생 훈련장에서 만난 교관에게 심취했다는 듯하다.

확실히 바보 동생 녀석에게 변화가 나타난 것은 서쪽 훈련장에 다니면서부터였다. 시기상으로도 모순은 없다. 단 믿을 수 없는 사실은, 그 교관이 바보 동생 녀석의 약혼자인 엘리자베스 버튼이라는 이야기였다. 내 기준에서는 공작 영애가 기사단 후보생의 교관이라는 시점에서 이미 모순투성이였지만.

하지만, 이런 시시한 방법으로 왕태자에게 거짓 정보를 전해 봤자 의미 없을 테니까.

로베르트에게 붙여 둔 호위병에게서, 바보 동생 녀석이 얼마나 그 여자에게 빠져있는지 하는 정보가 이래도 되나 싶을 정도로 전해졌다.

바보 같다, 라고 생각했다.

약혼자에게 반해서 사람이 변하다니, 정말 단순하기 짝이 없군.

지금껏 나를 원망하는 줄로만 알았다. 나와 늘 비교당해서 항상 고민하는 듯했으니까.

다만, 연애 사건으로 바뀔 정도의 고민이라면 고작 그 정도였다는 거지.

누구 할 것 없이 시시해. 전부 다 시시하다고.

그 교관을 시험 삼아 불러 보니, 맥빠질 정도로 평범한 '사내'였다.

아니지, 성별이 여자라는 점에서는 평범하지는 않았지만 그걸 제외하면 이렇다 할 만한 모습은 없어 보였다.

확실히 복장은 특이하지만 귀족 사회에서 괴짜는 잔뜩 있으니까. 하이힐만 신는 남자도 있고, 남편 아닌 남자를 여럿 거느린 여자도 있다.

약간 특이하다고 흥미를 가질 정도로, 나는 세상물정에 어두운 사람은 아니니까.

귀족다운 인사를 했고 고개도 숙였다. 이쪽의 환심을 사기 위한 빈말도 늘어놓았다.

나는 동생처럼 쉬운 사람이 아니야.

만약 내 호출을 걷어차기라도 했다면, 재미있다고 생각했을 지도 모르겠지만⋯⋯정말 기대 이하군.

"아니, 한 번쯤 이야기를 나누고 싶었을 뿐이야. 이제 가도 좋아."

그렇게 말하며 문을 가리켰더니, 미소 지으며 인사하고는 집무실에서 나갔다.

다른 귀족이랑 별 차이도 없네. 분명 더는, 이런 식으로 만날 일은 없겠지.

나는 창 밖을 바라보며, 한숨쉬었다.

◇ ◇ ◇

더는 안 만나리라 생각했는데, 나는 다시금 바보 동생 녀석의 약혼자를 호출했다.

얼마 전, 바보 동생 녀석과 이야기를 나누고 나서 극심한 두통에 시달렸기 때문이었다.

나와 주눅들지 않은 채로 이야기하는 데 놀랐고, 생기 넘치는 표정도 의외였다.

하지만 문제는 그게 아니었다.

지금까지 이야기도 별로 안 나누던 동생이다. 내가 동생을 약간 잘못 생각한 것도 무리는 아니지.

설마 이 정도까지 바보일 줄이야.

"나는 이 녀석이 한 가지 착각을 하는 게 아닌가 하는 생각이 들었어. 아니, 설마 싶긴 하지만…… 내 바보 동생은, 그대가 엘리자베스 버튼이라는 사실을 모르고 있는 게 아닌가?"

"……예에, 뭐. 아마도요."

내 앞에 선 그녀는 시원스레 고개를 끄덕였다.

이게 무슨 일이란 말인가. 나는 머리를 감싸쥐었다.

재미있는 것은 이 여자가 아니었다. 내 바보 동생이었다.

"그대는 그래도 괜찮나? 자신의 약혼자가, 자신을 인식하지 못하는 상황이 아닌가?"

"저도 처음에는 몰라봤으니까요. 지금은 인식하고 있긴 하지만요."

담담하게 답하는 그녀를 보니 미간에 잡힌 주름이 점점 깊어지는 듯했다.

아무래도 제2왕자에 대한 불만을 당당하게 떠들 수는 없겠지만, 끼리끼리일 가능성도 있었다.

"그대까지 그러고 있으니 불화설이 도는 것도 당연하지 않나……."

"불화설."

"그렇지 않았다면, 그대는 진작에 왕비교육을 받고 있었을 것을."

"……무슨 말씀이신가요? 저는 왕비가 될 생각은 없는데요."

턱을 손으로 짚은 채, 그녀는 고개를 갸우뚱거렸다. 정말 모르는 건지, 모르는 척하는 건지.

한눈에는 알 수 없었다.

"아니, ……아무 것도 아니야, 잊어주게."

"네, 전하의 명이라면 잊겠습니다. 잊었습니다."

내 말에, 그녀는 생긋 웃으며 대답했다. 귀족스러운, 꾸며낸 듯한 미소였다.

"더 이상 바쁘신 전하께서 바쁜 시간을 할애하시면 제 마음이 괴로우니, 저는 이쯤에서 물러가겠습니다."

그렇게 빠르게 인사한 뒤, 퇴실하였다.

순간 멍했지만, 금방 이해했다.

이것은 지난번의, "이제 가도 좋다"에 대한 앙갚음이겠지. 받은 만큼 돌려주는 유형인 모양이야.

아니면……발설해서는 안 될 이야기를 들려줄 듯한 낌새를 챈 건가? 아니, 그건 아무리 그래도 과대평가이지.

장난기가 약간 발동했다. 머리를 굴린 끝에, 앙갚음을 당하고 가만히 있는 건 수지에 안 맞는다는 결론에 도달했다.

다시 호출했더니, 그녀는 겉으로는 일단 미소를 짓고 있었다.

하지만 약간 귀찮다는 분위기를 띠었다. 아주 좋은 반응이야.

"그대는 로베르트를 어떻게 생각하지?"

"어떻게, 라니요?"

내 질문에, 질문으로 대답했다. 눈을 가늘게 뜨고 헤아리듯 그녀를 보았다.

"왕에 어울린다고 생각하나?"

"……제 입으로는 아무 말도 할 수 없어요. 불경하니까요."

돌아온 말은, 지극히 귀족스러운 답이었다.

"……그 대답 자체가 불경하다는 생각은?"

"로베르트 전하는 왕위를 계승할 생각이 없으십니다. 왕이 되실 분은 당신이십니다, 전하."

내 질문을 묵살하며 그녀는 내게 빈말을 했다. 꾸며낸 미소에 구역질이 났다.

누구 할 것 없이 전부 이 모양이다. 뱃속으로는 다른 생각을 하지만, 그렇게들 웃지.

거기에 진실이 담겨 있는지 알 수 없을 만큼.

"……나는 왕이 될 수 없어."

그녀의 눈동자를 마주 보았다. 그 머릿속을 꿰뚫어 보려는 듯, 살피려는 듯.

"나는 병 때문에 오래 살지 못해. 의사에게 앞으로 2, 3년 정도라는 말을 들었어."

내 말에, 그녀는 놀라지도 않았다.

아아, 역시.

나는 납득했다.

역시 다들 알고 있는 거야.

내 설명을, 그녀는 듣는지 마는지 알 수 없는 표정으로 받아 넘겼다. 연기라도 좋으니 걱정하는 태도를 취하는 것이 귀족으로서 올바른 반응이라고 생각하지만, 그런 연기를 할 생각은 없어 보였다.

"지난번 시합의 결과는 패배였지만, 움직임은 좋았습니다. 도저히 병에 걸렸다고 믿기 힘들 정도로……."

"……그대가 믿건 안 믿건, 내가 병에 걸렸다는 사실은 변하지 않아."

"흠, 그건 그렇네요."

보란 듯이, 턱에 손을 갖다 대며 고개를 끄덕였다. 그리고 눈을 번쩍 뜨더니 나를 향해 씨익 웃었다.

"전하, 몰래 성 밖에 나가신 적은요?"

"……없네."

"그럼 가시죠."

"뭐?!"

예상치 못한 제안에, 순간 무의식적으로 반응해 버렸다.

사람들 앞에서 연기하는 것을 잊다니, 굉장히 오랜만이었다.

그녀는 계획을 척척 설명하더니, 나에게 후보생 훈련복을 억지로 떠넘기고는 잽싸게 돌아갔다.

"그대는, 어떻게."

"어떻게고 뭐고 없어요."

다음 날, 당연하다는 듯이 창문으로 들어온 엘리자베스 버튼을 보고 나는 몇 발짝 물러났다.

어떻게 된 거지? 여기는 왕성이다. 경비체제는 허술하지 않다고.

그들의 눈을 피해 외부인이 왕태자의 집무실에 침입하다니, 있을 수 없는 일이었다.

"벽을 타고 올라왔죠."

"벽을?!"

"요즘에는 기사라면 누구나 벽 정도는 탈 줄 알아요."

그녀는 놀란 내게, 정말 어이없다는 듯이 어깨를 으쓱했다.

그런, 건가? 내가 모르고 있을 뿐인가? 아니, 설마 그럴 리가.

"내가 지금 문 밖의 경비병을 부른다면 네 목은 간단히 날릴 수 있어."

"하지만, 정직하게 옷을 갈아입으신 걸 보니, 그럴 생각은 없으신 것 같네요."

그 소리를 듣고 나도 모르게 입을 꾹 다물었다.

그렇다. 나는 그녀가 지적한 대로 후보생 훈련복을 입었으니까.

아주 약간 흥미가 생겼다는 점은 부정은 하지 않겠다. 병 때문에, 성 아래 거리로 내려간 적은 거의 없으니까. 그녀가 뭘 꾸미는지 신경 쓰이기도 했다.

"그럼 가실까요."

"어떻게 가려는 거야? 커튼이랑 시트를 묶어서 창문으로 내려가려고?"

"농담도 참. 여기 3층이에요."

시험 삼아 물어봤더니, 그녀는 어깨를 으쓱했다.

그 포즈를 보며, 나는 내심 마음을 놓았다. 아무리 그래도, 왕태자에게 그런 무모한 짓은 시키지는 않는 건가.

"고작 3층이니까 충분히 뛰어내릴 만해요."

꾸며낸 미소를 짓던 얼굴이 점점 굳어 갔다.

뛰어내린다고? 무슨 소릴 하는 거지, 이 녀석은?

"바보 같은 소릴. 3층이라고?"

"실례하겠습니다."

그녀는 내 무릎 뒤에 자신의 팔을 감아, 가볍게 나를 안아 들었다.

당연히 우리 둘의 신체는 밀착됐다. 시선을 올리자, 코앞에 그녀의 얼굴이 있었다.

"무, 무슨 짓이지, 너, 너는!!"

"혀를 깨물 수도 있어요."

새침한 표정으로 내 입을 다물게 만든 그녀는, 뱉은 말은 반드시 지킨다는 듯 시원스럽게 창문에서 뛰어내렸다.

순간 눈을 질끈 감았지만, 상상한 정도의 충격은 오지 않았다. 주뼛거리며 눈을 뜨니, 그녀는 나를 안은 채 소리 없이 착지하고 벌써 달리는 중이었다.

심장이 쿵쾅거리며 뛰는 소리가 났다.

무심코 그녀의 옆얼굴을 바라보았다. 시원하게 뻗은 콧날에, 상쾌한 눈매. 꼭 다문 얇은 입술. 그 얼굴을 올려다보고 있자니, 왠지 모르게 평정심을 유지할 수 없었다. 가슴이 요동치고 뺨이 달아올랐다.

아니, 이건 흔들다리 효과야.

생명의 위기를 느낄 때 찾아오는 두근거림과 연애 감정에서 비롯되는 두근거림을 착각한다는, 그런 효과다.

틀림없이 그럴 것이다.

그러니 그녀의 옆얼굴을 보며 이렇게 가슴이 요동치는 것이다.

이쪽으로 시선을 돌린 그녀와 눈이 마주쳤다.

갑자기, 입가에 도전적인 미소를 지었다. 그 표정에 심장이 더욱 크게 뛰었다.

"이만 돌아갈까요, 전하?"

"바, 보 같은 소릴."

나를 검은 말에 실더니, 뒤쪽에 그녀가 앉았다. 내 겨드랑이에서 그녀의 손이 나와, 말고삐를 쥐었다.

가깝다. 거리가 너무 가까워.

너무 가깝다고.

이래서야 두근거리지 않는 쪽이 무리다. 아무리 생각해도 남녀가 거꾸로 됐어.

"섬세하지 못할지 모르지만, 에스코트는 제게 맡겨 주세요."

필사적으로 항의해 봤지만, 그녀는 내게 윙크를 날릴 뿐이었다.

언짢고 기분 나빠야 정상인 그 행동에 이상하게 얼굴이 뜨거워졌다.

그녀가 가는 길목마다 여성들이 말을 걸어왔다. 상냥하게 웃으며, 그녀는 대답했다. 귀족의 꾸며낸 미소와는 달리—즐겁고 기쁜 듯한 미소였다.

……하지만, 너무 추근대는 게 아닌가. 그리고 달콤한 말을 너무 해대는 게 아닌가?

"…넌, 기사가 아닌가?"

그녀를 빤히 바라보면서 말을 건넸다. 생각보다 작게 목소리가 나왔다. 마치 화난 듯한 목소리였다.

그녀는 나를 슬쩍 보더니, 웃으면서 모호하게 대답했다.

"뭐, 기사단 후보생의 교관 나부랭이긴 하죠."

"그런 것치고는, 꽤 경박한 행동을 하는군."

그 말에 그녀는 눈을 동그랗게 떴다. 익숙하지 않은 표정에 가슴이 또 갑자기 요동쳤다.

뭐지. 아까부터 이상한데.

가볍게 고개를 저으며 그녀를 올려다보니, 그녀는 왜인지 생글거리며 웃고 있었다.

"뭘 하고 있지?"

내 질문에, 그녀는 "아뇨, 아무것도"라고 대답하며 억지로 진지한 표정을 지었다.

그녀는 여성뿐만 아니라, 거리 사람들에게 계속해서 말을 걸었다.

선물로 받은 스콘을 바라보았다.

의식하지 않으려 했는데, 조금 전 스콘을 받을 때 일이 떠올랐다.

뒤에서 나를 누르듯 숙인 탓에, 우연히 신체를 밀착하게 되었다. 두툼한 기사 제복 차림이라 신체의 감촉은 고사하고 온기조차 전해지지 않을 정도의 접촉이었지만…… 그만한 일로 내 심장은 요란하게 떠들어 댔다.

뭐지 대체, 아까부터.

생각하면서 스콘을 바라봤더니, 그녀가 뒤에서 몸을 내밀어서 내가 든 스콘을 베어 물었다.

아연실색하며 그녀를 바라보자, 그녀는 입가에 묻은 잼을 핥았다. 어딘지 사나워 보이기까지 한 그 행동에 꿀꺽하고 침을 삼켰다.

내 심정 같은 건 신경도 안 쓰는 듯, 그녀는 아무렇지 않게 말했다.

"잘 먹었습니다."

활짝 웃으며 건네는 그 말에, 또다시 가슴이 설렌다.

……설렌다?

나는 고개를 휙휙 저으며, 뇌리에 스쳐간 것을 떨쳐냈다.

그 후 황급히 스콘을 먹었는데, 너무 급하게 먹은 나머지 목에 걸리고 말았다.

마을 사람이 도와준 덕분에 무사히 넘기고, 잠시 동안 벤치에서 휴식을 취했다. 거리를 오가는 사람들은 그녀의 모습을 발견하면 역시 친근하게 말을 건넸다.

그 상황을 바라보면서 나는 이해했다. 그녀가 나를 데리고 나온, 그 진의를.

"그렇군. 그대는 내게 이걸 보여주고 싶었구나."

내 말에 그녀는, '이제야 깨달으셨군요'라는 듯 고개를 끄덕였다.

"그대는 마을 사람들에게 사랑받고 있어. 그러니까 마을 사람들은 그대를 상냥하게 대해 주지. 몸 걱정도 해주고."

"네, 맞아요."

"그리고 그대와 동행한 나에게도, 같은 대우를 해주었지."

나는 마을 사람이 선의로 건넨 스콘과, 홍차가 담긴 컵으로 시선을 떨궜다.

분명, 성 안 사람들도 그렇겠지. 아버님을…… 국왕 폐하를 흠모하기에 내게도 친절하게 대해 주는 것이겠지. 그것을 깨닫자, 신기하게도 내 마음 속에 맺힌 응어리가 풀어지는 기분이 들었다.

"물론 타산적인 이유로 흠모하는 자도 있겠지. 그렇기에 모든 일을 솔직하게 받아들일 수는 없어. 허나, 그걸 의식해서…… 모든 일을 머릿속으로 의심하고 상냥함을 받아들이지 못하는 것 역시, 어리석은 행위야."

이렇게 간단한 것을, 나는 깨닫지 못했다.

이렇게 그녀가 데리고 나오지 않았다면, 평생 깨닫지 못했을지도 모른다.

"아무래도 내가 조금, 민감했던 걸지도 모르겠군."

내 말에 그녀는 고개를 크게 끄덕였다.

"기사니임―!"

그녀의 발치에서 어린 여자아이가 안겼다.

소녀는 나를 보며 고개를 갸우뚱거렸다.

"이 사람은, 누구야아?"

그녀는 몸을 숙여 소녀에게 귓속말을 했다.

일부러 귓속말을 하다니, 나를 누구라고 설명하고 있는 걸까.

신경이 쓰여 바라보는데, 소녀와 눈이 마주쳤다. 그리고 소녀는 엘리자베스에게 시선을 돌리며, 말했다.

"기사니임, 바람 피면 안 돼."

"응?"

"레이는 이 담에 커서 기사님이랑 결혼할 거니까!"

그 말에, 나는 너무 놀라서 아무 말도 하지 못했다.

바람? 소녀가 바람이라고 느낄 만한 말을 했나? 그렇게 오해를 사도록 나를 소개한 것인가?

의문이 머릿속에서 빙빙 맴돌았다.

"갈게요."

그녀의 목소리에 정신을 확 차리고 보니, 엘리자베스와 소녀의 등은 제법 멀어져 있었다.

그 후, 소녀와 그 모친과 함께 수공예품 가게로 향했다.

그곳에서 발견한 물건은 굉장히 흥미로웠다. 레이스뜨기로 정교하게 제작한 컵받침이 장식되어 있었다. 듣자 하니, 초보자용 뜨개질 도안이라는 것 같았다.

나도 만들 수 있을까.

그렇게 고민하다가 정신 차려보니 다시 집무실이었다.

그리고 손에는 묵직한 꾸러미가 들려 있었다.

"그럼, 저는 이만."

"자, 잠깐, 엘리자베스 양."

창틀에 발을 걸친 그녀를 불러 세웠다. 나는 끌어안은 꾸러미를 보며, 물었다.

"이건 뭐지, 어떻게 된 건가?"

"뭐기는요."

그녀는 미소 지었다.

평소의 꾸며낸 귀족의 웃음이 아니었다. 자연스럽게 슬쩍 새어 나온 것 같은 미소였다.

"하고 싶으신 것 같아서요."

사랑에 빠져드는 소리가 들렸다.

아니, 해서 어쩔 건데!

쿵, 하고 테이블에 이마를 찧었다.

물건을 받고 사랑에 빠질 만큼, 그렇게 쉬운 사람이었나.

그것도 상대는 바보 동생의 약혼자다. 기혼자를 연모하는 짓을 하다니.

집무실에서, 나는 숨을 돌리려고 손에 집은 레이스뜨기에 도전하고 있었다.

초보자용이라 그런지, 설명서를 보면 나도 어떻게 떠야 할지 바로 이해할 수 있었다.

손재주는 있는 편이니 이것도 쉽게 익히겠지. 그런데 뜨개질을 시작하자마자, 그녀의 얼굴이 머리에 떠올라 버린 것이다.

부딪친 이마를 매만지며, 고개를 들었다.

이건 아니야. 절대 아니라고.

그래, 상냥하게 대해 줘서 떠오른 거야. 그것뿐이야. 그걸 사랑이라고 착각하고 있을 뿐이라고.

조금 상냥하게 대해줬다고, 조금 호의적으로 행동했다고 들떠버리면, 앞으로 온 나라의 여성을 좋아하게 될 터이다.

"……아."

문득 손 쪽으로 시선을 향하니, 코가 빠져 있었다.

자세히 보니, 그곳 말고도 여러 군데 빠져 있었다. 집중력을 완전히 잃었구나.

"…………."

묵묵히 뜨개질한 부분을 풀었다. 레이스가 되어 가던 것이 스르르륵, 하고 실로 변했다.

역시 이건, 사랑 같은 게 아니야.

복잡하게 얽힌 기분을 풀어서 되돌린다. 원래대로, 평온한 상태로.

만약 이를 사랑이라고 인정해 버리면. 이 마음을 그녀에게 전한다면.

분명 그녀가 더 이상 오지 않을 듯한, 그런 느낌이 든 것이다.

"아 참, 리지. 이것 좀 가져가지 그래."

그날은 장보기를 구실로 그녀를 불러냈다.

그 후에도 재킷에 단추를 달아주거나, 장을 본다는 구실로 한 달에 수차례 그녀와 만났다.

일단, 동생의 약혼자다. 그것을 인지하고 용건이 있을 때 호출하는 방식을 취하는 중이다.

그녀 쪽에서 나를 찾아왔으면 하는 생각도 문득 들었지만, 아직까지 그런 낌새는 보이지 않았다.

이날은, 처음으로 그녀를 애칭으로 불러 봤다. 머지않아 내 보좌역으로 드나들게 되는, 그녀의 오빠에게 들은 애칭이다. 그것만으로 심장이 터져버릴 듯했지만, 아무튼 자연스럽게 불렀다고 생각한다. 그녀도 딱히 의문을 품지는 않았는지, 그냥 넘어갔다.

안심하긴 했지만 눈치채 주었으면도 싶었기에, 미묘한 기분이었다.

그녀에게 뜨개질한 작품을 건넸다. 최근에는 취향을 바꿔서 뜨개질 인형에도 도전해 보았다.

금세 질리리라 생각했는데, 의외로 오래가는 중이다. 실을 뜨다 보면 손안에서 무늬가 완성되어 가는 모습이 즐거움을 주었고, 단순 반복 작업은 생각을 정리하는 데 적합했다.

그 생각은, 대부분 눈 앞에 있는 상대였지만⋯⋯그녀에게 받아서 오래가는 것이 아닌가, 하는 생각에 어쩐지 화가 났다.

"역시 이건 너무 많은 것 같은데요."

받아 든 꾸러미의 내용물을 보고, 그녀는 의아하다는 듯이 눈살을 찌푸렸다.

너를 생각하다 보니 나도 모르게 그만 잔뜩 만들어 버렸어⋯⋯라는 말은, 입이 찢어져도 말할 수 없었다.

"유품이라고 생각해. 어차피, 얼마 남지 않은 목숨이니까."

내가 자조적으로 대답하자, 그녀는 미간을 점점 더 찌푸렸다.

"믿는 것은 전하의 자유시지만요. 저는 전하께서 목숨이 얼마 남지 않았다고 하시는 말씀을 안 믿기로 해서 말이죠."

확실하게 '안 믿는다'고 해서 정말 놀랐다. 그녀는 이번에도 나를 신경 쓰지 않고, 당연하다는 듯 말을 이어갔다.

"전하께서 제 말을 믿지 않으시고 주치의 말을 믿는 것과 똑같은 거예요. 저는 전하의 말을 안 믿고 제 생각을 믿을 뿐이니까요."

"불경스럽네."

"전하께서 장수하시리라 믿는 것이 불경스럽다고 한다면, 부디 벌이라도 내려주시길."

갑자기 이쪽을 바보 취급하듯 웃었다. 심술궂은 그 표정에 또다시 마음이 흔들렸다.

차가운 블루그레이빛 눈동자를 가늘게 뜬 채 내려다보는 그 시선에, 총을 맞은 듯한 느낌이 들었다. 꾸며낸 미소가 아닌 그 표정만으로도, 또 냉정함을 유지할 수 없을 것 같았다.

"애초에 저는 그 이야기를 알 리 없는 인간이니까요. 어떤 벌을 주실지가 기대되네요."

"너는 정말 짓궂은 사람이군."

"그런 성격이라서요."

너무나도 당당하게 대답을 해서 마지막엔 웃음을 터뜨려 버렸다.

뭐 됐어. 오늘은 내가 진 걸로 하지. 좋아.

"장식을 하는 데도 한계는 있으니, 제가 이걸 활용할 수 있을 만한 분에게 넘겨도 상관없을까요?"

"……그렇군. 뭐 그래도 괜찮아."

그녀의 질문에 순간 멍해졌지만, 나름대로 잘 속여서 대답했다, 고 생각한다.

너 혼자만 가지고 있으면 좋겠는데, 라는 생각을 잠깐 했다고 는…… 말할 수 없어.

리지가 학교에 들어가는 바람에, 하루도 그녀의 소문이 들리지 않 는 날이 없었다.

최근에는 댄스로 길포드 가문의 삼남을 농락했다고 들었다.

또, 멀찍이서 바라보는 귀족 영애들에게 달콤한 미소로 손을 흔들 어준다는 사실도 알고 있다. 멀리서 보긴 했는데, 너무 여자한테서 정신 파는 게 아닌가?

내 경우에는 이전과 다름없이 집무실로 호출하는 데 더해서, 복도 에서 그녀를 발견하면 자연스러운 범위에서 말 거는 정도였다.

"안녕, 리지."

"……전하셨군요, 잘 지내셨나요."

그럴 때마다, 나는 그녀의 애칭을 입에 올렸다. 약간이나마 주위 사람을 견제하려는 심산이었다. 나와 그녀가 가깝다고만 여겨져도 괜찮다는 판단이었다.

한두 마디 대화로도 가슴이 뛰었다. 조금 더 이야기하고 싶었다.

상황이 이를 허락하지 않았지만.

그날도 잠깐 이야기하고 끝이겠구나, 라고 생각했다.

하지만, 피곤했던 탓인지 갑자기 현기증이 나는 바람에, 그 자리에서 무릎을 꿇어 버렸다.

"어머?"

"아, 미안하네. 살짝 현기증이……."

"피곤해서 그런 것 같긴 한데…… 혹시 모르니 양호실에 가는 편이 좋겠네요."

현기증이 가서서 고개를 드니, 코앞에 그녀의 얼굴이 보였다.

순간, 무슨 일이 일어난 건지 이해하지 못했다.

내가 그녀에게 안겼다는 사실을 이해한 순간, 얼굴과 몸 모두가 단숨에 뜨거워졌다.

"아, 아니, 나는."

"무리하지 마세요."

허둥대는 내 허리에 손을 감은 뒤, 그녀는 나를 안아 들었다.

"아니, 으앗, 무슨 짓이지!"

"양호실까지 모셔다 드릴게요."

주변에서 찌르는 듯한 시선이 느껴져서 따끔할 정도였다. 그녀에게 맞닿은 부분이 뜨거웠다. 분명 귀까지 새빨개졌겠지.

너무나 부끄러워서, 모기만한 목소리로 항의하는 게 전부였다.

"그, 그래도, 이건…… 너무, 그, 거리가 가깝잖아."

"이제 와서 무슨 말씀을 하나 했더니."

그녀가 나를 내려다보며 짓궂은 표정으로 윙크를 했다. 그 표정과 목소리는 뇌가 녹을 정도로 달콤했다.

"익숙하시잖아요? 이렇게 저한테 휩쓸리는 거."

더 이상 빨개질 것도 없을 듯한 뺨에 다시 열감이 올라오기 시작했다.

뭐냐고, 이건.

그녀가 나에게, 모두가 보는 앞에서 그런 표정을 짓다니. 귀족 영애들과 이야기를 나누는 것도 쭉 봐 왔지만, 그녀의 그 녹아 버릴 듯한 미소를 가까이에서 보기는 처음이었다.

코앞에서, 나만을 바라보며 그 표정을 짓다니, 착각에 빠질 것 같아.

"그건, 네가……."

"네, 도착했어요."

찰나 같은 시간이 지난 기분이 들면서도, 굉장히 오래 안긴 듯한 기분도 들었다.

어느 샌가 양호실에 도착해 버려서, 나는 당황하며 입을 다물었다. 하지만 안에는 아무도 없었다.

"어머나. 선생님은 안 계신 모양이네요."

"잠깐, 멋대로 들어오면……."

"괜찮아요. 나쁜 짓을 하려는 것도 아니니까."

그녀는 태연한 표정으로 말하며, 나를 빈 침대에 눕히고 이불을 덮어주었다.

조금 전 달콤한 미소는 완전히 사라져 있었다. 그 표정을 계속 봤다간 심장이 못 버틸 거야.

하지만 귀족의 자제가 이성과, 그것도 침대가 있는 공간에서 단둘이 있어서는 안 된다. 이상한 소문이라도 나면 곤란한 건 그녀니까.

아니면……소문이 나도 상관없다는 건가?

"너는. 혹시나 해서 하는 말이지만. 나를 걱정해 주는 건가?"

"네, 당연하죠. 눈앞에서 왕태자가 쓰러지셨는데 걱정하지 않을 신하는 없어요."

당연하다는 듯 말했다.

그 말을 들은 순간, 기쁨의 감정이 몸속 깊은 곳에서부터 끓어올랐다. 성에서는 환자 취급을 받는 탓에 여생이 얼마 안 남았다는 생각으로 초조한 상태였는데.

그녀가 나를 상냥하게 대해 줘서…… 스스로도 놀랄 정도로 기뻤다.

행동을 제대로 못 감추는 내 모습을 보았는지, 그녀가 웃음을 터뜨렸다.

"……뭐가 웃기다는 거야."

"아뇨…… 재미있는 분이시구나, 싶어서요."

재미있다고? 내가?

……아무래도 재미있다는 취급을 당한 건 내 쪽이었나 보다.

하지만, 기분이 나쁘지는 않았다. 재미있다고 생각하는 건 흥미가 있어서라고 생각하니까.

멋쩍게 그녀를 째려보자, 그녀는 헛기침을 하는 동시에 자세를 바로 잡았다.

"평소의 왕태자스러운 모습의 전하와는 제법 다른 표정을 하고 계셔서요."

"……너 때문이야."

그녀를 바라보며 중얼거렸다.

얼굴이 뜨거워, 심장 고동이 시끄러워.

그래, 그녀 때문이야.

나는 이제 외면하지 않기로 했다. 이건 아니라고, 자신을 타이르기를 포기했다.

왜냐하면 그녀 때문에, 이렇게나 가슴이 답답하니까.

그녀에게 사랑을 느껴서 나는 이렇게나,

삶에 집착이 생겼다.

의무실 입구에서, 그녀와 양호 선생의 목소리가 들렸다.

"버, 버튼 양. 저기. 상태가 안 좋은 사람 곁을 지켜준 건 고맙지만…… 버튼 양은 여자아이니까, 남자아이와 둘이서만 있는 건…… 조금……."

"서운하네요. 아무리 전하가 가련해 보여도, 환자를 덮치진 않아요."

덮쳐도 상관없다는, 그런 시시한 생각이 들었다.

"대활약을 했다고 들었는데."

진정이 되질 않아서, 꼬고 있던 다리를 바꾸었다. 자신이 제대로 웃는 중인지조차 알 수 없었다.

리지가 바보 동생을 감쌌다는 이야기를 들은 뒤부터 쭉 제정신이 아니었다.

물론, 그녀의 신변을 걱정해서이다. 큰 상처는 입지 않았다고 들었다. 그녀가 지는 장면이 상상 안 되긴 하지만.

만약 내가 알지 못하는 곳에서 리지와 바보 동생이 사랑을 키웠다면? 목숨을 걸어가면서까지 지켜줄 정도인데?

그렇다면 이미 내가 끼어들 틈은 없겠지. 그런 생각을 했더니, 진정이 안 됐다.

포기할 수 있을지는 역시 모르겠지만.

하지만 그녀는 시원하게 말했다.

"저와 동생분의 약혼을 없었던 일로 해주세요. 되도록 원만하게요."

예상외의 말에, 나는 다시 다리를 반대로 꼬았다.

약혼을, 없던 일로? 바보 동생이 마음에 안 드는 게 아니라면, 그런 말을 꺼내는 이유는 단 한가지밖에 없으리라.

이번에는 다른 의미로 마음의 여유가 사라졌다.

"……달리 결혼하고 싶은 상대라도 생긴 건가?"

"아니, 딱히요. 보시는 바와 같이 저는 왕자비에 어울리지 않는 사람이라서요. 조금 더 어울리는 분을 찾는 게 나라를 위한 일이 아닐까 싶네요."

"그건……그렇긴 하지만."

살피듯이 리지의 눈동자를 빤히 쳐다보니, 그녀는 체념했다는 듯 대답했다.

"……머지않아, 운명의 상대와 사랑에 빠질 것 같은 기분이 들어서요."

올곧은 시선으로 나를 바라보았다. 차가운 색 눈동자가, 정열을 가득 담아 나를 꿰뚫었다.

무의식적으로 숨을 삼켰다.

아니, 그런 게 있을 리가.

그녀가 말하는 '운명의 상대'라는 사람이—나, 인 건가?

아니, 단순한 착각일까?

하지만 그렇게 추측하면 설명되는 부분이 많다.

머리를 이리저리 굴려보았지만, 답은 나오지 않았다.

"……아바마마께 말씀드리도록 하지."

"감사합니다."

그녀의 올곧은 시선을 계속 볼 수 없어서 눈을 돌렸다.

내 말을 들은 그녀는 보란 듯이 귀족의 인사로 답례했다.

"안녕, 리지."

"이거, 전하. 사전에 알려주셨으면 이쪽에서 나갔을 텐데요."

"아니, 괜찮아. 내가 오고 싶었던 거니까."

직접 집을 찾아가니, 리지는 귀족식 꾸며낸 미소로 나를 맞이했다. 최근, 저 표정은 귀찮을 때 짓는다는 사실을 알게 되었다.

그리고 저 표정을 볼 때마다, 좀 더 다양한 표정을 내게 보여줬으면 했다.

"……저기, 네 방은 어디지?"

"예?"

"안내해줘."

리지는 몸짓과 표정으로 '빨리 가'라는 뜻을 표했지만, 일부러 모른 척했다. 그녀의 눈동자를 쳐다보면서 말을 이어갔다.

"부탁이야. ……마지막일지도 모르니까."

내 말에 리지는 의아하다는 듯 미간을 찌푸렸다.

묘하게 살풍경스러운 방을 둘러봤다. 하지만 여기저기에 낯익은 물건들이 장식되어 있어서 가슴이 점점 따뜻해졌다.

"……이 도일리는. 저 뜨개질 인형도. ……놀라운 걸. 정말 장식해 줬을 줄이야."

"네에, 뭐, 받은 거니까요."

"너니까, 전부 다른 사람에게 주지 않았을까 싶었거든."

내 말에 리지의 눈이 순간 떨렸다. 아무래도 제대로 짚은 듯했다. 그래도 이렇게 장식해 주니 기분이 나쁘진 않지만.

커튼까지 달아 주었다는 사실에 놀라며, 나는 방문의 목적, 즉 본론으로 들어갔다.

"내 병, 말인데."

"예에."

다른 나라로 치료를 받으러 간다고 말하니 그녀는 흐음, 하고 고개를 끄덕였다.

"잘 된 거 아닌가요? 고칠 수 있다면요."

"응. ……단지, 그 치료는 위험을 동반한다고 해. 성공해서 병이 낫든가, 목숨을 잃든가 반반 확률이라고."

"확률이 반이나 된다면 충분하죠. 0은 아니라는 소리니까요."

"너라면 그렇게 말할 거라 생각했어."

관심 없다는 듯 태연하게 말하는 그녀를 보며 쓴웃음을 지었다. 응, 그렇게 말할 줄 알았어.

알면서 그녀를 만나러 온 거니까.

"어떻게든 너를 만난 뒤에 가고 싶었어. 내 죽음을 믿지 않는 너를. 내가 살리라 믿는 너를."

그녀를 보며 결심했다.

나는 반드시 돌아올 것이다.

그리고 돌아온다면…… 그때는.

절대, 양보하지 않을 거야.

부적으로 지닐 만한 물건이 있냐고 물으니, 그녀는 호두까기 기계를 가져왔다. 처음에 가져온 나이프보다는 괜찮았지만, 옷에 달 액세서리를 상상했기에 무심코 그녀를 노려보았다.

"너는, 제대로 된 선물을 한 적이 없는 거야?"

"네, 그런데요."

그녀는 이번에도 시원하게 고개를 끄덕이며 대답했다. 그렇겠지, 하고 한숨 쉬다가 흠칫하고 고개를 번쩍 들었다.

"한 적이 없다고? 정말로?"

"거짓말해서 뭐 하게요."

확실히 그것도 맞는 말이었다.

그녀가 직접 고민해서 선물을 고른 첫 상대가 나인 것이다. 친구도, 바보 같은 동생도 아닌, 나.

그 사실이 마음을 가볍게 해 주었다.

은빛의 평범하고 시시한 기구가 이상하리만치 빛나 보였다.

"너는 친구가 없다고 했는데. 이렇게 방에 찾아온 사람도 내가 처음인가?"

"뭐, 가족 이외엔 그렇게 되겠네요."

긍정하는 대답에 또다시 기분이 들떠 버렸다.

이 방에 처음 초대받은 사람이 나라는 사실이 말로 표현 못 할 만큼 기뻤다.

리지가 나를 어떻게 생각하는지는 알 길이 없다. 그럼에도 그녀의 행동을 보면, 내게 호의가 있을지 모른다는 생각이 멈추지 않았다. 혹시, 그녀가 깨닫지 못했을 뿐…… 이라는 가능성도 존재했다.

애초에 진심이 없다고 해도 착각을 일으킬 만한 행동을 한 것은 그녀니까.

'처음'이라는 존재로 그녀의 기억에 남고 싶었다.

그녀 안에서 내 존재가 커졌으면 하는 생각이 들었다.

내가 그렇듯, 그녀의 생각도 나에 관한 일로만 가득하면 좋겠다고, 그리 생각했더니―몸이 멋대로 움직였다. 정신차리고 보니 충동적으로 자신의 머리카락을 자른 뒤였다.

은색 실 조각들이 팔랑거리며 공중에서 춤을 췄다.

놀라서 달려오는 그녀에게 머리카락 다발을 건넸다.

그렇게나 놀란 모습은 처음 본 것 같다. 그 표정에서 아주 조금, 나이에 걸맞게 여성스러운 모습이 엿보였다.

"이걸 나라고 생각해."

머리를 자르니 묘하게 개운해졌다.

반반 확률로 죽을 수 있다는 소리를 듣고 무섭지 않을 리 없다. 그래도 가겠다는 결단을 내렸다.

기사의 예법 가운데는, 전투에 나설 때 머리카락을 잘라서 맡기는 관행이 있다. 이를 흉내낸 것이다. 그녀가 기사이기에.

유품을 대신하는 머리카락은 가족이나 사랑하는 사람에게 맡긴다고 한다. 자신이 돌아올 곳이라고 정한 사람에게 맡긴다고 들었다.

내가 돌아올 곳은 여기라고 정했다.

그리고 만약 내가 돌아오지 못한다면—그녀의 가슴속에 내 마음이 조금이라도 남아 있으면 좋겠다고, 그렇게 생각했다.

테이블 위에 머리카락 다발을 두고, 그녀를 향해 싱긋 미소 지었다.

"또 봐, 리지. 돌아오면 이번에야말로 네게 드레스를 선물할게."

◇　◇　◇

치료받으러 가겠다고 결심했다는 말씀을 드리자, 아버님께선 고개를 크게 끄덕이셨다.

그 표정에 놀라는 기색은 없었으며, 내가 그렇게 나오리라 예상하신 듯했다.

"폐하. ……혹시 제가 돌아온다면, 소원이 하나 있습니다."

"말해 보거라."

"아내로 들이고 싶은 여성이 있습니다."

그 말에, 아버님께선 눈썹을 크게 치켜 올렸다.

입가에 기른 수염을 쓰다듬으며 나를 내려다보았다. 모든 것을 꿰뚫어 보는 듯한 눈동자였다.

"남의 것을 탐하는 일은, 귀인으로서 할 행동거지가 아니다."

"……외람되오나."

아버님께, 나는 말대꾸를 했다.

"그녀를 물건 취급하지 말아 주시겠습니까. 만약에, 그녀가 누군가의 것이라고 한다면…… 그녀는 다른 누구도 아닌 그녀 자신의 것입니다."

"그럼, 그 자가 너와 결혼하기 원한다 하면 허가하도록 하마."

"감사합니다."

눈을 가늘게 뜨고 날 바라보는 아버님께, 고개를 조아렸다.

"형님……."

서쪽 나라로 출발하기 전, 나는 바보 같은 동생 녀석과 이야기를 나눴다.

내 병에 관한 것, 치료에 관한 것, 나라에 관한 것. 제법 긴 이야기를 나눴다. 이렇게 길게 이야기를 나눈 것은 바보 동생이 태어난 뒤로 처음인 듯하다.

내 병과 그 치료, 실패할 가능성을 알고 나서 얼굴에 그늘이 진 바보 동생.

그 얼굴을 보니, 이 녀석이 왕좌를 노린다는 건 참으로 어리석은 착각이었구나, 하는 생각이 들었다. 내 눈을 속일 정도로 요령 있는 녀석은 아니리라.

그 점을 분명 알았음에도 의심했다.

그 무렵의 난 그야말로 의심암귀였으니까.

무의식적으로 갑자기, 어이없다는 듯 웃음이 새 나왔다.

"로베르트. 만약에 내가 돌아오지 못하게 된다면…… 그땐 이 나라를…… 리지를 부탁한다."

"아니, 그런."

바보 동생의 담녹색 눈동자가 동요하듯 흔들렸다. 발길을 돌리며 바보 동생에게 등을 보였다.

만약에, 라고 말했지만 나는 죽을 생각은 털끝만큼도 없었다.

반드시 돌아올 거야.

그녀의 곁에 돌아와서, 그렇게 해서.

반드시, 함락해 줄게.

그리고 그 사랑은, 지금도 —아이작—

처음으로 사랑을 했다고 자각하는 증상을 '첫사랑'이라 부른다고 가정한다면, 내 첫사랑은 여덟 살 때다.

◇ ◇ ◇

학원에서 처음으로 치른 시험. 그 답안지를 받았을 때, 교사는 말했다.

"길포드 군, 반에서 가장 높은 점수구나. 역시 재상님의 아들이야."

나는 의기양양하게 답안지를 받아서 집으로 돌아와, 아버지께 이를 보여드렸다. 아버지는 답안지를 슬쩍 보더니, 이렇게 말씀하셨다.

"네 형들은 만점을 받았을 때만 가져왔다."

나는 지금 해 온 이상으로 노력했다. 노력한 만큼 결과가 나온 것이다.

하지만 만점보다 높은 점수는 없었다. 아무리 노력을 한다고 한들, 나는 형들 위에 올라설 수는 없다는 뜻이다. 그다지 노력하지 않는 형들과 '동등한' 위치에 설 뿐이었다.

내가 노력해서 결과를 내면 "재상의 자식이니까", "길포드 가문의 아들이니까"라는 소리를 들었고, 결과를 내지 못하면 "길포드 가문의 수치", "반푼이"라는 소리를 들었다.

그곳에 나는 없었다.

아이작 길포드라는 한 사람 개인에게 정당한 평가를 내려주는 사람은, 누구 하나 없던 것이다.

"안녕, 아이작."

갑자기 눈앞에 나타난 소녀가, 내 이름을 불렀다. 안경이 비뚤어져 있던 탓에 시야가 뒤틀렸지만, 드레스나 머리모양으로 분간할 수 있었다.

이 아이는 오늘 파티의 주역 중 하나. 버튼 공작가의 장녀이자 제2왕자의 약혼자인 엘리자베스 버튼이었다.

그녀가 어째서인지 내 이름을 불렀다. 그것도 묘하게 친근한 어투로.

눈앞에서 소년들을 내던지는 모습에는 경악했지만, 그게 뭐 어쨌다고. 내게는 그보다도 그녀가 내 이름을 불러 준 사실이 더욱 중요했다.

"……나는 구해 달라고 부탁한 적 없어."

순간적으로 입을 비집고 나온 내 독설에도, 그녀는 딱히 기분 나빠하지 않고 쓴웃음을 지을 뿐이었다.

"강한 남자네, 넌."

강하다고? 내가?

그 말의 의미를 이해하지 못한 채, 나는 멍하니 발코니를 기어오르는 그녀를 보았다. 타인의 말뜻이 이해되지 않은 경험은 처음이었다.

◇　◇　◇

그 후.

형들이 나를 바보 취급해도, 내 노력을 무의미하다고 비웃어도, 아무래도 상관없어졌다.

내 이름을 불러준 그녀는, 나를 '강하다'고 해 주었다.

그것은 내가 태어나서 처음 받은, 아이작 길포드라는 한 개인으로서의 평가였다. 내가 완력으로 당해내지 못한 상대를 가볍게 내던져 버린 그녀가 내린 평가였기에, 나는 받아들일 수 있었다.

나는, 강하다.

그 말을 의식하기만 해도 형들이나 아버지는 안중에도 들어오지 않아서 신기했다.

그녀의 말을 몇 번이고 떠올렸다. 내 이름을 불러준 그 목소리를 몇 번이고 떠올렸다. 곤란하다는 듯 웃는 표정을 몇 번이고 떠올렸다.

내가 그녀에게 품은 그것이 '사랑'이라는 감정과 비슷하다는 사실을 결국 깨닫기까지, 그리 긴 시간이 걸리지는 않았다.

엘리자베스 버튼과의 만남은 이게 끝이 아니었다.

사교 파티에는 모습을 보이지 않는 귀족 영애 관련 정보는 적었지만, 조사해 보면 소식을 드문드문 들을 수는 있었다.

그 소식은 그녀가 남장을 하고 다닌다는 것, 기사단 훈련장에 다니기 시작했다는 것, 현역 기사도 당해내지 못하는 실력이라는 것 등 당장에 믿기 힘든, 소문이나 마찬가지인 이야기였다. 그녀를 잘 모르는 사람이 들으면, 그게 말이 되냐며 한바탕 웃고 말겠지.

하지만 발코니에서 소리도 없이 뛰어내려서 연상의 귀족 영식들을 공 던지듯 던져 버린 그녀를 아는 내게는, 묘한 현장감이 느껴져서 받아들이기 쉬웠다.

그 즈음부터, 나는 머리를 기르기 시작했다. 소원을 빈다느니 하는 비과학적인 이유는 아니었다. 들려온 그녀의 소문 중 하나가, "여성을 꼬시고 다니는 듯하다"라는 내용이었기 때문이다.

그녀가 남장하는 것도, 기사처럼 행동하는 것도.

어린 시절 본 그녀가 굉장히 용맹해 보였던 것도.

그녀가, 나를 구해 주는 정의감 넘치는 행동을 한 이유도.

그녀가 남자…… 그것도 기사 같은 남자가 되고 싶었기 때문이라고 생각하면 납득이 간다.

그리고 여성을 꼬신다는 이유도 그렇다. 그녀의 연애대상이 여성이라고 한다면 납득이 간다.

그래서 나는 머리를 길렀다.

어렸을 때 형들에게도 "여자 같은 얼굴"이라고 놀림당했으니까. 외모만이라도 취향에 가까워지는 편이 좋으리라 판단한 것뿐이다.

학교에 입학한 뒤, 나는 그녀의 모습을 찾았다.

동갑내기인 공작가 영애라고 하면, 틀림없이 같은 왕립 제1학교에 입학했을 터이기 때문이다.

학교에서도 계속 남장한 채인지, 아니면 여학의 제복을 입고 다니는지를 알 수 없어서, 오가는 학생들 얼굴을 직접 조사하고 다녔다.

하지만 그녀로 보이는 인물은 없었다.

반에서는 마음에 안 드는 놈이 짝이 됐다. 여학생들에게 둘러싸여 조잘거리는, 경박한 놈이었다. 옆자리에 시끄러운 놈이 있어서는 공부에 집중할 수 없어. 민폐였다.

"잘 부탁해."

이상하게 친한 척하며 인사를 건네 왔지만, 나는 무시했다.

교사의 지시로 자기소개가 시작되었다. 대부분 아는 얼굴이라 흥미가 없었기에, 흘려듣는 중이었다. 옆자리 녀석이 자기 차례에 일어났다.

문득, 옆자리 녀석이 어디 사는 누구인지 모른다는 사실을 깨달았다.

아버지나 형에게 끌려간 사교 파티에서는 본적 없는 얼굴이었다.

그는 잘 들리는 목소리로 낭랑하게 자기소개를 시작했다.

"버튼 공작가의 장녀, 엘리자베스 버튼이라고 해. 최근 붙은 별명은 '버튼 공'이지만, 버튼이든 엘리자베스든 편한 대로 불러도 괜찮아. 1년 동안 잘 부탁해."

순간, 교실에 정적이 흘렀다. 그 후 바로 술렁이기 시작했다.

하지만 나는 그런 걸 신경 쓸 여유가 없었다.

옆자리 녀석을 올려다보았다.

"……버튼?"

정신을 차려보니 목소리가 새나오고 있었다.

옆자리 녀석이 내 쪽으로 시선을 돌렸고, 둘의 시선이 교차했다.

"엘리자베스 버튼이라고? ……네가?"

녀석은—아니 그녀는, 생긋 웃으며 고개를 끄덕였다.

충격이 상당했다.

어릴 적 만난 기억 속 그녀와 지금의 그녀가 너무나도 동떨어진 모습이었기 때문이다.

나는 자각하지 못한 것이다. 남장한 영애라고 해 봤자 결국은 여성이라고. 여성이 억지로 남성처럼 꾸미는 거니까, 딱 보면 알 수 있으리라고.

눈앞의 그녀는 어딜 어떻게 봐도 남성이었다.

아름다운 눈썹은 훌륭하게 좌우 대칭이었고, 눈가는 가늘고 길어서 날카로운 빛을 뿜어내고 있었다. 시원한 콧날에 튀어나오지 않은 이마, 얇은 입술.

체형도 딱히 여성스러움은 느껴지지 않았고, 남학생 제복을 입고 있어도 위화감이 전혀 없었다. 머리칼은 같은 반 남자들과 비교해 봐도 상당히 짧은 편이었으며, 키도 나보다 컸다.

그 미소는 여성을 홀릴 만한 경박한 남성, 그 자체였다.

한동안 현실을 받아들이지 못하는 나날이 계속됐다. 그런데 엉뚱하게도 그녀와 댄스를 추게 되었고, 그제서야 깨달았다.

속수무책으로 심장이 요동친다는 사실을.

내 얼굴을 보며 미소 짓는 그녀 때문에, 부끄러워 죽을 정도로 얼굴이 뜨거워진다는 사실을.

결국 외모 따윈 상관없었던 것이다.

나는 나를 "아이작"이라고 불러주는 그녀를, 나를 바라봐 준 그녀를 사랑했으니까.

그녀는 기억하지 못하겠지만……그 정도로 그날 사건은 나게 엄청난 일이었다.

그렇게 시간이 흐르는 동안, 나는 그녀와 친해졌다.

댄스 연습을 핑계로 둘이 만나서 이야기를 나눴다. 검술도 배우게 되었다. 교실에서 마주치면 인사했고, 수업 시간에 잘 모르는 부분을 가르쳐 주기도 했다.

정신차려 보니 가벼운 농담을 주고받는 사이가 돼 있었다.

나와 그녀는 친구였다.

"넌 이대로 괜찮은 거냐? 버튼."

"응? 무슨 말이래?"

"로베르트 전하와 약혼 말이야. 사실 거절하고 싶은 거 아냐?"

"어?"

그날. 잡담하듯, 나는 그녀에게 그런 말을 꺼냈다.

사실 쭉 묻고 싶던 이야기다.

"너는, 그 뭐냐. 연애대상이 여자잖아? 귀족의 결혼은 정략의 도구라고는 하지만, 필시 괴롭겠지. 만약 네가 약혼을 취소하고 싶다고 한다면, 협력하고 싶어. 나는, 너의, 치, 친구니까."

슬쩍 그녀의 얼굴을 살폈는데, 놀란 듯한 표정으로 나를 쳐다보고 있었다.

그녀의 눈동자가 나를 바라본다. 그 사실만으로도 아주 짧은 그 순간에 심장 고동이 빨라졌다. 단순했다.

"연애대상이, 여성? 내가?"

"그, 그래. 그러니까, 그런 복장과 행동을 하는 거 아냐?"

"아하하! 그래, 확실히 그렇지. 그렇게 오해받아도 안 이상하지."

평소의 여유 넘치는 미소가 아니라, 진심으로 웃기다는 듯 깔깔거렸다. 익숙하지 않은 표정에—나밖에 못 봤을지도 모르는 그 표정에, 심장이 또다시 시끄럽게 요동치기 시작했다.

"뭣, 너, 웃을 것까진……!"

"하핫, 미안, 미안."

그녀는 한참 웃으면서, 소리가 날 정도로 내 등을 두들겼다.

한바탕 웃은 그녀는 너무 웃어서 눈가에 맺힌 눈물을 닦았다.

"나는, 여자가 좋아서 이런 모습을 하고 있는 게 아냐. 단지…… 그래. 머지않아 운명의 사람과 만날 것 같은 기분이 들어서. 그때 이런 모습을 하고 있는 게 더 낫거든."

"……? 운명, 이라고? ……비상식적인데."

무심코 고개를 갸웃하는 나에게, 그녀는 여유 넘치는 미소를 지으며, 말했다.

"뭐 어때? 내가 멋대로 믿고 있는 것뿐이니까."

"……그 사람은…… 로베르트 전하는 그 상대가 아니라는 거냐?"

내 말에 그녀는 침묵으로 답했다. 더할 나위 없는, 긍정이었다.

◇ ◇ ◇

'여성을 좋아해서 남장한다'라는 가설이 무너지니, 머리를 기르는 것은 의미가 없어져 버렸다.

긴 머리는 정리하기도 번거롭다. 축축한 채로 공부에 몰두해 버리곤 하니 감기에 걸리는 일도 잦았다.

하지만 감기에 걸려 학교를 쉬었을 때 그녀가 서류를 전해주러 오기도 해서, 나는 고민에 빠졌다. 머리를 자르겠다는 의지가 약해진 것이다.

그녀가 형들과 마주칠 위험은 물론 있었지만, 내 방에 그녀가 있다는 상황은 그걸 감수하고도 남을 정도로 매력적인 일이었다.

열나는 머리로 하루 종일 생각했지만, 감기가 나은 뒤 학교에 나가니 결론은 바로 나왔다.

그녀의 자리에서 그녀와 생글거리며 담소를 나누는 여학생 두 명. 제복의 옷깃 색상을 보니, 3학년이었다.

그리고 그 얼굴은…… 우리 형들의 약혼자였다.

"어째서……."

무의식적으로 건넨 내 말에, 그녀는 가볍게 어깨를 으쓱하며 대답했다.

"너네 형들한테 제법 '환영'을 받았으니까, 답례라도 해 줄까 싶어서."

그 말을 들은 순간, 나는 아무것도 생각할 수 없었다.

형들이?

그녀한테 무슨 짓을 한 건가?

그래서 바로 돌아가라고 했는데.

겉보기에 상처는 없었다. 팔팔해 보였다.

하지만, 뭔가 불쾌한 일을 겪었을지도 몰라.

내 친구라는 사실을 알고 형들이 아무 짓도 안 했을 리 없으니까. '환영'이라는 건, 그런 뜻이겠지.

어째서 그런 생각에 도달했는지는 불명확했지만, 그녀는 형들의 약혼자를 꼬시는 행동을 보복의 수단으로 선택한 듯했다. 이해할 수 없군, 하고 생각하면서도 왜인지 살짝 안도하는 자신을 발견했다.

만약 버튼 공작가의 사람이라는 사실을 알았다면, 형들 성격상 그녀를 자기 친구로 만들려 했겠지. 나보다 뛰어난 자신들이 훨씬 낫다고, 그런 식으로 잘 보이려고 했을 거야.

하지만 그녀의 태도를 보니, 그녀가 형들의 그런 권유를 걷어차고 나와 친구로 남기를 택했다는 점이 확실해 보였다.

그 사실에 나는 비로소 안심한 것이다.

"연애대상은 여자가 아니라고 하지 않았나?"

"응? 그런 소리를 했던가?"

평소처럼 가볍게 말을 건네자, 그녀는 글쎄? 라며 고개를 갸웃거렸다. 나도 모르게 그녀를 홱, 하고 돌아보았다.

"아직까지 사랑을 해본 적이 없거든. 나도 잘 모르겠지만…… 어쩌면 여자가 좋은 걸지도 모르지. 내가 만날 운명의 상대도 여자일지 모르니까."

또야.

또 '운명의 상대'라는 게 나왔어.

약혼자에게 애정이 없다는 점은 파악했다. 하지만 그 '운명의 상대'라는 사람을, 그녀가 마음속에 품고 있다는 사실도 알게 되었다.

아직 그녀와는 만나지 못한 그 운명의 상대가, 내가 아니라는 사실도.

하지만 나는.

아이작 길포드는 강하다.

그런 일로 포기할 만큼 약한 사내가 아니라고.

어느 날, 변함없이 형들의 약혼자를 홀리면서 그녀는 말했다.

"네 흉내를 내고 있을 뿐이야."

라고.

그 순간 나는 확신했다. 그녀는 나와 처음 만난 날을 기억하고 있다는 사실을.

그때, "나는 내 나름대로 받아칠 생각이었다고."라고 내가 한 말을 기억하는 것이다.

그래서 그녀는, 형들의 약혼자를 농락한다는, 그녀가 실행하기에는 답답한 수단을 택한 것이다.

그녀의 완력이라면, 형들을 창문 밖으로 내던지는 쪽이 더 간단하겠지.

그런데도 나를 존중해서…… 나에게 내 나름의 방식으로 복수할 기회를 준 것이다.

그녀는 여전히 나를 보고 있었다. 내 말을 듣고 있었다.

나에게는 그 사실이 무엇보다도 중요했고—그게 전부였다.

답은 나왔다. 나는 머리를 잘랐다.

더는 긴 머리를 유지할 필요가 없음을 깨달았기 때문이다.

지금 내 마음을 그녀에게 전해 봤자 아무 의미도 없다. 그녀는 제 2왕자의 약혼자이자 공작 영애. 백작가의 삼남이자, 운명의 상대도 아닌 나에게 승산은 없었다.

우선은 급소부터 공략하자. 어떤 녀석을 상대하게 되더라도, 그녀와 가장 친한 사람은 나라는 점을 드러낼 만큼 우위를 확보하도록.

언젠가 그녀가 '운명의 상대'와 만나도, 그렇더라도 내가 선택받을 수 있도록.

선택하도록.

할 수 있는 일은 전부 한다. 계속 노력하는 것이다.

천재가 아닌 내가 할 수 있는 건, 예나 지금이나 그것밖에 없어.

처음으로 사랑을 했다고 자각하는 증상을 '첫사랑'이라고 부른다 가정한다면, 내 첫사랑은 여덟 살 때다.

그리고 그 사랑은, 지금도 이어지고 있다.

특별 보너스 단편

왕립 제1학교
미스터 콘테스트

"정말, 버튼 님이 미스터 콘테스트에 참가하신다면 제가 꼭 투표해 드렸을 텐데!"

"저도요!"

"미스터 콘테스트?"

"보세요, 저쪽이에요."

어느 날 '동지회'의 귀족 영애들과 담소를 나누던 중, 생소한 단어가 귀에 걸렸다.

귀족 영애 하나가 교실 뒤편의 게시판을 가리켰다. '왕립 제1학교 미스터 콘테스트'라고 쓰인 포스터가 붙어 있었다.

"올해는 로베르트 님과 왕태자 전하의 형제 대결이 화제거든요!"

흥분한 듯이 꺄악, 거리며 이야기하는 귀족 영애들.

게임의 기억을 되짚어 봤는데, 생각해 보니 그런 이벤트가 있었구나, 하는 정도였다.

왜냐하면 미스터 콘테스트는 '우정 엔딩'에서 밖에 볼 수 없기 때문이었다.

이 우정 엔딩이라는 것은 대부분의 여성향 게임에서 베드 엔딩 취급을 받는다. 대다수 플레이어는 대성공 연애 엔딩을 목표로 플레이하는 만큼, 우정 엔딩은 컴플리트를 위해서 보는 데 그쳐서이다.

이렇게 말하는 나도, 미스터 콘테스트 이벤트는 각 공략대상 장면을 한 번씩 본 데 불과하니까. 기억이 아주 흐릿한 상태였다.

참고로 대성공 연애 엔딩이나 연애 엔딩에서는, 미스터 콘테스트 이벤트는 거의 다 잘린다.

전지적 시점에서 이야기하자면, 그런 이벤트를 하고 있을 시간이 없다는 의미이다.

이 콘테스트에서는 남이 추천했든 자기가 추천했든, 후보로 지명된 학원 대표 꽃미남 학생들을 두고 전반기와 후반기의 기간으로 나눠서 각각 투표를 실시한다. 통산 기간, 가장 많은 투표수를 모은 사람이 그랑프리에 빛나는 영광을 차지한다는 규칙이었다.

　작년 그랑프리는 말할 것도 없이 왕태자 전하였다. 그 시점에서 다른 공략대상은 아무도 입학하지 않았으니 당연하다면 당연한 결과였다. 미스터 콘테스트 그랑프리라는 영예에서, 공략대상인 전하를 제치고 조연 캐릭터가 빛날 리는 없을 테니까.

　게임에서는 해당 루트의 공략대상이 그랑프리를 차지한다. 스틸컷도 없는데다, 호감도 상승도 없다. 2~3페이지 분량의 텍스트와 보이스가 곁들린 서브이벤트니까.

　흐음.

　히로인이 전학을 오는 시기는 봄. 그때까지 나는 공략대상에 뒤지지 않을 만큼 품위 있고 빛나는 꽃미남이 되어야 해.

　그렇다고 한다면, 이 미스터 콘테스트라는 자리는 하나의 지표가 될 수 있지 않을까.

　아이작과 춤 연습을 한 뒤, 숨을 헐떡이며 땅바닥에 주저앉은 그 옆에 나도 쭈그려 앉았다.

　"야, 아이작. 우리 친구 맞지?"

　"……그래."

　갑자기 거리를 좁히는 나를 수상하다는 듯 쳐다보는 아이작.

　아이작의 손을 들어 꽉 잡았다. 진지한 표정으로 아이작을 바라보자, 아이작은 안경 너머로 눈동자를 동그랗게 뜬 채 꿈뻑거렸다.

"너한테 부탁할 게 좀 있어."

"버튼 님! 미스터 콘테스트에 참가하신다는 게 사실인가요?!"

"아니, 친구가 멋대로 신청해 버린 모양이야, 난처하네."

다음 날, 바로 귀족 영애들에게 둘러싸였다. 나는 곤란하다는 듯 쓴웃음을 지어 보였다.

그렇다. '친구가 멋대로 신청해버렸다' 작전이다.

꽃미남은 대개 잡지에서 주관하는 콘테스트나 아이돌 오디션에서 "친구 혹은 가족이 멋대로 응모했다"라는 계기로 으레 커리어가 시작되기 마련이다.

스스로 아득바득할 생각은 없지만 지명된 이상 열심히 하겠습니다, 라는 자세가 '딱 좋다'는 것이지.

아이작은 아주 훌륭하게 나를 추천한 듯했다.

역시 아이작이야. 어려울 때 도와주는 건 친구밖에 없구나!

"세상에! 그랬군요! 저, 응원할게요!"

"저도요!"

"모두가 응원해 준다면……기대에 부응할 수 있도록 열심히 할게."

눈을 반짝이는 귀족 영애들을 향해, 나는 미소 지었다.

옆 자리에서 아이작이 질렸다는 표정을 짓고 있었지만, 지금은 무시하도록 하자.

이 콘테스트에서 만약 그랑프리 자리를 차지하게 된다면……나는 틀림없이, 공략대상으로서 충분한 실력을 갖추었다고 할 만할 것이다.

최종결과 발표는 겨울이다. 히로인이 전학오기 전까지 볼 실력 테스트로 딱 알맞았다.

　자, 판은 깔렸다. 꽃미남 공략대상들과 맞대결해서 실력 테스트를 해보자고.

　"아, 맞다. 리지."

　아주 익숙해진 왕태자 전하의 집무실.

　점점 예삿일 같아지는 심부름 물품을 전하고 나가려는 나를, 전하가 불러 세웠다.

　"져 줄까? 미스터 콘테스트."

　"예?"

　"넌, 이기고 싶은 거잖아? 난 다른 귀족 영애들이 날 어떻게 평가하든 흥미 없으니까. 내가 기권하면 네가 우승할 수 있는 게 아닌가?"

　싱긋하고 미소 짓는 왕태자 전하.

　우승을 노린다는 사실이 어디에서 새 나갔는지는 모르겠지만, 이라고 생각하는 찰나, 아마 동지회 귀족 영애들이 나를 우승시키려 한다는 소문을 어디서 주워듣고 곡해하는 거겠지.

　확실히 이기고 싶어.

　하지만 양도받은 승리여서는 의미가 없다고.

　왜냐면 최종 목표는 어디까지나 히로인이야. 이 왕태자 전하가 히로인까지 양도해 주리라는 생각은 요만큼도 들지 않으니까.

자신이 1위를 차치할 걸 의심조차 하지 않는 저 여유로운 태도가 마음에 안 들어.

"그러실 필요 없어요."

나도 지지 않고 꾸며낸 미소를 지으며 응했다.

"확실히 응원해 준 모든 사람의 기대에 보답하고 싶긴 한데……그건 제 자신의 힘으로 쟁취하지 않으면 의미가 없으니까요."

그를 내려다보며 씨익, 하고 입꼬리를 올렸다. '쟁취할 것'임을 당연하듯 말하는 내게, 전하는 아무 말도 하지 못했다.

◇ ◇ ◇

미스터 콘테스트 전반기 투표가 끝나고, 중간 발표를 했다.

각 반의 게시판에 붙은 종이를 바라보았다.

왕태자 전하, 로베르트, 아이작. 그리고 나―와, 북적북적 조연 여러 명―이 지명되었다. 아니, 나도 조연이긴 하지만.

중간 발표 1위는 왕태자 전하였다. 거의 예상대로였다.

대단한 선전도, 홍보 활동도 하지 않은 아이작의 표가 적은 점은 납득이 갔다. 외모는 괜찮지만 붙임성이 없긴 하니까. 본인은 지명되었다는 사실조차 불쾌한 모양이었다.

로베르트와 내가 엇비슷한 결과가 나온 것도, 뭐 나쁘지 않았다. 저쪽은 맥빠진 녀석이라고는 해도 제2왕자라는 이름값이 있으니까.

다만, 왕태자 전하의 표가 너무 많았다.

나와 로베르트의 표를 합쳐야 간신히 전하의 표와 비슷해질 정도였으니…… 즉, 두 배 정도 점수 차이가 난 것이다.

확실히 전하는 공략대상이라 독보적으로 아름다운 외모를 지녔고, 로베르트나 아이작과는 다르게 붙임성도 좋았다. 이 나라에서 가장 품위 있고 빛나는 신분인 데다, 지난 회 그랑프리를 차지했다는 우위도 있었다.

하지만, 그걸 감안해도 이 정도로 차이가 날 줄은 생각하지도 못했다. 나뿐 아니라, 다른 두 사람과도 이 정도로 차이가 날 줄이야.

대책을 마련해야겠는데? 하지만 이 정도의 차이가 벌어진 원인이 무엇인지, 짚이는 곳이 없었다.

잘생겨서? 키가 커서? 나보다 품위 있고 빛나니까?

거기까지 생각하다가, 한순간 나약한 생각이 문득 뇌리를 스쳤다.

—어라?

이거, 못 이기는 거 아냐?

방에서 느긋하게 쉬는데, 어딘가 들뜬 모습으로 시녀장이 "친구분께서 오셨습니다."하는 말을 듣고 응접실에 나가니 아이작이 기다리고 있었다.

내준 차를 입에 대지도 않고, 딱딱한 자세로 소파에 살짝 앉아 있었다.

타악, 하고 문이 닫히는 동시에 시녀장이 나갔다.

"버튼."

평소보다 더욱 미간 주름이 깊어진 아이작.

"너희 집 고용인에게, 어째서인지 신기한 걸 보는 듯한 시선을 받았다만."

아이작의 말에, 여우에게 홀린 표정을 짓고 있던 시녀장의 모습이 떠올랐다. 아마 다들 그런 표정이었으리라 생각하지만.

"우리 가족도 고용인도, 다들 나한테는 친구가 없을 거라 생각했나 봐."

"뭐?"

"그래도 친구 정도는 있다고 했는데, 왜인지 이상할 정도로 신용이 없거든, 나."

"어쩌다가 그렇게까지 신용받지 못하게 된 거지?"

"그걸 알았으면, 신용을 얻을 수 있도록 확실하게 행동했을 걸?"

그 말에 쓴웃음을 지었다. 뭐, 평소 행동 때문이라고 하면 할 말이 없지만.

시선을 돌리니, 오라버니의 비장의 고급 과자가 차려져 있었다. 여동생 친구의 첫 방문이라고 너무 들뜨지 말아 줘.

아이작의 어깨에 손을 얹으며, 진지한 눈빛으로 똑바로 아이작을 바라보았다. 아이작이 숨을 삼켰다.

"부탁이다, 아이작. 만약 시녀장이나 크리스토퍼가 나랑 무슨 관계냐고 물으면, 친구라고 충분히 설명해 줘. 더 이상 외로운 녀석이라고 인식되고 싶지 않아."

아이작은 한동안 내 얼굴을 응시하다가, 끝내 질렸다는 듯 한숨 쉬었다.

반대편 소파에 앉았다. 테이블의 찻주전자를 손에 들어 직접 홍차를 따랐다.

"그래서? 갑자기 어쩐 일이야? ……아, 너한테 빌린 노트라면 아직 덜 베꼈어. 내일까지 기다려 줘."

"그게 아냐."

아이작은 한참을 우물쭈물하며 가시방석에 앉은 사람마냥 시선을 가만두지 못하더니, 결국 내 얼굴을 흘끗 보았다.

"……풀 죽어 있을 줄 알았어."

말뜻을 이해하지 못한 채 고개를 갸우뚱거리는 내게, 아이작은 어렵사리 말했다.

"콘테스트 말이야. 이기고 싶었던 거 아니냐?"

가볍게 어깨를 으쓱했다.

"지금 작전을 구상하는 중이야. 어떻게 할까, 하고."

"그렇군."

왜인지 넋이 나간 듯 숨을 돌리는 아이작.

그 모습을 보며 나는 머리를 스친 의문을 입 밖으로 꺼냈다.

"……혹시 너, 걱정돼서 상태를 보러 와 준 거야? 일부러? 집에까지?"

"안 되냐?"

"아니 안 될 건 없지만."

결과를 봤을 때 내 반응이 어땠는지 되짚었다. 딱히 흐트러지지도 않았고, 응원의 말을 건넨 귀족 영애들한테도 여유롭게 대했을 텐데?

그럴, 생각이었지만.

"실패네. 너한테 위로를 받을 정도로 침울한 표정을 짓고 있었나 보네."

"……어쩐지 그런 느낌이 들었을 뿐이야."

'어쩐지'라니, 아이작답지 않은 소리를 하네. 아이작은 근거 없는 소리를 하는 캐릭터가 아니었을 텐데.

이거야 원. 조금 더 포커페이스를 짓는 연습을 해 둘 필요가 있겠는데.

"버튼."

몸을 내민 아이작이 내 손에 자신의 손을 포갰다.

그 손바닥이 꼬옥, 내 손을 감쌌다. 연필 굳은살이 눈에 띄는 투박한 손이었다.

"너는 매력적인 사람이야. 그건 내가 보증하지."

구태여 진지한 표정을 지으며 아이작은 말했다. 안경 너머의 적갈색 눈동자가 나를 비추고 있었다.

"뭔가 내가 협력할 일은 없어? 뭐든 할게."

"……푸핫."

너무나도 진지한 표정으로 말해서 그만 웃음이 터져 나왔다. 눈싸움이었다면 내 패배였겠지.

이거야 원, 위로조차도 도가 지나칠 만큼 진지한 녀석이구나.

'뭐든 할게'라는 말은 쉽게 해선 안 된다. 특히, 나 같은 녀석한테는.

"고마워, 기운이 좀 나네."

"……그럼, 됐다."

아이작은 내 손을 놓고, 깊숙이 앉았다.

"네가 이렇게나 친구를 생각할 줄은 몰랐거든."

"……내가 너한테 상냥하게 대하는 건…… 친구라서가 아냐."

378

"응? ……아—, 그렇구나."

뺨을 붉히며 내 쪽을 바라보는 아이작에게, 나는 고개를 끄덕여 주었다. 알았어. 나는 감이 좋거든.

"둘도 없는 친구라서 그런 거지?"

"……뭐, 그거면 됐다."

아이작은 안경 위치를 고치며, 왜인지 한숨 쉬었다.

그렇게 부끄러워할 거면 굳이 닭살 돋는 소리를 안 했으면 되잖아.

◇ ◇ ◇

댄스 파티 사건으로 의붓동생을 에스코트하고, 여장한 공략대상들과 춤춘 일 때문에 귀족 영애 사이에서 내 호감도가 떨어졌으리라고 생각했는데, 오히려 오르는 중이었다.

기사단 제복 차림이 예상외로 호평을 받은 것이다. 외모를 중시하는 경향을 띠는 여성향 게임 세계라서 다행이다.

반대로 다른 미스터 콘테스트 참가자들의 호감도는 약간 내려갔다는 듯했다. 당연한 일이었다.

순조롭다. 아주 순조로워.

비틀거리는 왕태자 전하를 공주님 안기로 안아 든 채 양호실에 옮겨주었고, "뭐든 할게."라고 언질 주었던 걸 핑계로 댄스 수업에서 아이작을 리프트해 주었고, 동지회 동아리지에 '버튼 님의 말씀' 코너를 개설해서 직접 팬들의 질문에 답해 주었다.

꾸준한 무명 활동이 결실을 맺어서, "후반기 투표 기간에는 버튼

님에게 투표할게요."라고 말하는 영애—와 후보생—의 목소리가 곧잘 들려왔다.

어째서 후보생들이 내게 투표를 하냐면, 로베르트가 콘테스트에서 사퇴했기 때문이다.

"제게는 대장님과 경쟁할 자격이"라나 뭐라나 하면서 다시 단련한다는 모양이다.

뭐를?

후보생들이 로베르트에게 던진 표는, 애초에 '어차피 여자들한테 표를 받지 못하니까'라는 동정 표였던 듯한데—실제로 상상 이상으로 후보생들 표가 들어간 모양이었다.

역시 썩어도 꽃미남 공략대상이야—로베르트의 사퇴를 받아들이고 그럼 대장님께, 라는 흐름이 되었다고 한다.

로베르트에게서 흘러온 표 따윈 필요없어…… 라는 고상한 생각은 요만큼도 하지 않았다. 다다익선, 지저분하더라도 똑같은 한 표다.

로베르트 자신도 "저, 대장님께 투표할게요!"라며 만면에 미소를 머금고 반짝임을 날렸다. 아니, 뭐 로베르트라도 똑같은 한 표니까.

선거 활동도 순조로웠고, 육체적으로도 정신적으로도 컨디션이 좋은 상태였다. 수확은 충분했다.

역전까지는 못 하더라도 좋은 승부를 펼칠 수는 있겠지.

할 수 있는 일은 모두 했다. 최종결과 발표가 드디어 하루 앞으로 다가왔다.

다음 날, 왕립 제1학교 미스터 콘테스트의 최종결과 발표가 이루어졌다.

지명된 남학생들이 강당에 늘어서고 많은 여학생들이 구경하는 가운데, 결과가 적힌 커다란 현수막이 힘차게 내려왔다.

1위는, 2위인 나를 두 배 넘어 세 배라는 큰 점수차로 이긴 왕태자 전하였다.

환호성과 낙담하는 소리가 강당에 울려 퍼졌다.

결과를 받은 내가 충격을 받았냐 하면, 그렇진 않았다.

확실히 전하는 잘생겼다. 굉장히 잘생겼다. 게임 팬 사이에서도 가장 인기 캐릭터가 아니었을까 싶다. 키는 평균이었지만 스타일이 좋았다. 당장이라도 사라져 버릴 듯한 무상한 분위기 같은 건 내가 도저히 흉내 낼 만한 요소가 아니었다.

하지만 아무리 그래도 최종결과 득표수는 해도 너무했다.

동지회 귀족 영애나 우리 버튼 부대 대원이 "투표했다"라고 말해 준 명백한 득표수, 그리고 중간 발표의 득표수를 계산해 봐도 숫자가 맞지 않았다.

거기서 뭔가 '보이지 않는 손' 같은 존재가 개입한 정황이, 내가 봐도 쉽게 짐작할 수 있을 만큼 허술하게 나타났다.

그럼, 그 '보이지 않는 손'의 주인은 누구일까.

왕태자 전하를 이기게 만들어서 이득을 보는 사람은, 누구일까.

"리지."

시상식 준비를 위해 일단 무대 끝에 올라서자, 누군가 나를 부르는 소리가 들렸다.

돌아볼 새도 없이 팔을 잡혔다.

"전하? 저기."

"됐으니까, 이쪽으로. 따라와."

말할 틈을 주지 않으려는 분위기를 내뿜는 전하에게 팔을 잡힌 채, 그대로 끌려 나갔다.

끌려간 곳은 강당 무대 뒤편에 있는 대기실이었다. 전하는 그 방을 쭉 가로질러서, 구석에 설치된

청소도구함을 열었다.

"이리로."

"예?"

대답을 듣지도 않고 날 청소도구함에 쑤셔 넣었다. 그리고 전하역시 같은 장소로 비집고 들어왔다.

아, 좁다. 애초에 사람이 들어갈 것을 상정하지 않은 그 장소는, 한 사람도 겨우 들어갈 만큼 비좁았다. 아무리 전하가 작고 연약해도, 완전히 밀착하지 않으면 두 사람이 들어갈 수 없었다.

애초에 귀족만 다니는 이 학교에 청소도구함을 만들어 봤자 누가쓴다는 거야. 아무리 생각해도 배경 채우기용 장식이라는 게 빤히보이는, 명목상 설치된 크기였다. 기왕 만들 거면 제대로 만들어 달라고.

"저기, 잠깐만요, 전하? 역시 이건 너무 좁은데요."

"네가 커서 그런 거잖아? 더 붙어."

"싫거든요……."

억지로 들어온 전하가 문을 닫았다. 반쯤 껴안은 듯한 자세가 됐다.

그런 사적인 걸 어떻게 알고 있는 거야. 비교적 타인과 거리감이 가까운 편이라고 생각은 하지만, 그래도 이건 아니지. 은빛 실 같은 머리칼이 뺨에 닿아 간지러운데다, 팔을 어디 둘 수도 없어. 손잡이가 있다면 잡고 싶다고. 만원 전철 같은 느낌이야.

코앞에 전하의 얼굴이 있었다. 코앞에서 봐도 아주 예쁜 얼굴이었다. 살결도 꽤나 투명한 느낌이었고, 머리칼 큐티클도 윤기가 넘치다 못해 빤들거리고 있었다.

그리고 어렴풋이 꽃내음 같은 향기가 났다. 꽃미남은 냄새까지 좋다는 건가. 사기잖아.

"뭐냐고요, 대체."

"쉬잇."

검지손가락을 입에 댔다.

입을 다물자, 가까이 다가오는 발자국 소리가 선명하게 들렸다. 누군가 이 방에 들어온 모양이었다. 전하와 둘이서, 숨 죽이고 귀를 쫑긋 세웠다.

"나 원 참, 이걸로 일단 안심이군."

"예. 한때는 어떻게 되나 싶었는데…… 이걸로 높으신 분들도 납득하실 겁니다. 역시 교장 선생님, 훌륭한 결단이십니다."

두 사내의 목소리가 들렸다. 내용으로 짐작해 보면, 한 사람은 교장, 다른 한 사람은……교감인가?

아니, 누구든 상관없어. 문제는, 대화의 내용이지.

"고작 학교 행사라고 생각했는데……왕태자 파 분들께선 너무 견실하다니까."

"만에 하나, 라는 것이겠지요. 지난 번 어전시합에서 로베르트 전

하가 왕태자 전하에게 거의 이겼으니까요. 신경이 예민해져 있는 것
도 무리는 아닙니다."

"그렇게나 압력을 가할 줄이야. 다행히 득표수를 조정했다는 사
실은 실행위원회 학생들도 눈치채지 못한 것 같군. 얼른 막을 내리
고, 우리도 빨리 잊도록 하지."

무심코 전하의 얼굴을 보았다. 아름다운 미소는 싹 사라진 채, 자
줏빛 눈동자가 문밖을 똑바로 응시하고 있었다.

'보이지 않는 손'의 범인은 학교장 일당인 듯했지만, 그 뒤에는 '왕
태자 파'가 있었다. 그것이 이번 미스터 콘테스트…… 그리고 어쩌
면, 로베르트 암살미수 사건의 진상인 듯했다.

학교장 일당의 대화가 이를 뒷받침해 주고 있으니까. 로베르트가
왕태자 전하에게 승리를 거뒀던 어전시합. 거기서부터 모든 일이 시
작되었다고 하면, 앞뒤가 맞다.

로베르트가 지명되자, 미스터 콘테스트는 형제 대결이 큰 화제가
되었다. 만에 하나 어전시합에 이어 왕태자 전하가 지게 되면, 그 권
위가 손상될지 모른다고 판단한 자들이 있었나 보군.

한낱 학교 행사에 불과했지만, 왕립 제1학교에 다니는 학생 대다
수가 상류 귀족의 자녀였다. 정치와 완전히 떼놓고 생각할 수는 없
었다.

그런 맥락에서 로베르트를 상처 입히려고 한 일이, 예의 암살미수
사건이었다. 로베르트는 다치지 않았고, 그 건과 직접 연관되지는
않지만 결과적으로 콘테스트를 사퇴했다.

이걸로 왕태자 파 사람들이 안심했다면 좋았겠지만, 왕태자 파 입
장에서는 운 없게도 올해 콘테스트에는 내가 지명되었다.

결코 의도해서 그런 게 아니기도 했고, 가능하면 당장이라도 파혼하고 싶지만 현 상황에서 나는 로베르트의 약혼자라는 신분이었다. 나를 로베르트 파라고 간주한 것이라면—로베르트 자신이 괜히 나를 응원해서 그런 오해를 부추겼다는 느낌이 들지만—내가 이긴다는 가능성을 지워 버리고 싶다고 생각했어도 이상하지 않았다.

눈앞의 전하가 고개를 움직였다. 좁은 공간에서 움직이는 바람에 전하의 팔꿈치가 내 명치로 파고들었다.

아프다고 따지려는 순간, 전하가 청소도구함 문을 열어젖혔다.

어? 나가는 거야? 지금?

"교장 선생님, 교감 선생님. 득표수를 조정했다니, 무슨 소립니까?"

"와, 왕태자 전하?!"

구둣발 소리를 울리며 교장과 교감 곁으로 걸어가는 전하.

반쯤 열린 문틈 사이로, 놀라서 눈이 휘둥그레진 두 사람의 얼굴이 보였다.

당연하지. 왕태자 전하가 청소도구함에 들어가 있으리라고 누가 예상했겠어.

"……전하. 저희는 전하와 이 나라의 앞날을 생각해 행동한 것뿐입니다."

순간 당황했지만, 교장은 나긋나긋한 목소리로 전하에게 대답했다.

하지만 득표수를 조작했다는 사실은 부정하지 않았다.

"왕태자 전하가 로베르트 전하에게 패하시는 일은 일어나선 안 됩니다. 다른 분들도 전하께서 이기시길 바라셨죠. 이건 두 분, 더 나아가 국가를 위한 일입니다."

"그게 교육자로서 할 짓입니까. 이 신성한 배움터에서, 학생들의
자주성을 부정하는 행위가 용서받을 수 있다고 생각하십니까?"

"하지만, 전하…… 저희 학교는."

"아니죠, 교장 선생님."

교장의 말을 가로막으며 전하가 말했다. 지금 내 위치에선 뒷모
습밖에 보이지 않았지만, 분명 평소의 그 왕태자 미소를 뒤집어쓴
게 분명해.

"제 학교입니다."

뚜벅. 구두 소리가 들렸다. 전하가 한 발짝, 교장에게 다가갔다.

"이곳은 왕립 제1학교."

전하는 등을 곧게 펴고 교장과 대치했다.

정말 아름다운 스탠딩 포즈였다. 서면 작약, 앉으면 모란, 걷는 모
습은 뭐시기라는, 그거지.

"품위 없는 행위는 왕의 이름에 흠집을 내는 것임을 명심하라."

뒷모습만 봐도 알 수 있었다. 목소리만 들어도 알 수 있었다. 전하
는 화가 났다.

"네놈들의 행위가, 한 여학생을…… 한 국민의 명예를 손상했다
는 사실을 자각해."

한 여학생, 이라는 말에 순간 고개를 갸웃거렸는데, ……설마 내
얘긴가?

확실히 나도 열받긴 했지만, 명예가 손상됐다고까지는 생각하지
않았다. 애초에 손상될 정도로 대단한 명예를 가지지도 않았고. 왕
족의 이상한 싸움에 말려드는 바람에 손해 봤네, 하는 정도였다.

다음에 취해야 할 행동에 머리를 굴리면서, 나는 반쯤 열린 문에 손을 얹었다.

내 목적은, 나를 둘러싼 여학생들의 정당한 평가를 아는 것. 단지 그뿐이었다. 그렇다면—최단 거리로 가자.

"전하. 저는 일을 크게 만들고 싶지 않아요."

청소도구함에서 걸어 나오자, 세 사람의 시선이 나에게 집중됐다.

교장과 교감은 '안에 사람이 더 있었다고?'하는 표정을 짓고 있었다. 아니, 엄청나게 말도 안 되는 자세로 들어가 있던 만큼, 두 사람이 들어가기는 무리였다. 착한 아이는 따라 하면 안 된다. 어깨가 덜그럭거릴 테니까.

"사람이니까, 아무리 유능한 선생님들이라고 해도 '실수'는 하기 마련이죠. 인적 오류를 담당자 개인의 책임으로 돌리면서 소란 피우는 건 경영자로서 취할 좋은 방법이 아니에요."

전하가 불만스러운 시선으로 나를 바라보았다.

"그렇죠? 선생님들?"

내가 싱긋 웃자, 교장의 어깨가 움찔거렸다. 글쎄, 왜 저러는 거지?

"수업 준비나 교재 연구, 과외 활동에 보호자 면담. 그 외에도 여러 가지 방대한 업무에 매일같이 바쁘게 쫓기는 선생님들이니까요. 실수가 발생하는 것도 이상하지 않아요."

"우, 우리는, 실수 따윈."

"뭐, 한마디만 해주시면 돼요. 모두의 앞에서 고개 숙이고요."

끼어드는 교감의 말을 무시하고, 전하 옆에 나란히 서서 교장과 대치했다.

장수를 쏘려면 우선 장수가 탄 말을 맞추는 것이 정석이겠지만—주먹을 갈긴다면 머리부터다.

"'죄송합니다'랑, '집계를 잘못했습니다'요."

"뭣⋯⋯."

"그걸로 지킬 수 있다면, 싸게 먹히는 거 아닌가요?"

필요 이상으로 상냥하게 말하는 내 앞에서, 교장은 새파랗게 질린 얼굴로 굳어 있었다.

그렇게까지 겁먹으면 내가 마치 나쁜 짓이라도 하는 듯해서 찜찜하잖아. 사과하고 정정해달라는, 피해자로서 정당한 요구를 할 뿐인데.

전하가 흥이 식었다는 표정으로 내 옆모습을 바라보는 가운데, 나는 교장과 거리를 더욱 좁히고 귓속말했다.

"명예도, 위엄도. ⋯⋯싼 거 맞잖아요? 목숨보다는."

"괜찮은 거야?"

"뭐가요?"

사죄와 정정을 해달라고 한 뒤 교장 일당을 내보냈더니, 전하가 내게 물었다.

"조금 더 대대적으로 적발해서 규탄할 수도 있었어. 그 녀석들은 네 명예를 손상했으니까."

"명예가 손상된다고 곤란할 정도로 고상한 인간은 아니라서요."

나는 어깨를 으쓱했지만, 전하는 여전히 납득되지 않는다는 듯한 표정이었다.

약간 의외였다. 친분이 있다고는 해도, 전하가 내 명예를 이렇게까지 신경 쓸 줄이야.

평범한 국민 한 명을 이렇게까지 신경 써 주다니. 전하는 분명 좋은 왕이 될 거야.

전하를 마주본 채, 나는 마치 연극하듯 손뼉을 쳤다.

"아 맞다, 그런데 전하도 그 자들을 처벌할 권리가 있으셨네요. 저 혼자 멋대로 결정해 버리는 건 확실히 공정하지 않아요."

"권리?"

"네. 저들은 전하의 힘을 경시하는 행동을 했어요. 불경스럽기 짝이 없죠."

팔짱을 낀 채, 일부러 눈살을 찌푸려가면서 고개를 흔들었다.

"천하의 왕태자 전하를 붙잡고도, 표를 조작하지 않으면 전하가 저 같은 사람한테 질 줄 알았다는 거잖아요. 이게 불경스러운 게 아니면 뭐겠어요."

나를 바라보는 전하의 눈이, 순식간에 휘둥그레졌다.

전하의 자줏빛 눈동자를 마주보면서 나는 씨익, 하고 입술로 호를 그렸다.

"그런고로, 전하의 명예를 훼손한 몫에 대한 처분은 전하께 돌려 드릴게요. 그 부분은 제가 요구한 속죄와는 아무 상관도 없으니까요, 모쪼록 잘 쓰시길."

"……너는, 정말……."

전하는 미간을 문지르며 천천히 고개를 젓는 동시에, 한숨을 내쉬었다.

내가 직접 처벌하지 않고, 나머지는 전하 쪽에서 알아서 잘 처리하시리라는 심산이었다. 애초에 왕족의 다툼에 내가 말려든 것뿐이니까, 그걸 넘기는 게 뭐가 어때서.

훌륭한 왕태자이신 전하에게 맡겨 놓으면, 훌륭하게 뒤에 숨은 인간들을 들춰내고 합당한 처분을 내리겠지.

뻔뻔하게, 가슴을 폈다.

"성격이 나쁘다고요?"

"아니. ……성격이 참 좋아서."

"칭찬에 몸 둘 바를 모르겠네요."

"칭찬 아니야."

"알고 있어요."

갑자기 전하가 피식하고 웃음을 터뜨렸다. 아무래도 납득한 모양이야.

그럼 강당으로 돌아갈까, 하고 함께 방을 나서려는데, 한 가지 잊은 것이 생각났다.

"아 참, 전하."

내가 부르자, 전하는 발걸음을 멈추고 나를 돌아보았다.

"감사합니다."

자줏빛 눈동자가 휘둥그레졌다. 눈을 깜빡이면서 일어난 바람이 공기를 흔들었다.

"화내 주셔서 기뻤어요."

윙크를 곁들인 내 말에 전하는 휙, 하고 시선을 돌리고는 대답하지 않았다.

서든 데스매치

직접적인 대결이라는 점은 내 취향에 맞는 전개였지만, 보통 미스터 콘테스트에서 들을 만한 단어는 아니라는 느낌이 들었다.

교장 일당의 정정과 사죄가 있어서 한동안 강당은 떠들썩했다. 그리고 다시 게재된 올바른 집계 결과에 더욱 소란스러워졌다.

놀랍게도 나와 왕태자 전하의 득표수가 완전히 동일했던 것이다.

그리고 왜인지 아이작의 표도 늘어나 있었다. 아이작은 중간발표 때 이후로, 딱히 인기를 끌 만한 행동을 하진 않았던 것 같은데…… 설마, 여장? 여장 때문인가?

득표수가 같은 나와 전하가 우승자 결정전을 치르게 되어, 급하게 콘테스트 실행위원이 정한 승부가 서든 데스매치였다.

이른바 '사랑해 게임'이다.

서로 "사랑해"라고 말하고 부끄러워하는 쪽이 패배하는, 전생부터 익숙한 그 게임이었다. 한쪽이 탈락할 때까지 반복되기 때문에 확실히 서든 데스매치라고 부를 만했다.

한 마디 해도 될까?

이걸 정한 놈은 바보야?

실행위원 중에 특이 취향을 가진 사람이 상당한 권력을 쥐고 있는 게 아닐까. 그보다 그 녀석은 전학생이거나 한 거 아냐?

잘생긴 남자끼리 거리가 가깝다면 귀족 영애들은 확실히 녹을지도 모르지만, 도대체 누구한테 이득인데? 적어도 나도 전하도 이득을 못 본다는 사실만큼은 확실한 것 같다만.

그러나 참가자 중 하나이기도 한 내게는, 주최측이 정한 규칙을 뒤집을 만한 힘이 없었다. 짐작 가는 것은 많았지만, 이왕 여기까지 왔으니 승리를 가져가도록 하자. 나는 아무런 이득 없는 싸움에 임할 각오를 다졌으니까. 엄정한 코인 토스의 결과, 전하가 선공권을 쥐었다.

마주보고 서니 전하가 나를 바라봤다.

구경꾼이 숨을 죽이고, 수백 명이 모였다는 사실이 믿기지 않을 정도로 주위에 정적이 감돌았다. 자줏빛 눈동자에는 나만이 비치고 있었기에…… 마치, 단 둘이 있다고 착각할 것만 같았다.

"사랑해."

꺄아악, 하고 귀족 영애들이 환호성을 질렀다.

한편 나는, 미소를 지으며 그 말을 받아 넘겼다.

흠음, 과연.

이건 확실히 약간 간지럽다고 할까, 근질거린다고 할까. 나도 모르게 웃음을 터뜨릴 듯했다. 감각적으로는 눈싸움과 가장 닮았을지도 모르겠다. 그것도 서로 정색하면서 하는.

부끄러워하지도 않고 대충하지도 않았는데 끝까지 마무리하다니. 적이지만 아주 훌륭해.

묘하게 진지하다고 할까, 사심이 담겼다고 할까…… 상당한 연기력이 느껴지는 멋진 솜씨였다.

하지만 나도 전하와 마찬가지로 포커페이스에는 일가견이 있는 편이다. 물론, 연기도.

장기전이 될지도 모르겠다고 각오하며, 나는 전하와 대치했다.

"전하."

턱하고 전하의 턱을 잡아, 이쪽을 보게 만들었다.

지금 지을 수 있는 최고의, 상냥하고 사랑스러운 표정으로 미소 지었다.

　"사랑해요."

　속삭이는 순간, 눈 앞에 있는 전하의 얼굴이 빨갛게 달아올랐다.

　잠시간 정지한 전하는, 내 손을 탁 쳐내며 시선을 돌리고는 입가를 오른손으로 가렸다.

　응?

　어라?

　어머머?

　예상했던 반응과는 다른데???

　나를 비롯해 관객 모두가 어안이 벙벙해졌다.

　그야 그렇겠지. 아마도 다들, 전하가 평소와 같이 왕태자 미소로 넘기면서 서든 데스매치라는 이름에 어울리게 끈기 싸움을 하리라 상상했을 테니까.

　이건 예상 밖이었다.

　전하 자신도 의외라고 생각했는지, 어색한 듯 이쪽을 쳐다보려 하지도 않았다.

　"전하."

　"……뭐."

　내가 부르자, 굉장히 날카로운 대답이 돌아왔다. 화풀이는 하지 않았으면 하는데.

　"전하와 로베르트는 확실히 피가 섞인 게 맞았네요."

　"지금 실감하지 말아 줄래?"

　내 말에, 전하가 분하다는 듯 이를 꽉 물고 중얼거렸다.

그리하여, 나는 목표한 미스터 콘테스트의 그랑프리 자리를 손에 넣었…… 을 텐데.

관객인 귀족 영애는 다들 전하의 표정에 시선을 고정한 상태였다.

누구 하나 빼놓을 것 없이 황홀하다는 표정으로 전하에게 뜨거운 시선을 보내고 있었다. 개중에는 풀썩 쓰러진 영애도 있었다.

무리도 아니지. 인간의 지식을 초월한, 아름다운 조형 모습의 전하가 뺨을 붉히고 있으니까. 게다가 평소에는 여유 넘치는 그리스 조각풍 미소를 무너뜨리지 않는 왕태자 전하이니까. 쑥스러워하는 모습 같은 건 다들 본 적 없을 것이다.

말하자면 갭모에라는 것이다.

여자는 갭모에에 약하다. 이는 자연의 섭리다.

결국 승자는 나였음에도, 콘테스트의 화제는 모두 전하가 석권해 버리는 결과를 낳았다. 코미디 그랑프리에서 2등 콤비가 더 잘 나가는, 그런 현상과도 같았다.

이게 '시합에서 이겼지만 졌다'라는 걸까?

이겼지만 굉장히 석연치 않았다.

작가의 말

처음 뵙겠습니다, 오자키 마사무네라고 합니다.

이번에 "조연이나 다름없는 악역 영애는 남장하여 공략대상의 자리를 노린다"를 구매해 주셔서 진심으로 감사드립니다.

어렸을 적부터 '작가의 말'이라는 것을 막연히 동경했습니다만, 막상 쓰게 되니 뭘 써야 좋을지 몰라서 제 이야깃거리가 적다는 사실에 놀랐습니다. 최근 편의점에서 사 먹은 튀김류가 맛있었다는 일 정도밖에 없네요.

차라리 감사의 말만 잔뜩 쓴다면 정말 금욕적으로 보여서 멋지지 않을까, 라는 생각도 했지만, 차근히 생각해보니 제 자신이 그렇게까지 금욕적이지 않다는 사실을 깨닫고 평범하게 쓰기로 했습니다.

복권 구매를 좋아해서 반년에 한 번 정도 삽니다만, 3천 엔어치를 사서 3천 3백 엔에 당첨되기를 대략 다섯 번 반복하고 있습니다.

약간이나마 흑자 보는 경험을 수차례 하고 나니, 어딘지 '내 인생은 이런 느낌이구나.'하는 기분이 들었습니다. 키는 그래도 큰 편이라 행복하다고 해야 할지, 운이 좋다고 해야 할지, 적어도 대박이 터질 만큼 운을 타고난 부류는 아니라는 사실을 절실하게 느끼며 제 손을 빤히 쳐다봤습니다. 분명 그런 운명으로 태어났으리라 생각하니까요.

그런 제가 쓴 작품이기에 이 이야기가 서적화라는, 그야말로 복권 당첨급의 행운을 가져다준 것은 비단 제 운이 좋았기 때문만은 아니라는 점이 명백합니다.

그럼 무엇 때문이냐고 말할 수 있는가 하면, 이 이야기를 읽어 주신 분 가운데 그야말로 유례없을 정도로 강운을 지닌 분이 계셨고, 제가 그 운을 나눠 받은 덕분에 편집부 분들의 눈에 들어 수상도 하면서 서적화라는 행운을 얻을 수 있었지 않나, 하고 생각할 따름입니다.

그 '강운을 지닌' 분은 지금 이 책을—그것도 작가의 말까지—읽고 계신 당신일지도 모릅니다. 행운을 나눠주셨으니, 조금이나마 저도 보답할 수 있도록 즐겁고 행복한 이야기를 전해드리고자 정진하여 글을 쓰고 있으니, 앞으로도 쭈욱 엘리자베스 일행을 응원해 주셨으면 좋겠습니다.

그리고 끝으로, 이 책을 읽어 주신 여러분을 비롯하여 일러스트를 담당하신 하야세 준 님, 코미컬라이즈를 담당하신 굿체 님, 에라 이치 님, 편집부 분들, 인쇄소와 서점 관계자 분들, 그리고 웹 연재 당시부터 지켜봐 주신 많은 독자 여러분 등, 모든 관계자 분들께 깊은 감사의 인사를 전해드립니다. 정말 감사합니다!

모든 분께서 복권에 당첨되시길 바라며, 오늘은 이만 줄이겠습니다.

\물어봤습니다!/ 사랑 ♥ 이야기 관련 토크

Q1 돌직구, 좋아하는 사람은 있으신가요?

지금은 딱히 없지만…….
언젠가 그런 상대와 만나면 좋을 것 같아.
운명의 아기고양이는 상시 모집 중이야♡

Q2 이상형으로 생각하는 타입은요?

나를 좋아해주는 사람, 이려나?

Q3 첫 데이트 장소로는 어디가 좋으신가요?

너무 많아서 고르기 힘드네.
이왕이면 함께하는 상대가 즐거워할 만한 장소로 가고 싶긴 해.
내가 아는 장소라면 에스코트할 수 있고,
처음 가는 장소라면 상대방을 더 잘 알게 되는 계기가 될 테니까.

Q4 심쿵하는 이성의 행동은요?

이성……?
으음…… 역시 평소와 다른 모습을 볼 때
갭모에를 느껴서 가슴이 설레지.

Q5 연인에게 바라는 점은요?

서로 함께 행복해질 수 있다면 그 이상으로 더 바라는 건 없지.
굳이 말하자면…… '미안해'와 '고마워'를
확실하게 말할 수 있는 관계가 멋지다고 생각해.

Friend Data
친구 데이터

이름 Name

앨리자베스 버튼

기본정보

생일 Birthday

4월 9일

특기 Skill

검술, 신체를 움직이는 일 전반

취미 Hobby

근육 단련

가족관계 Family

아버지, 어머니, 오빠, 의붓동생

좋아하는 것 Like

가족, 귀여운 생물

싫어하는 것 Not like...

쓴 음식 (특히 피망)

아침 일과

5시	기상
5시 15분	세안, 기본적인 몸치장
5시 30분	준비운동, 러닝
6시	귀가, 근육 단련
6시 45분	샤워
7시	메이크업, 머리 세팅, 환복
8시	아침 식사
8시 45분	학교로 출발

Friend Data

친구 데이터

이름 Name

에드워드 디어글란츠

기본정보

생일 Birthday

11월 14일

특기 Skill

딱히 없음 (대부분 남들보다 잘하기 때문에)

취미 Hobby　　**가족관계 Family**

수공예　　아버지, 어머니, 이복동생

좋아하는 것 Like

아름다운 것

싫어하는 것 Not like...

덧없는 것

Q1 돌직구, 좋아하는 사람은 있으신가요?

비밀이야.

있든 없든, 왕족으로서 적합한 상대와 결혼해야 한다는 사실 정도는 인지하고 있어.

그래도…… 그걸 덧칠할 수 있는 것이 사랑일지도 모르겠네.

Q2 이상형으로 생각하는 타입은요?

성격이 나쁜 사람. ……후훗, 이런다.

Q3 첫 데이트 장소로는 어디가 좋으신가요?

장소보다는 우선 둘이서 느긋하게 이야기를 나누고 싶어.

그런 의미에서는 왕성에 초대하는 편이 가장 좋을 지도 모르겠네.

리지는 어디 가고 싶어?

Friend Data
친구 데이터

이름 Name
아이작 길포드

기본정보

생일 Birthday
8월 27일

특기 Skill
공부

취미 Hobby
독서, 투자, 체스

가족관계 Family
아버지, 어머니(고인), 형①, 형②

좋아하는 것 Like
논리적인 것

싫어하는 것 Not like...
신체를 움직이는 일 전반, 여성

Q1 돌직구, 좋아하는 사람은 있으신가요?

말했잖아. "나는 사랑을 안다."라고.

Q2 이상형으로 생각하는 타입은요?

왜 그런걸 묻지? 애초에, 사랑이라는 것은 특정 개인을 향한 마음이잖아.
타입이라고 분류한들 의미가 있으리란 생각은 들지 않는데.

Q3 첫 데이트 장소로는 어디가 좋으신가요?

데이트의 정의가 명확하지 않기 때문에 답할 수 없어.
둘이서만 시간을 보내기만 한다면 데이트인가? 아니면 어딘가 나가야 하는 건가?
여기 더해서 전제로, 나와 상대방은 결혼한 상태이거나 약혼한 상태인가?
그 어느 쪽도 하지 않은 상태인가? 결혼 전에 둘이서 외출을?
……그것은 불순한 이성교제에 해당하지 않는가.

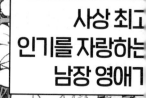

사상 최고 인기를 자랑하는 남장 영애기

모든 등장인물을
역으로 공략한다?!

학원 러브코미디ー!

조연이나 다름없는 악역 영애는

남장하여

공략대상의 자리를 노린다

저자 오자키 마사무네   일러스트 하야세 준

조연이나 다름없는 악역 영애는 남장하여 공략대상의 자리를 노린다 1

초판 1쇄 인쇄 2024년 8월 10일
초판 1쇄 발행 2024년 8월 15일

저자 : 오카자키 마사무네
번역 : 유다희

펴낸이 : 이동섭
편집 : 이민규
디자인 : 조세연
영업·마케팅 : 송정환, 조정훈, 김려홍
e-BOOK : 홍인표, 최정수, 서찬웅, 김은혜, 정희철, 김유빈, 서유림, 심의재
관리 : 이윤미

㈜에이케이커뮤니케이션즈
등록 1996년 7월 9일(제302-1996-00026호)
주소 : 08513 서울특별시 금천구 디지털로 178, B동 1805호
TEL : 02-702-7963~5 FAX : 0303-3440-2024
http://www.amusementkorea.co.kr

ISBN 979-11-274-7868-1 04830
ISBN 979-11-274-7867-4 04830 (세트)

MOB DOUZEN NO AKUYAKU REIJO HA DANSO SHITE KOURYAKU TAISHO NO ZA WO NERAU 1
©2022 MASAMUNE OKAZAKI, JYUN HAYASE
First published in Japan in 2022 by TO BOOKS, Inc., Tokyo.
Korean translation rights arranged with TO BOOKS, Inc., Tokyo,
through TOHAN CORPORATION, Tokyo.

조연이나 다름없는
악역 영애는
남장하여
공략대상의 자리를 노린다

자신과 같은 이름을 지닌 소녀가 등장하는 여성향 게임의 오프닝 무비였다.

피망 SHOCK!!

오믈렛에 들은 극혐 재료 피망 때문에 쓰러지던 중, 머릿속에 떠오른 것은,

게임 캐릭터로 환생한 것이다.

나는 전생에 플레이했던

흔히 있는 전개지….

엘리자베스 님…

여기는 여성향 게임 "Royal LOVERS" 속 세계.

엘리자베스 님…!!

와당

탕

장르는 '품위 있고 빛나는 사랑을 속삭이는 연애 시뮬레이션 게임'—

이후는 전자책으로 즐겨주세요.

만화 굿체
원작 오자키 마사무네
구성 에라 이치
캐릭터 원안 하야세 준

권말 부록

코미컬라이즈
제1화 맛보기